# トリフィド時代

ジョン・ウィンダム



それは一大ページェントだった。ある春の夜、地球が緑色の大流星群のなかを通過し、だれもがこの世紀の景観を見上げた。ところが翌朝、流星を目にした人間は、ひとり残らず視力を失ってしまう。秩序が崩壊し恐慌状態に覆われた世界で、いまや事情があって流星を見られなかったわずかな人々だけが文明の担い手だった。だが折も折、植物油採取のために厳重な管理のもと栽培していたトリフィドという三本足の動く植物が野放しとなり、盲目の人類を襲いはじめたのだ！　人類の生き延びる道は？　破滅ＳＦの傑作。

## 登場人物

ウィリアム・メイスン……………生物学者。トリフィドの研究家
ジョゼラ・プレイトン……………女性のベストセラー作家
スーザン……………………………メイスンがひろった孤児
マイクル・ビードリー……………新しい道徳による世界をつくろうとする男
ウィルフレッド・コーカー………旧道徳によって世界を救おうとする男
フローレンス・デュラント………キリスト教に則った社会をつくろうとする女
トレンス……………………………新しい封建主義社会をつくろうとする男

# トリフィド時代

## 食人植物の恐怖

ジョン・ウィンダム
中村　融　訳

創元ＳＦ文庫

# THE DAY OF THE TRIFFIDS

by

John Wyndham

1951

# 目次

# トリフィド時代

## 食人植物の恐怖

# 1　終わりのはじまり

たまたま今日は水曜日だと知っている日が、まるで日曜日のような物音ではじまったとしたら、どこかでなにかが、ひどくまちがっているということだ。

　めざめた瞬間からそれを感じた。けれども、頭が多少ははっきり働きはじめると、自信がなくなった。やはり、まちがっているのは自分であって、ほかのだれでもない——そのほうがありそうだ。もっとも、どうしたらそんなことになるのか、さっぱりわからなかったが。疑う気持ちをかかえながら、わたしは待ちつづけた。しかし、まもなく最初の客観的証拠といえるものが出てきた——遠くの時計が、わたしには八時の時鐘《じしょう》にしか聞こえないものを打ったのだ。半信半疑で耳をすます。まもなく別の時計が、大きな、はっきりした音で鳴りはじめた。悠長に、それはまぎれもなく八時を知らせた。そのときわかったのだ——おかしいのは物事のほうだ、と。

　わたしが世界の終わり——つまり、三十年近く知っていた世界の終わり——を免《まぬが》れた経緯《いきさつ》は、まったくの偶然によるものだった。考えてみれば、生存者の多くが似たようなものだろう。ものの道理として、病院にはつねにかなりの数の入院患者がいるものだし、平均の法則によって、その一週間ほど前に、わたしはそのひとりに選びだされていた。それより一週間前であっても不思議はなかったのだ――そうだとしたら、いまごろこんなものを書いていなかっただろうし、そもそもこの世にいもしなかっただろう。しかし、偶然のなせる業《わざ》で、その特定の時期に入院していただけではなく、両目を、いや、それをいうなら頭全体を、包帯でぐるぐる巻きにされていたのである――だから、その平均とやらを司《つかさど》るだれかさんに、わたしは感謝しなければならない。とはいえ、そのときは、ただひたすら不機嫌をかこち、いったいどうなっているのだろう、と首をひねっていたのだが。というのも、病院暮らしも長くなって、病院では婦長についで、時計が神聖なものだと知っていたからだ。

　時計がないと、病院はにっちもさっちもいかない。出産、死亡、投薬、食事、点灯と消灯、談話、勤務、睡眠、休憩、見舞い、着替え、洗面に関して、四六時中だれかが時計とにらめっこをしている――そしていままでは、午前七時三分きっかりに、だれかがわたしの洗面と身繕《みづくろ》いをはじめるのが決まりだった。わたしが個室をありがたく思う大きな理由のひとつがそれだった。共同病室であれば、そのてんやわんやが丸々一時間も無駄に早くはじまることになるからだ。しかし、その日、その病室では、正確さの度合いがまちまちの時計が、四方で八時を打ちつづけており――あいかわらず、だれもやって来なかった。

　スポンジで体を拭《ふ》かれるのは大嫌いだったし、バスルームまで手を引いていってくれれば、そんなことはしなくてすみますよ、といいたくなるほど役に立たないものだったが、いざ拭かれないとなると大いにとまどった。おまけに、ふだんならそれは朝食が近いというしるしであり、わたしは空《す》きっ腹をかかえていたのだ。

おそらくいつの朝であっても、ないがしろにされたと思ったのだろうが、その日、その五月八日の水曜日は、わたし個人にとって、とりわけ重要な日だった。毎日のゴタゴタをさっさと終わらせたくて仕方がなかった。その日、包帯がとれることになっていたからだ。

ちょっと手探りして呼び鈴《りん》を見つけ、こっちがどう思っているか病院の連中に思い知らせてやるためだけに、丸々五秒間、鳴らしっぱなしにした。

これだけうるさくすれば返ってきて当然の、怒り心頭に発した反応を待ちながら、わたしは耳をすましつづけた。

そのときになって悟ったのだが、外の物音は思っていた以上におかしかった。街の喧騒、いや、街の喧騒が絶えているようすが、日曜日そのものよりも日曜日らしいのだ——なにがあったにしろ、今日はまちがいなく水曜日だと確信が持てるようになるまで、何度も考えなおさなければならなかった。

聖メリン病院の創設者たちが、なぜ地価の張るオフィス街、それも大通りの交差点に面して病院を建て、結果的に患者の神経が絶えずさいなまれるようにしてしまったのか——それはわたしにはどうしても理解できないが、欠点であることはたしかだ。しかし、絶え間ない車の往来に神経をすり切らすこともなく、愚痴《ぐち》もこぼさずにいられるほど幸運な者にとっては、ベッドに臥《ふ》せっていながら、いわば生活の流れから切り離されずにいられるという利点があった。いつもなら西行きのバスが、角《かど》の信号をすり抜けようとして、轟音《ごうおん》をあげて走っていく。豚《ぶた》の悲鳴のようなブレーキの音がして、マフラーからの爆音がいっせいにあがり、すり抜けられなかったのだなと教えてくれることもしばしばだ。つぎの瞬間、交差点を渡ろうと動きだした車が、登り勾配にさしかかってエンジンの回転数をあげ、咆哮《ほうこう》する。ときおり幕間《まくあい》の劇がはさまる。きしるような衝突音がし、つづいてあたりが静まりかえるのだ――わたしのように、結果として生じる罵詈雑言《ばりぞうごん》の激しさでしか事故の大きさを判断できない身としては、たまらなくじれったい。たしかに、自分ひとりが一時的に棚上げされたせいで、世間の営《いとな》みまで止まってしまったような印象を聖メリンの入院患者がいだく恐れは、昼夜を問わず、万にひとつもなかっただろう。

だが、その朝はちがった。なぜちがうのかがわからないので、心がざわついた。自家用車はうならず、バスは吼《ほ》えない。じつをいうと、どんな種類の車の音もしなかった。ブレーキの音も、警笛の音もしない。めったにないが、それでもたまには通りかかる馬の蹄《ひづめ》の音さえしない。そのうえ、この時間ならあって当然の、職場へ向かう雑多な足音もしない。

耳をすませばすますほど、おかしいと思えてきた――そしていやな感じがしてきた。十分ほどと思われるあいだ、注意深く耳をすますうちに聞こえたのは、ためらいがちに足を引きずる音が五組、わけのわからないことをわめいている遠い声が三つ、ヒステリーじみた女のすすり泣きがひとつだった。鳩《はと》がクークー鳴く声も、雀《すずめ》がチュンチュンさえずる声もない。あるのは風で揺れる電線のブーンといううなりだけ……。

始末に負えない、うつろな気持ちが這《は》い寄ってきた。それは子供のころ、ときどきおぼえたのと同じ感情だった。つまり、ベッドルームの暗い片隅に恐ろしいものが潜んでいると想像したときだ。なにかがベッドの下から手をのばしてきて、足首をつかまれるのが怖くて、ベッドから足を突きだせなかったとき。動いたら、それが引き金になって、なにかに飛びかかってこられるといけないので、電灯のスイッチに手をのばせなかったときにおぼえたのと同じ感情だ。そして子供のころ、暗闇のなかでそうしなければならなかったときとまったく同じように、その気持ちを押さえつけなければならなかった。いまなら簡単にできるというわけではなかった。いざ試される段になると、人がどれほどそういう恐怖から抜けだしていないかは驚くほどだ。その根源的な恐怖は、いまもわたしにつきまとっていて、虎視《こし》眈眈《たんたん》と襲いかかる機会をうかがい、あと一歩でその機会をつかもうとしていた――それもわたしの目に包帯が巻かれていて、車の往来が絶えているばっかりに……。

ちょっと気が落ちついたので、筋道立てて考えようとした。なぜ車の往来が絶えるのだろう？　まあ、ふつうは補修工事のために道路が封鎖されるからだ。単純明快。いまにも圧搾《あっさく》空気で動くドリルをさげた連中がやってきて、辛抱強い患者のために、また別種の音を聞かせるのだろう。だが、筋道立てて考えはじめると厄介なのは、考えがそこで止まらないことだ。遠くの往来の音も絶えているぞ、と考えないわけにはいかなかった。列車のピーッという汽笛も鳴らなければ、タグボートのブォーッという汽笛も鳴らない。なにひとつ聞こえない――やがていくつもの時計が、八時十五分を打ちはじめた。

ひと目のぞいて見てみたい――もちろん、ひと目だけだ。いったいなにが起きているのか、その片鱗《へんりん》でもつかめればいい——という誘惑は恐ろしく強かった。しかし、わたしは思いとどまった。ひとつには、ひと目のぞくということが、口でいうほど簡単ではまったくなかったからだ。目隠しをひょいと持ちあげればすむわけではなかった。ガーゼや包帯が山ほど重なっていたのだ。しかし、それより大事なことだが、わたしは試すのが怖かった。一週間以上も完全に目が見えないでいると、失明する危険を冒《おか》すような真似は怖くてできなくなるものだ。その日、包帯がとれることになっていたのはたしかだが、それは特別な、ほの暗い部屋で行われるはずであり、検査結果が満足のいくものだった場合にかぎって、包帯をはずしたままにしていいことになるはずだった。どちらに転ぶのかは見当もつかなかった。永久に弱視になるかもしれない。あるいは、まったく目が見えなくなるかもしれない。まだわからないのだ……。

わたしは悪態をつき、呼び鈴をまた鳴らしっぱなしにした。おかげで多少は胸がすっとした。

呼び鈴に興味を示す者はいないようだった。わたしは心配になってきたのと同じくらい腹が立ってきた。とにかく、人に頼りきりというのは情けないものだが、頼る相手がひとりもいないのは、それにもましてみじめなものだ。忍耐心がすり切れようとしていた。なんとかしなければならない、とわたしは決意した。

もし廊下の先まで届く声でわめきたて、ちょっとした騒ぎを起こせば、わたしのことをどう思っているか伝えるためだけにしろ、だれかが姿を見せるはずだ。わたしは上掛けをはねのけ、ベッドを出た。自分のいる部屋を見たことはなかった。なので、音から判断して、ドアの位置をかなりよくつかんでいるつもりだったが、じっさいに探しあてるのはひと苦労だった。正体不明の不必要な障害物がいくつもあったようで、ドアまで行き着くのに、爪先《つまさき》をぶつけ、向こう脛《ずね》に擦《す》り傷を負うという代償を払わねばならなかった。わたしは廊下に首を突きだした。

「おーい」と叫ぶ。「朝食がほしい、四十八号室だ！」

一瞬、なにも起きなかった。と、叫び声がいっせいに湧きあがった。何百人もの声のようだったが、意味のわかる言葉はひとつもなかった。まるで群衆の騒ぎを録音したレコードを再生したかのようだ――しかも、それをいうなら、烏合《うごう》の衆の騒ぎを。眠っているあいだに精神科病院へ移送され、ここはそもそも聖メリン病院ではないのではないか――そんな悪夢めいた思いが脳裏をかすめた。それらの声は、およそまともには聞こえなかったからだ。わたしはあわててドアを閉め、その支離滅裂な騒音を締めだし、手探りでベッドへ引きかえした。そのときは、この面食らうばかりの状況にあって、ベッドだけが安全で、心慰めてくれるものに思われた。まるでそれを裏書きするかのように、ある音が聞こえてきて、わたしは上掛けを引っぱりあげる手を止めた。下の街路で悲鳴があがったのだ。胸をかきむしるような、恐怖を伝染させる悲鳴が。それは三度あがり、やんだときも、まだ空中でチリチリ鳴っているようだった。

わたしはぶるっと身震いした。包帯の下で額《ひたい》に汗が噴きだすのが感じられる。なにか身の毛のよだつほど恐ろしいことが起きている、とようやくわかったのだ。もはやひとりきりで、なすすべもなくいることに耐えられなかった。周囲でなにが起きているか、知らなければならない。わたしは包帯に両手を当てた。ついで安全ピンに指をかけたところで動きを止めた……。

処置がうまくいってなかったらどうする？　包帯をはずして、あいかわらず目が見えないとわかったら？　そのほうがもっと悪い――百倍も悪い……。

ひとりきりで視力が回復しなかったことを知る勇気が、わたしには欠けていた。それにたとえ回復していても、目をむき出しのままにしておいて安全なのだろうか？

わたしは両手をおろし、仰向けになった。自分自身とこの場の状況に腹が立ってならず、愚かな罵《ののし》りの言葉を弱々しく吐き散らした。

落ちつきをとりもどすまで、多少の時間がたったにちがいない。だが、ふと気がつくと、なんとか説明はつかないかと、いまいちど頭が猛回転していた。説明はつきそうもなかった。しかし、ありとあらゆる矛盾《むじゅん》にもかかわらず、今日は水曜日だという絶対の確信が生まれた。というのも、前日は忘れがたい日であり、それから一夜しか経過していないことは断言できたからだ。

記録を当たれば、五月七日の火曜日、地球の軌道が彗星《すいせい》の破片から成る雲を通過したという記述が見つかるだろう。信じたければ、その記述を信じてもかまわない――何百万人もがそうしたのだ。もしかしたら、本当にそうだったのかもしれない。どのみち、わたしにはなにも証明できない。起きたことを目で見られる状態ではなかったのだから。しかし、自分なりの考えはある。ともあれ、その出来事について、わたしがじっさいに知っているのは、史上最高の天体ショーと絶えず喧伝されていたものについて語る目撃者たちの話を聞かされながら、その夕べをベッドの上で過ごすはめになったということだけだ。

それなのに、じっさいにショーがはじまるまで、その彗星とやら、あるいはその破片とやらについて、すこしでも耳にしたことのある者はいなかったのだ……。

歩ける者、足を引きずっていける者、人に運んでもらえる者ならだれでも、戸外へ出るか、窓辺につくかして、その史上最大の無料花火大会を満喫できたことを思えば、わざわざ中継放送をした理由がわからない。だが、放送したのであり、そのおかげで、目が見えないとはどういうことか、その意味をますます身にしみて思い知らされるはめになった。もし処置が成功していなかったら、このまま生きつづけるよりは、いっそのことすべてにケリをつけたほうがまし、という気になったくらいだ。

昼間のニュース番組で、昨夜カリフォルニア上空で不可解な、まばゆい緑の閃光《せんこう》が目撃されたという報道があった。とはいえ、カリフォルニアではいろいろなことが起きるので、その報道が大きな関心を集めると予想できた者はいなかった。しかし、続報がはいってくるうちに、例の彗星の破片ということがいわれだし、そのまま消えずに残った。

緑の流星雨のせいで夜空が煌々《こうこう》と輝いたという話が、太平洋全域からはいってきた。「ときにはおびただしい数の流星が降り注ぎ、空全体が地球を中心にぐるぐるまわっているように見えた」という。考えてみれば、そのとおりだったのだ。

夜の線が西へ移動するあいだも、花火大会の華々《はなばな》しさは、いっこうに衰《おとろ》えなかった。夕闇がおりる前から緑の閃光が見えるときもあった。六時のニュースでこの現象を伝えたアナウンサーは、これは驚くべき光景です、見逃してはなりません、と聴取者に勧めた。長距離の短波受信に深刻な障害が起きている模様ですが、この放送を乗せている中波は、いまのところ、ＴＶと同様に影響を受けておりません、とも述べた。わざわざ彼が勧めるまでもなかった。病院じゅうのだれもが興奮しているようすからして、見逃す者がいるとは、これっぽっちも思えなかった――わたし自身を除けば。

そして、まるでラジオの報道では足りないとでもいうかのように、夕食を運んできてくれた看護師から一部始終を聞かされるはめになった。

「空は流れ星でいっぱいです」と彼女はいった。「どこもかしこも鮮やかな緑。そのせいで、みなさんの顔がものすごく不気味に見えます。猫も杓子《しゃくし》も外で見物していて、ときどき昼間なみに明るくなります――色がひどくおかしいだけで。ときおり、大きくて、すごく明るいのが流れて、目が痛くなるほどです。信じられない光景ですよ。こんなものは、いままでいちどもなかったそうです。これを見られないなんて、本当にお気の毒」

「まったくだ」と、すこしそっけなくわたしは同意した。

「病室のカーテンをあけておきましたから、みなさん、あれを見られるんですよ」彼女は言葉をつづけた。「せめてその包帯がなかったら、ここからすばらしい景色が見られたはずなのに」

「残念だよ」

「でも、やっぱり外のほうがいいにちがいありませんわ。何千人もが公園や荒れ地《ヒース》に出て、見物《けんぶつ》しているそうです。それに平たい屋根にはどれも人が立って、空を見あげています」

「いつまでつづくことになっているのかな？」辛抱強くわたしは尋ねた。

「わかりません。でも、いまはほかの場所ほど明るくはないそうです。それでも、たとえ今日その包帯がとれていたとしても、見物させてもらえなかったでしょうね。最初は慎重にやらないといけないんです。それに閃光のなかには、ひどくまぶしいのもあります。先生方は――ウワーッ！」

「なにが『ウワーッ』なんだい？」

「いま、ものすごく明るいのが流れたんです――そのせいで部屋全体が緑色に見えました。あれを見られなかったなんて、本当にお気の毒」

「まったくだ」わたしは同意した。「さあ、行った行った、いい娘《こ》だから」

わたしはラジオに耳をかたむけようとしたが、同じような「ウワーッ」や「アアーッ」の合間《あいま》に、気どった口調でこの「荘厳なる景観」や「ほかに類を見ない現象」についてまくしたてるので、ついには世界じゅうでパーティーが開かれていて、招待されなかった者はわたしだけ、という気がしてきた。

娯楽を選んでいる余地はなかった。病院のラジオ設備には番組がひとつしかはいらず、おとなしく聞くか、ラジオを消すかしかなかったからだ。すこしたつと、花火大会は下火になりはじめたようだった。まだご覧になっていないみなさんは、急いでご覧ください、さもないと見逃したことを一生後悔するでしょう、とアナウンサーが聴取者に勧めた。

　ここまでいわれると、自分が見るために生まれてきたものを見逃しているのだ、という気にならざるを得なかった。しまいにうんざりして、スイッチを切った。最後に聞こえたのは、いまや花火大会が急速に終わりかけており、おそらくあと数時間で流星群から抜けだすだろうという声だった。

　このすべてが昨夜にあったことだ──その点について、わたしの心に疑問の余地はなかった。ひとつには、それより前に起きたのだとしたら、いまよりずっと腹が減っているはずだからだ。とすれば、いったいどういうことなのだ？　病院全体、街全体が夜通し浮かれ騒いで、まだ回復していないのだろうか？

　そこまで考えが進んだとき、邪魔がはいった。あちこちで時計が、いっせいに九時を知らせはじめたのだ。

　三度《みたび》、わたしは呼び鈴をけたたましく鳴らした。横たわったまま待っているあいだ、ドアの向こうにざわめきのようなものが聞こえた。それはめそめそ泣く声、ずるずるとすべる音、足を引きずる音から成っているようで、ときおり遠くであがる声に遮《さえぎ》られた。

　しかし、あいかわらず、わたしの部屋にはだれも来なかった。

　このころには、精神的な退行現象が起きていた。始末に負えない、子供っぽい空想にふたたび囚《とら》われていたのだ。気がつくと、目に見えないドアが開き、身の毛のよだつものがパタパタと音を立てては入って来るのではないかと待ちかまえていた——じつをいうと、だれか、あるいはなにかがすでに部屋のなかにいて、こっそり歩きまわっていないとはいい切れないのだ……。

本当のところ、わたしはその種の空想に屈する質《たち》ではない……。目を覆う、あのろくでもない包帯と、廊下の先から叫びかえしてきた雑多な声の集まりのせいだった。しかし、怖《お》じ気づいているのはたしかだった——そしていったん怖じ気づいたら、恐怖心は大きくなる。口笛を吹いたり、鼻歌を歌ったりして吹き飛ばせる段階は、すでに通り越していた。

とうとう単純明快な疑問に突き当たった。つまり、包帯をはずして失明する危険を冒すほうが怖いのか、それとも刻一刻と怖じ気づいていきながら、暗闇のなかにとどまっているほうが怖いのか？

一日か二日前だったら、どうしていたのかはわからない——十中八九はつまるところ同じだっただろう——しかし、その日はすくなくとも自分にこういい聞かせることができた——

「ええい、ままよ、常識を働かせば、たいした害にはなりっこない。どうせ、包帯は今日とれることになっていたんだ。一か八《ばち》かだ」

ひとつ自慢していいことがある。包帯をむしりとるほど血迷ってはいなかったことだ。ベッドから出てブラインドをおろしてから、安全ピンをはずしはじめるだけの分別と自制心が、わたしにはあった。

いったん包帯をはずし、薄闇のなかでものが見えるとわかると、これまで味わったことのない安堵の念がこみあげてきた。にもかかわらず、ベッドの下やほかの場所に、害意をいだいた人や物は潜《ひそ》んでいないとたしかめたあと、わたしが真っ先にしたのは、ドアの把手《とって》に椅子の背をかますことだった。そうしておいてはじめて気を落ちつかせられるようになり、不安がおさまった。わたしは丸一時間かけて、目を徐々に白昼の光に慣らしていった。その一時間が終わるころ、迅速な応急処置と、そのあとの優秀な医療のおかげで、前と変わらず目が見えるようになったとわかった。

しかし、あいかわらず、だれも来なかった。

ベッドサイド・テーブルの下の棚にサングラスが見つかった。必要になった場合のために、賢明にも用意してくれていたものだ。それを注意深くかけてから、窓ぎわへ行った。窓の下半分は開かない作りになっていたので、視界はかぎられていた。目をすがめて、視線を横へ走らせると、通りのはるか先を奇妙な足どりで当てどなくうろついているらしい人間がひとりかふたり見えた。しかし、なによりも、それも即座に印象に残ったのは、あらゆるものが鮮明で、くっきりとした輪郭をそなえていることだった——向かいの屋上ごしにのぞく遠い屋根の連なりでさえそうだった。とそのとき、わたしは気がついた、煙を吐いている煙突が——大小を問わず——ないことに……。

わたしの服が、衣装戸棚にきちんと吊されていた。それを身に着けてしまうと、ますます正常にもどった気がしてきた。ケースに煙草《たばこ》が何本か残っていた。その一本に火をつけると、依然としてなにもかもが奇妙なのは否定できないとしても、なぜあれほど狼狽《ろうばい》したのか、もはや理解できない心持ちになってきた。

当時の状況をふり返ろうとしても簡単にはいかない。いまのほうが自給自足でやっていかなければならないからだ。しかし、そのころは決まりきった物事がたくさんあって、それは密接にからみ合っていた。われわれひとりひとりが、自分にふさわしい場所でささやかな役割を着実にこなしていたので、習慣や伝統を自然法則だと勘違いしても無理はなかった――それゆえ、その決まりきったことがらが、なんらかの形でくつがえされると、混乱はひどくなったのだ。

秩序があって当然という考えで一生の半分を過ごしたなら、その考えをあらためるのは、五分ですむ業《わざ》ではない。当時の物事のありようをかえりみると、自分たちの日常生活について、わたしたちが知らなかったことや知ろうとしなかったことがいかに多かったか――それには驚かされるだけではなく、いささかぞっとさせられるほどだ。たとえば、自分の着ている衣服がどのように織《お》られ、仕立てられるのか、新鮮な水がどこから来るのか、都市の下水がいかに衛生状態を保っているのかといった、ごく当たり前のことについて、わたしはなにも知らないも同然だった。わたしたちの生活は、曲がりなりにも有能な専門家が自分の仕事をきちんとこなし、ほかの者にも同じことを期待するという複雑なものになってしまっていた。したがって、病院が完全な混乱におちいるなどということは、わたしにはとうてい信じられなかった。どこかでだれかが事態を掌握しているにちがいない、とわたしは確信していた――不幸にしてそのだれかさんが、四十八号室のことをすっかり失念しているのだ、と。

にもかかわらず、もういちどドアまで行き、廊下をのぞいたとき、なにが起きたにしろ、それは四十八号室の住人ただひとりよりもはるかに大勢の人間に影響をあたえているのだ、といやでも悟らないわけにはいかなかった。

ちょうどそのとき、視界には人っ子ひとりいなかった。もっとも、遠くにはつぶやき声のようなものが絶えず聞こえていたのだが。足を引きずる音もあり、ときにはもっと大きな声が廊下にうつろにこだましたが、先ほど締めだした喧噪《けんそう》のようなものは聞こえなかった。このときは大声を出さなかった。おそるおそる歩を踏みだした――なぜおそるおそるだったのか？　わたしにはわからない。そうしたくなる気配があっただけだ。

音のよく響く建物のなかで、その音の出所をつかむのはむずかしかったが、廊下の片側は曇りガラスのフランス窓に突き当たっており、バルコニーの手すりの影が見えたので、反対側へ向かった。ある角《かど》をまわりこむと、個室棟から出て、もっと幅のある廊下にいることがわかった。

一見したところ、廊下はからっぽに思えたが、前進すると、暗がりから人の姿が現れ出た。黒いジャケットを着て、縞《しま》ズボンをはいた男で、その上に白衣をまとっていた。医師のひとりだろう、とわたしは察しをつけた――しかし、壁ぎわに貼りついて中腰になり、手探りで進んでいるのが奇妙だった。

「おーい、そこの人」と、わたし。

男はぴたりと立ち止まった。こちらに向けた顔は土気色《つちけ》で、怯《おび》えの色を浮かべていた。

「だれだ、きみは？」男が心もとなげに訊いた。

「メイスンという者です」わたしは名乗った。「ウィリアム・メイスン。患者です――四十八号室の。どうなっているのか知りたくて出てきたんです――」

「きみは目が見えるのかね？」すかさず男が口をはさんだ。

「もちろん見えます。前と同じくらいよく見えますよ」わたしは請《う》けあった。「すばらしい仕事です。だれも目の包帯をはずしに来てくれないので、自分ではずしました。別に害はなかったと思います。用心して――」

だが、ふたたび彼が口をはさんだ。

「頼むからオフィスまで連れていってくれ。いますぐ電話をかけないと」

どういうことなのかピンと来なかったが、その朝めざめてからこちら、面食らうことばかりだったのだ。

「どこにあるんです？」と、わたし。

「六階だ、西棟の。ドアに名前が出ている――ドクター・ソームズと」

「わかりました」すこし驚きながら、わたしは同意した。「で、いまいるのはどこなんです？」

男は頭を左右に揺らした。その顔はこわばり、憤《いきどお》りを浮かべていた。

「わたしにわかるわけがないだろう」苦々《にがにが》しげに彼がいった。「きみには目があるんだ、忌《い》ま忌《いま》しい。それを使いたまえ。こっちは目が見えないのがわからないのか?」

　彼が盲目だとうかがわせる兆候はなかった。その目は見開かれていて、まっすぐわたしを見ているようだった。

「ちょっと待っていてください」わたしはいった。あたりを見てまわる。エレベーターの向かいの壁に「6」と大きく記されていた。わたしは引きかえして、彼に告げた。

「よし。腕をとってくれ」彼が命じた。「エレベーターを背にして右へ曲がる。そうしたら左手にある最初の廊下にはいる。その三つめのドアだ」

　わたしは指示にしたがった。途中、だれにも会わなかった。部屋にはいると、彼をデスクまで連れていき、受話器を渡してやった。彼はしばらく耳に当てていた。それから電話の本体が見つかるまで手探りし、フックをじれったげにガチャガチャやった。その表情がゆっくりと変わっていった。いらだちと苦悩のしわが薄れて消えた。彼はたんに疲れているように見えた——それもひどく疲れているように。受話器をデスクに置く。しばし無言で立っていた。まるで反対側の壁にじっと目をこらしているようだった。それからふり返った。

「だめだ——通じない。きみはまだそこにいるのかね?」と、つけ加える。

「います」と、わたし。

　彼がデスクのへりを指でなぞった。

「わたしはどっちを向いている?　ろくでもない窓はどこにある?」またいらだった口調で彼が尋ねた。

「あなたのまうしろに」と、わたし。

彼は向きを変え、両手を突きだしながら、そちらへ踏みだした。窓の下枠と側面を注意深くさわり、一歩さがる。彼がなにをしているのか、わたしが悟る暇もなく、彼は窓に向かって身を躍らせ、けたたましい音を立てて突き破った……。

＊

見るまでもなかった。なにしろ、そこは六階だったのだ。

やがてわたしは身動きしたが、それは椅子にどっかりと坐《すわ》りこむためだった。デスクの上の箱から煙草を一本とりだし、震える手で火をつける。気が静まるまで、しばらくそこに坐ったまま、吐き気がおさまるのを待った。すこしたつと、おさまった。わたしは部屋を出て、最初に彼を見つけた場所までもどった。そこに着いたときも、まだ気分爽快《そうかい》とはいかなかった。

幅広い廊下の突き当たりに、共同病室のドアが並んでいた。ドア全体は曇りガラスだったが、人の顔が来る高さだけは楕円形の透明ガラスになっていた。そこならだれかが勤務していて、先ほどの医師の件を報告できるだろう、とわたしは思った。

ドアをあける。なかはかなり暗かった。昨夜の花火大会が終わったあとにカーテンが引かれたことは一目瞭然だった——そして引かれたままであることも。

「看護師さん？」わたしは声をかけた。

「いねえよ」男の声がいった。「それどころか」と声は先をつづけた。「もう何時間もいやしねえ。そのろくでもないカーテンをあけちゃもらえねえかな、兄さん、すこし光を入れてくれよ。今朝、この忌々しい場所がどうなってるのか、さっぱりわからねえんだ」

「お安いご用だ」と、わたし。

たとえ病院全体が混乱しているとしても、不運な患者たちが暗闇のなかにいなければならない理由は、どこにもないように思えた。

いちばん近い窓のカーテンをあけ、まばゆい陽射《ひざ》しがはいるようにした。そこは外科の共同病室で、二十人ほどの患者がいた。全員がベッドに臥《ふ》せっている。大半は脚の怪我のようで、脚を切断した者も何人かいた。

「ふざけるのはよしてくれよ、兄さん、カーテンをあけてくれ」さっきと同じ声がいった。

わたしはふり返り、そういった男を見た。浅黒い肌色の、たくましい体つきで、風雨にさらされた皮膚をしていた。ベッドの上で半身を起こし、まっすぐこちらを向いている――つまり、光のほうを。その目はわたしの目をのぞきこんでいるように思えた。その隣の男の目も、そのまた隣の男の目も……。

わたしはちょっとのあいだ、その人たちの目を見つめ返した。事情が理解できるまで、それだけの時間がかかったのだ。やがて――

「どうも――カーテンが――引っかかったみたいだ」と、わたし。「直せる人を見つけてくるよ」

そういうと、わたしはその共同病室から逃げだした。

*

また体が震えだしたので、強い酒でも引っかけたいところだった。ようやく事態が呑みこめてきたのだ。しかし、あの共同病室の男たちが、ひとり残らずあの医師と同じように目が見えないとは、にわかには信じられなかった。とはいうものの……。

エレベーターは動いていなかったので、階段をおりはじめた。つぎの階で気をとり直し、別の共同病室をのぞく勇気をかき集めた。そこのベッドはすべて乱れていた。最初はもぬけの殻《から》だと思ったが、そうではなかった——かならずしも。寝間着《ねまき》姿の男がふたり、床に倒れていたのだ。ひとりは治りきっていない切開部分から出た血の海に浸《つか》っており、もうひとりは、鬱血《うっけつ》かなにかを起こしたかのように見えた。ふたりとも冷たくなっていた。ほかの者はいなくなっていた。

もういちど階段にもどると、ずっと聞こえていた背景音のような声の大半が、下からあがってきており、いまや大きく、近くなっていることを悟った。一瞬ためらったが、下《くだ》りつづけるしかないようだった。

つぎの曲がり角で、わたしは暗がりに横たわって行く手を遮っていた男につまずきかけた。階段をおり切ったところには、じっさいにつまずき——着地したさいに、石段で頭を砕いてしまった者が転がっていた。

とうとう最後の曲がり角にたどり着き、そこからメイン・ホールが見渡せた。どうやら病院じゅうの動ける人間が、助けを得よう、外へ出ようとして、本能的にそこをめざしたらしかった。ひょっとしたら、出ていった者がいるのかもしれない。正面玄関のドアのひとつがあけ放しになっていたのだ。しかし、大部分の者はそれを見つけられなかった。そこには男女が立錐《りっすい》の余地もなくひしめき、そのほぼ全員が病院の寝間着姿で、ゆっくりと、なすすべもなく、堂々めぐりをしていた。その動きで、外縁部にいる者たちは、大理石の角や装飾物の出っ張りに容赦なく押しつけられていた。壁に押しつけられて息も絶え絶えの者もいた。ときおりつまずく者が出た。ひしめき合う体と体とのあいだに倒れこんだりしたら、ふたたび起きあがる見こみはないも同然だった。

その場所はまるで——そう、地獄に堕《お》ちた罪人を描いたドレの絵をご覧になったことはおありだろう。だが、さしものドレも音は描きこめなかった。すすり泣き、つぶやくようなうめき声、ときおりあがる絶望の叫びは。

一分か二分しか耐えられなかった。わたしは逃げるように階段を駆けあがった。

なにか手を打つべきだ、という気がしきりにした。彼らを街路へ連れだし、すくなくとも、あの恐ろしい緩慢《かんまん》な堂々めぐりを終わらせるべきだ、と。だが、彼らを導くために自分がドアまで行き着く望みがないことは、ひと目見ただけでわかっていた。おまけに、行き着けたとしても、彼らを外へ連れだしたとしても——そのあとどうするのだ？

気が落ちつくまで、しばらく頭をかかえて階段に坐っていた。そのあいだずっと、あのおぞましい雑多な音が耳にこびりついていた。それから別の階段を探し、見つけだした。それは職員用の狭い階段で、裏道伝いにおりて中庭へ出られた。

もしかしたら、このへんはあまりうまく語れていないかもしれない。なにもかもがあまりにも予想外でショッキングだったため、一時期細かいことをわざと忘れようとしたのだ。そのときのわたしは、まるで、目をさまして救われようと必死にもがくのだが、どうしてもそれができない悪夢のなかにいるような気持ちだった。中庭へ踏みだしたときも、あいかわらず自分が見たものを信じきれずにいた。

しかし、絶対にまちがいないことがひとつあった。現実だろうと悪夢だろうと、かつてなかったほど酒が必要だということだ。

中庭の門の外を走る小さな横丁に人影はなかったが、ほぼ真向かいにパブがあった。いまでもその名前を憶《おぼ》えている――〈アラメイン武器庫《アームズ》〉だ。高名なモントゴメリー子爵の肖像を描いた看板が、鉄の腕木《うでぎ》からぶらさがっていて、その下でドアのひとつがあけ放しになっていた。

わたしはまっすぐそこへ向かった。

パブにはいったとたん、なにもかも正常だという安心感が湧きあがった。ごまんとあるほかの店と同じように、そこはありふれていて、なじみ深かった。

しかし、入り口のあたりにはだれもいなかったものの、角を曲がった先、奥の特別室でなにかが起きているのははたしかだった。重苦しい息づかいが聞こえた。コルクの栓《せん》が、ポンと音を立てて瓶《びん》から抜ける。いったん間があり、それから人の声がこういった――

「ちくしょう、ジンか！　ジンなんざ、くそ食らえだ！」

つづいてガシャンとものが割れる音。声が酔っ払いの忍び笑いを漏らす。

「ありゃあ鏡だな。どのみち、鏡がなんの役に立つってんだ？」

またしてもコルクがポンと抜ける音。

「また忌々しいジンじゃねえか」憤慨したようすで声がこぼした。「ジンなんざ、くそ食らえってんだよ」

今回、瓶はやわらかいものに当たって、ドサッと床に落ち、中身がゴボゴボと流れだした。

「おーい」わたしは声をかけた。「一杯やりたい」

沈黙がおりた。それから――

「どこのどいつだ？」と用心深く声が尋ねた。

「病院から来たんだ」と、わたし。「一杯やりたい」

「聞き憶えのねえ声だな。あんた、目が見えるのか？」

「ああ」

「そんじゃあ、後生《ごしょう》だからこっちへ来ちゃもらえねえかな、先生、そいでウイスキーの瓶を見つけてくださいよ」

「ぼくは医者じゃないけど、それくらいはできる」

わたしは奥へ行き、角をまわりこんだ。太鼓腹で赤ら顔、両端が垂れさがった白髪《しらが》交じりの口髭を生やした男が、ズボンとカラーのないシャツだけをまとって立っていた。かなり酔っ払っていた。手にしている瓶をあけようか、武器として使おうか迷っているようすだ。

「医者じゃねえなら、何者だい？」疑いのにじむ声で彼が尋ねた。

「患者だよ――でも、一杯やらなくちゃいけないのは、どんな医者とも変わらない」と、わたし。「ところで、その手に持っているのはまたジンだよ」と、つけ加える。

「ああ、そうか！　くそったれのジンか」彼はそういうと、瓶を放り投げた。それはガシャンと派手な音を立てて窓を突きぬけていった。

「その栓抜きを貸してくれ」と、わたしは彼にいった。

棚からウイスキーの瓶をおろし、栓を抜くと、グラスを添えて彼に渡してやった。自分用にはソーダをちょっぴり加えた強いブランデーを選び、お代わりした。そのうち、手の震えがだいぶおさまった。

わたしは相棒に目をやった。彼はウイスキーをラッパ飲みしていた。

「酔っ払うぞ」と、わたし。

彼は飲むのをやめ、頭をこちらに向けた。その目は本当にわたしを見ている、と断言してもよかった。

「酔っ払うだと！　ちくしょうめ、もう酔っ払ってるよ」蔑《さげす》むように彼がいった。

ご説ごもっともだったので、わたしはなにもいわなかった。彼は一瞬考えこんでから、こういった――

「もっと酔っ払わなくちゃいけねえ。もっともっと酔っ払わなくちゃいけねえんだ」身を乗りだし、「なんでかわかるか?――目が見えねんだよ。おれは目が見えねえんだ――まるっきり見えねえんだよ。どいつもこいつも目が見えねえんだよ。あんたは別だがな。なんであんたは目が見えるんだ?」

「わからない」わたしは答えた。

「あのろくでもねえ彗星のせいだよ、ちくしょうめ! あれの仕業《しわざ》だよ。緑色の流れ星――で、いまはどいつもこいつも目が見えねえ。あんた、緑色の流れ星を見たのか?」

「いいや」わたしは認めた。

「ほら。やっぱりだ。あんたはあれを見なかった。あんたは目が見える。ほかのだれもがあれを見た」――思わせぶりに腕をふり――「みんな目が見えねえ。くそ忌々しい彗星のせいだよ」

わたしは三杯めのブランデーを手酌《てじゃく》で注《つ》ぎながら、彼のいい分に一理あるのだろうか、と考えていた。

「みんな目が見えないだって?」わたしはオウム返しにいった。

「そうとも。ひとり残らずだ。たぶん世界じゅうのみんなだ――あんたは別だがな」あとから思いついたように、つけ加える。

「どうしてわかる?」と、わたし。

「簡単なこった。耳をすましな!」

わたしたちは薄汚れたパブのカウンターに並んで寄りかかり、耳をすました。なにも聞こえなかった——汚れた新聞紙が、風に吹かれてからっぽの通りを飛んでいくガサガサという音以外には。この地域では千年以上にわたって知られていなかったような静寂が、いっさいを押しつつんでいた。

「おれのいいたいこと、わかるだろう？　はっきりしてるじゃねえか」と男。

「わかるよ」わたしは言葉を選ぶようにしていった。「わかるよ——きみのいいたいことは」

そろそろ行かなくては、とわたしは判断した。行き先はわからない。だが、なにが起きているのか、もっとくわしいことを突き止めなければならないのだ。

「きみがこの店の主人なのか？」わたしは男に尋ねた。

「そうだったら、なんだってんだ？」用心するように男が訊いた。

「ダブルのブランデー三杯分の代金を、だれかに支払わなくちゃいけないだけだ」

「ああ——いいってことよ」

「でも、そういうわけには——」

「いいってことよ、っていってるだろう。なんでかわかるか？　死人に金なんざ役に立たねえからさ。で、そいつがおれなんだ——死人なんだよ。あと二、三杯引っかけたらな」

彼は年齢のわりに頑健《がんけん》そうに見えたので、そういった。

「目が見えねえのに、生きていてなんの得がある？」彼は突っかかるように訊いた。「女房がそういったんだよ。で、女房のいうとおりだった——おれよりあいつのほうが肝《きも》っ玉がすわってただけだ。ガキどもの目も見えねえとわかったとき、あいつがなにをしたと思う？　おれたちのベッドへ連れていって、ガス栓をひねったんだ。やりやがったんだよ。で、おれにはいっしょに行く根性がなかった。おれよりも女房のほうが勇気があったんだ。でも、おれもじきに勇気が湧く。じきに階上《うえ》へもどるんだ――へべれけに酔っ払ったら」

いったいなにがいえただろう？　なにをいっても、彼の決意をくつがえせなかったはずだ。しまいに彼は手探りで階段まで行き、瓶を手にして二階へ姿を消した。わたしは彼を止めようとも、追いかけようともしなかった。そのうしろ姿を見送った。それからブランデーを飲みほし、静まりかえった通りへ出ていった。

## 2　トリフィドの出現

これは個人的な記録だ。そこには永久に消え去ったものが大量に出てくるが、そうした消え去ったものを表すには、使い慣れていた言葉を使う以外に語りようがないので、それはそのままにしておくしかない。だが、背景をわかりやすくするために、話をはじめた時点から時間をさかのぼらなければならない――

子供のころ、わたしたち一家、つまり父母とわたしは、ロンドン南の郊外に住んでいた。

小さな家をかまえていて、父が毎日きちんきちんと国税庁のオフィスに通って家計をささえていた。小さな庭がついていて、夏のあいだ、父が汗水《あせみず》垂らして世話をしたものだった。その当時、ロンドン市内と周辺に住んでいた、ほかの一千万から一千二百万の人々とわたしたちを分かつものは、あまりなかった。

父は数字の行列を――そのころ国内で用いられていた、ばかげた通貨制度のそれであっても――ひとにらみすれば計算できる人種のひとりだったので、わたしを会計士にするべきだと考えたのは、父にとって自然なことだった。結果として、計算するたびに答えがちがうというわたしの無能ぶりは、父を失望させると同時に、わたしを父にとって不可解な存在にした。それでも、まあ、それはそれ。世間によくある話にすぎない。そして数学の答えというものは論理的に導きだされるのであって、なにか秘教的な霊感の形をとって現れるものではないことを教えようとした歴代の教師たちは、わたしには数字向きの頭がないと断言して、匙《さじ》を投げるはめになった。ほかの教科はまずまずの通知表に、父は苦虫《にがむし》を嚙《か》みつぶしたような顔で目を通したものだった。父の頭はこんなふうに働いたのだろう――数字向きの頭がない＝《イコール》財政の観念がない＝金《かね》と縁がない。

「いったいおまえをどうしたものか、見当もつかん。おまえはなにをしたいんだ？」と父は尋ねたものだ。

そして十三か十四になるまで、わたしは自分の不出来を悲しく思いながら首をふり、わからないと認めるのだった。

こんどは父が首をふる番だった。

父にとって、世界は頭脳労働に従事する事務系の人間と、それ以外の汚れ仕事につく非事務系の人間に截然《せつぜん》と分かれていた。すでに百年ほども時代遅れになっていたこの見解を、父がどうしていだいていられたのかはわからないが、わたしはそのもとで幼少期を過ごしたので、数字に弱くても、かならずしも道路の清掃人や皿洗いの一生に甘んじなくてもいいのだと悟ったのは、だいぶあとになってからだった。自分がいちばん興味を持っている教科が職業に結びつくかもしれない、という考えは浮かばなかったし――わたしの生物学の成績が一貫してよいことに父は気づかなかったか、気づいたとしても、心に留《とど》めもしなかった。

わたしたち親子にとって、この問題に最終的に決着をつけてくれたのは、トリフィドの出現だった。それどころか、わたしにとっては、はるかに多くのものをもたらしてくれた。仕事をくれたし、快適な暮らしをさせてくれた。何度か命を奪いかけもした。そのいっぽう、命を救ってくれたのも認めないわけにはいかない。というのも、あの「流星雨」という決定的な時期にわたしが入院していたのは、トリフィドに刺されたからだったのだ。

トリフィドが突如として発生したことに関して、本には揣摩《しま》憶測があふれている。その大部分はたわごとだ。多くの単純な人が信じたように、ひとりでに生えてきたのではないことはたしかだ。それがある種の天罰《てんばつ》の見本――世界がその流儀をあらためず、傍若無人《ぼうじゃくぶじん》にふるまうなら、これから起きるもっと悪いことの先触れなのだ――という説にも、おおかたの人は与《くみ》しなかった。地球以外の、もっと生存条件の厳しい世界でなら生まれていても不思議のない、おぞましい生命体の実例として、その種子が宇宙空間をただよってきたわけでもない――すくなくとも、そうではなかったことに、わたしは満足している。

わたしは、たいていの人よりもトリフィドについて多くを学んだ。それが飯《めし》の種《たね》だったからであり、わたしの勤めていた会社が――あまり誉《ほ》められた話ではないとしても――それが公《おおやけ》の場に現れるにさいして、重大な役割を果たしたからだ。にもかかわらず、トリフィドの真の起源は、いまだに謎につつまれている。一応いわせてもらうなら、それらは一連の巧妙な生物学的交配の産物――しかも、それをいうなら、十中八九は偶然の産物――であった、とわたしは信じている。トリフィドがじっさいに誕生した地域以外の場所で進化をとげていたら、その祖先について立派な記録が残っていたにちがいない。ところが現実には、それを知る資格がいちばんあるはずの者たちが、権威ある声明を発することは絶えてなかった。その理由が、当時の世界を覆っていた奇妙な政治的状況にあったことは、疑問の余地がない。

そのころわたしたちの住んでいた世界は広大であり、その大部分は、たいした苦労もなく自由に行き来できた。道路、鉄道、船舶航路が張りめぐらされ、人を安全かつ快適に一千マイルも運ぶ用意がととのえられていた。それよりも速く旅をしたいと思い、そうするだけの金銭的余裕があれば、飛行機で旅をした。当時は武器を携行するどころか、そもそも用心する必要さえなかった。どこへでも行きたいところへ行けたし、それを阻《はば》むものもなかった――山ほどの書類と規則を除けばだが。これほど管理の行き届いた世界は、いまではユートピアのように聞こえる。にもかかわらず、地球の六分の五がそうだったのだ――残る六分の一は、また話がちがったのだが。

当時を知らない若い人たちが、そういう世界を思い描くのは、むずかしいにちがいない。ひょっとしたら、黄金時代のように聞こえるかもしれない――もっとも、その世界に住んでいた者にとっては、かならずしもそうではなかったが。あるいは、どこもかしこもが秩序立ち、耕作地となっていた地球というのは退屈に聞こえるかもしれない――これもまた、そうではなかった。それはかなり刺激的な場所だった――すくなくとも、生物学者にとっては。毎年われわれは、食用植物が生長する北限をすこしだけ押しあげつづけていた。新しい畑が、歴史的には永久凍土《ツンドラ》や不毛の地でしかなかったものの上で急速に穀物を実らせていた。シーズンごとに、新旧の砂漠の一部を緑地化し、草や食物が育つようにした。というのも、当時は食料がもっとも逼迫《ひっぱく》した問題であり、緑地化の進展と、地図上における耕作地の線の前進は、ひとつ前の世代が戦線に払ったのと同じくらいの関心を集めていたからだ。

このように剣から鋤《すき》へ関心が移ったことは、まぎれもなく社会的な改善だったが、かといって、人間精神における変化を示しているのだ、と楽観主義者が主張したのも誤りだった。人間精神は前と変わらなかった――その九十五パーセントは平和に暮らすことを望んだ。残りの五パーセントは、ことを起こす危険を冒《おか》すべきだろうか、とチャンスをうかがっていた。小康《しょうこう》状態がつづいたのは、だれにとってもチャンスが大きくないように思われたからにすぎない。

いっぽう、毎年、二千五百万ほどもの新たな口が食い物をよこせとわめくとあって、食料供給の問題は悪化の一途《いっと》をたどり、効果のない啓蒙《けいもう》活動が何年もつづいたあと、二年つづきの凶作に見舞われて、ついに人々もその緊急性に気づいたのだった。

好戦的な五パーセントが、しばらくのあいだ悶着《もんちゃく》を起こさずにいた要因は人工衛星だった。ロケット工学の粘《ねば》り強い研究が、ついに目的のひとつを達成することに成功していたのだ。落ちてこないミサイルが打ち上がっていた。じつをいえば、地球を周回する軌道に乗るほど遠くまでロケットを飛ばすことは可能だった。いったん軌道に乗れば、それは小さな月のようにまわりつづけるだろう、ひっそりと鳴りを潜《ひそ》め、無害なまま――ボタンが押され、落下を促《うなが》す命令があたえられ、壊滅的な結果をもたらすまでは。

衛星兵器を最初に実用化した国が勝ち誇った発表をしたあと、一般から懸念《けねん》が大いに寄せられ、さらに同様の成功をおさめているとわかっているのに、ほかの国々がなんの発表もしないことに関して、いっそう大きな懸念が寄せられた。頭の上に未知数の脅威があって、だれかが落ちてこいと指示するまで、ひっそりとぐるぐるまわりつづける――しかも、それに関して打つ手はないと理解するのは、なんとも不愉快なことだった。それでも、生活はつづけねばならず――目新しさとは、驚くほど短命なものなのだ。人は否応《いやおう》なくその考えに慣れてしまった。核弾頭を積んだ人工衛星のみならず、穀物の疫病、家畜の疫病、放射性降下物、ウイルス、なじみ深い種類だけでなく、研究室で考えだされたばかりの真新しい品種の感染症といったものを積んだ人工衛星もあり、それが上空をまわっているという報告が出るたびに、パニックにおちいった人々が抗議の声をあげた。そういった不安定な、逆効果をもたらしかねない兵器がじっさいに配備されていたのかどうかは、よくわからない。しかし、そのころの愚行《ぐこう》――とりわけ、不安に駆られての愚行――がどこまでエスカレートしたかは、そう簡単には見極められない。ほんの数日で無害になるほど不安定な有毒微生物（そういうものが交配できないとは、だれにもいえない）は、適切な地点に落としさえすれば、戦略的に有用とみなされたかもしれないのだ。

すくなくともアメリカ政府は、その疑惑を真剣に受けとり、生物学的戦争を人類にじかに仕掛けるように設計された人工衛星を運用していることを強く否定した。そもそも人工衛星を運用しているとは思われていなかった小国がひとつかふたつ、あわてて同様の声明を発した。ほかの大国はしなかった。この不気味な沈黙を前にして、アメリカは他国が準備をしているような形の戦争に対する準備をなぜ怠《おこた》っているのか――とにかく「じかに」とはどういう意味なのか知りたい、と大衆がいいだした。この時点で、あらゆる陣営が暗黙のうちに人工衛星について肯定も否定もしなくなり、重要さでは劣らないが、はるかに摩擦のすくない食料不足の問題に大衆の関心をそらすことに努力が注がれた。

需給の法則からすれば、必需品の専売制がもっと大胆に推《お》し進められてもよかったが、世間一般は公然たる専売制に反対する立場をとった。とはいえ、連鎖会社の制度はじつに円滑に機能し、独占禁止法は有名無実となった。解決しなければならない問題が、ときおりその枠組みのなかで生じたが、そのような些細《ささい》な困難は、一般大衆の耳にはめったに届かなかった。たとえば、ウンベルト・クリストフォロ・パランゲスの存在さえ、聞いたことのある者はまずいなかった。わたし自身、仕事の関係で何年もあとになってから耳にしたにすぎない。

ウンベルトはさまざまなラテンの血を引いており、国籍は南米のどこかだった。食用油の利権という整然とした機構を破壊しかねない工具としてはじめて登場したのは、北極＝欧州魚油《ぎょゆ》会社のオフィスにはいってきたときだった。そのとき彼は淡いピンクの油がはいった瓶《びん》をとりだし、御社《おんしゃ》が興味をお持ちになるかと思いまして、と述べた。

北極＝欧州社は乗り気ではなかった。事業は順風満帆《まんぱん》だったのだ。とはいえ、彼が置いていったサンプルの分析に、そのうちとりかかった。

最初に判明したのは、とにかく、それが魚油ではないことだった。植物性だったのだ。もっとも、原料は特定できなかったのだが。二番めにわかったのは、それにくらべれば、同社の最高級魚油の大半が、機械の潤滑油としか見えないことだった。愕然《がくぜん》とした同社は、サンプルの残りを綿密な調査にまわし、他社にミスター・パランゲスが話を持ちかけたかどうか、あわてて訊いてまわった。

ウンベルトがふたたび来社したとき、専務が腰を低くして彼を迎えた。

「あなたがお持ちになられた油は、じつにすばらしい、ミスター・パランゲス」と専務はいった。

ウンベルトは艶々《つやつや》と黒光りする髪の生えた頭をうなずかせた。彼はその事実をよく知っていた。

「あのようなものは、見たことがありません」と専務が認めた。

ウンベルトはふたたびうなずいた。

「そうですか?」彼は丁重にいった。あとから思いついたらしく、こうつけ加える――「しかし、これからはご覧になるでしょう、セニョール。それも大量に」考えこんだようすで、

「おそらく七年先、ひょっとすると八年先には市場へ出るはずです」彼は笑みを浮かべた。

いくらなんでも無理だろう、と専務は思った。単刀直入に彼はいった――

「あれは、わが社の魚油より優れていますす」

「そう教えられています、セニョール」ウンベルトが相づちを打った。

「あなたご自身で市場へ出すおつもりですか、ミスター・パランゲス?」

ウンベルトはふたたび笑みを浮かべた。

「そのつもりだったら、御社にお見せしたでしょうか?」

「わが社としては、油のひとつを合成物で強化してもいい」と専務が考えをめぐらせながらいった。

「ビタミンを添加するのですね――しかし、すべての商品に合成物を添加するのは高くつくでしょう。たとえできたとしても」ウンベルトがおだやかな口調でいった。「しかも」と、つけ加える。「とにかく、この油は御社の最高級魚油よりはるかに安い値をつけられると聞いています」

「ふーむ」と専務。「なるほど、では具体的な提案がおありなのですな、ミスター・パランゲス。その話をしましょうか」

ウンベルトは説明した——

「このような嘆かわしい問題に対処するには、ふたつの方法があります。通常の方法は、問題が起きるのを妨《さまた》げること——あるいは、すくなくとも、現在の設備に投下した資本が回収されるまで遅らせることです。もちろん、それが望ましい方法です」

専務はうなずいた。彼はそのことを身にしみて知っていた。

「しかし、お気の毒ですが、今回はそうはいきません。なぜなら、不可能だからです」

専務は納得しなかった。彼としては、「あなたはそうおっしゃいますが」といい返したかったが、自分を抑え、どっちつかずに「ほう」というだけで満足した。

「もうひとつの方法は」ウンベルトが言葉をつづけた。「面倒が生じる前に、御社ご自身でそれを生産することです」

「なるほど！」と専務。

「わたしが思うに」とウンベルトが告げた。「おそらくこの植物の種子を、そうですね、半年以内にお渡しできるでしょう。そのとき植えられれば、五年で油の生産をはじめられます——あるいは、大量生産ができるまでは六年かかるかもしれませんが」

「じつをいえば、ちょうどいいタイミングですな」と専務がいった。

ウンベルトはうなずいた。

「あとの方法のほうが単純です」と専務が指摘した。

「それが可能であれば」ウンベルトはいったん同意し、「ですが、あいにく御社の商売敵《がたき》は頑固ですし――あるいは、抑えておけない連中ですから」

彼は自信たっぷりにそういったので、専務はしばらく考え深げにウンベルトをしげしげと見つめた。

「わかりました」とうとう専務がいった。「ところで――あー――あなたはソビエト市民ということはありませんね、ミスター・パランゲス？」

「ちがいます」とウンベルト。「わたしの人生はまずまず幸運でした――しかし、いろいろな伝手《つて》があって……」

ここにおいて、世界の残り六分の一が考慮の対象となる――そこ以外の場所のようには気軽に訪れることのできない地域が。たしかに、ソビエト社会主義共和国連邦を訪問する許可はまずおりなかったし、おりたとしても、移動は厳重に制限された。かの国は故意にみずからを謎めいた地に仕立てていたのだ。その地域の風土病ともいえる秘密主義のヴェールの裏で起きていることは、それ以外の世界にはほとんど知られなかった。知られているとされることも、たいていは憶測だった。とはいえ、ごく些細なことを片っ端から隠すいっぽうで、お笑い草の話を垂れ流す奇妙な宣伝工作の裏では、多くの分野で着々と成果があがっていたにちがいない。そのひとつが生物学だった。食料供給の増大という問題を、それ以外の世界と共有していたソ連は、砂漠や大草原《ステップ》や北方のツンドラを緑地化する試みに強い関心をいだいていることで知られていた。情報がまだやりとりされていたころ、ソ連はいくつかの成功をおさめたという報告が寄せられた。とはいえ、その後、方法と見解に分裂が生じ、かの地ではルイセンコという名前の男のもとで、生物学は独自の針路をたどることになった。やがて生物学も風土病である秘密主義に屈した。それが採《と》った路線は不明であり、健全なものではないと考えられた――しかし、そこで起きていることが大成功をおさめているのか、愚行のきわみなのか、はたまた奇妙奇天烈《きてれつ》なのかは推測するしかなかった――その三つが同時に起きているのではないとしたらの話だが。

「ヒマワリかな」自分自身の物思いにふけって、心ここにあらずといった口調で専務がいった。「たまたま知っているのですが、彼らはヒマワリの種油《たねゆ》を増産する新たな試みをしていました。しかし、それではない」

「ええ」ウンベルトが相づちを打った。「それではありません」

専務は無意識のうちにいたずら書きをした。

「種子、とおっしゃいましたね。つまり、新種だということですか？　改良された系統にすぎないのであれば、もっと簡単な処理の仕方が――」

「新種だと理解しています――まったく新しいものだと」

「ということは、ご自分の目でご覧になっていないのですね？　じつはヒマワリの改良種だということはありませんか？」

「写真なら見たことがあります、セニョール。ヒマワリとまったく関係がないとは申しません。カブラと関係ないとも申しません。イラクサと、あるいはランとさえ関係ないとも申しません。しかし、そのすべてが父親だったとしても、自分の子供を見分けられるものはいないでしょう。見分けたとしても、あまり喜ぶとは思えません」

「なるほど。では、このしろものの種子をわが社にくださる見返りとして、いかほどの金額をお考えでしょう？」

ウンベルトがひとつの数字をあげ、専務はいたずら書きしていた手をぴたりと止めた。彼は眼鏡をはずして、その金額を口にした相手をまじまじと見た。ウンベルトはひるまなかった。

「考えてみてください、セニョール」指折り数えながら、彼はいった。「これは困難な仕事です。そして危険です――非常に危険です。わたしは恐れません――ですが、楽しみで危険を冒《おか》しに行くわけではありません。もうひとり男がいます、ロシア人です。彼を連れださねばなりませんし、報酬をたっぷり支払ってやらねばなりません。彼がまず報酬を支払ってやらねばならない者がほかに何人かいるでしょう。それに飛行機を買わねばなりません――快速のジェット機を。こうしたことすべてに金がかかります。

しかも、簡単にはいかないと申しあげます。御社は良質の種子を手に入れなければなりません。この植物の種子の多くは発芽しないのです。確実を期すために、選別された種子を持ってこなければなりません。それらは高価です。そしてソ連では、なにもかもが国家機密で、保護されています。たしかに簡単にはいかないのです」

「それはそうでしょう。しかし、そうはいっても――」

「高すぎますか、セニョール？　数年後、このロシア人たちが世界じゅうに彼らの油を売っているとして——そして御社が倒産したとしたら、あなたはなんとおっしゃるでしょうね？」

「よく考えなければなりません、ミスター・パランゲス」

「もちろんです、セニョール」ウンベルトは笑みを浮かべて同意した。「待ちますよ——すこしなら。しかし、あいにくですが、値引きには応じられません」

じっさい、応じることはなかった。

発見者と発明家は、事業にとって災《わざわ》いのもとだ。それにくらべれば、機械に砂粒がはさまるぐらいなんでもない——傷《いた》んだ部品をとり替えて、そのまま稼働させつづければいい。しかし、万事がうまく組織され、申し分なくいっているとき、新しい工程、新しい原料の登場は悪夢そのものだ。それではすまないときもある——どうあっても、そのような事態が起きるのを許してはならない。賭けられているものが多すぎるのだ。合法的な手段を採れなければ、別の方法を試すしかない。

というのも、ウンベルトは事態を過小評価していたからだ。安価な新しい油との競争で、北極＝欧州が倒産に追いこまれ、社員が失業の憂《う》き目にあうだけではすまない。その影響は大きく広がるだろう。ピーナッツ、オリーヴ、鯨《くじら》、その他多くの製油産業にとって致命傷とはならないまでも、痛烈な打撃となるだろう。それにもまして、マーガリン、石鹸《せっけん》、美顔用クリームから家庭用のペンキにいたる無数の製品を生産する関連産業に甚大な影響をおよぼすだろう。たしかに、業界に影響力のある数社が、ひとたびその脅威の性質を理解したとき、ウンベルトのあげた数字は慎《つつ》ましいとさえ思えたのだ。

彼は合意をとりつけた。彼の持参したサンプルに説得力があったからだ。それ以外の点ではいくぶん怪しかったとしても。

じっさいのところは、北極＝欧州が約束した額よりも、はるかにすくない経費しかかからなかった。というのも、ウンベルトが飛行機に乗って前金とともに去ったあと、その姿は二度と見られなかったからだ。

しかし、だからといって、彼の消息がすっかり絶えたわけではない。

数年後、フョードルとだけ名乗る身元不明の人物が、北極＝欧州製油会社（そのころ同社は、社名と事業の両方から「魚」をはずしていた）のオフィスに姿を現した。自分はロシア人だ、と彼はいった。親切な資本主義者が情けをかけてくれるなら、金をいくらかもらえないか、と。

フョードルによれば、彼はカムチャッカのエロフスク地区に設けられた、最初の実験的なトリフィド栽培所に雇われていたという。そこはわびしい場所で、彼はそこが大嫌いだった。逃げだしたいと願うあまり、そこで働いていた別の労働者、名前をあげればトヴァリッチ・ニコライ・アレクサンドロヴィッチ・バルチノフという男の提案に耳をかたむけることになり、その提案は数千ルーブルの金《かね》で裏付けされていた。

それは、たいした手間のかからない仕事だった。選別ずみの発芽するトリフィドの種子がはいった箱を棚からおろし、発芽しない種子のはいった似たような箱を代わりに置くだけだった。盗みだした箱は、ある特定の時間に、ある特定の場所へ置いておくことになっていた。

危険はないも同然だった。すり替えが露見するのは、数年先であっても不思議はなかった。とはいえ、つぎの要求はもうすこし手がこんでいた。彼は農場から一、二マイル離れた大きな野原にある形で配置された照明を操作することになった。ある特定の夜に、そこに居合わせねばならなかった。真上を飛ぶ飛行機の音が聞こえるはずだった。照明のスイッチを入れる。飛行機が着陸する。そうしたら、最善の策は、だれかが調べに来ないうちに、できるだけ早くそのあたりから逃げだすことだ。

この骨折りに対して、ルーブルの分厚い札束を受けとるだけではなく、ソ連を出ることに成功すれば、イギリスにある北極＝欧州のオフィスで大金が待っているだろう。

彼の話によれば、作戦は計画どおりに進んだという。いったん飛行機がおりたら、フョードルはぐずぐずしなかった。照明のスイッチを切って、一目散に逃げだした。

飛行機は短い時間しか駐《と》まっていなかった。おそらく十分とたたないうちに、ふたたび離陸した。ジェット・エンジンの音から判断して、それは急角度で上昇しているようだった。爆音が消えた一分か二分後、またしてもエンジン音が聞こえてきた。さらに何機かの飛行機が、つぎつぎと東へ飛んでいった。二機だったのか、それとももっと多かったのか、彼にはわからなかった。しかし、猛スピードで飛んでおり、ジェット・エンジンは金切り声をあげていた……。

あくる日、同志バルチノフが失踪していた。蜂《はち》の巣をつついたような騒ぎになったが、バルチノフの単独犯だったにちがいないと判断が下された。そういうわけで、フョードルにとってはすべてが無事にすんだのだった。

彼は用心深く一年待ってから行動に移った。最後の関門を賄賂《わいろ》で切り抜けるころにはルーブルを使いはたすほど経費がかかっていた。そのあとは生きのびるために、さまざまな仕事につかねばならなかった。そのためイギリスにたどり着くのに長い時間を費やした。しかし、いまやたどり着いたのだから、すこしお金をもらえないだろうか？

そのときには、エロフスクでの出来事に関して噂《うわさ》が流れていた。そして飛行機が着陸したとして彼があげた日付には信憑性があった。そういうわけで北極＝欧州は彼に金をあたえた。仕事もあたえ、口を閉じておくように命じた。というのも、ウンベルト本人は品物を届けなかったものの、すくなくとも種子をばらまくことで、同社の苦境を救ったのは明らかだったからだ。

北極＝欧州は最初のうち、トリフィドの出現とウンベルトを結びつけず、数カ国の警察が、彼らに代わってウンベルトを血眼《ちまなこ》で捜しつづけた。同社のある研究者が調査のためにトリフィド油の標本を作りだすまで、それがウンベルトに見せられたサンプルと完全に一致し、彼が持ちだそうとしていたのがトリフィドの種子だったということは理解されなかった。

ウンベルトの身になにが起きたのかは、はっきりしないままだろう。太平洋上空、成層圏の高みのどこかで、彼と同志バルチノフは、追跡中の音をフョードルが聞いたという飛行機に攻撃されたのだろう——わたしはそうにらんでいる。ロシア軍の戦闘機の放った機関砲弾が、彼らの飛行機を分解しはじめたとき、はじめて攻撃に気づいたのかもしれない。

そして、おそらくその機関砲弾の一発が、ベニヤ板でできた、ある十二インチ角《かく》の立方体も粉微《こなみ》塵《じん》にしたのだろう――小さな茶箱に似た容器で、フョードルによれば、そのなかに種子がおさまっていたのだ。

ひょっとしたらウンベルトの飛行機は爆発したのかもしれない。バラバラになって墜落しただけかもしれない。どちらにしろ、破片が海に向かって長い長い落下をはじめたとき、一見すると白い蒸気のようなものを跡に残したにちがいない。

それは蒸気ではなかった。かぎりなく軽いので、希薄な空気のなかでさえ浮かんでいる種子の雲だった。何百万という遊糸《ゆうし》に似たトリフィドの種子が、そのとき世界じゅうの風に乗って、どこへでもただよっていけるようになったのだった……。

種子がついに大地に沈みこむまで、何週間、ひょっとすると何カ月もかかったのかもしれない。その多くが出発点から何千マイルも離れていた。

くり返すが、これは憶測だ。しかし、秘密にしておくつもりだった植物が、きわめて唐突に、世界のいたるところで見つかるようになった経緯《いきさつ》として、これ以上に説得力のある説明は見当たらないのだ。

*

わたしがトリフィドに出会ったのは、まだ早いうちだった。地元で最初のトリフィドの一本がうちの庭に生えたので、たまたまそういうことになったのだ。家族のだれかがわざわざ注意を向けるようになる前に、その植物はすっかり育っていた。というのも、ゴミの山を人《ひと》目《め》から遮《さえぎ》っている生け垣の裏に、ほかの多くの雑草に交じって根をおろしていたからだ。そこではなんの害にもならなかったし、だれの邪魔にもならなかった。そういうわけで、気づいてからも、ときおり目をやって、どんなようすかたしかめるだけで、放っておいた。

とはいえ、トリフィドはたしかに目立ったので、すこしたつと、多少の好奇心をいだかないわけにはいかなくなった。たぶん、それほど強い好奇心ではなかっただろう。庭の手入れの行き届かない一角《いっかく》には、どういうわけかつねに二、三の見慣れないものが、根を張っていたからだ。しかし、それがかなり風変わりなものに見えるようになってきた、と家族でいい合う程度の好奇心ではあった。

トリフィドの外見を、だれもがいやというほど知っている今日《こんにち》では、最初のやつらがわたしたちの前に現れたとき、どれほど奇妙で、なんとなく異国風に見えたかを思いだすのはむずかしい。わたしの知るかぎり、当時そいつらに危惧《きぐ》や警戒心をいだいた者はいなかった。たぶん大部分の人々は——そもそも考えることがあったとしてだが——大筋でわたしの父と同じようにトリフィドのことを考えたのだろう。

うちのトリフィドが一年ほど育ったにちがいないころ、父がそれをためつすがめつし、首をひねっていた姿が記憶に焼きついている。成長しきったトリフィドを細かなところひとつひとつまで、半分のサイズにした複製だった——ただし、まだ呼び名はなかったし、生長しきったやつを見た者もいなかったが。父はかがみこみ、角縁《つのぶち》眼鏡ごしに目をこらしながら、茎《くき》をいじったり、考えこむときの癖で、赤みがかった口髭にそっと息を吹きかけたりしていた。父はまっすぐな茎と、それが生えている木質《もくしつ》の幹《みき》を調べていた。目を皿のようにしてとはいえないにしても、茎と並んでまっすぐにのびている、三本の小さな、葉のない棒状突起に関心を向けた。手ざわりでなにかがわかるかのように、革質の緑葉《りょくよう》のついた短い枝を親指と人差し指ではさんでしごいた。それから茎のてっぺんにある、風変わりな漏斗《ろうと》状の構造をのぞきこんだ。あいかわらず考えこむように、だが、判断に苦しむといいたげに息を口髭に吹きかけながら。父がはじめてわたしを抱きあげ、その円錐《えんすい》形のカップの内側をのぞきこませて、そのなかのきつく巻いた渦巻きを見せてくれたときのことを憶えている。それは固く巻いた羊歯《しだ》の新しい葉に似ていないこともなく、カップの底のネバネバしたものから二インチほど飛びだしていた。さわりはしなかったが、そのしろものがネバネバしているにちがいないとわかった。蠅《はえ》やら、ほかの小さな昆虫やらが、そのなかでもがいていたからだ。

これはかなり風変わりだ、と父は口癖のようにいい、そのうち本気で正体を突き止めなければいけないな、というのだった。父がその努力を払ったとは思わないし、その段階では、払ったとしても、たいしたことはわからなかっただろう。

当時そいつらは、高さが四フィートほどだった。そこらじゅうに生えていたにちがいない。ひっそりと、害にならずに生長していたので、とりたてて注意を払う者はいなかった——すくなくとも、そう思えた。というのも、生物学や植物学の専門家たちが騒いでいたとしても、彼らが関心を持っているというニュースは、一般大衆のもとに届かなかったからだ。そういうわけで、うちの庭のそいつは平穏に生長をつづけた。世界じゅうのかえりみられない場所で育った何千もの同類と同じように。

最初のやつが自分で根を引っこぬき、歩きだしたのは、そのすこしあとだった。

もちろん、その信じがたい行動は、それが国家機密に指定されていたはずのソ連では、しばらく前から知られていたにちがいない。だが、わたしに確認できたかぎりでは、外の世界で最初にそれが起こったのは、インドシナにおいてだった――つまり、人々は気づかずにいたも同然ということだ。インドシナは、そういった風変わりで、およそありそうにない話が聞こえてきて当然とされる地域のひとつであり、たびたび聞こえてきた――ニュースが乏《とぼ》しく、〝神秘の東洋〟という触れこみが、多少なりとも紙面を活気づけるものであれば、新聞社のデスクが使う気になるかもしれないたぐいの話だ。しかし、いずれにしろ、インドシナの実例は大きなリードを保てなかっただろう。数週間の内に、スマトラ、ボルネオ、ベルギー領コンゴ、コロンビア、ブラジル、そして赤道近辺の大半の場所から、歩く植物の報告が続々とはいってきたからだ。

たしかに今回は活字になった。しかし、大海蛇《おおうみへび》、精霊、思考転移をはじめとする超常現象に関する問題を報道するときマスコミが常習的に採用する、用心深さと弁解じみた軽薄さの入り混じった調子で書かれた編集過多《かた》の記事のせいで、この生長しきった植物が、われわれのゴミ山のそばにひっそりと生えている、見苦しくない雑草とうりふたつであることに気づいた者はいなかった。写真が載るようになってはじめて、サイズ以外はそっくりだ、とわれわれは気づいたのだ。

ニュース映画の取材陣が、ただちに現場へ向かった。もしかしたら辺境の地までわざわざ飛んでいって、良質で興味深い映像を手に入れたのかもしれない。だが、どんなニュースの話題も——ボクシングの試合を別にすれば——二、三秒以上つづけば、視聴者を退屈で麻痺《まひ》させずにはおかないという説が、フィルム編集者のあいだでまかり通っていた。したがって、自分の将来において重要きわまりない役割を果たすことになる、生長したトリフィドをわたしがはじめて目にしたのは、ほかの多くの人々と同様に、ホノルルでのフラダンス・コンテストと、戦艦（これは時代錯誤ではない。戦艦はいまだに建造されていた。海軍提督でさえ生活しなければならないのだ）の進水式に臨《のぞ》む大統領夫人とにはさまれた短い映像のなかでだった。見せてもらえたのは、数体のトリフィドがよたよたとスクリーンを横切るところで、映画を見に来る大衆のレベルに合わせたと思われるナレーションがついていた——

「さあ、みなさん、わが社のカメラマンがエクアドルで見つけたものをとくとご覧ください。休暇旅行に出た野菜です！　みなさんは、パーティーのあとでしかこの種のものをご覧になられないでしょう。しかし、陽《ひ》のさんさんと降り注ぐエクアドルでは、いつでも見られるのです——それもあとで二日酔いに悩まされずに！　モンスター植物の行進です！　そうだ、いいことを思いつきました！　われわれのジャガイモを正しく教育できれば、まっすぐ鍋《なべ》のなかへ歩いていくよう仕向けられるかもしれません。いかがでしょう、奥さん？」

その情景がつづく短い時間、わたしはうっとりと目をこらした。そこには七フィートあまりの高さにまで育った、うちの謎めいたゴミ山の植物が映っていた。見まちがえるはずがない――しかも、それは〝歩いて〟いたのだ！

そのときはじめて目にした幹には、小さな髭根《ひげね》がもじゃもじゃと生えていた。おおよそ球形をしていたが、下部からのびている先が丸まった三本の突起物は別だった。この突起物にささえられて、本体が地面から一フィートほど離れて持ちあげられていた。

それが〝歩く〟とき、松葉杖《まつばづえ》をついた人間とよく似た動きをした。先の丸まった〝脚〟の二本がずるっと前へすべり、ついで全体が前へよろめくと同時に、うしろの〝脚〟が前の二本とほぼ同じ線まで引き寄せられる。ついで前方の二本がまたずるっとすべるのだ。一〝歩〟進むたびに、長い茎が鞭《むち》のようにしなって、激しく前後に揺れた。見ていると、船酔いにかかったような気分になった。前進の方法としては、いかにも効率が悪く不器用に見えた――若い象が遊んでいるところを、なんとなく彷彿《ほうふつ》とさせた。そのやり方で長いことよろめきつづけていたら、茎が折れないにしても、葉を一枚残らずふり落としてしまいそうだった。にもかかわらず、見た目は不格好だったものの、人間が歩く平均的な速度に近い速さで地面を移動できる方法になっていた。

戦艦の進水式がはじまる前に見てとる時間があったのは、だいたいこれだけだった。映像は多くはなかったが、少年の探究心をかきたてるには充分だった。というのも、エクアドルのやつにあんな真似ができるなら、うちの庭に生えているやつにもできないわけがないからだ。たしかにうちのはかなり小さいが、見た目はまったく同じなのだ……。

帰宅しておよそ十分後、わたしはうちのトリフィドのまわりを掘っていた。近くの土を丹念にほぐして、それが〝歩く〟よう促していたのだ。

不幸にして、この自走式植物の発見には、ニュース映画取材陣が経験しなかったか、彼らなりの理由で公表を控えたかの側面があった。警告もなされなかった。わたしはその植物を傷つけずに土をとりのけようと思ってかがみこんでいた。そのとき、どこからともなく、なにかが飛んできて、わたしをしたたかに打ち、気絶させたのだ……。

目がさめるとベッドに寝ていて、父母と医者が心配そうにわたしを見つめていた。頭がふたつに裂けたような気分で、体じゅうが痛かった。あとでわかったのだが、顔の片側が真っ赤なミミズ腫《ば》れに覆われていた。どうして庭で昏倒《こんとう》することになったのか、としつこく訊かれたが、答えようがなかった。なにに打たれたのか、見当もつかなかったからだ。すこし時間がたつと、わたしがイギリスで最初にトリフィドに刺され、命長らえたうちのひとりだと判明した。もちろん、そのトリフィドは未成熟だった。しかし、わたしが全快する前に、父はわたしの身に起きたことが何なのか突き止めており、わたしがまた庭へ出たときには、うちのトリフィドに容赦ない復讐を果たして、その残骸を焚《た》き火にくべてしまっていたのだった。

*

歩く植物が既成事実と化してしまうと、マスコミはそれまでの遠慮をかなぐり捨て、大々的な報道に転じた。そういうわけで、それらにふさわしい名前を見つけなければならなかった。すでに植物学者たちが、多音節で破格のラテン語やギリシア語を使うという慣習にしたがって、アンブランス（歩きまわるという意味のラテン語）やスードポディア（偽足という意味のギリシア語とラテン語の合成）をもじった変種を嬉々《きき》として生みだしていたが、新聞や大衆がほしがったのは、ふだん使うために、舌に載せやすく、見出しにするのに仰々《ぎょうぎょう》しすぎないものだった。当時の新聞をご覧になれば、つぎのような名称が見つかるだろう――

トライコット　　トライニット
トライカスプ　　トライペダル
トライジェナート　　トライペッド
トライゴン　　トライクエット
トライログ　　トライポッド
トライデンテート　　トライペット

そして「トライ（三という意味の接頭語）」ではじまりさえしない、その他多くの謎めいた名前――もっとも、ほぼすべてが、例の活発に動く三つ叉《また》の根という特徴に基づいていたのだが。

科学的に、語源学的に、その他もろもろの根拠に照らしあわせて、どの名称がいちばんふさわしいかについて、公的な場でも、私的な場でも、酒場でも喧々囂々《けんけんごうごう》の議論がくり広げられたが、この言語学的闘技場において、しだいにひとつの名称が優位を占めるようになった。最初の形ではすんなり受け容《い》れられたわけではなかったが、一般に使われるうちに、もともと長い音だった最初の「i《アイ》」が修正され、二番めの「f《エフ》」を書く習慣がすぐにできて、疑問の余地はなくなった。こうして標準的な名称が出現した。珍奇《ちんき》なものに使う手軽なレッテルとして、どこかの新聞社がひねりだした耳になじみやすい簡単な名前――しかし、いつの日か、苦痛、恐怖、悲惨と結びつけられる運命にあった名前――**トリフィド**（Triffid）が……。

*

大衆の興味の第一波は、まもなく引いた。なるほど、トリフィドはちょっと気味が悪い――だが、けっきょくは、それが目新しいからにすぎない。そのむかし人々は目新しいもの――カンガルーやオオトカゲや黒鳥《こくちょう》――についても同じように感じたのだ。そして、考えてみれば、トリフィドは肺魚《はいぎょ》や駝鳥《だちょう》やオタマジャクシや、その他もろもろよりもひどく変わっているだろうか？　コウモリは空を飛ぶことをおぼえた動物だ。それなら、歩くことをおぼえた植物がいて――なんの不思議があるだろう？

しかし、それほど軽くはあしらえない特徴が、トリフィドにはあった。その起源についてロシア人は、いかにもロシア人らしく、だんまりを決めこんでいた。ウンベルトの噂を聞いていた者たちでさえ、まだ彼とトリフィドを結びつけていなかった。その突然の出現、それにもまして広範な分布が揣摩《しま》憶測を呼んだ。というのも、熱帯のほうが早く成熟するとはいえ、極地圏と砂漠を除くほぼすべての地域から、さまざまな生長段階にある実例が報告されたからだ。

その種《スピーシーズ》が肉食で、カップに囚《とら》われた蠅《はえ》やその他の昆虫がネバネバした物質にじっさいに消化されるとわかると、人々は驚き、すこしだけ胸をむかつかせた。われわれ温帯の住民は、食虫植物について知らないわけではなかったが、特別な温室の外で見つけることに慣れておらず、それらをなんとなくいかがわしい、あるいは、すくなくとも不適切なものだとみなしがちだった。しかし、本当に愕然《がくぜん》としたのは、トリフィドの茎の頂部にある渦巻きが、長さ十フィートのほっそりした棘《とげ》つきの鞭としてくりだせ、もし保護していない皮膚が直撃されれば、人ひとりを死にいたらしめるだけの毒を放出できるという発見だった。

この危険が知れわたるや、いたるところで神経質なまでのトリフィドの伐採《ばっさい》がつづき、やがてトリフィドを無害にするには、じっさいに刺す武器の部分をとり除くだけでいいのだ、とだれかが思いついた。これをきっかけに、この植物へのヒステリーじみた攻撃は下火になったが、その数はかなり減っていた。すこしたって、剪定《せんてい》して安全にしたトリフィドを一、二体、自宅の庭に生やしておくことが流行になりはじめた。失われた刺毛《しもう》が生え替わって危険になるまで二年ほどかかると判明し、年にいちど刈《か》りこめば安全な状態を保てるというのが確実になり、子供たちを大いに喜ばせるようになった。

温帯の国々では、人間が自分自身を除く自然の大部分を手なずけていたので、トリフィドの地位は、こうしてきわめて明瞭になった。しかし、熱帯では、とりわけ密林地帯では、たちまち災《わざわ》いとなった。

旅行者は、通常の茂みや下生《したば》えにまぎれているトリフィドに気づかずにいることが往々にしてあり、彼らが射程にはいった瞬間、毒のある刺毛が襲いかかってくるのだった。こうした地域に定住している者たちでさえ、狡猾《こうかつ》にもジャングルの小道のわきに潜《ひそ》んでじっとしているトリフィドを探しだすのに苦労していた。そいつらは近くで動くものに対して不気味なほど敏感で、その不意をつくのは至難の業《わざ》だった。

こうした地域では、トリフィドに対処することが急務となった。もっとも好まれた方法は、刺毛もろとも、茎の頂部を銃で吹っ飛ばすことだった。ジャングルの現地民は、鉤《かぎ》型のナイフをとりつけた、長くて軽い竿《さお》を持ち歩くようになり、先手を打てる場合は、効果的にそれを使った――しかし、トリフィドが体を前に揺らし、予想外にも射程を四、五フィートのばす機会を捉えれば、まったく役に立たなかった。とはいえ、こうした矛《ほこ》まがいの道具は、まもなく多種多様なスプリング発射式の銃に大部分がとって代わられた。その大半は、薄い鋼鉄製の回転する円盤や十字架や小さなブーメランを撃ちだすものだった。原則として、それらは射程が十二ヤードを超えると狙いが不正確だったが、命中すれば、二十五ヤードの距離でもトリフィドの茎をすっぱりと切断することができた。それらの発明は当局――ライフルを無差別に携行することには、ほぼ例外なく不快感を示す人たち――と使用者の双方を喜ばせた。剃刀《かみそり》のように鋭い鋼鉄の飛び道具は、弾薬よりもはるかに軽く、安上がりで、音を立てずに山賊行為におよぶのに適しているとわかったからだ。

熱帯以外の場所では、トリフィドの性質や習性や構造について綿密な研究が進められた。熱心な実験者たちは、科学的な興味から、トリフィドがどれほど遠くまで、そしてどれほど長く歩けるのか見極めようとした。前うしろがあるといえるのか、それともどの方向へも同じように不器用に歩いていけるのか。どの程度の時間、地中に根をおろした状態で過ごさなければならないのか。有用なもの無用なものとり交ぜ、土壌に存在するさまざまな化学物質に対して、どのような反応を示すのか。その他おびただしい数の疑問があった。

熱帯で観察された最大の個体は、高さが十フィート近くあった。ヨーロッパでは八フィートを超えるものは目撃例がなく、平均は七フィートあまりだった。それらは広範な気候と土壌にやすやすと適応できるようだった。天敵はいないように思われた——人間を除けば。

それ以外にも、すこしのあいだ注目を免《まぬが》れたが、目立たないわけでもない特徴がたくさんあった。たとえば、トリフィドが不気味なほど正確に刺毛の狙いをつけ、十中八九は頭を打つということにだれかが注意を惹《ひ》かれるまで、かなりの時間がかかった。それらが倒れた犠牲者のそばに潜むという習性にも、最初は注意を払う者がなかった。その理由は、トリフィドが昆虫だけでなく生肉も餌《えさ》にしているとわかったとき、ようやく明らかになった。刺毛の生えた蔓《つる》は、堅い肉を引きちぎるほどの力はなかったが、腐敗した死体から破片をむしりとり、茎の上にあるカップまで持ちあげるだけの力はそなえていた。

茎の基部に生えている三本の小さな葉のない棒状のものにも、たいして関心は集まらなかった。繁殖組織と関係があるのかもしれない、と漠然と考えられていたが——繁殖組織というものは、あとで分類できるようになり、もっと目的を絞りこめるようになるまで、用途が疑わしいものを片っ端から放りこんでおく、植物学上のガラクタ箱になりがちなのだ。結果的に、それらがいきなり動きだし、茎本体にすばやくぶつかってトトトンという音を立てるという特徴は、トリフィドの恋愛感情が奇妙な形であふれ出しているのだということにされた。

*

ひょっとしたら、トリフィド時代の初期も初期に刺されたという、ありがたくない名誉のおかげで、わたしの興味がかきたてられたのかもしれない。というのも、そのときからトリフィドとある種のつながりができたように思えたからだ。わたしはトリフィドをうっとりと観察して膨大《ぼうだい》な時間を過ごした——あるいは、父の目から見れば、膨大な時間を〝無駄に〟した。

この観察を一文《いちもん》の得にもならない探求とみなしたからといって、父を責めるわけにはいかないだろう。とはいえ、あとになって、その時間は、わたしたちのどちらも思いおよばなかったほど有益だったことが判明したのだが。というのも、わたしが学校を卒業する直前に、北極＝欧州魚油会社が組織を再編成し、その過程で「魚」という言葉をはずしたからだ。同社や他国の似たような会社が、トリフィドの大規模な栽培に着手することは大衆の知るところとなった。価値のある油や汁を抽出したり、油かすを圧縮して栄養価の高い備蓄食料を作ったりするためだ。結果として、トリフィドは一夜にして一大産業の仲間入りをした。

即座にわたしは将来を決めた。北極＝欧州を就職先に志望し、資格を有していたので生産部門の職を得た。父の渋面《じゅうめん》は、年齢のわりにはよかった給料のおかげで多少は和らいだ。しかし、将来についてわたしが熱弁をふるうと、父は疑わしげに息を口髭に吹きかけた。父自身は長い伝統に裏打ちされた種類の仕事にしか信を置かなかったが、わたしには自分の道を進ませてくれた。「けっきょく、その仕事でうまくいかなくても、もっと堅い仕事でやり直せるほど、おまえは若いんだしな」と父は認めた。

やり直す必要はないとわかった。五年後、休日の旅客機墜落事故で父母がそろって亡くなる前に、ふたりは新興勢力となったいくつもの会社が競合《ま》する油を市場からすべて駆逐《くちく》し、わたしたち創設メンバーが安定した人生を築いたのを目のあたりにしていた。

その草分けのひとりが、わたしの友人ウォルター・ラックノーだった。

ウォルターを採用することに関しては、最初のうち多少の疑念があった。彼は農業のことをほとんど知らず、事業のことはもっと知らず、研究所に勤める資格を欠いていた。いっぽう、トリフィドについては熟知していた——そいつらとつきあうコツのようなものをそなえていたのだ。

後年、あの運命の五月の日、ウォルターの身になにが起きたのかはわからない——察しはつくが。彼が運命を免れられなかったのは残念だ。のちのち貴重きわまりない人材になったはずだから。トリフィドのことを本当に理解している、あるいは、理解するであろう人間がいるとは思わないが、わたしの知っているだれよりも、トリフィドを理解しはじめるところにまで近づいていたのがウォルターだった。それとも、トリフィドについて直観的に感じとる能力があったというべきだろうか？

はじめて彼に驚かされたのは、就職して一、二年たったころだった。陽《ひ》が沈みかけていた。わたしたちはその日の仕事を終え、もうじき生長しきるトリフィドの新しい畑三つを満足感に浸《ひた》りながら眺めていた。後年とはちがい、当時はトリフィドを囲うだけではなかった。大雑把《おおざっぱ》な列をなすようにして畑に配置していた――すくなくとも、個々のトリフィドが鎖《くさり》でつながれている鋼鉄の杭《くい》は列になっていた。もっとも、植物自体には整然と並ぶという感覚はなかっただろうが。あとひと月もすれば、汁の採取をはじめられるだろう、とわたしたちは考えていた。夕べは平穏で、その静寂を破るものは、トリフィドの小さな棒状突起がときおり茎をたたくカタカタという音だけ。ウォルターは、わずかに首をかたむけてトリフィドを眺めていた。パイプを口からはずし、

「連中、今夜はおしゃべりだな」と彼はしみじみといった。

ほかのだれもと同じように、わたしはその言葉を比喩だと受けとった。

「天気のせいかもしれない」と、いってみる。「どうも空気が乾いているときのほうが、あれをやるようだ」

彼は微笑を浮かべて、横目づかいにわたしを見た。

「きみは空気が乾いているときのほうがおしゃべりなのか？」

「なんでぼくが――」わたしはいいかけて、言葉を途切れさせた。「まさか、あいつらがしゃべってるって、本気でいってるんじゃないだろうな?」彼の表情に気づいて、わたしはいった。

「いや、そのまさかさ」

「でも、そんなのばかげてる。しゃべる植物なんて!」

「歩く植物より、はるかにばかげているかね?」

わたしはトリフィドをまじまじと見てから、彼に視線をもどした。

「考えもしなかった――」疑いのにじむ声で、わたしはいいかけた。

「ちょっと考えてみたまえ、そして観察してみたまえ――きみの結論を聞かせてもらいたいものだ」

トリフィドとさんざんつき合ってきながら、そういう可能性がいちども頭に浮かばなかったのは、おかしなことだ。たぶん、求愛の呼びかけ説にまどわされていたのだろう。だが、いったんその考えを頭に押しこまれると、こびりついて離れなくなった。連中がたしかにカタカタと音を立てて、秘密のメッセージを伝えあっているのかもしれないという気がしてならなかった。

そのときまで、わたしはトリフィドを綿密に観察してきたと自惚《うぬぼ》れていたが、ウォルターがトリフィドについて語っていると、自分はなにも知らないのだと思い知らされた。彼はその気になれば、何時間でも語っていられた。ときには荒唐無稽《こうとうむけい》、ときにはあり得なくもない理論を開陳《かいちん》しながら。

このころには、大衆はトリフィドを珍奇なものとは考えなくなっていた。トリフィドは不格好で面白いが、それほど興味深いものではない。とはいえ、会社は興味深いものだと思っていた。トリフィドの存在は、万人にとって——とりわけ会社そのものにとって——恩寵《おんちょう》だという見解をとった。ウォルターは、どちらの見解にも与《くみ》しなかった。彼の話に耳をかたむけるうちに、ときどき、わたしも危惧をおぼえるようになった。

トリフィドが〝しゃべる〟ということを、彼は心から確信するようになった。

「それはつまり」と彼は主張した。「あいつらのどこかに知能があるってことだ。切開しても脳みたいなものはないから、脳のなかにあるわけじゃない——でも、だからといって、脳の働きをするものがない、ということにはならない。

ある種の知能は、たしかにあるんだ。あいつらが人を襲うとき、かならず保護されてない部分を狙うのに気づいているか？　十中八九は頭だ——でも、手を狙うときもある。それにもうひとつ。負傷者の統計を見れば、目を刺されて、盲目になった者の割合の多さに気づかざるを得ない。驚くべきことだよ——そして意味深長だ」

「どんな意味だ？」と、わたし。

「人間を行動不能にする、いちばん確実な方法を連中が知っているということだ——いい換えれば、自分たちのしていることを心得ているんだ。こういう見方をしてみたまえ。連中に知能があるとする。とすれば、われわれが勝《まさ》っている点はひとつしか残らなくなる——視覚だよ。われわれは目が見える、あいつらは見えない。われわれから視力をとり去れば、その勝っている点が消えてなくなる。それどころじゃない――われわれの立場は、あいつらに劣ることになる。なぜかというと、あいつらは目の見えない状態に適応しているのに、われわれはそうじゃないからだ」

「でも、たとえそうだとしても、連中にはできないことが多い。あいつらは、ものがあつかえない。あの棘のついた鞭には、筋力のようなものがほとんどない」と、わたしは指摘した。

「たしかにそうだ。でも、自分のしていることが見えないとしたら、ものをあつかう能力なんてなんの役に立つ？　とにかく、あいつらはものをあつかう必要がない――われわれがあつかうようには。土壌や、昆虫や、生肉からじかに栄養をとれるんだ。食料を育て、分配し、ふつうは調理もするという複雑な過程を踏まなくていい。じつのところ、トリフィドと盲人のどちらが生き残るかということになれば、どっちに金を賭ければいいかはわかりきっている」

「それは知能が同等だと仮定しての話だ」と、わたし。

「とんでもない。そんな仮定をするまでもない。知能のタイプがおそらくまるっきり異なっていると想像すればいい。あいつらに必要なのは、はるかに単純なものだから――理由がそれだけだとしても。いいかい、われわれがトリフィドから利用できる抽出物を手に入れようとしたら、複雑な工程を経なければならない。では、その逆はどうだろう？　トリフィドはなにをしなければならないだろう？　われわれを刺して、二、三日待ち、それからわれわれを消化しはじめればいいだけだ。単純で、自然なものごとの成り行きだよ」

彼の話はそんなふうに何時間もつづき、その言葉に耳をかたむけているうちに、重要なものの基準がわからなくなって、気がつくと、まるでトリフィドが人類の競争相手でもあるかのように考えているのだった。ウォルター本人は、そうではないと考えるふりさえしなかった。もっと材料が集まったら、まさにその側面を論じた本を書くつもりだったんだ、と彼は認めた。

「書くつもりだったって？」わたしはオウム返しにいった。「どうしてやめたんだ？」

「こうだからさ」彼は農場全体を含めるように手をふった。「トリフィドはいまや既得権益だ。それを混乱させるような考えを発表したって、洟《はな》も引っかけてもらえないだろう。とにかく、われわれはトリフィドを手なずけているのだから、トリフィドの潜在的危険性は学術的な論点だし、持ちだす値打ちはないんだ」

「すこし納得がいかないところがある」と、わたし。「きみがどこまで本気なのかわからないし、どこまでが事実で、どこからがきみの空想なのかもよくわからない。あいつらに危険がある、と本気で思っているのか？」

彼はパイプをひと吹かししてから答えた。

「そういわれても仕方がない」彼は認めた。「なぜかというと――そう、自分でもよくわからないんだから。でも、ひとつたしかなことがある。あいつらが危険かもしれないってことだ。あいつらがパタパタ音を立てるとき、それがなにを意味するのかを突き止められれば、本当の答えをつかめそうな気がする。どういうわけか、あれが気に入らないんだ。あいつらはあそこにいて、えらく風変わりなキャベツが生えているな、としかみんな思わない。それなのに、一日の半分はおたがいにパタパタ、カタカタと音を立てあっているんだ。なぜだろう？　なにをパタパタいっているんだろう？　そいつを知りたいんだよ」

　ウォルターは自分の考えをほかの者にはほのめかしもしなかっただろうし、わたしも自分の胸にとどめておいた。わたし以上に懐疑的になる者ばかりだったはずでもあり、変わり者という評判が社内で立ったら、わたしたちどちらの得にもならないからでもあった。

　一年あまりのあいだ、わたしたちは肩を並べるようにして働いていた。しかし、新たな栽培場が開かれ、国外での栽培法を研究する必要が生じて、わたしは頻繁に出張に出るようになった。ウォルターは現場の仕事をやめ、研究部門に移った。そこの水は彼に合っていて、会社の研究のほかに自分の研究もするようになった。わたしは折に触れて彼に会いに立ち寄ったものだった。彼は年がら年じゅうトリフィドを対象に実験をしていたが、期待したほどの結果は出ておらず、彼の漠然とした考えは明確になっていなかった。すくなくとも、彼自身の満足がいく成果として、よく発達した知能が存在することを証明しており——さしものわたしも、彼の実験結果が本能にとどまらないものを示しているように思える、と認めるしかなかった。棒状突起がパタパタ音を立てるのは、コミュニケーションの一形態だ、と彼はいまも確信していた。仕事面では、棒状突起の役割が音を立てるだけではないらしく、とり去ると、トリフィドがしだいに衰弱することを明らかにしていた。トリフィドの種子の発芽《はつが》不能率が九十五パーセント前後であることも立証した。「これは願ってもないことなんだ」と彼は指摘した。「もし全部が発芽したら、じきにこの星の地面は、トリフィドが立つだけでいっぱいになってしまうだろう」

同感だった。トリフィドの播種期《はしゅ》は、かなりの見物《みもの》だった。例のカップのすぐ下にある濃緑の莢《さや》が光沢を帯びてふくらむ。大きなリンゴを五割ましにしたほどの大きさになる。破裂するときは、二十ヤード先からでも聞こえるほどのポンという音を立てる。白い種子が蒸気のように空中へ飛びだし、ほんのわずかな風にも乗ってただよいはじめる。八月の下旬にトリフィド畑を見おろすと、気まぐれな砲撃のようなものが行われているのかと勘違いしただろう。

刺毛を残しておけば、抽出物の品質が向上するのを発見したのもウォルターだった。その結果、剪定作業は業界の農場では行われなくなり、トリフィドに囲まれて仕事をするときは防護服を着なければならなくなった。

わたしが入院するはめになった事故が起きたとき、わたしはウォルターといっしょにいた。珍しい異常を示している、いくつかの個体を調べていたのだ。ふたりともワイア・メッシュのマスクを着用していた。なにが起きたのか、正確なところはわからない。わたしが知っているのは、前かがみになったとたん、刺毛がわたしの顔に襲いかかり、マスクの金網《かなあみ》をしたたかに打ったことだけだ。百回のうち九十九回は、なんでもなかっただろう。マスクはそのためにあるのだから。しかし、このときは打撃の力が強すぎて、小さな毒袋がいくつも破裂し、そこから飛んだ数滴が目にはいったのだった。

ウォルターが自分の研究室にわたしを連れていき、すぐさま解毒剤を投与した。わたしの視力が失われずにすんだのは、ひとえに彼の迅速な応急処置のおかげだった。しかし、そうであっても、一週間以上も暗闇のなかで、ベッドに臥《ふ》せることになったのだが。

そうやって横になっているあいだ、視力がもどったら――もしもどることがあったとしたら――別の職場に転属を願い出よう、とわたしは決心を固めた。それが通らなかったら、すっぱりと仕事を辞《や》めるつもりだった。

庭ではじめて刺されて以来、わたしはトリフィドの毒に対してかなりの抵抗力をつけていた。刺された経験のない人間だったらあの世行き確実の打撃でさえ、たいした害をこうむらずに受けられたし、じっさいに受けてきた。しかし、水差しと井戸にまつわる諺《ことわざ》（いいことも悪いことも、永遠にはつづかないという意味）が、絶えず脳裏によみがえった。わたしは警告を受けていたのだ。

もし転属が許されなかったら、どんな仕事につこうかと考えながら、その暗闇に閉じこめられた時間を延々と過ごしたのを憶えている。

わたしたち全員にとって間近に迫っていたものを考えれば、これ以上愚《ぐ》にもつかない瞑想は、めったにない気がする。

## 3　手探りする街

前後に揺れるパブのドアを背に、わたしは大通りの角《かど》へ向かった。そこで、ちょっとためらった。

左手には、郊外の街路が何マイルもつづき、その先には田園地帯が開けている。右手には、ロンドンのウェスト・エンドがあり、その向こうにはシティがある。元気はいくらかとりもどしていたが、このときは奇妙なほど周囲から隔絶し、舵《かじ》を失った気分だった。計画などにひとつなかった。ただの局地的な異変ではなく、広範囲におよぶ破局だとようやくわかりかけてきたものを前にして、あいかわらず茫然《ぼうぜん》とするあまり、計画を立てるどころではなかったのだ。だが、こんな事態に対処する計画が、そもそもあっただろうか？　わたしは見捨てられ、荒廃のただなかに放りこまれたように感じていた。そのいっぽうで、これが本当の現実とは思えず、いま、ここにいる自分が自分ではないような気がした。

どちらを向いても車の往来はなく、その音もしなかった。生きているもののしるしは、あちこちで店先伝いに手探りでおそるおそる進んでいる、わずかな人間だけ。

その日は、初夏としては申し分がなかった。白い綿雲がちらほらと浮かぶ群青《ぐんじょう》色の空から、陽《ひ》がさんさんと降り注いでいた。空気は澄んでいて、清々《すがすが》しく、それを汚すものは、北の家並みの裏に当たるどこかから立ち昇る一本のどす黒い煙だけだった。

わたしは数分間、あれこれと迷っていた。それから東を向いた。ロンドンのほうを……。今日《こんにち》にいたるまで、なぜそうしたのか自分でもよくわからない。なじみ深い場所を求める本能のなせる業《わざ》だったのかもしれないし、頼れる権威というものが存在するとしたら、その方角のどこかにあるにちがいない、という気がしたからかもしれない。

ブランデーのせいで、前にもまして腹が空《す》いていたが、ものを食べるというのは、思ったほど簡単にはいかないことがわかった。人けがなく、無防備な商店が並び、そのウィンドウには食べものが陳列されているのに――そしてこのわたしは空きっ腹をかかえ、支払う金もあるのに――いや、払いたくなければ、ウィンドウをたたき割って、ほしいものをとるだけでいいのに、そうはいかなかったのだ。

そうするよう自分を説《と》き伏せるのがむずかしかった。それなりに正義を尊《たっと》び、法律を遵守する生活を三十年近くつづけたので、物事が根本的に変わってしまったことを認める心がまえがまだできていなかったのだ。しかも、自分がふだんどおりでいるかぎり、なにか思いも寄らない方法で、物事のほうもまだふだんどおりにもどるかもしれない、という気がしていた。もちろんばかげた考えだが、ガラスの一枚を割った瞬間に、古い秩序を永久に置き去りにしてしまう気がしてならなかったのだ。自分が略奪者、盗人《ぬすっと》といった、自分を養《やしな》ってくれた制度の死体を貪《むさぼ》る卑《いや》しい腐肉漁《あさ》りになってしまう気がしたのだ。打ち倒された世界にあって、なんと愚かで高尚な感受性だろう！――そうであっても、文明化された慣習がすぐにはわたしから抜け落ちず、すくなくともしばらくは、すでに廃《すた》れた習慣のせいで空きっ腹をかかえながら、陳列窓の前をさまよい、口に唾をためていたことを思いだすと、いまでもうれしい気持ちになる。

この問題は、おそらく半マイルほど歩いたあと、自分をだますような形でひとりでに解決された。一台のタクシーが歩道に乗りあげ、惣菜《そうざい》の山にラジエーターを埋めて止まっていたのだ。こういうことなら、自分で押し入るのとは事情がちがうように思えた。わたしはタクシーを乗り越え、うまい食事を作れそうな材料を集めた。しかし、そのときでさえ、古い基準という殻《から》から抜けだせずにいた。わたしは良心にしたがって、自分がとったものに対して正当な対価をカウンターの上に置いていった。

道をはさんだほぼ正面に庭園があった。そのときにはもうなくなっていた教会の、かつては墓地だったような庭園だった。古い墓石はとりのけられ、周囲にめぐらされた煉瓦塀《れんがべい》に寄せてあり、開けた空間には芝が張られ、砂利敷きの小道が配されていた。青々とした葉をつけた木々の陰は、見るからに気持ちがよさそうで、わたしはベンチまでランチを持っていった。

そこは奥まった、平穏な場所だった。ときおり、出入口の柵《さく》の前を足を引きずりながら通り過ぎる人がいたものの、だれもはいって来なかった。わたしは数羽の雀《すずめ》にパン屑《くず》を投げてやった。その朝はじめて目にした鳥だった。そして災厄《さいやく》に関心を払わず、元気に餌《えさ》をついばむ雀を見ていると、気分が上向いてきた。

食べ終えると、煙草《たばこ》に火をつけた。坐《すわ》ったまま紫煙《しえん》をくゆらせながら、さて、これからどこへ行こうか、いったいなにをしようかと思案しているうちに、その庭園を見おろす集合住宅のどこかから、しじまを破ってピアノを弾《ひ》く音が聞こえてきた。じきに少女の声が歌いはじめた。その歌はバイロンの物語詩《バラッド》だった——

さあ、そぞろ歩きはもうやめよう
　夜がこんなに更《ふ》けたから
心はまだ恋にときめき
　月はいまでも明るいけれど

剣は鞘《さや》をすり減らし
　魂は胸をかき破るという
心にも息つく暇はなくてはならず
　恋そのものにも憩《いこ》いがいる

夜は恋のためにあるけれど
　昼がたちまちもどって来る
でも、そぞろ歩きはもうやめよう

わたしは耳をかたむけながら、やわらかな若葉と枝が、目のさめるような青空を背景に織《お》り成している模様を見あげていた。歌が終わった。ピアノの音もやんでいた。それから、すすり泣きが湧き起こった。激しくはない――静かで、力なく、わびしさに満ち、胸をかきむしるような声だった。その女性がだれなのか、歌っていた女《ひと》なのか、それとも消えてしまった希望を嘆いている別の女なのかはわからない。だが、聞けば聞くほど耐えがたさは増した。わたしは音を立てずに通りへもどった。しばらく通りは涙にかすむ目に映っていた。

＊

ハイド・パーク・コーナーでさえ、たどり着いてみると、人影はまばらだった。乗り捨てられた数台の車やトラックが、路上に駐《と》まっていた。走っているうちにコントロールがきかなくなった車は、ほとんどないようだった。一台のバスが、小道を横切ってから、グリーン・パークにはいりこんで止まっていた。轅《ながえ》をつけたまま逃げだしたらしい馬が、大砲記念碑に頭をぶつけて、そのわきに横たわっていた。動いているものといえば、柵のあるところでは手と足で慎重に探りながら進み、柵のないところでは体を守るように両腕を突きだし、足を引きずって前進する数人の男と、それより数のすくない女だけだった。かなり意外だったが、猫も一匹か二匹いて、見たところ視力に問題はないらしく、猫につきものの冷静な態度で状況に対処していた。不気味に静まりかえった通りをうろついても、猫たちは幸運に恵まれなかった――雀は数えるほどしかいなかったし、鳩はすっかり姿を消していたからだ。

あいかわらず磁石に引かれるように、古い秩序の中心に引きつけられて、わたしはピカデリーの方向へ道を渡った。その通りを歩きだそうとしたちょうどそのとき、はっきりした新たな音に気づいた――さほど遠くないところでコツコツと絶えず音がして、だんだん近づいてくるのだ。パーク・レーンの先に目をやると、その出所がわかった。その朝目にしたほかのだれよりもきちんとした身なりの男が、白杖でかたわらの壁をたたきながら、足早にこちらへ向かってくるのだ。わたしの足音を聞きつけると同時に男は足を止め、油断なく耳をすましたようだった。

「だいじょうぶだよ」わたしは声をかけた。「こっちへ来るといい」

彼を見て、わたしはほっとした。彼は、いうなれば、当たり前の盲人だった。その黒眼鏡は、ぱっちりと見開かれていても、なんの役にも立たないほかの者たちの目にくらべれば、はるかに心をざわつかせなかった。

「じゃあ、じっとしていてくれ」と彼がいった。「今日はもういったい何人のまぬけにぶつかられたことやら。いったいどうなってるんだ？　なんでこんなに静かなんだね？　夜じゃないのはわかってる――陽射しを感じるからね。いったいどうなっちまったんだ？」

わたしは知っているかぎりを彼に教えた。

話が終わると、彼は一分近く黙りこんでいたが、やがて短く苦い笑い声をあげた。

「ひとつたしかなことがある」と彼はいった。「いまとなっては、あの忌々《いまいま》しいお情けって
やつがみんなに必要になるんだ」
そういうと、彼はすこしばかり挑戦的な身ぶりで背すじをのばした。
「ありがとう。達者でな」彼はわたしにそういうと、大げさなまでに独立の気概を示しなが
ら、西のほうへ立ち去った。
キビキビとして自信たっぷりのコツコツという音が、しだいに背後へ消えていくなか、わ
たしはピカデリーを進んでいった。
いまや人の姿が多くなり、わたしは道路のあちこちで立ち往生している車のあいだを縫《ぬ》っ
て歩いた。そうしていれば、手探りしながら建物の正面にそって進んでいる人々の邪魔にな
らなかった。というのも、そばで足音がするたびに、彼らは立ち止まり、起きるかもしれな
い衝突にそなえて足を踏ん張ったからだ。そういう衝突は、通りの端々《はしばし》でときおり起きてい
たが、ひとつ意味深長な衝突があった。その当事者たちは、ある店先を手探りで反対方向か
ら進んできて、まともにぶつかったのだ。片方は仕立てのいいスーツを着た青年だったが、
ネクタイは手ざわりだけで選んだのが歴然としていた。もう片方は、小さな子供を抱いた女
性だった。子供は、わけのわからないことを泣き声でつぶやいていた。青年はすこしずつ歩
を進めて、女性とすれちがおうとしかけた。と、だしぬけに立ち止まり、
「ちょっと待って」と、いった。「その子は目が見えるんですか？」
「ええ」と女性が答えた。「でも、あたしは見えません」

青年は向きを変えた。ガラスのはまったウィンドウに一本の指を当てて、指さす。

「ほら、坊や、このなかになにがあるのかな?」

「坊やじゃない」と子供。

「ほらほら、メアリ。おじさんに教えてあげなさい」と母親が促《うなが》した。

「きれいな女の人」と子供。

青年は女性の腕をとり、手探りで隣のウィンドウまで進んだ。

「じゃあ、このなかにはなにがあるのかな?」ふたたび彼が尋ねた。

「リンゴとイチゴ」と子供が教えた。

「そいつはいい!」と青年。

彼は靴を脱ぐと、その踵《かかと》でウィンドウにガツンと一撃を食らわせようとした。経験不足だった。最初の一撃は当たらなかったが、二発めは命中した。ガシャンとガラスの割れる音が、通りの先々まで響きわたる。彼は靴をはき直すと、割れたウィンドウからおそるおそる腕をさし入れ、オレンジ二個に行き当たるまで手探りをつづけた。ひとつを女性に、もうひとつを子供にあたえる。彼はもういちど手探りし、自分用にオレンジを見つけると、皮をむきはじめた。女性は自分のオレンジを指でいじっていた。

「でも——」彼女がいいかけた。

「どうしたんです? オレンジは嫌いですか?」と青年。

「でも、これは正しくありません」と彼女がいった。「とっちゃいけなかったんです。こんな風には」

「じゃあどうやって食べ物を手に入れるんです？」と強い調子で青年が訊く。

「ええと――あの、わかりません」あやふやな口調で彼女は認めた。

「そうでしょう。それが答えです。さあ、食べちゃってください。そうしたら、もっと腹の足しになるものを見つけに行きましょう」

彼女はオレンジを手にしたたま、それを見つめているかのように、うつむいていた。

「でも、やっぱり、正しくないと思います」ふたたびそういったが、その口調は自信なさげだった。

じきに彼女は子供をおろし、オレンジの皮をむきはじめた……。

ピカデリー・サーカスは、これまでに通ってきた場所で、いちばん人出《ひとで》が多かった。全部で百人足らずだったのだろうが、ほかの場所のあとだと、混雑しているように思えた。大部分は、妙にちぐはぐな服装をしており、まるでまだ頭がぼうっとしているかのように、落ちつきなく歩きまわっていた。ときおり衝突があって、罵声《ばせい》と不毛な怒声《どせい》が湧きあがるのだった――それ自体が怯《おび》えと子供っぽい癇癪《かんしゃく》の産物だったので、耳にするとかなりぎょっとした。しかし、ひとつの例外を別にすれば、話し声も騒音もないに等しかった。目が見えなくなったせいで、人々が自分の殻に閉じこもってしまったかのように思えた。

その例外というのは、交通島のひとつに居場所を見つけていた男のことだった。長身痩躯《そうく》の年配者で、ごま塩の強い髪《こわ》をもじゃもじゃと生やしており、悔悛《かいしゅん》と、来たるべき神の怒りと、罪人《つみびと》の前に開けている不愉快な見通しについて熱心にまくし立てていた。彼に注意を払っている者はいなかった。大部分の人にとって、怒りの日はすでに訪れていたからだ。

やがて、遠くから物音が聞こえてきて、だれもが注意を惹《ひ》きつけられた。しだいに高まるコーラスだった——

　おいらが死んだら
　　埋めたりしないどくれ
　骨をアルコールに漬けてくれたら
　　それでいいのさ

やるせなく、調子はずれのその歌声は、からっぽの通りに響きわたり、陰気なこだまが行ったり来たりした。広場《サーカス》じゅうの頭という頭が左右にふられ、その方向をつかもうとした。最後の審判の予言者は、競争相手に負けじと声をはりあげた。歌は泣き叫ぶような不ぞろいな声で近づいてきた——

　ウイスキーの瓶《びん》を一本
　　おいらの頭と足もとに置いとくれ
　そしたら、おいらの骨は

腐らないこと請《う》けあいさ

そして、曲がりなりにも歩調をそろえて足を引きずる音が、その歌声とともに聞こえてきた。

シャフツベリー・アヴェニューへ通じる横丁から一列縦隊になって出てきて、サーカスのほうへ曲がろうとする一団が、わたしの立っているところから見えた。二番めの男が先頭の男の肩に手をかけ、三番めの男が二番めの男に、という調子で二十五人から三十人ほど。その歌が終わると、だれかが「ビール、ビール、すてきなビール」と歌いはじめたが、キーが高すぎて、混乱のうちに立ち消えになった。

一行はどんどん進みつづけ、やがてサーカスの中央に達した。すると先頭の男が声をはりあげた。よく通る声で、閲兵場《えつぺいじよう》でも通用しそうなほどだった――

「ちゅうたーあーいー**止まれ！**」

サーカスにいるほかのだれもが、いまやぴくりともしなくなり、なにが起きているのか察しをつけようとして、そちらに顔を向けていた。先頭の男はふたたび声をはりあげた。本職のガイドの口調を真似して――

「さて、みなさん、到着しました。ピカデリー・サーカスでございます。世界の中心。宇宙の酒場。上流階級の方々が、酒と女と歌を楽しむところでございます」

彼は盲人ではなかった。まるっきりちがっていた。しゃべっているあいだも、その目はきょろきょろと動き、なにひとつ見逃すまいとしていた。わたしと同じように、なにか偶然のなせる業で視力を失わずにすんだにちがいない。だが、相当に酔っ払っていて、それは背後に並ぶ男たちも同じだった。

「では、わたくしどもも楽しみましょう」と彼はつけ加えた。「つぎの停留所は、かの有名なカフィー・ロイヤルでございます――飲み物はすべて店のおごりとなっております」

「そいつはいいや――でも、女はどうなってるんだ？」と別の声が尋ね、笑い声があがった。

「ああ、女か。きみのほしいものは、それなんだな？」と先頭の男。

彼は進み出ると、ある娘の腕をとった。口をきいた男のほうへ引きずっていく。そのあいだ娘は悲鳴をあげていたが、それにはかまわず、

「ほらよ、兄さん。待遇が悪いなんて、もういわせないぞ。きれいな娘《こ》だ、美人だぜ――きみにとって意味があるならな」

「おーい、おれはどうしてくれる？」と、そのつぎの男がいった。

「きみか、相棒。そうだな、ちょっと待ってくれ。お好みはブロンドかい、それとも黒髪？」

いまにして思うと、わたしはばかな真似をしたのだろう。わたしの頭は、通用しなくなった基準や慣習でいまだにいっぱいだった。もし生きのびる者がいるとしたら、自分ひとりでやっていこうとする女よりも、この一団に選ばれた女のほうが、はるかにチャンスが大きいという考えは、頭に浮かびもしなかった。青臭いヒロイズムと高尚な感傷が混じりあったものに煽《あお》られて、わたしは助けにはいった。わたしがすぐそばへ行くまで、男はわたしに気づ

かなかった。そしてわたしは、顎《あご》を狙ってパンチをくり出した。あいにく、男のほうがすこしだけ機敏だった……。

つぎに気づいたとき、自分が路上に寝そべっているのがわかった。一団の音は遠ざかっていくところで、最後の審判の日の予言者が雄弁をとりもどし、そのうしろ姿に向かって地獄堕《お》ちや、地獄の業火や、硫黄《いおう》の地獄《ゲヘナ》といった脅《おど》しの言葉を矢継ぎ早に浴びせていた。

分別のかけらをたたきこまれて、その一件がもっと悪い結果をもたらさなかったことを、わたしは感謝した。結果が逆だったら、彼が率いていた男たちに対する責任を背負わないわけにはいかなかっただろう。けっきょく、彼のやり方についてどう感じるにしろ、彼はその一団の目であり、酒と同じように食べ物を手に入れるには、彼に頼るしかなかったのだ。そして女のほうも空腹が我慢できなくなったらすぐに自分の意志で同行しただろう。そしてこうやって周囲を見まわすと、とにかく、このあたりにいる女が本気でいやがるかどうか、怪しく思えてきた。あれやこれやを考えあわせると、まるでわたしが、あの一団のリーダーに祭りあげられるのを幸運にも免《まぬが》れたかのように思われた。

彼らがカフェ・ロイヤルへ向かっていたことを思いだして、わたしはリージェント・パレス・ホテルで体力を回復し、頭をすっきりさせようと決めた。わたしの前に同じことを考えた者がほかにもいたようだが、彼らの目を逃れた瓶が山ほどあった。

自分の目にしてきたものはすべて現実なのだ――そして、とり返しがつかないのだ、とようやく身にしみてきたのは、ブランデーを前にし、煙草を手にして心地よくそこに坐っているうちだったと思う。元にはもどらない――永久に。わたしの知っていたものは、ひとつ残らず終わりを告げたのだ……。

たぶんわたしは、あの一撃を受けなければならなかったのだろう。いまやわたしは、自分の人生に焦点というものがなくなったという事実に直面していた。わたしの生き方、計画、野心、かつていだいた期待という期待、そのすべてが、それを形作った条件もろとも、一撃で薙《な》ぎ払われてしまったのだ。喪に服さねばならない親類縁者や友人知己《ちき》がいたとしたら、このときは見捨てられた気分で、自殺したくなったはずだと思う。ところが、それまでときにはかなりむなしい人生と思えていたものが、いまやさいわいだったのだと判明した。父母は他界していたし、数年前にいちど結婚しようとしたが、それも失敗に終わっており、わたしを頼る人間など、これといっていなかった。そして、おかしな話だが、わたしが感じているのは――感じてはいけないものだ、と頭ではわかっているのだが――解放感にほかならなかった……。

ブランデーのせいだけではなかった。その気分はいっこうに消えなかったのだから。たぶんそれは、自分にとってまったく目新しいものを前にしているという感じから来たのだろう。公私にわたる古い問題、饐《す》えてしまったような問題のすべてが、強力な一刀《いっとう》のもとに解決されたのだ。ほかにどんな問題が持ちあがるのかは神のみぞ知るだし――いやというほど持ちあがりそうに思えるが――それはきっと新しい問題になるだろう。わたしは自分自身の主人として世に出るのであり、もはや歯車ではないのだ。これから直面しなければならない世界は、恐怖と危険に満ちていそうだ。しかし、それと対処するために自分の足で踏みだせるのだ——理解もしていなければ、気にかけてもいない力と利害に、もはや小突《こづ》きまわされることはない。

そう、断じてブランデーのせいではなかった。というのも、数年がたったいまでさえ、あのときの気分は残っているからだ——もっとも、あのときはブランデーのせいもあって、物事をすこしだけ単純化しすぎたのかもしれないが。

そしてまた、つぎにどうするかという些細《ささい》な問題もあった。この新しい人生をどのように、どこではじめたらいいのか。しかし、さしあたりは、あまり頭を悩ませないことにした。わたしは酒を飲み干し、この異様な世界がなにを提供してくれるのか見きわめようと、ホテルから出ていった。

## 4 立ちはだかる影

カフェ・ロイヤルへ行った連中には好きにさせておくことにして、わたしはソーホーに通じる横丁へはいった。もっと北のほうまで行って横へ折れ、リージェント・ストリートにもどるつもりだった。

たぶん空腹になった人々がつぎつぎと家から出てきていたのだろう。理由はどうあれ、いま自分がはいった地区は、病院をあとにしてからはじめて目にするほど人出《ひとで》が多いことに気づいた。歩道や狭い通りでは衝突がひっきりなしに起こり、いまでは頻繁に割れている商店のウィンドウの前に群がっている人々のせいで、進もうとしている人々の混乱ぶりに拍車がかかっていた。そこに集まっている人々のなかに、自分の前にある商店がなんの店なのか、わかっている者はいないようだった。店先には、正体のわかるものを手探りで見つけようとしている者もいた。もっと大胆に、突き立っているガラスの破片で腹を切る危険もいとわず、なかへはいろうとしている者もいた。

　食べ物が見つかる場所をこの人々に教えてやるべきだ、という気がした。しかし、教えるべきなのだろうか？　まだ手つかずの食料品店へ彼らを連れていったら、たいへんな人だかりができて、五分でその店をからっぽにしてしまうだけでなく、その過程で踏みつぶされる弱い者がたくさん出るだろう。とにかく、じきにすべての食料がなくなる。そうなったら、もっとよこせとわめき立てる数千人をどうしたらいいのだろう？　少人数を集めて、ある程度の期間ならなんとか生かしておけるかもしれない——だが、だれを選んで、だれを選ばないのか？　どれほど頭を絞っても、これでまちがいないという行動方針は思い浮かばなかった。

　なにが起きているかといえば、奪うばかりで、あたえることのない、騎士道精神とは無縁の無慈悲な行為だった。他人にぶつかり、相手が包みをさげているのを察した男は、中身が食べ物であるほうに賭けてそれを引ったくり、逃げてしまう。いっぽう奪われた側は、猛然と虚空につかみかかるか、でなければ見境《みさかい》なくこぶしをふりまわす。わたしもいちど、あわててわきへよけるはめになった。そうしないと、障害物があろうがなかろうがかまわずに道路へ飛びだしてきた高齢の男に突き倒されかねなかったからだ。男の表情は陰険そのもので、赤いペンキをふた缶、さも大事そうに胸にかかえていた。ある角《かど》では、とまどっている子供に憤懣《ふんまん》をぶつけて泣きだしそうになっている一団に道をふさがれた。その子は、目は見えるものの、相手が求めているものを理解できないほど幼かった。

わたしは落ちつかなくなってきた。この人々を助けてやるべきだという文明人の衝動と、かかわり合いになるなと命じる本能が闘っていた。彼らはすでに、それまで持っていた抑制を急速に失いつつあった。彼らは目が見えないのに、自分には見えるということに、わたしは理屈に合わない罪悪感もおぼえていた。そのせいで、彼らに交じって歩いているあいだでさえ、自分が彼らから隠れているというおかしな気分になった。あとになって、その本能がどれほど正しかったかがわかった。

ゴールデン・スクエアに近づくと、わたしは左折して、リージェント・ストリートへもどろうと考えはじめた。そこなら道幅が広くて、進むのも容易なはずだ。そちらへ通じる角を曲がろうとしたちょうどそのとき、いきなり耳をつんざく悲鳴があがって、わたしは足を止めた。だれもが立ち止まった。じっと動かない者たちが通りに立ち並び、頭を左右へ向け、なにが起きているのか心配顔で察しをつけようとしていた。悲嘆と、神経をさいなむ緊張に驚愕が重なったせいで、たくさんの女がめそめそ泣きはじめた。男たちの精神状態もあまりよくなかった。ぎくっとさせられたことに対して、たいてい短い悪態をつくことで、そうと察せられた。というのも、それは不吉な音、無意識のうちに予想していたもののひとつだったからだ。だれもがさらに悲鳴があがるのを待った。

　悲鳴があがった。それは怯《おび》え声に、そしてあえぎ声になって消えた。しかし、今回は心がまえができていたので、先ほどよりもぎょっとせずにすんだ。今回はその出所を突き止められた。わたしは数歩進んで、ある横丁への入口まで行った。角を曲がると同時に、なかばあえぎ声の悲鳴がまたあがった。

　その元は、横丁を数ヤードはいったところにあった。若い女が地面にうずくまり、そのいっぽうで、たくましい男が、細い真鍮《しんちゅう》の棒で女を打ちのめしていた。女のドレスは背中が破れており、その下の肉に赤いミミズ腫《ば》れができていた。近づいてみると、女が逃げださない理由がわかった――両手が背中でくくり合わされ、男の左手首と紐《ひも》でつながっていたのだ。

　わたしがふたりのもとへ着いたのと、男がつぎの一撃のために腕をふりあげたのが同時だった。簡単に男の不意をつき、手から棒を奪いとって、かなりの力で男の肩にふりおろすことができた。彼はすぐさまごついブーツをわたしのほうへ蹴りだしたが、わたしはすばやく下がってよけられたし、彼が動ける範囲は手首の紐のせいでかぎられていた。彼はまたしても空中にキックをくりだし、いっぽうわたしはポケットのなかのナイフを手探りしていた。蹴りが当たらなかったので、男は向きを変え、代わりに若い女を蹴った。それから彼女をののしり、紐を引っぱって立ちあがらせようとした。わたしはその動きを止めようと手加減して男の側頭部を平手打ちし、ちょっと耳鳴りを起こさせてやった——こんなやつだといっても、目の見えない男をたたきのめす気には、どうしてもなれなかったのだ。男がその一撃から立ち直ろうとしている隙に、わたしはすばやく身をかがめ、ふたりをつないでいる紐を切った。胸を軽く突いてやると、男はよろよろと後退し、まわれ右しかけたので、自分がどちらを向いているかわからなくなった。自由になった左手で、男は横なぐりに一撃をくりだした。それはわたしに当たらず、煉瓦《れんが》壁に命中した。そのあと男は、砕いたこぶしの痛み以外のことには気がまわらなくなったようだ。わたしは若い女を助け起こし、紐をほどいてやると、横丁から連れだした。そのあいだ男は、われわれがあとにした空間になぐりかかっていた。

通りへ出たとたん、彼女は茫然《ぼうぜん》自失の状態から抜けだしはじめた。涙でベトベトに汚れた顔をまわし、わたしを見あげて、

「じゃあ、あなたは見えるのね！」と信じられないという口調でいった。

「もちろん見えるとも」と、わたしは答えた。

「ああ、神さま、ありがとうございます！　ありがとうございます！　わたしひとりだけだと思った」彼女はそういうと、またわっと泣きだした。

わたしは周囲に目をやった。数ヤード離れたところにパブがあり、蓄音機が鳴っていて、グラスの割れる音もして、みながご機嫌に過ごしているようだった。その二、三ヤード向こうに、まだ荒らされていない、ひとまわり小さなパブがあった。肩でぐいっとドアを押すと、

すぐに酒場だった。若い女を抱きかかえるようにして運び入れ、椅子に坐《すわ》らせる。それから別の椅子を解体して、脚の二本をスイング・ドアの把手《とって》にかませ、あとから訪問者がはいって来ないようにしてから、カウンターに並ぶ気つけ薬に注意を向けた。

特に急ぐ必要はなかった。彼女は最初の一杯にちょっと口をつけ、鼻をぐずらせた。わたしは彼女に人心地《ひとごこち》つく時間をあたえるいっぽう、自分のグラスの足をつまんでクルクルまわし、隣のパブで蓄音機がわめき立てている流行歌に――歌詞がお涙ちょうだい気味だったが――耳をすました。

ぼくの恋は冷蔵庫にしまわれ
心はカチカチに凍りついた
あの娘《こ》は男と行っちまい、行き先もわからない
でも、手紙が来た、二度ともどらない
もうぼくのことなど知らないそうだ
ぼくはひとりぼっちの冷凍庫になっちまった
　氷の上は
　　楽じゃない
ぼくの恋は冷蔵庫にしまわれ
心はカチカチに凍りついた

坐っているあいだも、わたしは若い女をチラチラと盗み見た。彼女の服、というかその成れの果ては上等なものだった。その声もよかった——舞台や映画で習得したものではないだろう。というのも、無理な発声法でゆがめられてはいなかったからだ。髪はブロンドだったが、やや青みがかった灰色を帯びていた。染みや汚れに覆われた顔は、美しくととのっているように思えた。背丈はわたしより三、四インチ低く、体つきはすらりとしているが、痩《や》せてはいなかった。必要なら相応の力を出せるが、その力は、二十四歳くらいになる今日まで、ボールを打ったり、ダンスをしたり、おそらくは馬の手綱《たづな》を引いたりする以上のことには使われていないように見えた。形のよい手はなめらかで、爪も割れておらず、実用的というよりは装飾的な長さだった。

酒がしだいに効《き》いてきた。一杯めを飲みほすころには、彼女本来の気質が表に出てくるぐらいにまで回復していた。

「ああ、わたしってひどい顔をしているにちがいないわ」と彼女がいった。

それに気づく者は、わたし以外にいそうになかったが、そこには触れずにおいた。

彼女は立ちあがり、鏡のところまで行った。

「やっぱりだわ」と確認し、「どこへ行けば——?」

「その奥でいいんじゃないかな」と、わたしはいってみた。

二十分ほど過ぎ、彼女がもどって来た。そこにあったはずの設備がかぎられていたであろうことを思えば、なかなかの仕事ぶりだった。ずいぶん元気をとりもどしていた。いまの彼女は、生身の人間というよりは、映画監督の思い描く修羅場《しゅらば》のあとのヒロインに近かった。

「煙草は?」わたしはたずね、新しい気つけ薬のグラスを押しやった。

気力が徐々に回復するあいだ、わたしたちは身の上話を交わした。彼女に時間をあたえるため、わたしが先に話をした。そのあと彼女がいった――

「自分が恥ずかしくて仕方がないわ。わたし、あんな風じゃないのよ、本当に――つまり、あなたが見つけてくれたときのようじゃないの。じっさい、わたしはちゃんと自立してるの、そう思ってもらえないかもしれないけれど。でも、どういうわけか、なにもかもわたしの手にあまるようになったの。起きてしまったことだけでも悪いのに、急に耐えられないほど先行きが暗くなったように思えて、うろたえてしまった。自分は、世界にただひとり残った目の見える人間なんだと思えてきてね。それで落ちこんで、ばかみたいに怯えて、頭が変になって、ヴィクトリア朝のメロドラマに出てくる小娘みたいに泣き叫んだのよ。自分でも絶対に、絶対に信じられない」

「気に病《や》まなくてもいい」と、わたし。「ぼくらはきっと、すぐに自分自身の意外な面を、いやというほど思い知らされることになる」

「でも、気に病むわ。あんな風におかしくなるんだとしたら――」彼女はおしまいまでいわずに口をつぐんだ。

「ぼくも病院でパニックにおちいりそうになった」と、わたし。「ぼくらは人間だ、計算機じゃない」

彼女の名前はジョゼラ・プレイトン。なんとなく聞き憶《おぼ》えがあるような気がしたが、どこで聞いたのかは思いだせなかった。家はセント・ジョンズ・ウッドのディーン・ロード。おおよそ、わたしのにらんだとおりだった。わたしはディーン・ロードを知っていた。居心地のよさそうな一軒家が並び、見た目はよくないが、贅沢なものばかりという地区だ。彼女がこの大規模な災難を免《まぬが》れたのは、わたしと同じくらい、まったくの僥倖《ぎょうこう》だった――いや、わたし以上に幸運だったのかもしれない。彼女は月曜の夜にパーティーに出ていた――派手なパーティーだったようだ。

「面白がって飲み物にいたずらする人がいたのよ、そいつの仕業《しわざ》だったにちがいないわ」と彼女はいった。「パーティーの終わりに、生まれてはじめてっていうほど気分が悪くなったの――そんなに飲まなかったのに」

彼女の記憶にある火曜日は、ぼんやりして働かない頭と、記録的な二日酔いの一日だった。午後の四時ごろには、もうたくさんというほどそれを味わっていた。彼女は呼び鈴《りん》を鳴らし、彗星だろうと地震だろうと最後の審判の日が来ようとも、起こさないでほしいといいつけた。その最後通牒《つうちょう》を発したあと、強い睡眠薬を呑み、それはからっぽの胃袋には意識を失うほどよく効いた。

そのあとのことはなにひとつ知らないが、今朝、父親が彼女の部屋へよろよろとはいってきて、彼女を起こしたのだという。

「ジョゼラ」と父親はいった。「後生《ごしょう》だからメイル先生を呼んでおくれ。わたしの目が見えなくなったと先生にいっておくれ――まったく見えないのだ、と」

すでに九時近いのに気づいて、彼女はびっくりした。あわてて起きて、着替えをした。召使いたちは、父親の呼び鈴にも彼女の呼び鈴にも応えなかった。彼らを起こしにいったが、恐ろしいことに、彼らも目が見えないことが判明した。

電話が通じないので、車を出して、医者本人を連れてくるしかないと思われた。通りが静まりかえり、車の往来も絶えているのは奇妙に思えたが、ことのしだいが呑みこめたのは、一マイルほども進んでからだった。事態を悟ったとき、彼女はパニックにおちいって引きかえしそうになった――だが、そうしてもなんの得にもならないだろう。これがどんな病気であるにしろ、医者が――彼女自身と同じように――かからずにすんでいる望みは残っているのだ。そういうわけで、必死の思いで、だが、希望をしぼませながら、彼女は車を走らせつづけた。

リージェント・ストリートをなかばまで来たところで、エンジンの調子が悪くなり、咳きこみはじめ、とうとう止まった。あわてて出てきたので、燃料計を見なかったのだ。予備タンクまでからになっていた。

彼女は落胆して、しばらく坐ったままでいた。目にはいる顔という顔が、こちらを向いていたが、このころにはもう、視界にはいる者のなかに、彼女を見たり助けたりできる者がいないことはわかっていた。彼女は車をおりた。近くに修理工場が見つかるかもしれないと思ったのだ。もしなかったら、残りの道のりを歩き通そう。ドアをバタンと閉めたとき、呼びかける声があった――

「おーい！　ちょっと待ってくれ、相棒！」

ふり返ると、手探りで近づいてくる男が見えた。

「どうしたの？」彼女は尋ねた。男の見た目に変わったところはなかった。

彼女の声を聞いて、男の態度が変わった。

「迷子になったんですよ。どこにいるのか、わからねえ」

「ここはリージェント・ストリート。ニュー・ギャラリー・シネマはあなたのすぐうしろよ」彼女は教え、向きを変えて歩きだそうとした。

「縁石《えんせき》がどこにあるのか、教えちゃもらえませんかね、お嬢さん」

彼女はためらった。その隙《すき》に男が近づいてきた。のばした手であたりを探るうちに、彼女の袖《そで》に触れた。男はパッと飛びかかってきて、彼女の両腕を痛いほど強く握りしめた。

「じゃあ、あんた、目が見えるんだ、見えるんだな！」と男。「おれが見えねえのに――ほかのだれにも見えねえのに、なんであんた、目が見えるんだよ？」

なにがなんだかわからないうちに、彼女はくるりとうしろ向きにされ、突き倒された。そして男の膝《ひざ》で背中を押さえつけられた状態で路上に伏せさせられていた。男は大きな片方の手で彼女の手首両方をつかみ、ポケットから紐《ひも》をとり出して縛《しば》りあわせた。それから立ちあがり、紐を引っぱって立ちあがらせた。

「これでよし」と男がいった。「いまから、おまえがおれの目の代わりになるんだ。腹が減った。うまいもんがあるとこへ連れていけ。さっさとしろ」

ジョゼラは男から身を引き離した。

「いやよ。いますぐ手をほどいて。わたしは――」

男は彼女の顔を平手打ちして、その言葉を途切れさせた。

「それくらいにしとけ、ねえちゃん。さあ、行くんだ。ぐずぐずするな。食いもんだ、聞こえたか?」

「いやよ、絶対に」

「いやでもやることになるんだよ、ねえちゃん」

そして彼女はしたがった。

そうしながらも、逃げるチャンスをずっとうかがっていた。当然ながら、男もそれを予想していた。いちど逃げだそうとしたが、男は機敏すぎた。男の手をふり切ったと思ったときには、男が片足を突き出して彼女をつまずかせ、立ちあがれないうちに、また押さえこまれていた。そのあと男はじょうぶな紐を探してきて、自分の手首と彼女をつないだ。

彼女はまずカフェに男を連れていき、冷蔵庫まで案内した。その機械はもはや稼働していなかったが、まだ新鮮な食べ物がしまわれていた。つぎの立ち寄り先は酒場で、男はアイリッシュ・ウイスキーを所望した。彼女には見つけられた。男の手が届かない棚の上に載っていた。

「この手をほどいてくれたら――」彼女はいってみた。

「なんだって、そうしたら瓶《びん》でおれの頭に一発食らわせようっていうんだろ？　おれは昨日生まれたわけじゃないんだぜ、ねえちゃん。だめだ、スコッチをくれ。どれがスコッチだ？」

男が瓶の一本一本に手を置いていき、彼女は中身がなにかを教えた。

「頭がぼうっとしていたにちがいないわ」彼女が説明した。「いまなら、あの男を出しぬく方法を五つも六つも思いつくもの。あなたが来てくれなかったら、きっとあとであの男を殺していたでしょうね。でも、人はすぐには変われないし、凶暴にもなれない――とにかく、わたしには無理。最初はちゃんと頭が働かなかったみたい。いまどきこんなことは起きっこない、じきにだれかがやって来て、止めてくれるっていう気がしていたの」

ふたりが立ち去ろうとしたときには、その酒場には列ができていた。別の男女の一団が、開いているドアを探りあてて、はいってきたのだ。彼女をつかまえた男は、瓶の中身をそいつらに教えてやれと軽率にも彼女に命じた。それを聞いて全員がおしゃべりをやめ、見えない目を彼女のほうに向けた。ささやき声がしたかと思うと、ふたりの男が用心深く踏みだした。彼らは決然とした表情を顔に浮かべていた。彼女は紐をぐいっと引っぱった。

「気をつけて！」彼女は叫んだ。

なんのためらいもなく、彼女をつかまえた男はブーツをはいた足で蹴りを放った。それはまぐれ当たりした。男たちのひとりが、苦痛の叫びをあげて体をふたつ折りにする。もうひとりが飛びかかってきたが、彼女がわきへよけたので、その男は派手な音を立ててカウンターにぶつかった。

「てめえら、その女に手を出すんじゃねえぞ」彼女をつかまえている男が怒鳴った。威嚇《いかく》するように顔をあちこちに向ける。「この女はおれのもんだ。おれが見つけたんだ」

だが、ほかの者たちがそう簡単にあきらめるつもりがないのは、はた目にも明らかだった。たとえ彼女の連れの険悪な表情が見えたとしても、彼らは思いとどまりそうになかった。目が見えるということは、代理の目を通したものであっても、いまや巨万の富をも大きく凌《しの》ぐ賜物《たまもの》であり、自分が解放されるとしても、激しい競争の末なのだ、と薄々ジョゼラにもわかってきた。みな手で体の前を探りながら近寄ってきはじめる。彼女は片足をのばして、椅子の脚に引っかけ、ひっくり返して彼らの道をふさいだ。

「こっちよ！」彼女は叫び、連れの男をうしろへ引いた。

倒れた椅子にふたりの男がつまずき、ひとりの女がその上に倒れこんだ。たちまちその場は大混乱におちいった。彼女はその渦中をすり抜け、ふたりは通りへ逃れ出た。

そのグループの目を務めるため奴隷にされるとしたら、いまにもましてひどい目にあわされるだろうと思えたこと以外に、そうして逃げた理由が彼女にはわからなかった。男のほうも彼女に礼をいわなかった。別の酒場を、それも人のいない酒場を見つけろと命じただけだった。

「たぶん」と彼女は裁判官のように公平な調子でいった。「あの男を見て、あなたはちがう考えを持ったと思うけれど、ひょっとしたら、あの男は本当はそれほど悪い人間ではなかったかもしれない。怯えているだけだった。心の奥底では、わたしよりもずっと怯えていたんだわ。わたしに食べるものと飲むものをくれた。あんな風にわたしをなぐりはじめたのは、ただ酔っ払っていたからだし、あの男の家へいっしょに行くのを断わったからだった。あなたが来てくれなかったら、どうなっていたかわからない」いったん言葉を切る。それから、こうつけ加えた。「でも、自分が恥ずかしくてたまらないわ。現代の若い女性がけっきょくはどうなるか、あなたにもわかったんじゃないかしら。泣いてわめいて、からいばりもできなくなるのよ――情けない！」

彼女はグラスに手をのばそうとしてちょっとためらったが、顔色はかなりよくなっていたし、気分もよくなっているのは明らかだった。

「どうやら」と、わたしはいった。「この件について、ぼくはかなり鈍《にぶ》かったようだし――かなり幸運に恵まれていたようだ。ピカデリーであの子連れの女性を見たとき、それがどういうことか、もっと考えておくべきだったんだ。きみと同じような目にあわずにすんだのは、まったくの偶然にすぎなかった」

「財宝を持っていた人は、むかしからビクビクして暮らしてきたんだわ」考えこむように、彼女がいった。

「今後は、肝《きも》に銘《めい》じておくよ」と、わたし。

「わたしの頭にはもうしっかりと刻みこまれたわ」と彼女がいった。

わたしたちは、隣のパブから聞こえてくる騒ぎにしばらく耳をかたむけていた。

「ところで」とうとうわたしがいった。「これからどうしたらいいだろう?」

「家へ帰らないと。父がいるの。いまとなっては、お医者さまを探しにいっても仕方がないのは、わかりきっているわ――たとえ、お医者さまが運よく助かっていても」

彼女はさらになにかいいかけたが、ためらった。

「ぼくも行ったら迷惑かな?」と、わたし。「ぼくらみたいな人間が、ひとりでうろついていていい時期じゃないと思えるんだ」

彼女は感謝の眼差しを向けてきた。

「ありがとう。そう頼みたかったんだけれど、あなたにも探したい人がいるんじゃないかと思って」

「いないよ」と、わたし。「すくなくとも、ロンドンには」

「よかった。またたれかにつかまるのが、そんなに怖いわけじゃないの――つぎはちゃんと気をつけるから。でも、正直いうと、ひとりぼっちになるのが怖いのよ。だれからも切り離されて、島流しにされた――そんな気がしてきているの」

わたしは新たな別の光のもとで物事を見はじめていた。前途に横たわる過酷な事態がしだいにはっきりするにつれて、解放感は薄れてきていた。最初のうちは優越感のようなものを、それにともなう自信のようなものを感じないわけにはいかなかった。われわれが破滅を生きのびるチャンスは、ほかの者たちよりも百万倍も大きかったからだ。彼らがぎごちなく手探りし、推測しながらやっていかなければならないのに対し、われわれは歩いていって、手にとるだけでいい。しかし、それではすまないことが山ほどありそうだ……。

わたしはいった――

「いったい何人くらいが難を逃れて、いまも目が見えるんだろう？　これまでにぼくが出会ったのは、男がひとり、子供がひとり、赤ん坊がひとりだ。きみはだれにも会っていない。どうやら、目が見える者はたしかに稀少きわまりなさそうだ。見えない連中のなかには、目が見える人間をつかまえないかぎり、生きのびる望みはないということを、もうはっきりつかんだ者たちがいる。みんながそう理解した暁《あかつき》には、先の見通しはあまり明るくない」

そのときわたしにとって、未来とは、つかまることをしじゅう恐れながら、ひとりぼっちで生きていくか、ほかのグループから身を守るため、頼りにできる者を選んでグループを作るかのふたつにひとつだと思えた。わたしたちは、リーダー兼囚人のような役割を果たすことになるだろう――それとともに、わたしたちの所有をめぐって、グループ同士が激しく闘いあう忌《い》まわしい絵も思い浮かんだ。わたしがこうした可能性に思いをめぐらせ、あいもかわらぬ居心地の悪さを味わっていたとき、ジョゼラが急に立ちあがって、わたしは意識を呼びもどされた。

「わたし、行かなくちゃ」彼女はいった。「かわいそうなお父さん。もう四時をまわってる」

しかし、リージェント・ストリートに出たとき、ふと思いついたことがあった。

「こっちだ」わたしはいった。「たしか、このあたりに店があったような気が……」

その店はまだあった。わたしたちは見るからに切れ味のよさそうな鞘《さや》つきのナイフと、それの持ち歩き用のベルトでそれぞれ身を固めた。

「海賊にでもなった気分よ」と自分の分をバックルで留《と》めながら、ジョゼラ。

「海賊の情婦になるよりは、海賊になったほうがましじゃないかな」わたしは彼女にいった。

通りを二、三ヤード行ったところで、大きな、ピカピカのセダン型自動車に出くわした。見た目は、静かな音しか立てそうにない車だった。ところが、エンジンをかけると、それは繁華《はんか》な通りのふだんの全交通量よりも大きな音を立てたように聞こえた。わたしたちは北へ向かい、乗り捨てられた車や、わたしたちの近づく音を聞いて道路のまんなかではっと棒立ちになった放浪者たちを避けながら、ジグザグに進んでいった。道すがら、わたしたちが近づくと、希望に満ちた顔が向けられた。そして通過すると、うつむいた。通り道にあった建物のひとつが激しく燃えており、オックスフォード・ストリートぞいのどこかからは、別の火事の煙がもくもくと立ち昇っていた。オックスフォード・サーカスのあたりはさらに人出《ひとで》が多かったが、わたしたちは人々のあいだをうまくすり抜け、ついでＢＢＣを通りすぎて、リージェント・パークの馬車道まで北上した。

市街から出て、開けた場所に――それも、不運な人々が手探りしながら、さまよっていない場所に――たどり着いてほっとした。広々とした草地で、目にはいる動くものといったら、よろよろと南へ向かっているトリフィドの小さな集団ふたつか三つだけ。どういうわけか、そいつらは杭《くい》を引きぬいて、鎖《くさり》といっしょにずるずると引きずっていた。動物園のわきの囲い地に、剪定《せんてい》していないトリフィドが何体かいた。つながれているものはわずかだったが、大半は柵《さく》で二重に囲われていたので、どうやって出てきたのだろうと疑問が湧いた。ジョゼラもそいつらに気がついていた。

「あの連中にすれば、ふだんと変わらないんでしょうね」と彼女はいった。

そのあとの道のりで、わたしたちを足止めするものはほとんどなかった。数分のうちに、わたしは彼女が指さした家へ車を寄せていた。わたしたちは車からおり、わたしが門扉《もんぴ》を押しあけた。短い私道が、家の正面の大部分を道から隠している灌木《かんぼく》の植えこみをまわりこんでいた。角《かど》を曲がったとたん、ジョゼラが叫び声をあげて、前方へ駆けだした。人影が砂利の上にうつぶせになっていた。しかし、頭は横を向いていて、顔の片側が見えていた。ひと目見ただけで、頬に真っ赤な筋が走っているのがわかった。

「止まれ！」わたしはジョゼラに向かって叫んだ。

その声にこめられた警告の響きに、彼女はぴたりと足を止めた。

そのとき、わたしはもうトリフィドを見つけていた。それは茂みのなかに潜んでいた。その距離なら、大の字になって倒れている人間をやすやすと打てただろう。

「もどれ！　いますぐ！」と、わたし。

ジョゼラは地面に倒れている男を見つめたまま、ためらっていた。

「でも――」そういいかけて、わたしのほうをふり返る。と、その動きが止まった。彼女が目を見開き、絶叫した。

わたしはくるっとふり向いた。すると、ほんの二、三フィートうしろに、一体のトリフィドがそびえていた。

とっさに両手で目を覆った。刺毛《しもう》がヒュンとうなりをあげて、襲いかかってくる――だが、気が遠くなることはなく、焼けるような痛みさえなかった。こういうとき、人間の頭は電光石火で働くものだ。とはいえ、そいつがふたたび打ちかかってくる暇をあたえず、わたしが身を躍らせたのは、理性というよりは本能のなせる業《わざ》だった。わたしはそいつに体当たりし、ひっくり返した。そして倒れこみながら、両手を茎《くき》の上部にかけ、カップと刺毛を引きぬこうとした。トリフィドの茎は折れたりしない――だが、ズタズタにすることはできる。わたしたちが立ちあがる前に、そいつは八つ裂きになっていた。

ジョゼラは根が生えたかのように同じ場所に立っていた。

「来るんだ」わたしは彼女に命じた。「きみのうしろの茂みに別のがいる」

彼女は肩ごしに怖々《こわごわ》と視線を走らせ、こちらへやってきた。

「でも、あいつはあなたを打ったのよ」信じられないという口調で、彼女がいった。「どうしてあなたは――？」

「わからない。気絶して当然なんだが」

倒れたトリフィドを見おろす。まったく別種の敵を想定して入手しておいたナイフのことを不意に思いだし、わたしは自分のを使って、刺毛を根元から切り落とした。しげしげと見る。

「これでわかった」と毒袋を指さし、わたしはいった。「ほら、からっぽになってつぶれている。いっぱいだったら、いや、すこしでも中身がはいっていたら……」わたしは親指を下に向けて見せた。

ありがたいことに、わたしはツイていたし、毒に対する抵抗力があった。それにもかかわらず、手の甲と首にうっすらと赤い筋がついており、かゆくて仕方がなかった。立って刺毛を見ているあいだも、わたしはそこをこすっていた。

「おかしいな――」わたしはつぶやいた。ひとりごとのつもりだったが、彼女はそれを聞きつけて、

「なにがおかしいの？」

「こんなふうに毒袋がからっぽになったやつは、いままで見たことがない。よっぽど刺しまくったにちがいない」

だが、その言葉が彼女に聞こえたかどうかは怪しいと思う。彼女は私道に倒れている男に注意をもどしており、そのわきに立っているトリフィドを見ていたのだ。

「どうやったら彼を引き離せるかしら？」

「無理だ――あいつを始末しないかぎり」と、わたしは答えた。「それに――とにかく、残念だが、もう助けようがない」

「つまり、彼が死んでいるってこと？」

わたしはうなずいた。

「そうだ。疑う余地はない――ぼくは刺された人たちをたくさん見てきたんだ。ところで、

あれはだれなんだ?」と、つけ加える。

「ピアスン爺《じい》や。庭の手入れをしてくれていて、父の運転手だったの。すごくやさしいお爺さん——生まれたときから知ってたのよ」

「気の毒に——」もっと気のきいた言葉を思いつけないものかと思いながら、わたしはいいかけたが、彼女に遮《さえぎ》られた。

「見て!——ほら、見て!」彼女は、家の横手をまわりこんでいる小道を指さした。黒いストッキングに包まれた先に女ものの靴をはいた脚が、曲がり角から突きだしていた。

わたしたちはあたりを注意深く調べてから、それがもっとよく見える地点まで無事に移動した。黒いドレスを着た娘が、小道と花壇にわたたって身を横たえていた。そのかわいらしい、若々しい顔には、真っ赤な線が一本走っていた。ジョゼラが息を詰まらせた。目に涙がにじむ。

「ああ!——ああ、あれはアニーよ! かわいそうなアニー!」

わたしは多少なりとも彼女を慰《なぐさ》めてやろうとした。

「ふたりとも、なにもわからなかったはずだ」と彼女に告げる。「あの毒は人を殺せるほど強ければ、慈悲深いほど早く効《き》くんだ」

ほかのトリフィドが、そこに隠れているようには見えなかった。おそらく、ふたりとも同じトリフィドに襲われたのだろう。わたしたちはいっしょに小道を横切り、横手のドアから家のなかにはいった。ジョゼラが声をはりあげる。返事はなかった。彼女はもういちど声をはりあげた。ふたりとも耳をすましたが、家は完全な静寂に包まれていた。彼女がふり返って、わたしを見る。ふたりとも無言だった。彼女が先に立ち、音を立てずに廊下を進んで、羅紗《ベーズ》で覆われたドアまで行った。彼女がそのドアをあけたとたん、シュッと音がして、なにかがドアと框《かまち》を強打した。彼女の頭上一インチほどのところを。あわてて彼女はドアを閉め、見開いた目をわたしに向けた。

「居間にひとついるわ」と彼女がいった。

まるでそいつに聞かれるとでもいうかのように、彼女は怯えた声を潜めて話した。

わたしたちは外に出るドアまで引きかえし、また庭に出た。音がしないように草地を伝って、家をまわりこむと、やがて居間がのぞける位置にきた。庭と通じるフランス窓が開いており、片方のガラスが粉々になっていた。泥だらけの斑点が連なって一本の線になり、あがり段を乗り越え、カーペットをよぎっていた。その終点、部屋のまんなかにトリフィドが立っていた。茎のてっぺんは天井をかすりそうで、そいつはごくわずかに、絶えず体を揺らしていた。その湿った、もじゃもじゃと髭根《ひげね》の生えた幹《みき》のすぐそばに、あざやかな絹《きぬ》のドレッシング・ガウンをまとった高齢の男の体が横たわっていた。わたしはジョゼラの腕をつかんだ。彼女がそこへ駆けこんでいくかもしれないと思ったのだ。

「あれは——きみのお父さんか?」そうにちがいないとわかっていたが、わたしは尋ねた。

「ええ」彼女はそういうと、両手で顔を覆った。わなわなと体を震わせていた。

室内のトリフィドがこちらへやって来ないように、わたしはじっとしたまま、そいつから目を離さずにいた。それからハンカチを持っていたことを思いだして、自分のを彼女に渡した。できることはあまりなかった。すこしたつと、彼女は多少の自制心をとりもどした。その日、目にしてきた人々を思いだして、わたしはいった――

「でもね、ほかの人の身に起きたことよりは、あのほうがましだと思うよ」

「そうね」一瞬の間があって、彼女がいった。

彼女は空を見あげた。それは淡い水色で、白い羽毛のような小さな雲が、ちらほらと浮かんでいた。

「ええ、そうね」さっきよりは確信のこもった声で彼女はくり返した。「かわいそうなパパ。目が見えないことに耐えられなかったんだわ。ここにあるものすべてを心から愛していたから」部屋のなかにもういちど視線を走らせ、「これからどうすればいいの？　パパをこのままには――」

その瞬間、わたしは残っている窓ガラスになにかの動きが映るのを捉えた。すばやく背後に目をやると、一体のトリフィドが灌木の茂みから出て、芝生を横切りはじめるところだった。そいつは、まっすぐわたしたちに向かってよろよろと進んできていた。茎が大きく前後に激しく揺れるたびに、革のような葉がザワザワと音を立てた。

ぐずぐずしていられなかった。このあたりに、あと何体くらいいるのか見当もつかなかった。わたしはジョゼラの腕をまたつかみ、来た道を走ってもどらせた。無事に車へ駆けこむと同時に、彼女はとうとう本格的に泣きくずれた。

気がすむまで泣かせてやったほうがいいだろう。わたしは煙草《たばこ》に火をつけ、つぎの手を考えた。当然ながら、父親をそのままにして立ち去ろうなどといっても、彼女はとり合わないだろう。ちゃんと埋葬することを望むだろう——そして、この状況からすると、墓穴を掘り、すべてをとり仕切るのはわたしたちふたりということになるだろう。しかも、その仕事に着手する前に、すでにその場にいるトリフィドを片づけ、これから姿を現すかもしれないやつを寄せつけずにおく手段を講じなければならない。全体として見れば、なにもかも放りだしたいところだった——しかし、そうはいっても、彼はわたしの父親ではないわけで……。

事態のこの新しい側面を考えれば考えるほど、気に入らなくなった。ロンドンにどれほどのトリフィドがいるのか、わたしには見当もつかなかった。どの公園にも、すくなくとも二、三体は飼われていた。ふつうは剪定したやつが置かれていて、勝手に歩きまわらせていたが、刺毛を切除していないやつも稀《まれ》ではなく、杭につなぐか、金網《かなあみ》のなかに閉じこめてあるかのどちらかだった。リージェント・パークを横切っているのを見かけたやつらのことを考えると、いったいどれだけのトリフィドが、従来どおり動物園の囲いのなかに閉じこもっていて、どれだけが逃げだしたのだろうという疑問が浮かんだ。個人の庭にもたくさんいたはずだ。すべてが安全に剪定されていると思いたいが——どんなに愚かしい不注意で放置されていたか、わかったものではない。さらにトリフィドの栽培場もいくつかあり、すこし郊外に出れば実験農場もある……。

車内に坐って考えにふけっているうちに、頭の片隅を小突《こづ》くものがあるのに気づいた。完全にはつながらない考えの連なりだった。わたしはちょっとのあいだ、それを探ろうとした。と、いきなり、思い当たった。こういっているウォルターの声が聞こえるようだった――「いいかい、視力のないトリフィドは、目の見えない人間よりも生き残りやすい立場にあるんだ」

もちろん、彼の話は、トリフィドの刺毛で目が見えなくなった人間についてだった。にもかかわらず、衝撃的だった。衝撃的どころではなかった。わたしは、ちょっと恐ろしくなった。

考えなおしてみる。いや、あれは一般論から導かれた考察にすぎない――にもかかわらず、いまになってみると、すこし薄気味悪く思える……。

「われわれから視力をとり去れば」と彼はいったのだ。「その勝《まさ》っている点が消えてなくなる」と。

もちろん、偶然の一致は年がら年じゅう起きている――人がそれに気づくのは、ごく稀にすぎない……。

砂利を踏む音が、わたしを現在に連れもどした。一体のトリフィドが、ゆらゆらと揺れながら門に向かって私道を進んでくる。わたしは身を乗りだし、車の窓を巻きあげた。

「車を出して！　車を出してよ！」ジョゼラがヒステリー気味にいった。

「ここにいればだいじょうぶだ」わたしは彼女に告げた。「あいつがなにをするか見たいんだ」

同時に、問題のひとつが解決したのを悟った。わたしはトリフィドに慣れていたので、たいていの人々が剪定されていないやつにどういう感情をいだくのか忘れていたのだ。ここへは二度ともどって来ないだろう――わたしは不意にそう悟った。刺毛のあるトリフィドについてジョゼラがいだいている感情は、一般的なものだった――そいつから遠ざかって、近寄らないでいよう。

そいつは門柱のわきで立ち止まった。聞き耳を立てているのだ、と断言してもよかった。わたしたちは身じろぎひとつせず、音を立てずにいた。ジョゼラは恐ろしそうに目をこらしていた。そいつが車に打ちかかってくるだろうと思ったが、そうはしなかった。おそらく車内のわたしたちの声が聞こえなくなったので、わたしたちが射程外にいると勘違いしたのだろう。

小さなむきだしの茎が、いきなり幹にカタカタとぶつかりはじめた。そいつはゆらゆらと体を揺らし、よたよたと右へそれていくと、隣の私道へと姿を消した。

ジョゼラが安堵のため息を漏らした。

「ああ、あいつがもどって来る前に逃げましょう」彼女はわたしに哀願した。

わたしはエンジンをかけ、車をまわれ右させると、ふたたびロンドン市内のほうへ走り去った。

## 5　夜の光明

ジョゼラは落ちつきをとりもどしはじめた。背後に横たわるものを、あえて頭から追い払おうとしているのがはっきりとわかる口調で、彼女は尋ねた――

「これからどこへ行くの？」

「まずはクラーケンウェルだ」わたしは彼女に告げた。「そのあとなら、きみの服をもうすこし手に入れてもいい。なんだったら、ボンド・ストリートで探してもかまわない。でも、まずはクラーケンウェルだ」

「でも、どうしてクラーケンウェルなの？――まあ、なんてこと！」

彼女が大声をあげたのも当然だった。角《かど》を曲がったら、七十ヤード先の街路を埋めつくす人々が目に飛びこんできたのだ。彼らは両腕を突きだして、こけつまろびつ、こちらへやって来るところだった。泣き声と悲鳴が入り交じって聞こえてきた。彼らが視界にはいったちょうどそのとき、先頭の女性がつまずいて倒れた。ほかの者が彼女に折り重なって転び、彼女は蹴ったりもがいたりしている人山《ひとやま》の下に姿を消した。その群衆の向こうに、この騒ぎの原因であろうものがちらりと見えた。黒っぽい葉をつけた茎《くき》が三つ、パニックにおちいった人々の頭上で揺れていたのだ。わたしはアクセルを踏みこみ、あわててわき道にそれた。

ジョゼラが怯《おび》えた顔をわたしに向けた。

「ねえ――いまのを見た？　あいつら、人間を追いたてていたわ」

「見たよ」わたしは答えた。「だからクラーケンウェルへ行くんだ。あそこには、世界最高のトリフィド銃とマスクを作っている場所がある」

わたしたちは引きかえし、元々進もうとしていた道筋にもどったが、期待とは裏腹に、人けのない通りは見つからなかった。キングズ・クロス駅の近くでは、おびただしい数の人々が路上にいた。ホーンを鳴らしっぱなしにしても、進むのはしだいにむずかしくなった。駅舎の正面で、とうとう進めなくなった。なぜあれほどの群衆がその場所に集まったのかは、さっぱりわからない。その地区の人間がひとり残らず集まってきたかのようだった。人ごみを通りぬけることはできなかったし、ちらっとうしろを見れば、引きかえそうとしても無駄だとわかった。わたしたちが追い越した人々が、すでに進路をふさいでいたのだ。

「おりるんだ、早く！」わたしはいった。「追いかけられているみたいだ」

「でも――」ジョゼラがいいかけた。

「急いで！」

ホーンを最後にひとつ鳴らすと、彼女につづいて車から抜けだした。エンジンはかけっぱなしにしておく。間一髪だった。ひとりの男が、後部ドアの把手《とって》を見つけた。彼はそれを引きあけ、なかを手探りした。わたしたちは、車へ殺到してくる人波に押し倒されそうになった。だれかが前部ドアをあけ、そちらの座席ももぬけの殻《から》だとわかると、怒りの叫び声をあげた。そのときには、わたしたちは無事に人ごみにまぎれこんでいた。だれかが後部ドアをあけた男をつかんだ。その男が車からおりてきたところだと勘《かん》違いしたのだろう。そのまわりで混乱が大きくなりはじめた。わたしはジョゼラの手をしっかりと握り、できるだけ目立たないようにしながら、人ごみを縫《ぬ》って進みはじめた。

ようやく人ごみを抜けると、使える車はないかと探しながら、しばらく歩きつづけた。一マイルほどいったところで見つかった――ステーション・ワゴンだ。わたしの頭のなかで漠《ばく》然《ぜん》と形をとりはじめている計画にとっては、ふつうの車よりも役に立ちそうだった。

クラーケンウェルでは、この二、三百年にわたり、精巧な道具が作られてきた。職業柄《がら》、わたしがときどき取り引きしていた小さな工場が、古い技術をトリフィド退治に応用していた。その工場はたいした苦労もなく見つかったし、なかへはいるのも簡単だった。ふたたび出発したときには、最高級のトリフィド銃数挺《ちょう》と、それ用の小さな鋼鉄製ブーメラン数千個、ワイアメッシュのマスク数個を車の後部に積みこんでいた。そのおかげで、頼もしい味方を得たような気がしていた。

「で、つぎはどうするの――服かしら？」出発すると同時にジョゼラがいった。

「計画は暫定的だから、批判と修正を受けつけるよ」と、わたし。「まずは仮の宿《ピエタテール》と呼べそうなものを探すんだな。いい換えれば、落ちついて物事を話しあえる場所」

「また酒場はよしてね」彼女は抗議した。「一日分にしては、お釣りが来るくらい酒場へ行ったから」

「ぼくの友だちなら、およそ考えられないって答えそうだな——なにもかも無料《ただ》なんだから——でも、ぼくも同感だ」わたしは同意した。「ぼくが考えてたのは、人がいないフラットだ。見つけるのに苦労はいらないはずだ。しばらくそこでくつろいで、おおよそでも行動プランを練《ね》ればいい。それに、夜を過ごすのにも都合がいいだろう——それとも、こんなおかしな状況でもしきたりが大事だと思うなら、そうだな、フラットをふたつに分けてもいい」

「すぐそばにだれかいるとわかっているほうが心強いと思うわ」

「了解」わたしは同意した。「じゃあ、作戦ナンバー2は、紳士淑女のお召し物だな。それについては別行動をとったほうがいいかもしれない——どのフラットに決めたのか、ふたりとも絶対に忘れないようにしないと」

「わ、わかったわ」彼女はいったが、いささか心細げだった。

「だいじょうぶだよ」わたしは請《う》けあった。「だれにも話しかけないようにすればいいんだ。そうすれば、きみの目が見えることに勘づくやつはいない。前にきみがあんな目にあったのは、まったくの不意打ちだったからだ。『盲人の国では、片目の男が王なのだ』」

「ええ、そうね——ウェルズだったかしら、そういったのは？——ただし、あの小説では、そうとはかぎらないとわかるんだけど」

「肝心なのは、『国』という言葉で意味するものがちがうことだ——元はパトリアというラテン語だよ」と、わたし。「盲人の国では片目の者がすべてを支配する《カエコルム・イン・パトリア・ルスクス・レックス・インペラト・オミニス》——フロニウスという古代ローマの紳士が最初にそういった。この人物については、この言葉しか知られていないらしい。でも、ここには組織化されたパトリア、つまり国家はない――あるのは混沌《こんとん》だけだ。ウェルズは、盲目状態に適応した人々を想像した。ここでそういうことが起きるとは思えない――起きるわけがない」

「じゃあ、なにが起きると思うの？」

「ぼくの推測は、きみの推測と五十歩百歩だろう。とにかく、じきにいやでもわかるようになる。それよりも、当面の問題にもどったほうがいい。どこまで話したっけ？」

「服を選ぶところ」

「ああ、そうだった。まあ、店にはいりこんで、何着か見繕《みつくろ》ったら、また出てくるだけの話だ。ロンドンの中心ではトリフィドに出くわさないだろう――すくなくとも、まだいまのところは」

「すごく気軽にものを盗《と》る話をするのね」

「別に気軽なわけじゃない」わたしは認めた。「でも、それが美徳なのかどうかよくわからないんだ――ただの習慣だったんじゃないかって気がしてね。それに事実に直面することをかたくなに拒んだところで、物事は元にもどらないし、なんの役にも立たないだろう。たぶんぼくらは自分たちのことを泥棒ではなく、むしろ――そうだな、不本意な相続人だと思うようにしなければいけないんだよ」

「そうね。たぶんそんなところなんだわ」彼女は控え目に同意した。

彼女はしばらく無言だった。ふたたび口を開いたとき、先ほどの質問にもどった。

「で、服を選んだあとは？」

「作戦ナンバー3は」わたしは彼女に告げた。「だれがなんといおうと、ディナーだ」

予想どおり、フラットは難なく見つかった。ある贅沢そうな建物の前で、車を施錠《せじよう》して道のまんなかに駐《と》め、四階まであがった。なぜ四階を選んだのかは、自分でもよくわからない。そのほうが人目《ひとめ》につかないように思えただけだ。部屋を選ぶ手順は簡単だった。ノックをするか、呼び鈴《りん》を鳴らすかして、もし返事があれば、そのまま通り過ぎた。三度通り過ぎたあと、返事のないドアが見つかった。肩でぐいっとひと押しすると、面つけ錠《リムロック》の受け口が剝《は》がれ、わたしたちはなかにはいった。

わたし自身は、家賃が年二千ポンドもするフラットに住みたくてたまらない人種というわけではなかったが、それも悪くないと思いたくなるようなものがそろっていた。内装をした者は、たぶん優雅な若い男性で、恐ろしく金のかかる最新の話題と趣味とを合致させる独創《デル》的な才能をそなえていたのだろう。なによりも流行を意識した場所だった。まぎれもない最新流行《ニュ・クリ》があちこちに見られ、なかには——世界が予想されたとおりに進んでいれば——まちがいなく明日の大流行になったものもあれば、端《はな》から大失敗といいたくなるものもあった。全体としての印象は、人間的要素という弱点を無視した見本市のそれだった。つまり、本の置き場所が二、三インチずれていたり、背表紙の色が合わなかったりすれば、考えぬかれた全体のバランスと色調がだいなしになるし、合わない色の服を着るほど思慮の足りない人間が、合わない贅沢な椅子やソファに坐《すわ》っても効果がだいなしになるというわけだ。わたしがジョゼラのほうに向きなおると、彼女は目を丸くしていた。

「このあばら屋でいいかな——それとも、別のを探そうか?」と、わたし。

「ええと、ここでいいと思うわ」彼女が答えた。そしてわたしたちは肩を並べ、上品なクリーム色の絨毯《じゅうたん》を踏みしめながら探検にとりかかった。

まったく計算外のことだったが、その日の出来事を彼女の頭から追い払う方法として、これ以上に効《き》き目のあるものは、とても思いつかなかっただろう。わたしたちの探検は、叫び声があがるたびに中断されたが、その叫び声には称賛、羨望《せんぼう》、愉悦、軽蔑《けいべつ》、そして白状しなければならないが、悪意までもが交じっていた。ジョゼラは、女らしさの権化ともいうべき部屋の入口で足を止めた。

「ここで寝るわ」彼女がいった。

「まいったな!」わたしは口走った。「まあ、たで食う虫もなんとやらだ」

「意地悪はいいっこなし。退廃にふけるチャンスなんて二度と来そうにないから。おまけに、どんな若い娘のなかにも、おつむの足りない映画スターみたいなところがすこしはあるのよ。だから、最後に思いっきり好きにさせてほしい」

「そうするといい」と、わたし。「でも、ぼくとしては、もっとおとなしい部屋があってほしいな。天井に鏡のはめこんであるベッドで眠るのはご免だよ」

「浴槽の上にもあるわよ」隣の部屋をのぞきこみながら、彼女がいった。

「それが退廃の頂点なのか、どん底なのかは知らないけど」と、わたし。「とにかく、その浴槽は使えないよ。お湯が出ない」

「まあ、忘れてた。なんて残念！」彼女はがっかりして大声をあげた。

わたしたちは屋内の点検をすませた。ほかの部屋はそれほど扇情的《せんじょう》ではなかった。つぎに彼女は衣服問題を片づけるために出ていった。わたしはフラットの備蓄品とその有効期限を確認したあと、自分の服を探しに出かけた。

部屋の外へ出たちょうどそのとき、廊下のずっと先にある別のドアが開いた。わたしは足を止め、その場に立ちつくした。若い男が出てきた。金髪の娘の手を引いている。彼女が敷居をまたぐと同時に、男は手を離した。

「ちょっと待っててくれ」と男がいった。

彼は音を殺す絨毯の上を三歩か四歩進んだ。前にのばした両手が、廊下の突き当たりにある窓を探りあてる。指がまっすぐ掛け金に向かい、それをはずした。外の非常階段がちらりと見えた。

「なにをしてるの、ジミー？」

「たしかめてるだけだよ」彼はそういうと、すばやく彼女のもとに引きかえし、彼女の手をまた握った。「おいで」

彼女は尻ごみした。

「ジミー——ここを離れたくないわ。自分たちのフラットにいれば、すくなくとも自分の居場所はわかるもの。どうやって食べていくの？　どうやって生きていくの？」

「フラットのなかにいたんじゃ、まったく食べ物にありつけないよ――だから、長くは生きられない。おいで。怖がらなくてもいい」

「でも、怖いわ、ジミー――怖いのよ」

彼女は男にすがりつき、男は片腕を彼女にまわした。

「だいじょうぶだよ。おいで」

「でも、ジミー、そっちは道がちがう――」

「きみは体をまわしてしまったんだよ。こっちでいいんだ」

「ジミー――すごく怖いわ。もどりましょう」

「もう遅いよ」

窓ぎわで彼は立ち止まった。片手で自分の居場所を慎重に探る。それから両腕を彼女にまわし、ぐっと抱きよせた。

「あんまりすばらしくて、長つづきはしなかったんだ、きっと」彼はそっといった。「愛してるよ。心から、心の底から愛してる」

彼女はキスを受けようと唇を上に向けた。

彼女を抱きあげると同時に男は向きを変え、窓から踏みだした……。

＊

「心臓に毛を生やさなきゃいけない」わたしは自分にいい聞かせた。「生やさなきゃいけない。そうするか、永久に酔っ払っているかだ。ああいうことは、そこらじゅうで起きているにちがいない。これからも起こりつづけるだろう。おまえにはどうしようもない。彼らに食べ物をあたえ、あと二、三日生かしておいたとしてもどうなる？　そのあとどうするんだ？　事態を受け容《い》れて、折り合いをつけることを学ばなくちゃいけない。さもないと、アルコールに逃げこむはめになるんだ。これを乗り越えて、自分の人生を生きるために闘わないと、生き残る者なんてひとりもいなくなる……。生きぬけるのは、その闘いから逃げないほど心を強靭《きょうじん》にできる者だけなんだ……」

*

ほしいものを集めるのには、思ったよりも時間がかかった。帰ってきたときには、二時間ほどが経過していた。ドアと格闘するうちに、腕いっぱいにかかえていた荷物をいくつか落としてしまった。例の過剰なまでに女らしい部屋から、一抹《いちまつ》の不安交じりの声でジョゼラが呼びかけてきた。

「ぼくひとりだ」わたしは彼女を安心させながら、荷物をかかえて廊下を進んだ。

キッチンで荷物をおろすと、落としたものをとりにもどる。彼女のドアの外で足を止めた。

「はいってきちゃだめよ」

「そんなこと、これっぽっちも考えてなかったよ」わたしは抗議した。「ぼくが知りたいのは、きみは料理ができるのかってことだ」

「ゆで卵くらいなら」と彼女のくぐもった声。

「そうじゃないかと思ったんだ。いまからおぼえなくちゃいけないことが、いやというほどあるな」わたしは彼女にそういった。

キッチンに引きかえす。持ってきた石油コンロを無用の長物と化した電気調理器の上に置き、忙しく仕事にとりかかった。

居間の小さなテーブルに席をしつらえおえた。その出来映えはなかなかのものだった。わたしは仕上げに数本の蠟燭《ろうそく》と燭台《しょくだい》をとりに行き、準備をととのえた。ジョゼラのほうはいっこうに姿を見せなかったが、すこし前に水の流れる音がしていた。わたしは声をかけてみた。

「いま行くわ」彼女が答えた。

わたしはぶらぶらと窓辺へ行き、外に目をやった。はっきりそうと意識して、そのすべてに別れを告げはじめる。陽はかたむいていた。塔や尖塔《せんとう》やポートランド石造りの建物の正面《ファサード》が、暮れなずむ空を背景に白やピンクに浮かびあがっていた。あちこちでさらに火の手があがっていた。煙が大きな黒い染みとなって立ち昇り、ときにはその底で炎がちらついた。明日以降、こうした見慣れた建物を生きてふたたび目にすることがなくなっても不思議はないのだ、とわたしは自分にいい聞かせた。いつかもどって来られるかもしれない――だが、同じ場所へではない。火事と天気が爪痕《つめあと》を残しているだろう。街はどう見ても死んでいて、打ち捨てられているだろう。だが、いまのところは遠くから見れば、まだ生きている都市の仮面劇を演じられる。

むかし父親が話してくれた。ヒトラーの戦争がはじまる前、父はこれ以上は無理なほど大きく目を見開いてロンドンを歩きまわり、それまで気づかなかった建物の美しさを目に焼き付け――それらに別れを告げていたのだという。いま、わたしも似たような気持ちだった。だが、いまのほうが悪かった。その戦争では、人が望んだよりもはるかに多くのものが生きのびた――しかし、今回の敵は生きのびさせてくれないのだ。こんど待ち受けているのは、気まぐれな打撃や、わがままな火災ではない。腐敗と崩壊という、長く緩慢《かんまん》で避けがたい成りゆきにすぎないのだ。

そのとき、そこに立っているわたしの心は、頭が語ることに依然として抵抗していた。こんな事態は大規模すぎる、不自然すぎるので本当に起きるわけがない、といまだに感じていたのだ。それなのに、こういうことが起きるのは、けっしてはじめてではないとわかっていた。ほかの大都市の骸《むくろ》が、砂漠に埋もれていたり、アジアのジャングルに跡形《あとかた》もなく消されたりしているのだ。なかには、あまりにも遠いむかしに没落して、名前までも道連れとなって消えたものもある。だが、そこに暮らしていた者たちにとっては、その消滅があり得ない、あるわけがないと思えただろうし、それは、現代の大都市の壊死《えし》がわたしにはあり得ないと思えるのと変わらないのだ……。

人類にとってもっとも根強く、もっとも心安まる幻想のひとつは、「ここで起きるわけがない」――自分自身の生きるささやかな時と場所は、大変動とは無縁だという信念にちがいない、とわたしは思った。そしていま、それがここで起きている。この先奇跡でも起こらないかぎり、わたしが見ているのはロンドンの終焉《しゅうえん》のはじまりなのだ――そして、わたしと似ているほかの人々が、ニューヨーク、パリ、サンフランシスコ、ブエノスアイレス、ボンベイをはじめとして、ジャングルに呑まれた都市と同じ道をたどることを運命づけられた都市の終焉のはじまりを見ているというのは、大いにありそうに思えた。

　ずっと外を見ていると、背後から衣擦《きぬず》れの音が聞こえた。ふり返ると、ジョゼラが部屋にはいってきていた。透《す》き通るように青いジョーゼットを織《お》った、美しいロングのワンピースをまとい、白い毛皮の短いジャケットを合わせている。簡素な鎖《くさり》のついたペンダントには、数粒の青白いダイヤモンドが燦然《さんぜん》と輝き、イアリングにきらめいている宝石は、もっと小ぶりだったが、色は同じくらい艶《つや》やかだった。髪と顔は、美容院から出てきたばかりといっても通りそうだった。銀色の上履《うわば》きをひらめかせ、薄手のストッキングをちらつかせながら、彼女は床を進んできた。わたしがものもいえずに見つめつづけていると、彼女の口もとからほほえみが消えた。

「お気に召さないかしら？」子供っぽい、失望交じりの声で彼女が訊いた。

「きれいだよ――すごくきれいだ」わたしは彼女に告げた。「ぼくは――その、あまりにも意外で……」

　もっとなにかいわねばならなかった。このおめかしがわたしとはほとんど、いや、まったく関係ないことはわかっていた。わたしはこうつけ加えた――

「きみは、さよならをいおうとしているのかい？」

別の表情が彼女に目に浮かんだ。

「じゃあ、わかってくれたのね。わかってくれると思った」

「わかったと思う。きみがそうしてくれてうれしいよ。忘れられない美しい思い出になる」

わたしは彼女に手をさしのべ、窓辺へ導いた。

「ぼくもさよならをいっていたんだ――このすべてに」

わたしたちが肩を並べてそこに立っていたあいだ、彼女の心に去来したものがなんであったのか、それは彼女の秘密だ。わたしの心のなかでは、いまや終わってしまった人生と物事が、万華鏡《まんげきよう》のようにくり広げられていた――あるいは、「憶《おぼ》えていますか？」という総題の付された分厚い写真帳をパラパラとめくっていたというほうが近いかもしれない。

わたしたちは、それぞれ物思いにふけりながら、長いこと眺めていた。やがて彼女がため息をついた。ドレスをちらっと見おろし、繊細なシルクを指でつまむ。

「ばかげてるかしら？――ローマが燃えているのに」彼女はそういうと、悲しげに笑みを浮かべた。

「いいや――すてきだよ」わたしは答えた。「そうしてくれてありがとう。意思表示だ――そして思いださせてくれる。欠点はいろいろあったけれど、美しいものもたくさんあったことを。きみのしたことは最高にすばらしい――そしてきみは最高に美しい」

彼女のほほえみから悲しみの影が消えた。

「ありがとう、ビル」いったん言葉を切る。それからこうつけ加えた――「あなたにお礼をいったかしら？　たぶんいってないわね。もしあのとき、あなたが助けてくれなかったら——」

「でも、きみがいなかったら」わたしは彼女に告げた。「きっといまごろは、どこかの酒場でおいおい泣きながら、酔いつぶれていたはずだ。ぼくのほうこそ、きみにお礼をいわなきゃいけない。いまはひとりきりでいるときじゃない」それから、話題を変えるために、こうつけ加える——「酒場といえば、ここには極上のアモンティリャードがあるし、おつまみに最適なものがそろっている。いたれりつくせりだよ」

わたしがシェリー酒を注《つ》ぎ、わたしたちはグラスをかかげた。

「健康と体力——そして幸運に」と、わたし。

彼女はうなずいた。わたしたちはグラスを干した。

「もしもの話だけど」高級な味わいの肉入りパテをつまみはじめたとき、ジョゼラが尋ねた。「家主がいきなり帰ってきたらどうなるかしら？」

「その場合は説明する——そうすれば、その彼だか彼女だかは、瓶《びん》の中身を教えてくれる人間がいてくれて、ありがたく思うだけさ——でも、そういうことはまず起こらないと思う」

「そうね」考えこみながら、彼女は同意した。「そうだわ。残念だけど、そういうことはまず起こらない。ところで——」彼女は部屋を見まわした。その視線が、縦溝を彫りこんだ白い台座で止まる。「あなたはラジオを試してみた——あれはラジオなんでしょう？」

「TV受像機でもある」と、わたしは教えた。「でも、つかないよ。電気が来てない」

「もちろんそうね、忘れてたわ。当分のあいだ、ああいうものを忘れていくしかないのね」

「でも、外へ出たとき試してみた」と、わたし。「電池式のやつを。ウンともスンともいわなかった。全部の放送局が、墓場なみにひっそりしていた」

「つまり、どこもかしこもこんな風だってこと？」

「残念だが、そうらしい。四十二メガヘルツあたりでピッピッという音がした。それ以外は、なにひとつ聞こえなかった。ザーザーいう音さえしないんだ。どこのだれだったんだろう、かわいそうに」

「この先――かなりひどいことになるのね、ビル？」

「この先――いや、せっかくのディナーをだいなしにしたくない」と、わたし。「仕事の前に楽しもう――未来に待っているのはまちがいなく仕事だよ。なにか面白い話をしよう。たとえば、これまできみは何度恋をして、どうしてとっくのむかしに結婚していないのか、とか――それとも、したのかな？　ほら、ぼくはなにも知らないんだ。生《お》い立ちを話してもらえないかな」

「そうね」彼女がいった。「生まれたのは、ここから三マイルほど行ったところ。そのとき、母はそのことですごく腹を立てたの」

わたしは眉毛を吊りあげた。

「だって、わたしをアメリカ人にすると母は固く心を決めていたから。でも、空港まで連れていってくれる車が来たときには、手遅れだった。ひどく衝動的な人だったのよ、母は――

たぶん、わたしもその血をいくらか受け継いでいる」

彼女は身の上話をつづけた。幼いころの暮らしに特筆すべきことはなかったが、それをおさらいし、自分たちの立場をしばらく忘れることを彼女自身が楽しんでいるようだった。外の世界からは消え去ったなじみ深いもの、楽しいものについて語る彼女のおしゃべりに耳をかたむけるのは、わたしとしても楽しかった。幼年期、学校時代と話は順調に進み、〝社交界へのデビュー〟へといたった——その言葉にまだ意味があればの話だが。

「十九のとき結婚寸前まで行ったの」彼女は認めた。「で、結婚しなかったのをいまはありがたく思っている。でも、当時はそんな気分じゃなかった。なにもかもぶち壊しにしたパパと大喧嘩してね。だって、ライオネルが遊びつぶしだって、パパはすぐに見抜いたから……」

「なんだって?」わたしが口をはさんだ。

「遊びつぶし。遊び人とごくつぶしの交雑種《こうざつしゅ》みたいなもの——ホテルのラウンジに入り浸《びた》っているような人間のことよ。だから、そのとき家族と縁《えん》を切って、フラットを持っている知り合いの女の子のところへ転がりこんだの。そうしたら家族がわたしのお小遣《こづか》いを打ち切ったのよ、本当にばかな真似だった。だって、家族のもくろみとは正反対の結果になっていても不思議はなかったんだから。じっさいは、そうはならなかったけど。だって、わたしの知り合いで家族の世話にならずに暮らしている女の子は、みんなうんざりしているように思えたから。たいして面白いこともないし、人を羨《うらや》むばかりで、じっと我慢しなくちゃいけない——それに計画をたくさん立てなくちゃいけない。一本か二本の糸を切れないようにしておくために、どれだけの計画が必要か、とても信じられないでしょうね――それとも、二本か三本の予備の糸というべきかしら――？」彼女は考えこんだ。

「どっちでもいいよ」わたしは彼女にいった。「いいたいことはわかる。きみは糸なんか一本もほしくなかったんだね」

「察しがいい人ね。そうはいっても、その娘《こ》のフラットにただ居候《いそうろう》するわけにはいかなかった。多少はお金を稼がなくちゃならなかったから、あの本を書いたのよ」

　わたしは聞きちがえたのだと思った。

「本を作ったってことかい？」と、わたし。

「本を書いたのよ」彼女はちらっとわたしを見て、にっこりした。「わたしって、よっぽどまぬけに見えるのね――本を書いているっていうと、みんながそういう顔でわたしを見たわ。気にしないで、すばらしくいい本ってわけじゃなかったから――つまり、オルダスやら、チャールズやらといった人たちの本みたいじゃなかった。でも、書いた甲斐《かい》はあったわ」

チャールズはたくさんいるが、この場合はだれを指しているのか、と訊きたくなる気持ちを抑え、こう尋ねるにとどめた――

「つまり、出版されたってことかい？」

「ええ、そうよ。本当にかなりのお金を稼いでくれた。映画化の権利が――」

「なんていう本だったんだい？」好奇心に駆られて、わたしは尋ねた。

「題名は『セックスはわが冒険』」

わたしはまじまじと彼女を見てから、額《ひたい》をピシャリと打った。

「ジョゼラ・プレイトン、そうか、そういうことか。なんでその名前に聞きおぼえのある気がするのか、どうしてもわからなかったんだ。きみがあれを書いたのか？」信じられない思いで、わたしはつけ加えた。

　いままで思いださなかった理由がわからなかった。彼女の写真はいたるところにあったのだ――こうして本物を見られるようになると、あまりよく撮《と》れてはいないことがわかった。そして本もいたるところにあった。大手の巡回図書館ふたつが禁書にしたからだ。おそらくは題名だけで。そのあと成功は約束され、セールスはあっというまに数十万部に達した。ジョゼラがクスクス笑った。それを耳にして、わたしはほっとした。

「あらまあ」彼女がいった。「その顔、わたしの親戚とそっくりよ」

「その人たちを責められないな」と、わたし。

「あれを読んだの？」

　わたしは首をふった。彼女がため息をつき、

「人っておかしなものね。題名と広告しか知らないのに、ショックを受ける。本当は、無害もいいところの、たいしたことのない本なのに。青臭い《グリーン》気どりとピンクの恋愛趣味を混ぜあわせ、女学生らしい美辞麗句《パープル》をふりかけたもの。でも、題名はいいアイデアだった」

「いいという言葉でなにを意味するかによるな」と、わたし。「しかも、きみは本名で発表した」

「あれは失敗だったわ」と彼女が同意し、「そのほうがはるかに宣伝になるって、出版社に説得されたの。彼らの見地《けんち》からすれば、たしかにそのとおりだった。ちょっとのあいだ、わたしはすごく有名になった、悪い意味でだけど――レストランや公共の場所で、むずかしい顔をしてこちらをにらんでいる人々を見かけると、内心でクスクス笑ったものだわ――自分が見ているものと、頭のなかにあるものがうまく結びつかないらしいのよ。どうでもいい人たちがたくさん、フラットへちょくちょく現れるようになったので、厄介払いしたくなった。それに家へ帰らなくてもいいことを証明したから、また家へもどったの。

もっとも、あの本は、どちらかというと害のほうが大きかった。人はあの題名を鵜呑《うの》みにしてしまうの。あれ以来、好きじゃない人たちからずっと身を守ってきたような気がするし――好きになりたい人たちは、震えあがるか、ショックを受けるかのどちらかだった。すごく腹立たしいのは、あれが不道徳な本でさえなかったこと――ばかみたいな、こけおどしだけの本だった。分別のある人なら、それくらいわかって当然だったのに」

彼女は考えこむように言葉を切った。分別のある人々は、おそらく『セックスはわが冒険』の著者もばかみたいな、こけおどしだけの人間だと判断しただろう、という考えが脳裏に浮かんだが、口にするのはやめておいた。思いだすと決まり悪くなる若気《わかげ》のいたりはだれにでもあるものだ――しかし、たまたま金銭的な成功をおさめると、どういうわけか若気のいたりではすませてもらえなくなるのだ。

「そのせいで、なにもかもがねじ曲がってしまった」彼女は嘆《なげ》いた。「わたしは別の本を書いて、物事のバランスをとりもどそうとしていた。でも、書きあがらないことになって、かえってよかったわ——かなりつらかったから」

「同じくらいぎょっとする題名がついていたのかい？」

　彼女はかぶりをふった——

「題名は『見捨てられた乙女《おとめ》ここに』になるはずだった」

「ふーむ——なるほど、たしかに前作のパンチ力は欠けているね」と、わたし。「引用かい？」

「ええ」彼女はうなずいた。「ミスター・コングリーヴ——『愛に見捨てられた乙女ここに憩《いこ》う』よ」

「あー——そうか」わたしはそういうと、その題名についてちょっと考えをめぐらせた。

＊

「さて」わたしは切りだした。「そろそろ、おおよそでも行動計画を立てようじゃないか。まずぼくが思うところを二、三述べようか」

　わたしたちはそれぞれ、恐ろしく坐り心地のいい肘《ひじ》掛け椅子にもたれていた。あいだにある低いテーブルには、コーヒーを淹《い》れる道具とグラスがふたつ載っていた。ジョゼラのグラスは、コアントローのはいった小さいほう。値段のつけられないブランデーがたっぷりとはいった、見るからに金のかかっていそうなバルーン（丸い大型のブランデー・グラス）が、わたしのグラスだった。ジョゼラが紫煙《しえん》をくゆらせ、飲み物に口をつけた。その味わいを堪能《たんのう》しながら、彼女がいった――

「新鮮なオレンジをまた味わえるときが来るのかしら？　いいわ、はじめてちょうだい」

「さて、事実から目をそむけても役に立たない。すぐにここを出たほうがいい。明日でだめなら、明後日《あさって》だ。ここがどうなるか、もうわかってきているだろう。いまはまだタンクに水がある。でも、じきになくなる。街全体が、巨大な下水道みたいに悪臭を放ちはじめるだろう。すでに死体が散らばっていて――毎日それは増えるんだ」彼女がぶるっと身震いするのに気づいた。大局ばかりを見ていたので、彼女の個人的な事情をそのときは失念していたのだ。あわてて先をつづけた――「それは腸チフスか、コレラか、神のみぞ知るものを撒《ま》き散らすかもしれない。そういったものが発生する前に、ここから逃げだすのが肝心だ」

彼女は同意のしるしにうなずいた。

「とすると、つぎの問題は、どこへ行くのか、だろうね。なにか考えはあるかい？」

「そうね――大雑把《おおざっぱ》にいえば、人里《ひとざと》離れたどこかでしょうね。水が確実に手にはいる場所、たぶん井戸のあるところね。それに無理のない範囲で、できるだけ高いところがいいと思うわ――清々《すがすが》しい風の吹くところが」

「なるほど」と、わたし。「清々しい風の部分は考えていなかった。でも、きみのいうとおりだ。水が確実に手にはいる丘の頂上――行き当たりばったりじゃ、そう簡単には見つからないな」一瞬考えをめぐらせ、「湖水《こすい》地方かな？　いや、遠すぎる。ひょっとしてウェールズ？　それともエクスムアかダートムア——それとも、いっそのことコーンウォールまで南下するか？　ランズエンドのあたりなら、汚れていない南西の風が大西洋から年がら年じゅう吹いてくる。でも、そこも遠すぎる。また安全に訪れられるようになったら、都会に頼ることになるはずだ」

「サセックスの丘陵地帯《ダウンズ》はどう？」とジョゼラが提案した。「北側のすてきな古い農家を知っているの。パルボローのほうを見晴らすところにあるのよ。丘のてっぺんじゃないけれど、斜面のかなり上のほう。水を汲《く》む風車ポンプがあるし、自家発電機もあると思う。なにもかも近代的に改修されているのよ」

「じっさい、願ってもない住み処《か》だな。でも、人口密集地にちょっと近い。もっと遠くへ逃げるべきだとは思わないか？」

「そうね、わたし、考えていたの。また都会へ安全にはいれるようになるまで、どれくらいかかるんだろうって」

「見当もつかないな」わたしは認めた。「一年くらいじゃないかと思うが——それなら余裕を見たことになるんじゃないかな？」

「そうね。でも、遠くへ行きすぎたら、あとで物資を手に入れるのが簡単にはいかなくなるわ」

「たしかに、そこが問題なんだ」わたしは相づちを打った。

最終目的地の件はさしあたり置いておいて、移転の詳細を煮詰める仕事にかかった。朝になったら、まずはトラックを——積載量の大きいのを——手に入れよう、とわたしたちは決めた。そしてトラックに積む必需品のリストをふたりで作った。荷積みを終えられたら、明日の晩に出発する。終えられなかったら——リストは相当な長さになっていたから、そうなるほうが大いにありそうだった——危険を承知でもうひと晩をロンドンで過ごし、その翌日に脱出する。

必需品のリストに、それぞれがあったらいいと思うものを加える作業が終わったのは、午前零時に近いころだった。できあがったリストは、デパートのカタログに似ていた。しかし、その晩わたしたちの気をまぎらわせる役にしか立たなかったとしても、手間をかけただけの値打ちはあった。

ジョゼラがあくびをして、立ちあがった。

「眠くなったわ」彼女はいった。「——それにシルクのシーツが、うっとりするベッドで待っているし」

彼女は宙に浮いているような足どりで分厚い絨毯《じゅうたん》を踏んでいった。ドアノブに手をかけて立ち止まり、ふり向いて、長い鏡に映った自分の姿を真面目くさった顔で見つめる。

「楽しいこともあったわ」彼女はそういうと、自分の鏡像に投げキスを送った。

「お休み、はかなくも麗《うるわ》しい幻《まぼろし》の君《きみ》」と、わたし。

彼女は微笑を浮かべてふり返ると、ただよい去る霧のようにドアをくぐって姿を消した。

わたしは極上のブランデーを最後の一滴まで注ぎ、両手で温めてから、口をつけた。

「もう二度と――二度とあんな光景を目にすることはないだろう」と、ひとりごちる。「かくて栄光は過ぎゆく《シク・トランシット》……」

それから、憂鬱《ゆううつ》な気分に沈みこまないうちに、もっと慎《つつ》ましい自分のベッドまで行った。

＊

気持ちよく手足をのばして眠りかけていたとき、ドアをノックする音がした。

「ビル」ジョゼラの声がいった。「早く来て。明かりが見えるの！」

「どんな明かりだい？」ベッドから出ようともがきながら、わたしは尋ねた。

「外よ。見にきて」

彼女は、例の並はずれた寝室の持ち主のものでしかあり得ない衣類をまとって廊下に立っていた。

「これはまたけっこうなお姿で！」と、わたし。

「ばかいってないで」いらだたしげに、彼女がわたしにいった。「あの光を見にきてちょうだい」

たしかに明かりがあった。彼女の部屋の窓から、わたしの判断だと北東と思われる方角に目をやると、サーチライトの光のように、小揺るぎもせずに天を指しているまばゆい光線が見えたのだ。

「とすると、目の見える人がほかにもいるにちがいないわ」と彼女がいった。

「そうにちがいない」わたしは相づちを打った。

光源を特定しようとしたが、周囲の闇にまぎれていてはっきりしなかった。そう遠くないのはたしかで、中空からのびているように思えた——おそらくは高い建物に据えつけられているのだろう。わたしはためらった。

「明日まで放っておいたほうがいい」と判断する。

暗い街路を抜けてそこまで行く道を見つけようというのは、およそ魅力的な考えではなかった。それに罠《わな》だという可能性も——まずないだろうし、あくまでも可能性だが——ないでもなかった。知恵がまわる上に、死にもの狂いになっているとすれば、盲人であっても手探りでそういう罠を仕掛けられるかもしれない。

わたしは爪やすりを見つけ、しゃがみこんで、目の高さを窓の下枠に合わせた。やすりの先で注意深くペンキに線を引き、光源の正確な方向にしるしをつけた。それから自分の部屋へもどった。

一時間ほど寝つかれないまま横になっていた。夜は街のしじまをきわ立たせ、それを破る音をいっそうわびしいものにした。ときおり街路から声があがった。ヒステリックでピリピリした声が。いちど血も凍《こお》るような絶叫があがったが、正気から解放されて大喜びしているもののように思えた。どこかさほど遠くないところで、すすり泣きが延々と、絶望的につづいていた。ピストルが一発だけ撃たれる鋭い銃声が二度聞こえた。……ジョゼラとわたしを引きあわせてくれたものがなんであれ、わたしはそれに心から感謝した。

完全な孤独というのが、そのときのわたしに想像できる最悪の状態だった。孤独な者は無に等しい。仲間がいれば目的が生まれ、目的は病的な恐怖を寄せつけずにおく役に立つ。

翌日、その翌日、そのまた翌日にやらなければならないことを考えて、わたしは物音を締めだそうとした。あの光線がなにを意味するのか、わたしたちにどういう影響をおよぼすのかを推測して耳をふさごうとした。しかし、背景のすすり泣きは果てしなくつづき、その日目にしたものや、明日目にするはずのものを思い起こさせた。

ドアが開き、わたしははっとして上体を起こした。ジョゼラだった。明かりを灯《とも》した蠟燭《ろうそく》を持っている。その目は見開かれていて暗い色をたたえていた。彼女はずっと泣いていたのだ。

「眠れないの」彼女はいった。「怖いのよ——怖くてたまらないの。あれが聞こえるでしょう?——かわいそうな人たちの声が。とても耐えられない……」

彼女は子供のように慰《なぐさ》めてもらいに来たのだ。わたしにその必要がないとはいい切れなかった。

わたしが眠りこむ前に彼女は眠りに落ちた。わたしの肩に頭をあずけて。

昼間の記憶は、あいかわらずわたしを平和な気持ちにさせてくれなかった。しかし、けっきょくのところ、人は眠るものだ。最後に思いだしたのは、あの歌を歌っていた娘の甘く悲しい声だった——

さあ、そぞろ歩きはもうやめよう……。

## 6　遭遇

目がさめると、ジョゼラがもうキッチンで動きまわっている音がした。腕時計を見ると、七時近い。冷たすぎる水で髭《そ》を剃り、着替え終わったころには、トーストとコーヒーの香りがフラットじゅうにただよっていた。キッチンでは、ジョゼラがフライパンを石油コンロにかざしていた。物腰は落ちつき払っていて、昨夜の怯《おび》えた姿とはなかなか結びつかなかった。動作もてきぱきしていた。

「あいにく粉ミルクだけど。冷蔵庫が止まってるから。でも、それ以外はだいじょうぶ」彼女がいった。

目の前にいる実用的な服装をした人物が、前夜の舞踏会の幻《まぼろし》であったとは、にわかには信じられなかった。彼女は濃紺《のうこん》のスキー・スーツを選んでおり、上端《じょうたん》の白い靴下をがんじょうな靴の上で折り返していた。黒っぽい革ベルトには、前日わたしが見つけた平凡な武器の代わりに、みごとなこしらえの狩猟ナイフを吊している。自分がどんな服装の彼女を予想していたのかよくわからないし、そもそもそんなことに頭はまわらなかったのだが、彼女を目にしたとき受けた印象は、その選択の実用性に帰因するものだけではなかった。

「これでいいかしら？」彼女が尋ねた。

「申し分ないよ」わたしは請《う》けあった。自分を見おろし、「ぼくも先のことをもっと考えておけばよかった。紳士の部屋着は、仕事には向かない服装だ」と、いい添える。

「もっとましな恰好ができたでしょうね」彼女はしわくちゃになったわたしのスーツに遠慮ない視線を浴びせながら、同意した。

「昨夜の明かりだけど」彼女は言葉をつづけた。「大学の塔から出ていたわ——すくなくとも、それはたしか。その方角に目立つものはほかにないもの。距離もだいたい合っているし」

わたしは彼女の部屋にはいり、窓の下枠につけておいた引っかき傷にそって視線を走らせた。彼女のいうとおり、それはまっすぐ塔を指していた。気がついたことは、それだけではなかった。塔の同じ旗竿《はたざお》にふたつの旗がひるがえっていたのだ。ひとつなら偶然あげたままだったのかもしれない。だが、ふたつなら意図的な信号にちがいない。昼間に明かりの役割を果たすものだ。わたしたちは朝食をとりながら、予定していた行動はあとまわしにして、その日最初の仕事はその塔の調査に充《あ》てることに決めた。

およそ三十分後にフラットを出た。思ったとおり、通りのどまんなかに駐《と》めておいたステーション・ワゴンは、徘徊者《はいかい》たちの注意を免《まぬが》れて、手つかずのままだった。ジョゼラがどこからか手に入れてきたスーツケースをさっさと後部の対トリフィド装備のあいだに放りこみ、わたしたちは出発した。

あたりに人影はまばらだった。おそらく疲労と冷気で夜のとばりがおりたことに気づき、どんな寝場所を見つけたにしろ、多くの者はまだそこから出てきていないのだろう。姿を見かけた人々は、側溝《そっこう》のわきから離れないようにしており、壁ぎわにいる人は前日よりもすくなかった。その大部分は、いまやステッキか木切れを握っていて、それで縁石《えんせき》をコツコツたたきながら進んでいた。そのほうが、玄関や出っ張りのある家の正面を伝って進むより楽だろうし、コツコツという音のおかげで衝突の頻度も減っていた。

わたしたちは、たいして苦労もなく道を縫《ぬ》っていき、まもなくストア・ストリートにはいった。通りの突き当たり、わたしたちの真正面に大学の塔がそびえていた。

「落ちついて」無人の道路に曲がったとき、ジョゼラがいった。「門のところでなにか起きているみたい」

そのとおりだった。近づくにつれ、通りの終点の向こうにかなりの数の群衆が見えてきた。前日の経験から、わたしたちは群衆とは距離を置くことを学んでいた。わたしはガワー・ストリートへ右折し、五十ヤードほど走ってから、車を停《と》めた。

「あそこでなにが起きていると思う？　調べるか、それともここを離れるか？」と、わたし。

「わたしとしては調べたいわね」ジョゼラが即答した。

「よし。ぼくもだ」と、わたしは同意した。

「このあたりには憶《おぼ》えがあるわ」彼女がつけ加えた。「この家並みの裏に庭があるの。そこにはいれたら、なにが起きているか、巻きこまれずに見られるはずよ」

わたしたちは車をあとにし、入口が見つからないかと半地下の部分をのぞいていった。三軒目で開いているドアが見つかった。通路はまっすぐ家を抜けて庭に通じていた。その庭は十軒あまりの家の共有部分で、大半が地下室と同じ高さにあるという変わった造りになっていたので、周囲の街路より低くなっていたが、大学の建物にいちばん近い反対側で迫《せ》りあがり、テラスのようになっていた。背の高い鉄門と低い塀《へい》で道路とはへだてられている。その向こうから群衆の物音が、入り交じったざわめきとして聞こえてきた。わたしたちは芝生を渡り、登り勾配になった砂利《じゃり》道を進んで、灌木《かんぼく》の陰になった場所を見つけた。そこからなら群衆がよく見える。

大学の門の外で路上に立っている群衆は、男女を合わせて数百人はいたにちがいない。音から予想したよりも多かった。そしてはじめてわたしは、盲人の群衆が、同じ規模の目が見える者の群衆よりも、どれほど静かで、じっとしているものか理解した。もちろん、当然のことだ。彼らはなにが起きているかを知るために、もっぱら耳に頼るしかないので、各々《おのおの》が静かにしていれば、全体の利益になるからだ。しかし、そのときまで、わたしにはよくわかっていなかったのだ。

なにごとかが門の正面で起きていた。わたしたちは、多少なりとも地面が高く盛りあがっているところをなんとか見つけた。そこからは群衆の頭ごしに門が見えた。野球帽をかぶった男が、鉄格子のこちら側で盛んにまくし立てていた。話はたいして進んでいないようだった。というのも、門の反対側にいる男は、会話のあいだ、否定的に首をふるばかりだったからだ。

「なにごとかしら?」ジョゼラが声を潜《ひそ》めて尋ねた。

わたしは彼女を自分の隣へ引っぱりあげた。能弁《のうべん》な男がふり返ったので、その横顔がちらりと見えた。見たところ、三十歳くらいで、まっすぐで細い鼻、どちらかというと骨張《ほねば》った顔をしていた。帽子からはみ出している髪は黒っぽかったが、外見以上に目立つのは、その身ぶり手ぶりの激しさだった。

門をはさんでいくらしゃべっても、いっこうに埒《らち》が明かないのに業《ごう》を煮やしたのか、男の声は大きくなり、熱を帯びてきた——もっとも、相手に対して明らかな効果はなかったが。門の向こう側の男の目が見えることに疑問の余地はなかった。角縁《つのぶち》眼鏡ごしに油断なく目を光らせていたのだ。男の数ヤードうしろに、もう三人の男性が固まって立っており、彼らもやはり目が見えているにちがいなかった。彼らも群衆とその代弁者を注意深く見つめていた。門の外にいる男はますますいきり立った。まるで格子の裏にいる者たちだけでなく、群衆にも聞かせているかのように、その声が高まった。

「おい、耳をかっぽじって聞け」彼は怒りのにじむ声でいった。「この連中にだって、あんたたちと同じくらい生きる権利ってやつがあるんじゃないのか? 目が見えないのは、こいつらのせいか? だれのせいでもない——でも、この連中が飢《う》えたら、あんたたちのせいだし、そんなことはわかってるはずだ」

彼の声は粗野と教養とが奇妙に入り交じっていて、どういう素性《すじよう》の人間なのか、にわかには判断がつかなかった——どういうわけか、どちらの口調も彼にはしっくりこないかのように。

「おれはこいつらに食い物が手にはいる場所を教えてきた。こいつらのためにできることをしてきた。でも、ちくしょう、おれはひとりしかいないのに、こいつらは何千人もいるんだ。あんたたちだって、食い物が手にはいる場所をこいつらに教えてやれた――でも、教えてやったか？――とんでもない！　あんたたちはなにをやってる？　勝手にくたばれ、そう思っていやがるんだ。知らん顔して、自分たちのケチな命を後生大事《ごしょう》に守ってやがる。あんたたちみたいな手合いには前に会ったことがある。『勝手にしやがれ、こっちはだいじょうぶだ』――それがあんたたちのモットーなんだ」

彼は蔑《さげす》みをこめて唾を吐き、長い腕を表現力豊かにふりあげた。

「あっちには」とロンドン全体に向けて手をふりながら、「――あっちには、かわいそうなやつらが何千人もいて、手にとりさえすればいい食い物をどうやって手に入れるか、教えてくれる人間をひたすら待ってるんだ。――で、あんたたちにはそれができる。教えてやりさえすればいい。で、あんたたちは教えるか？　教えてやるか、このゲス野郎ども。そんなことするわきゃない、ここに閉じこもって、そいつらを飢えて苦しませているだけだ、あんたたちひとりひとりが出ていって、その哀れな連中に食い物が手にはいる場所を教えてやるだけで、何百人も生かしておけるっていうのに。ちくしょう、あんたたち、それでも人間か？」

男の声は激しかった。彼のいい分はもっともで、それを熱心に通そうとしていた。ジョゼラが思わずわたしの腕をつかみ、彼女の手に自分の手を重ねた。門の向こう側の男はなにかいったが、わたしたちが立っているところからは聞きとれなかった。

「いつまでかって?」こちら側の男が叫んだ。「食い物がいつまで保《も》つかなんて、おれにわかるわけがない。おれにわかるのは、あんたたちみたいなろくでなしが手を汚して助けてやらなかったら、だれかがやってきて、このくそ忌々《いまいま》しい混乱を収拾してくれるころには、そう多くは生き残っていないってことだけだ」彼は一瞬相手をにらみつけた。「じつのところは、あんたたちは怖いんだ――食い物のありかを教えるのが怖いんだ。なんでかって? この哀れな連中が食い物を手に入れれば入れるほど、あんたたちの分が減るからさ。そういうことなんだろう? そいつが本音だ――あんたたちに、それを認める勇気があればだがな」

またしても、相手の男の返事は聞こえなかったが、その答えがなんであったにしろ、しゃべっている男をなだめられなかった。彼はつかのま、格子ごしに厳しい顔でじっと見つめかえした。それからこういった――

「わかったよ――そっちがその気ならな!」

彼は電光石火のすばやさで格子の隙間《すきま》に手を突っこみ、相手の腕をつかんだ。流れるような動きでそれを引きよせて、ねじりあげる。隣に立っていた盲人の手をつかみ、その腕に押しつける。

「離すなよ、相棒」彼はそういうと、門の大門《かんぬき》に向かって身を躍らせた。

門の内側の男は、最初の驚きから立ちなおった。彼は反対の手で男のうしろから格子ごしに激しくなぐりかかった。まぐれ当たりが、盲目の男の後頭部を直撃した。男は悲鳴をあげ、握った手をますます強く握りしめた。群衆のリーダーは、門の閂をはずそうと奮闘していた。そのとき、一発の銃声が鳴り響いた。弾丸が鉄格子に当たり、跳弾《ちょうだん》がヒュンと音を立てて飛ぶ。リーダーはあわてて動きを止め、どうしようか迷ったようすだった。その背後でいっせいに罵声《ばせい》があがり、悲鳴もひとつかふたつあがった。まるで、逃げるか、それとも門に殺到するか迷っているかのように、群衆が前後に揺れた。彼らの代わりに、中庭にいる者たちがその決定をくだした。若く見える男が腋《わき》の下になにかをたばさむのが見えたのだ。わたしがジョゼラをかばいながら身を伏せると同時に、サブマシンガンの銃声がカタカタと鳴りはじめた。

わざと高いところを撃っているのは、はた目にも明らかだった。にもかかわらず、そのカタカタという銃声と、ヒュンと宙を切り裂く弾丸の音にはぎょっとさせられた。決着は、短い一連射でついた。わたしたちが顔をあげたとき、群衆はまとまりを失っており、そのひとりひとりは、もっと安全な場所を求めて逃げられる三方向すべてに手探りで向かっていた。リーダーは一瞬だけ足を止めて、なにかわけのわからないことを叫ぶと、やはり身をひるがえした。彼はマレット・ストリートを北上していった。自分にしたがっていた者たちをできるだけ集めなおそうとしながら。

わたしは上体を起こしてその場に坐《すわ》りこみ、ジョゼラに目をやった。彼女は考えこんだ顔でわたしを見つめかえしてから、目の前の地面に視線を落とした。ふたりともしばらく口をきかなかった。

「どうしたんだ?」とうとうわたしが尋ねた。

彼女は首をもたげて道路を見渡してから、群衆からはぐれた最後尾の者たちが、哀れにも手探りで進んでいるのを見つめた。

「あの男のいうとおりよ」彼女がいった。「あの男のいうとおりだって、あなたにもわかるでしょう?」

わたしはうなずいた。

「ああ、あの男のいうとおりだ……。とはいえ、まるっきりまちがってもいる。いいかい、『だれか』がやってきて、この混乱を収拾してくれるなんてことはないんだ――いまその点は確信がある。混乱は収拾されたりしない。ぼくらはあの男のいうとおりにできる。食べ物のありかをあの人たちの一部に、あくまでも一部に教えることはできる。二、三日、ひょっとしたら二、三週間はそうできるだろう。でも、そのあとは――どうするんだ?」

「血も涙もないように聞こえるわ……」

「事態に正面から向きあえば、選択肢はふたつしかない」と、わたし。「破滅から救えるもの――そのなかには、ぼくら自身を入れなきゃならないが――救えるものを救うことにとりかかるか。それとも、あの人たちをほんのすこし長生きさせるために身も心も捧げるか。これが、ぼくにできるもっとも客観的な考え方だ。

でも、どう考えても人間らしい行動のほうが、おそらくは自殺に通じる道だってこともわかる。けっきょくは人々を救う見こみがないとわかっているのに、時間を費やしてまで、悲惨な状態を長引かせていいものなんだろうか?　それよりみんなの役に立てる方法はないんだろうか?」
　彼女はゆっくりとうなずいた。
「そういわれてみれば、選択の余地はないように思えるわね。たとえひと握りの人を救える
としても、では、だれを選べばいいの?——それに、選ぶわたしたちは何様なの?——いず
れにしろ、いつまでそうやっていられるの?」
「簡単には答えられない」と、わたし。「手近な食料が底をついたら、障害者の何割を養《やしな》っ
ていけるのか見当もつかないけど、高い割合だとはとても思えない」
「あなたは心を決めているのね」わたしをちらっと見て、彼女がいった。その声には失望が
交じっていたのかもしれないし、交じっていなかったのかもしれない。
「いいかい」わたしはいった。「こんなことが気に入らないのは、ぼくだってきみと同じだ
よ。ぼくはあからさまな二者択一をきみに迫った。大災害を生きのびて、生活らしきものを
立てなおそうとしている者たちに手を貸すか?——それとも、正直にいえば人道的な身ぶり
でしかないものをするのか?　道の向こうの連中は、まちがいなく生きのびるつもりでいる」
　彼女は地面を指で掘り、指の隙間から土をさらさらとこぼした。
「あなたのいうとおりらしいわ」彼女がいった。「でも、あなたのいうとおり、わたしは気
に入らない」
「ぼくらが気に入るか気に入らないかは、もう物事を決める要素にはならないんだ」

「かもしれない。でも、銃を撃つことからはじまるなんて、なにかがまちがっている気がしてならないの」

「わざと狙いをはずしていた――それに、あれで闘いを避けられたのは、まずまちがいない」

いまや群衆はひとり残らずいなくなっていた。わたしは塀を乗り越え、ジョゼラに手を貸して反対側へおろしてやった。門のところにいた男が、門をあけて、わたしたちをなかへ入れてくれた。

「何人いる?」と彼が尋ねた。

「ふたりだけだ。昨日の晩、あなた方の信号を見た」と、わたしは答えた。

「よし。来てくれ。大佐を探そう」彼はそういうと、先に立って前庭を歩いていった。

彼が大佐と呼んだ男は、玄関に近い小部屋に陣どっていた。どうやら、元は用務員室だったようだ。大佐は五十がらみの丸々と太った男だった。髪はふさふさしていたが、きれいに刈《か》りこまれており、白髪《しらが》交じりだ。口髭《くちひげ》もそれと釣《つ》り合っており、まるで一本の毛も列を乱すまいとしているかのようだった。肌の色はあざやかなピンクで、健康そのもの。はるかに若いといっても通りそうなほど艶々《つやつや》としていた。あとでわかるのだが、彼の精神もそれと同じくらい若々しさを保っていた。大量の書類を几帳面《きちょうめん》に区分けして積みあげたテーブルについており、目の前にはピンクの吸い取り紙が未使用のまま、きちんと置かれていた。

わたしたちがはいって行くと、彼はこちらに向きなおり、揺るぎない眼差《まなざ》しでひとりずつひたと見据えた。そしてすこしだけ長めに視線をとどめた。わたしはそのテクニックに憶えがあった。部下の力量を見抜くことに慣れている慧眼《けいがん》の士だと伝えようというのだ。視線を受ける側は、自分はいまごまかしのきかない、信頼できる人物と向かいあっている――そうでなければ、胸の奥まで見透《みす》かされ、弱点をすべて握られたような気になるはずだ。それに対する正しい対応は、同じように視線を返し、「使えるやつ」とみなされることだ。わたしはそのとおりにした。大佐がペンをとりあげた。

「名前を聞かせてもらえるかな?」

わたしたちは名乗った。

「住所は?」

「いまの状況で住所がそれほど役に立つとは思えませんが」と、わたし。「どうしてもとおっしゃるのなら――」わたしたちは住所も知らせた。

彼は組織や団体や親族についてぼそぼそと尋ね、それらを書きとめた。年齢、職業、その他もろもろがつづく。彼は探るような眼差しをふたたびわたしたちに浴びせ、ふたりそれぞれの紙切れにメモを走り書きすると、ファイルに綴《と》じこんだ。

「優秀な人材が必要だ。いやな仕事だよ、これは。もっとも、ここにやることは山ほどある。山ほどね。なにをやってもらうかは、ミスター・ビードリーから聞いてくれたまえ」

わたしたちはまた玄関ホールに出た。ジョゼラがクスクス笑った。

「あの人、身元保証の書類を三通出せと頼むのを忘れたわね――でも、どうやら仕事にありつけそう」

出会ってみると、マイクル・ビードリーは、大佐とは正反対の人物だと判明した。長身瘦《そう》軀《く》で、肩幅は広く、わずかに猫背なので、事務職についた運動選手といった雰囲気がある。休息しているときは、その黒い大きな瞳のせいで、おだやかな憂愁《ゆうしゅう》の表情だったが、休息している顔をちらとでも見せることはめったになかった。髪は白いものがちらほら交じっていたが、それで年齢の見当がつくわけではなかった。三十五歳から五十歳の何歳であっても通っただろう。ちょうどそのときは、見るからに疲労困憊《こんぱい》していて、ますます察しをつけにくかった。どうやら徹夜したにちがいない風だが、にもかかわらず陽気に挨拶し、隣の若い女性を紹介するように手をふった。わたしたちがここでも名乗ると、彼女がそれを書きとめた。

「サンドラ・テルモントだ」彼は説明した。「サンドラはわれわれの記憶係でね——記録をとりつづけるのがふだんの仕事だ。いまここに彼女がいてくれることは、とりわけ思慮深い神の思《おぼ》し召しだといえるだろう」

若い女性はわたしに会釈《えしゃく》し、もっときつい視線をジョゼラに向けた。

「前に会ったことがあるわね」考えこむようにしてサンドラがいった。膝《ひざ》の上のメモ帳にちらっと目を落とす。じきに、かすかな笑みが、感じは悪くないが平凡な顔に広がった。

「ああ、そうね、もちろんだわ」思いだしたサンドラがいった。

「わたしはなんといったかしら？　悪名は蠅《はえ》取り紙みたいにくっついてとれないのよ」ジョゼラがわたしにいった。

「いったいどういうことだね？」とマイクル・ビードリーが尋ねる。

わたしは説明した。彼はジョゼラをあらためてじろじろと見た。ジョゼラはため息をついた。

「忘れてください」ジョゼラはいった。「悪名につきまとわれて生きるのに、いささか疲れました」

その言葉は彼にとって愉快な驚きだったようだ。

「わかった」そういうと、彼はひとつうなずいて、その件はおしまいにした。テーブルに向きなおり、「では、本題にはいろう。ジェイクスにはもう会ったかね？」

「文官勤務に従事している大佐のことをおっしゃっているのなら、会いました」と、わたしが答えた。

彼はにやりと笑った。

「まずは自分たちの立場を知らねばならん。糧食補給の能力を知らずして、なにごともなしえない」大佐の口調をかなりうまく真似してビードリーがいった。「だが、まったくそのとおりだ」と言葉をつづけ、「物事がどうなっているか、大雑把《おおざっぱ》なところを知ってもらっておいたほうがいいな。現在までに、われわれは三十五名ほどになっている。ありとあらゆる人間がいるよ。今日じゅうにもっと人が来るのを期待している。いまここにいるうちの二十八名は目が見える。ほかは目の見えない妻や夫だ――それに子供が二、三人いる。いまのところ、準備が間に合うようだったら、明日のうちにここを出ていこうと考えている――おわかりだろうが、安全を期すためだ」

わたしはうなずいた。

「同じ理由で、今晩出ていくつもりでした」と、わたし。

「輸送手段はなにがある?」

わたしはステーション・ワゴンの現在位置を説明した。

「荷物は今日じゅうに積みこむつもりでした」わたしはつけ加えた。「いまのところは、トリフィド退治の道具を山ほど積んでいるだけです」

彼は眉毛を吊りあげた。サンドラという娘が、好奇の目をわたしに向けた。

「それを真っ先にそろえるなんて、変わってるね」と彼は指摘した。

わたしは理由を話して聞かせた。もしかしたら、うまく説明できなかったのかもしれない。ふたりとも、たいして感銘を受けたようではなかったからだ。彼はそっけなくうなずいて、言葉をつづけた——

「まあ、われわれと行動をともにするのなら、やってもらいたいことがある。きみたちの車を持ってきて、荷物をおろしてから、大型のトラックと交換しに行ってくれ。そうしたら——ああ、ふたりのどちらかに医療の心得《こころえ》はないかな?」そう尋ねて言葉を切る。

わたしたちは首をふった。

彼はすこしだけ眉間《みけん》にしわを寄せ、

「そいつは残念だ。これまでのところ、医療の心得のある者がいない。じきに医者が必要にならないとしたら驚きだよ——とにかく、全員が予防接種を受けるべきだ……。それでも、きみたちふたりを医薬品探しに送りだしても、あまり役に立たないだろう。食料と雑貨ならどうだね？　やれそうかね？」

彼は書類ばさみに留《と》めてあった紙をパラパラめくり、その一枚をとりはずすと、わたしによこした。てっぺんに15と番号がふってあり、その下に缶詰、鍋《なべ》とフライパン、寝具《しんぐ》といったリストがタイプされていた。

「厳密に守らなくてもいい」と彼がいった。「だが、リストからあまり離れないようにしてくれ。そうすればダブリが増えすぎるのを避けられる。品質がいちばんいいものだけを選んでくれ。食料の場合は、嵩《かさ》より質を最優先に――つまり、コーンフレークがきみの大好物だとしても、忘れてほしいんだ。倉庫と大きな問屋《とんや》だけを狙うといい」彼はリストをとりもどし、二、三行をすらすらと書き加えた。「缶詰と包みがきみたちの集める食料だ――たとえば、小麦の袋に気をそらされないように。そういうものは、別の班が集めてくる」彼は考えこんだ顔でジョゼラを見た。「あいにくだが、たいへんな仕事だよ。でも、いまのところ、きみたちにあたえられる仕事では、これがいちばん有益だ。暗くなる前にできるだけやってくれ。今晩九時半に、ここで全体の会合と討論がある」

わたしたちが出ていこうと向きを変えると――

「ピストルはあるかね？」と彼が尋ねた。

「考えもしませんでした」と、わたしは認めた。

「考えたほうがいい――万が一にそなえて。空に向けて撃つだけでも、じつに効果的だ」彼はテーブルの引き出しから二挺《ちょう》のピストルをとりだし、押してよこした。「その腰にあるものより手ががからない」ジョゼラの立派なナイフに目をやりながら、彼がつけ加えた。「では、いいものが見つかりますように」

*

ステーション・ワゴンの荷物をおろして出発したころには、あたりの人影が前日よりもさらに減っていることに気づいていた。路上に出ている者たちは、エンジン音が聞こえると、わたしたちの邪魔をするどころか、歩道へあがるほうを選んだ。

最初に目を惹《ひ》かれたトラックは役立たずだとわかった。重すぎて、わたしたちではおろせない木製のケースを満載していたのだ。つぎに見つけたトラックは、もっと運がよかった――五トン積みで、新品同然。しかも、荷台がからっぽだったのだ。わたしたちは車を乗り換え、ステーション・ワゴンを運命にゆだねて走り去った。

リストにあった最初の住所では、荷積み区画のシャッターがおりていたが、隣の店からとってきたバールにものをいわせると、たいした苦労もなくはずれたので、簡単にあげることができた。なかには、たいへんな掘り出しものがあった。三台のトラックが、荷積み用の台に車体の後部をつけて駐まっていたのだ。そのうちの一台には、缶詰肉のケースがぎっしり詰まっていた。

「どれか一台を運転できるかい?」わたしはジョゼラに尋ねた。

彼女は三台のトラックを見た。

「そうね、やってやれないことはないでしょうね。だいたい同じなんでしょう？　それに道が混雑していないのはたしかだし」

その三台はあとでとりにもどって来ることにして、わたしたちはからのトラックに乗って別の倉庫まで行き、そこで毛布、絨毯《じゅうたん》、キルトの包みを載せてから、つぎの倉庫へ進んで鍋、フライパン、大鍋、ヤカンといった騒々しい音を立てる金物《かなもの》を手に入れた。それで荷台を満杯にすると、思った以上にたいへんな仕事で午前中めいっぱい働いた気分になった。そのおかげで高まった食欲を、まだ荒らされていない小さなパブで満たした。

ビジネス街や商業地区に垂れこめている雰囲気は陰鬱《いんうつ》だった――もっとも、その陰鬱さには、崩壊の影よりも、ふつうの日曜日や公休日の感じのほうがまだ色濃く残っていたが。こうした地区では人影はめったに見られなかった。勤め人が帰宅したあとの夜ではなく、昼間に破局が訪れていたとしたら、まるっきりちがう惨状を呈していただろう。

元気をとりもどすと、わたしたちはすでに荷物が積んであったトラックを食料倉庫から引きだし、二台をゆっくりと走らせて、なにごともなく大学に帰りついた。前庭にトラックを停め、また出発する。六時半ごろ、またしてもトラック二台を満杯にしてもどってきた。役に立つことをしたという達成感があった。

マイクル・ビードリーが建物から出てきて、わたしたちの戦利品を点検した。彼はそのすべてを称賛した。ただし、二回目の積み荷にわたしが加えておいた六つのケースは別だった。

「あれはなんだね?」とビードリーが尋ねた。

「トリフィド銃と、専用の太矢です」

彼は考えこんだ顔でわたしを見た。

「ああ、そうか。きみはトリフィド退治の道具を山ほど持ってきたんだったね」と彼が指摘した。

「かならず必要になります」と、わたし。

ビードリーは考えこんだ。トリフィドの話になると、わたしがいささか病的だと思っているようだった。仕事柄《がら》、そういう偏見をいだいていても不思議はない――最近刺されたので、恐怖症が悪化したのだろう――おそらく彼はそう思っているはずだ。そして、それ以外にも――それより害はすくないかもしれないが――病的なところがあるのだろうか、と疑問をいだいているにちがいない。

「いいですか」わたしはいった。「ぼくらは、ふたりで四台のトラックを満杯にして運んできました。その一台にこのケースを置くスペースがほしいだけです。もしそんな余裕はないとお考えなら、トレーラーか別のトラックを見つけに行きますよ」

「いや、そのままにしておきたまえ。たいした場所はとらないし」彼は判断をくだした。

わたしたちは建物のなかにはいり、感じのいい顔をした中年女性が手ぎわよくそこに設けてくれていた即席の食堂で、お茶を飲んだ。

「あの男は」と、わたしはジョゼラにいった。「トリフィドのことになると、ぼくがまともじゃないと思っている」

「あの人にもそのうちわかるわ――残念だけど」彼女が答えた。「このあたりでは、ほかにだれもトリフィドを見ていないらしいのが妙ね」

「この人たちは、おおむね市の中心にとどまっていたんだから、それほど意外でもないよ。なにしろ、ぼくらだって今日はひとつも見ていないんだ」

「街路を伝ってここまで来ると思う?」

「なんともいえないな。迷いこんでくるやつはいるかもしれない」

「あいつら、どうやって自由の身になったと思う?」

「杭《くい》というものは、根気強く揺さぶっていれば、たいてい最後には抜けてしまう。農場でときどき起きた脱走は、ふつうフェンスの一カ所に連中が寄り集まったせいで、フェンスが倒れてしまうのが原因だった」

「フェンスをもっと強くできなかったの?」

「できたけど、フェンスを永久に固定したくなかったんだ。しょっちゅう起きるわけじゃなかったし、起きたとしても、たいていは隣の畑へ移るだけだったから、追いかえしてフェンスを立てなおすだけでよかった。わざわざこっちへ来るやつがいるとは思えない。トリフィドにしてみれば、都会は砂漠と似たようなものにちがいない。だから、全体としては開けた田園地帯に向かって市外へ移動すると考えるべきだ。きみはトリフィド銃を使ったことがあるかい?」と、わたしはつけ加えた。

彼女はかぶりをふった。

「この服をなんとかしたあとで、ちょっと練習しようかと思っていたんだ、きみがやってみたいなら」と、わたしは提案した。

一時間ほどして、スキースーツにがんじょうな靴という彼女のアイデアをそっくりいただいた結果として、前よりふさわしい服装になった気分でもどって来ると、彼女は若いキャベツの葉の色をしたドレスに着替えていた。わたしたちは二挺のトリフィド銃を手にして、近くにあるラッセル・スクエアの庭園へ行った。手ごろな灌木のいちばん高い若枝を吹っ飛ばして三十分ほど過ごしたとき、赤煉瓦《あかれんが》色のランバージャケットを着て、上品な緑のズボンをはいた若い女性が、草地をぶらぶらと渡ってきて、小さなカメラをわたしたちに向けてかまえた。

「どちらさまかしら――マスコミ?」とジョゼラがきつい声で訊いた。

「そんなところ」と若い女性。「――すくなくとも、公式な記録係。エルスペス・ケアリーよ」

「えらく手まわしがいいね」と、わたし。「秩序を重んじる、われらが大佐の影が見えるな」

「おっしゃるとおりよ」彼女は認めた。向きなおってジョゼラに目をやり、「そしてあなたがミス・プレイトンね。よく思ったものだったわ――」

「ねえ、ちょっと待って」ジョゼラがその言葉を遮《さえぎ》った。「世界が崩壊しかけているのに、どうしてわたしの評判だけが、そのままでなくちゃいけないの?　忘れてもらえないかしら?」

「うーん」と考えこんだ顔でミス・ケアリー。「まあ、そうね」話題を変えて、「どうしてまたトリフィドにこだわるの?」と尋ねた。

　わたしたちは話して聞かせた。

「あの人たちは」とジョゼラがつけ加えた。「このビルが怯えているか、そのことになると頭がおかしくなると思っている」

　ミス・ケアリーはまっすぐに視線をわたしに向けた。その顔は美しいというよりは愛敬《あいきょう》があり、肌色は、わたしたちよりも強い陽射《ひざ》しのせいで褐色になっていた。目はしっかりしていて、注意深く、焦《こ》げ茶色だった。

「そうなの?」と彼女が尋ねた。

「そうだな、連中が手に負えなくなったら、相当に厄介だとは思っている」と、わたしは彼女に告げた。

　彼女はうなずいた。

「たしかにそうね。あたし、あいつらが手に負えなくなっている場所にいたことがあるの。ひどいものだった。でも、イギリスじゃ――まあ、ここが同じようになるとは、ちょっと想像できないわね」

「いまに、あいつらを止めるものが、ここにもそうたくさんはなくなるだろう」と、わたし。

　彼女の返事は――返事をしかけていたらの話だが――頭上のエンジン音に遮られた。わたしたちが顔をあげると、じきに、大英博物館の屋根を飛び越えてくるヘリコプターが目にはいった。

「あれはアイヴァンだわ」とミス・ケアリー。「なんとかヘリコプターを見つけられるだろうといってたから。着陸するところを撮《と》りに行かなくちゃ。またあとで」そういうと、急ぎ足で草地を渡っていった。

ジョゼラが頭のうしろで手を組んであお向けになり、空の深みをじっと見あげた。ヘリコプターのエンジン音がやむと、あたりの静けさはいっそう深まった。

「信じられないわ」彼女がいった。「信じようとしたけれど、いまだに本当には信じられない。こんなことがつづくわけがない……つづく……わけがない……。これは夢のようなもの。明日になれば、この庭は騒音でいっぱいになる。赤いバスが大きな音を立ててあそこを走っていて、大勢の人たちが歩道をせかせかと歩いていて、交通信号が点滅していて……。世界はこんな風には終わらない——終わるわけがない……終わりっこない……」

わたしもそんな風に感じていた。家々、木々、広場《スクエア》の反対側に建ち並ぶ、ばかばかしいまでに豪奢《ごうしゃ》なホテル群は、なにひとつふだんと変わったところがなく——さわれば、いまにも生き返りそうだった……。

「そうはいっても」と、わたしはいった。「そもそも考えることができたとしたらだけど、たぶん恐竜も同じようなことを考えていただろう。そういうことはときどき、ただ起きるんだよ」

「でも、どうしてわたしたちの身に起きたの？　驚くようなことがほかの人たちの身に起きて、それを新聞で読んでいるみたい――でも、いつだってほかの人たちなのよ。わたしたちに特別なところはないわ」

「いつだって『なぜ自分の身に？』だったんじゃないのかな。戦友がみんな死んだのに、かすり傷ひとつ負わなかった兵士とか、帳簿をごまかして刑務所にはいったやつとか。たまたまそうなった、としかいいようがない」

「そうなったのがたまたまなの？――それとも、いまそうなっているのがたまたまなの？」

「いまのほうだよ。いつかは、なんらかの形で起きるはずだった。一種類の生き物が、永久に君臨するなんて不自然な考えだ」

「その理由がわからないわ」

「理由かい、そいつはどうでもいい疑問だよ。でも、生命は動きつづけなければならず、静止してはならないというのは、避けられない結論だ。変化はいずれにしろやって来る。いいかい、これでぼくらがおしまいだとは思わない。でも、いい試練にはなった」

「それなら、あなたはこれで本当に終わりだとは思わないのね――つまり、人間の」

「終わりかもしれない。でも――ああ、ぼくはそう思わない――今回は」

終わりになるかもしれない。その点に疑問の余地はなかった。しかし、わたしたちのと似たような小さなグループがほかにもあるだろう。からっぽの世界のあちこちに共同体が点在し、世界の支配権をとりもどそうと奮闘しているところが目に浮かんだ。すくなくとも、そのうちのいくつかが成功すると信じるしかない。

「そうとも」わたしはくり返した。「かならずしも終わりじゃない。ぼくらはまだいくらでも適応できるし、ご先祖さまにくらべれば、助走つきのスタートを切っている。正常で健康な者がいるかぎり、チャンスはある――ものすごく大きなチャンスが」

ジョゼラは返事をしなかった。あお向けになったまま、遠くを見る目で空を仰いでいた。彼女の心を去来したものがなんとなくわかるような気もしたが、なにもいわなかった。彼女はしばらく無言だったが、やがてこういった――

「ねえ、こんどの件でいちばんショッキングだったことのひとつは、あれほど安全で確実に思えた世界が、あんなにもあっさりと失われるのだとわかったことよ」

まったく彼女のいうとおりだった。そのショックの核心は、あっさりという点にあるようだった。あまりにも慣れ親しんでいるから、人はさまざまな力がバランスを保っていることを忘れ、平穏無事が正常な状態だと考える。だが、そうではない。たいていの本によれば、人間の優位はもっぱら頭脳によるということになっているが、それがまちがっているという考えが、これまでわたしの頭に浮かんだことはないと思う。肝心なのは、可視光という狭い帯域によって伝えられる情報を利用する頭脳の能力なのだ。人間の文明、つまり人間が成しとげてきた、あるいは成しとげるかもしれないことすべては、赤から紫にいたる範囲の振動を知覚する能力にかかっている。それがなければ、人間はかたなしだ。一瞬、わたしにはわかった。人間の力をささえるものが本当は弱く、そうした脆《もろ》い道具でもって人間は奇跡を成しとげてきたのだということが……。

ジョゼラは自身の物思いにふけっていた。

「ひどく風変わりな世界になるんでしょうね――残された世界は。あんまり好きになれそうにない」と物思わしげにいう。

わたしには奇妙な考え方に思えた――まるで死ぬとか生まれるとかいう考えを好きになれないと文句をいっているかのようだった。わたしとしては、まずそれがどういうものかを明らかにして、つぎにいちばん好きになれない部分をどうにかするという考えのほうがよかったが、口には出さなかった。

建物の裏側へ走っていくトラックの音がときおり聞こえていた。この時間には、徴発部隊の大部分が帰ってきているにちがいなかった。わたしは腕時計に目をやり、かたわらの草の上に置いてあったトリフィド銃に手をのばした。

「今回のことについてほかの人たちの意見を聞く前に夕食をとるつもりなら、そろそろなかへはいろう」と、わたしはいった。

## 7 会　議

その会合とやらは状況説明のたぐいにすぎない、と全員が思っていたのではないだろうか。

時間や経路を指示したり、その日の目標を伝えたり――とまあ、そんなようなものだと。まさか、じっくり考える材料をあたえられようとは、夢にも思っていなかった。

会合は小さな講堂で開かれたが、このために自動車のヘッドライトとバッテリーをずらりと並べて照明代わりにしていた。わたしたちがはいっていくと、委員会を構成しているらしい五、六人の男性とふたりの女性が、演壇の裏で打ち合わせをしていた。驚いたことに、講堂のなかには百人近くが着席していた。若い女性が、四対一の割合で優勢だった。ジョゼラに指摘されるまで気づかなかったのだが、そのうち目が見える者はごくわずかだった。

マイクル・ビードリーの長身は、相談しているグループのなかでひときわ目立った。そのかたわらに大佐の姿が見分けられた。それ以外の顔ぶれは、はじめて見るものだったが、エレスペス・ケアリーは別で、いまはカメラをメモ帳に持ち替えていた。おそらく後世のために記録をとるのだろう。彼らの関心は、もっぱらひとりの年配の男に集まっていた。ととのってこそいないが、温厚そうな顔立ちで、金縁《きんぶち》眼鏡をかけ、みごとな白髪《はくはつ》をかなり長めに刈《か》りそろえている。全員が彼を気遣《きづか》うようなそぶりを示していた。

グループのなかのもうひとりの女性は、少女というにはすこしだけ年がいっていた――二十二、三といったところだろうか。その場にいることがうれしくないようすで、ときおりそわそわと聴衆のほうに不安げな視線を投げていた。

サンドラ・テルモントが、一枚の筆記用紙を持ってやってきた。彼女は一瞬それをしげしげと見てから、きびきびとグループを分かれさせ、所定の椅子にふり分けた。手をひとふりして、マイクルに演台へつくように指示する。そして会合がはじまった。

マイクルはちょっと前かがみになってそこに立ち、ざわめきがやむのを待つあいだ、生真面目そうな目で聴衆を眺めていた。口を開いたとき、出てきたのは、耳に心地よい、しゃべり慣れた、くつろいだ調子の声だった。

「ここにいる多くの方々は」と彼は話しはじめた。「今回の大災害にあわれて、いまだに茫《ぼう》然《ぜん》としておられるにちがいありません。われわれの知っていた世界は、一瞬にして終わりました。なかには、いっさいの終わりだと感じておられる方もいるでしょう。そうではありません。しかし、同時にすべてのみなさんに申しあげます。いっさいの終わりになるかもしれない――わたしたちが、手をつかねていれば、と。

この災害がいかに途方もないものであろうと、生きのびる余地はまだあります。とてつもない惨禍《さんか》に見舞われたのは、わたしたちだけではない――そのことを思いだすのは有益かもしれません。どんな尾ひれがついたにしろ、われわれの歴史を遠くさかのぼったいつかの時点で大洪水があったのは、疑う余地がありません。それを生きのびた人々は、今回と匹敵する規模の、いや、ある点では、もっと恐ろしい災厄に見舞われたにちがいありません。しかし、彼らが絶望したはずがありません。一からやり直したにちがいないのです――われわれが一からやり直せるように。

自己憐《れん》憫《びん》に浸《ひた》ったり、悲劇の主人公になったと勘《かん》違いしても、なにひとつ建設できません。したがって、ただちにそういうものは投げ捨てたほうがいい。というのも、わたしたちは建設者にならなければならないからです。

そしてロマンチックで芝居がかった見方をさらにできなくするために、わたしはみなさんにこう指摘したい。つまり、いまでさえ、起こり得る最悪の事態が起きたわけではないのだ、と。わたしは、そしてみなさんの大多数は、もっと悪いことが起きるのを予想して人生の大半を送ってきました。もし今回のことがわたしたちの身に起きなかったとしても、もっと悪いことが起きただろう、といまだにわたしは信じています。

一九四五年八月六日以来、生きのびる余地はぞっとするほど狭まっていました。じっさい、二日前、その余地はいまこの瞬間より狭かったのです。もし芝居じみた見方をしなければならないというなら、一九四五年以降の歳月を材にとればよろしい。そのとき安全の道は一本の渡り綱《づな》にまで縮みはじめ、われわれは足もとに広がる千尋《せんじん》の谷にわざと目をつむって、その上を歩かねばならなかったのです。

そのときから、いつなんどき足をすべらせて、命を落としても不思議ではなかった。そうならなかったのは奇跡です。それがこの先何年もつづくとしたら、二重の奇跡なのです。

しかし、遅かれ早かれ、足をすべらせていたにちがいありません。それが悪意によるものか、不注意によるものか、はたまたまったくの偶然によるものかは関係ありません。バランスは失われ、破壊が解き放たれたでしょう。

それがどれほど悪いものになったのか、わたしたちにはわかりません。どれほど悪い事態になり得たのか——そう、生存者はいなかったかもしれません。この惑星がなくなっていたかもしれないのです……。

さあ、つぎはいまのわれわれの状況とくらべましょう。地球は無事で、傷ひとつなく、いまだに肥沃《ひよく》です。わたしたちに食料と原材料をあたえてくれます。われわれには知識の宝庫があり、かつて行われたものについてなら、なんでもやり方を教えてくれます――もっとも、忘れてしまったほうがいい知識も、なかにはありますが。そしてわれわれには、再建をはじめる手段と、健康と、力があります」

彼の演説は長くなかったが、効果覿面《てきめん》だった。かなり多数の聴衆が、けっきょくのところ自分たちは、いっさいの終わりではなく、なにかのはじまりに立ち会っているのかもしれない、と感じはじめたにちがいない。一般論しか語らなかったにもかかわらず、彼が着席したとき、その場は活気を帯びていた。

つづいて演台についた大佐は、実際的で事実に即した話をした。衛生上の理由から、できるだけ早く建物の密集した地域から逃げだすべきだ、と彼はわたしたちに念を押した――それについては翌日の一二〇〇時ごろを予定している。最低限の必需品に加え、それなりに快適な水準の暮らしができるだけの贅沢品も、ほぼすべて集まっている。物資の備蓄に当たっては、最低でも一年間はできるだけ外部の資源に頼らずに自給できる体制を作らねばならない。そのあいだは、実質的に籠城《ろうじょう》した状態で過ごすことになるだろう。リストに加えたいものがたくさんあるのは疑いの余地がないが、徴発隊が孤立状態を破ってそれらをとりに行っても安全だと、医療スタッフが（ここで委員会の一員である若い女が、顔を真っ赤にした）

判断するまで待たなければならない。どこで孤立を保つかといえば、こぢんまりしていること、自給自足ができること、外界から隔絶していることが望ましいという条件を念頭に置いて熟慮を重ねた結果、田舎《いなか》の寄宿学校、あるいは、それが無理なら、田舎の屋敷がもっとも目的にかなうだろうという結論に委員会は達した。

委員会がじっさいにまだ特定の場所を決めていなかったのか、それとも、秘密には秘密ならではの価値があるという軍隊式の考え方が大佐の頭にこびりついていたのか、そのどちらだったのかはわからないが、彼がその場所の名前はおろか、有望な地域の名前さえあげなかったことは、その晩犯された最大の過《あやま》ちだったことに疑問の余地はない。とはいえ、そのときの彼の実際的な態度には、さらに聴衆の安心感をつのらせるという効果があった。

大佐が着席すると同時に、マイクルがまた立ちあがった。彼は例の若い女にはげましの声をかけてから、彼女を紹介した。われわれのなかに医学的知識を持つ者がひとりもいないことが、われわれの最大の憂慮《ゆうりょ》のひとつでした——と彼はいった——それゆえ、ミス・ベルを迎えられて、大いに安堵しております。いかめしい文字で飾られた医学の学位を彼女が所有していないのはたしかですが、彼女には高級看護師の資格があります。わたし自身は、ずいぶんむかしに獲得された学位よりも、最近獲得された知識のほうに価値があると考える者であります。

また顔を赤くした娘が、仕事を遂行するに当たっての決意を言葉すくなに語り、みなさんが講堂を出る前に、さまざまな病気に対する予防接種を全員に実施します、と唐突に知らせて短い話を終えた。

名前を聞きとれなかった雀《すずめ》を思わせる小男が、各人の健康は全体の関心事であり、伝染病の影響は深刻なものになるから、病気の疑いがあればただちに報告してもらいたい、とくどくどと述べたてた。

その男の話が終わると、サンドラが立ちあがり、最後の話者を紹介した。エジンバラ出身の科学博士E・H・ヴォーレス、キングストン大学の社会学教授だった。

白髪《はくはつ》の男が演台へ歩み寄った。彼は指先を台に載せてしばらくそこに立ち、まるで演台を調べているかのようにうつむいていた。背後に並ぶ者たちが、心配げに彼を見つめた。大佐が身を乗りだしてマイクルになにごとか耳打ちし、マイクルは博士から目を離さずにうなずいた。老人が顔をあげた。手で髪を撫《な》でつけ、

「みなさん」と彼はいった。「わたしはこのなかで最年長である、と申しあげてもいいと思います。七十年近く多くのことを学んできましたし、多くのことを忘れなければなりませんでした――もっとも、望んだほど多くは学べなかったわけですが。しかし、人間の慣行を長く研究するなかで、その頑固さよりも強く心を打ったものがあるとすれば、その多様性であります。

じっさい、フランス人はうまいことをいっています、時代《オートル・タン》が変われば、慣習《オートル・ムールス》も変わる、と。もし立ち止まって考えるなら、ある共同体の美徳が、別の共同体の犯罪であっても不思議がないことに気づくにちがいありません。ここでは眉をひそめられることが、よそでは誉めそ

やされるかもしれない。ある世紀には非難された慣習が、別の世紀には大目《おおめ》に見られるということに。そしてそれぞれの共同体とそれぞれの時期において、自分たちの慣習が道徳的に正しいという信念が広く存在することも理解しなければなりません。

さて、これらの信念の多くが相容《あいい》れないわけですから、そのすべてが絶対的な意味で『正しい』ということは明らかにあり得ません。それらにくだせる最高の判断は――どうしても判断をくださなければならないのなら――その信念をいだいていた共同体にとって、ある時期は『正しかった』というものです。それはいまだに正しいのかもしれません。しかし、往往にしてそうではなく、変化した状況に注意を払わず、盲目的にその信念にしたがいつづける共同体は、かえって不利を招き――ひょっとしたら最終的に滅亡へいたるかもしれないのです」

聴衆は、この前置きがどこへつながっていくのか、よくわからなかった。聴衆はそわそわしはじめた。その大部分は、この種の話にぶつかったら、すぐにラジオを消すことに慣れていたのだ。いま聴衆は、罠《わな》にかけられた気分だった。話者は話の筋道をもっとはっきりさせることにした。

「したがって」と彼は言葉をつづけた。「貧困にあえぎ、餓死《がし》寸前で生きているインドの村で見られる風俗、習慣、生活様式と同じものが、たとえば、メイフェアで見られると思う者はいないでしょう。同様に、生きていくのが楽な温暖な国々の人々は、人口が稠密《ちゅうみつ》で勤勉な国々の人々とは、重要な美徳の性質に関する考えが、まるっきり異なるでしょう。いい換えれば、異なる環境が異なる基準を生むのです。

わたしがこの点を指摘するのは、われわれの知っていた世界が消えてなくなった――終わってしまったからです。

われわれを枠にはめ、われわれに基準を教えこんだ社会状況が、それとともに消えてなくなりました。いまやわれわれに必要なものは異なるものになっており、目的も異なるものにならなければなりません。もし実例をあげろとおっしゃるなら、二日前だったら家宅侵入と窃盗《せっとう》だったはずのものに、われわれ全員が良心の呵責《かしゃく》もおぼえずに従事して今日一日を過ごしたことを申しあげたい。古いパターンが壊れたからには、いまやどんな生活の様式が新しいパターンにもっとも適合しているかを突き止めねばなりません。再建をはじめるだけではすまないのです。また考えはじめなければなりません――そのほうがはるかに困難で、はるかに不愉快なことでしょう。

人間は、いまなお肉体的にはかなりの程度まで順応性があります。しかしながら、それぞれの共同体の慣習が若者の心を鋳型《いがた》にはめこみ、偏見という拘束因子を植えつけてきました。その結果、驚くほど強靱《きょうじん》な実体ができあがり、それは多くの生得《せいとく》の傾向や本能の圧力にさえ耐えられるほどです。こうして、自己保存という基本的な感覚に逆らい、理想のために進んで死の危険を冒《おか》す人間を生みだすことが可能になってきました――しかしながら、なにもかも心得た、なにが『正しい』かを知っている愚か者もまた、こうして生みだされるのです。

いまわれわれの前途に横たわっている時代においては、わたしたちが教えこまれてきた偏見の大多数は、捨ててしまうか、抜本的に変えなければなりません。われわれは主要な偏見をひとつだけ受け容《い》れ、保持することができますが、それは種族は維持するに値するというものです。この見解に対して、すくなくとも当面は、ほかのすべては二のつぎとなるでしょう。われわれはなにをやるにしても、『これは種族の存続に役立つだろうか――それとも、妨《さまた》げになるだろうか？』という疑問を念頭に置いて考えなければなりません。役立つのなら、われわれを育《はぐく》んできた理想と相容れるものにしろ、そうでないものにしろ、そのなにかをやらなければなりません。役立たないのなら、それをしないことが、たとえ従来の義務の観念と、そして正義の観念とさえ衝突するとしても、避けなければなりません。

これは生やさしいことではありません。古い偏見は、そう簡単には死なないものです。単純な人間は、格言や教訓に頼って心のささえとしますし、臆病者や精神的に怠惰《たいだ》な者もそうします――そして想像する以上に、われわれ全員がそうするのです。組織が消えたいま、その枠内では有効だった計算早見表は、もはや正しい答えを出してくれません。われわれは自分の頭で考え、計画を立てる道徳的勇気を持たねばならないのです」

彼はいったん間を置き、考えこむように聴衆の反応をうかがった。やがて――

「みなさんがわれわれの共同体に加わると決心なさる前に、ひとつはっきりさせておかねばならないことがあります。この仕事にとりかかるわれわれには、だれしも果たすべき役割があるということです。男性は働かなければなりません――女性は子供を産まなければなりません。この点に同意していただかないかぎり、われわれの共同体にみなさんの居場所はありません。

ません」

しわぶきひとつない静寂がつづいたあと、彼はこうつけ加えた――

「われわれは、あるかぎられた人数ならば、目の見えない女性を養《やしな》う余裕があります。なぜなら、彼女らは目の見える子供を産めるからです。目の見えない男性を養う余裕はありません。われわれの新しい世界では、子供は夫よりもはるかに重要になるのです」

彼が話すのをやめたあと、数秒間は沈黙がつづいたが、やがてあちこちでつぶやきが生じ、たちまち場内全体のざわめきとなった。

わたしはジョゼラに目をやった。驚いたことに、彼女はいたずらっぽい表情でにやにやしていた。

「いまの話のどこがおかしいんだ?」すこしそっけなく、わたしは尋ねた。

「いちばんおかしいのは、みんなの顔つきよ」と彼女は答えた。

それはそのとおりだ、と認めるしかなかった。わたしは講堂を見まわし、やがて正面にいるマイクルに目が行った。彼は反応をつかもうとして、聴衆の一画《いっかく》から別の一画へと視線を移動させていた。

「マイクルはちょっと心配そうな顔をしてるな」と、わたし。

「心配して当然よ」とジョゼラ。「ブリガム・ヤング（モルモン教の指導者）が十九世紀のなかごろにうまくやっていれば、こんなことはすごく簡単だったはずなのに」

「若い女にしては、きみはときどきひどくぶしつけになるね」と、わたし。「前から知っていたのかい？」

「そういうわけじゃないけど、わたしだって、まったくのばかじゃない。おまけに、あなたがよそにいるあいだ、一台のバスが乗りつけてきて、それにあの盲目の娘たちの大半が乗っていたの。全員がどこかの施設からやってきたんだわ。で、自分に訊いてみたの、このあたりの通りをいくつか当たれば何千人も集められるのに、どうしてそこから集めてきたのかって。答えははっきりしていた。（a）こんどのことが起きる前から目が見えなかったのだから、なんらかの仕事をする訓練を受けている。（b）そして全員が若い女性である。あとは、わりあい簡単に推測できたわ」

「ふーむ」わたしはいった。「そいつは、その人の先を見通す力によりけりだな。正直いって、ぼくにはピンと来なかった。きみは――？」

「シーッ！」彼女がわたしにいうのと同時に、場内が静まりかえった。

長身で肌の浅黒い、見ただけできっぱりとした性格がうかがえる若そうな女性が立ちあがっていた。彼女の口はおよそ開きそうになかったが、しばらくするとそれが開いた。

「わたしたちは」炭素鋼《こう》のような声色《こわいろ》を使って彼女が問いただした。「わたしたちは、最後に話をされた方が、自由恋愛を擁護されていると理解してかまわないのですか？」そういうと、背骨が揺れたのではないかと思うほど決然と着席した。

ヴォーレス博士は髪をなでつけながら、彼女をしげしげと見た。

「自由であれ、売買されたものであれ、交換されたものであれ、わたしが恋愛にはひとことも触れなかったことを質問者はお気づきだと思います。質問の意図をもっと明確にしていただけないでしょうか」

女性がまた立ちあがった。

「演説された方は、わたしの申しあげたいことがおわかりだと思います。わたしが訊いているのは、結婚の法律を廃止するとほのめかしているのか、ということです」

「われわれの知っていた法律は、この状況によって廃止されました。現状にふさわしい法を定め、必要とあらば、それを執行するのが、われわれの急務です」

「神の法はまだありますし、礼節の法もまだあります」

「マダム。ソロモンには三百人――いや、五百人でしたか？――の妻がいましたが、神は特に非難しませんでした。イスラム教徒は三人の妻がいても、大いに尊敬されています。これらは局地的な慣習の問題です。こうしたことに関して、またほかのさまざまなことに関してわれわれの法がいかなるものになるかは、共同体の最大利益のために、われわれ全員があとで決めるべきことです。

本委員会は、議論の末に、もし新たな秩序を打ち立て、野蛮な状態への逆もどり――これは考えうる危険です――を避けようというのなら、参加を希望をする者たちから、ある保証をとりつけねばならないと決定しました。

われわれのなかに、失った状況をとりもどす者はいないでしょう。われわれが提供するものは、われわれに工夫できる最高の条件のもとで忙しい生活を送ること、そして不利な状況を克服したときに生まれる幸福です。その見返りに、自発性と実り多い成果を求めます。強制はしません。選択するのはあなた方です。われわれの申し出に魅力を感じない人たちは、よそへ行って、自分たちの好む方針にそって別の共同体を創始されようと、まったくかまいません。

しかし、女性が本来の機能を発揮する幸福を奪うとしたら、それが神の思《おぼ》し召しにかなうかどうか、じっくりと考えてもらいたいのです」

そのあとの議論はとりとめのないもので、往々にして枝葉末節に拘泥《こうでい》したり、いまのところ答えの出しようのない仮説をもてあそんだりという風だった。しかし、それを遮ろうという動きはなかった。議論が長引けば長引くほど、博士の考えの奇矯《ききょう》さは薄れていった。

ジョゼラとわたしは、ベル看護師が道具一式を並べたテーブルまで行った。腕に何本か注射を受けてから、また着席して、議論に耳をかたむけた。

「このうち何人が同行を決めると思う？」と、わたしが彼女に尋ねた。

彼女はちらっとあたりを見まわし、

「ほぼ全員――朝までには」と答えた。

わたしは疑わしいと思った。反対の声や、疑問を呈する声が多かったからだ。ジョゼラがいった――

「もしあなたが女で、今夜眠る前に一、二時間を費やして、赤ちゃんと、面倒を見てくれる組織を選ぶか、それともある原理にしがみついて、十中八九は赤ちゃんも、面倒を見てくれる人もいないほうを選ぶかじっくり考えたら、本当は迷う余地なんてたいしてないのよ。とにかく、たいていの女は、けっきょくのところ赤ちゃんがほしいものだし——夫なんてものは、ヴォーレス博士だったら目的を達成するための局地的手段と呼びそうなものにすぎないのよ」

「きみはずいぶんと皮肉屋だね」

「この見方が皮肉だと本気で思うなら、あなたはひどく感傷的な性格にちがいないわ。わたしは本物の女の話をしているの、雑誌や映画という見せかけの世界に出てくる女じゃなく」

「おやおや」と、わたし。

彼女はしばらく物思いにふけっていた。眉間《みけん》のしわがしだいに深くなった。とうとう彼女はいった——

「気がかりなのは、あの人たちが何人くらい産んでほしいと思っているかよ。たしかに、赤ちゃんは好きだけど、限度というものがあるわ」

議論は一時間ほどだらだらとつづき、ようやく終わった。計画に参加する気のある者は、翌朝の十時までにオフィスに名前を残していってくれ、とマイクルが要請した。トラックを運転できる者は七〇〇時までに出頭してくれと大佐から要求があり、会合はお開きとなった。

ジョゼラとわたしは戸外へ出た。おだやかな夕べだった。塔の明かりが、ふたたび希望をこめて空に突き刺さっていた。月は大英博物館の屋根を離れたばかり。わたしたちは低い塀《へい》を見つけ、その上に腰をおろすと、ラッセル・スクエアの庭園の暗がりに目をやり、そこの木々の枝を吹きぬける、かすかな風の音に耳をすました。無言のままそれぞれ煙草《たばこ》を吸った。自分の煙草が吸い口まで燃えつきると、わたしはそれを投げ捨て、深呼吸した。

「ジョゼラ」わたしはいった。

「うーん？」彼女は物思いからさめずに生返事《なま》した。

「ジョゼラ」もういちどわたしがいった。「あー――その赤ちゃんだけど。ぼくは――あー――その子がきみの赤ちゃんであると同時にぼくの赤ちゃんでもあったら、ものすごく誇らしく、しあわせな気分になると思うんだ」

彼女は一瞬身じろぎひとつせず、なにもいわなかった。それから首をまわした。月明かりがその金髪をきらめかせていたが、顔と目は影に沈んでいた。心臓を高鳴らせ、かすかに胸の苦しさをおぼえながら、わたしは待った。彼女が驚くほどおだやかな声でいった――

「ありがとう、ビル。わたしもそんな気分になると思うわ」

わたしはため息をついた。胸の高まりはたいしておさまらなかったし、彼女の手のほうにのばした自分の手は小刻みに震えていた。わたしはとっさに言葉が出なかった。だが、ジョゼラはそうではなかった。彼女はいった――

「でも、いま、ことはそれほど簡単ではないの」

わたしは動揺した。

「どういう意味だい？」と、わたし。

彼女は考えこむようにしていった――

「わたしがあの人たちだったら」——塔の方向を顎《あご》で示し——「たぶんルールを作ると思うの。全体を何組かに分けるでしょうね。目の見える娘と結婚する男は、かならず目の見えない娘をふたり引き受けなければならない、といい出すに決まってる。自分なら絶対にそうするわ」

わたしは影に沈んだ彼女の顔をまじまじと見た。

「本気でいってるんじゃないよね」と抗議する。

「残念だけど、本気よ、ビル」

「でも、いいかい——」

「あの人たちの頭のなかに、そういう考えがあると思わないの？——あの人たちがいっていたことから判断して」

「あり得ないとはいわない」わたしはいったん認めた。「でも、連中がルールを定めたって、それはそれだ。わからないのは——」

「つまり、ほかの女ふたりを引き受けるほどには、わたしを愛していないってこと？」

わたしはゴクリと唾を飲んだ。それでも反対した——

「いいかい。そんなのは狂気の沙汰《さた》だ。自然に反している。きみがいっているのは——」

彼女が手をあげて、わたしを止めた。

「最後まで聞いてちょうだい、ビル。最初はちょっとぎょっとする話に聞こえるのはわかっているわ。でも、狂気の沙汰でもなんでもないの。きわめてはっきりしているし——ひと筋縄《なわ》でいくようなことでもない。

こういったものすべてが」——彼女は手をふって周囲を示した——「わたしになにかをしたの。なにもかもが急にちがって見えるようになったみたい。そしてひとつわかった気がすることがあって、それは、生きのびたわたしたちが、かつてなかったほどおたがいに近くなり、おたがいに頼るようになり、前より——そう、部族に似てくるだろうということなの。一日じゅう外をまわっているうちに、もうじき命を落とす不運な人たちを見ていたわ。そのあいだずっと、自分にこういっていた——『ああ、神さまのお恵みがなかったら……』それから自分にこういい聞かせた——『これは奇跡よ！　わたしになにか取り柄《え》があったから、その奇跡に値《あたい》したわけじゃない。でも、こうなってしまった。わたしはまだここにいる——それなら、こんどはそれが正しかったことにするのがわたしの仕事だ』って。どういうわけか、以前よりほかの人たちが身近に感じられるようになったの。そのうちの何人かを助けるために、自分になにができるだろうとずっと考えていたのよ。

ねえ、その奇跡を正しかったことにするために、わたしたちはなにかをし、な、く、ちゃ、い、け、な、い、のよ、ビル。わたしは、あの目の見えない娘たちのひとりであっても不思議はなかった。あなたは、あの街をさまよう男たちのひとりであっても不思議はなかった。わたしたちに大きなことができるわけじゃない。でも、ほんのわずかでも人の面倒を見て、わたしたちにできる範囲で幸福をあたえようとすれば、すこしは恩返しになるんじゃないかしら——わたしたちが借りているもののごく一部にすぎないとしても。あなたにもわかるでしょう、ビル？」

わたしは一分ほど、頭のなかでその考えを転がしていた。

「たぶん」と、わたしはいった。「今日聞いたうちで、それがいちばん奇妙な議論だろうな――いままで聞いたうちでいちばんでなければだが。それでも――」

「それでも、正しいんでしょう、ビル？　正しいと、わたしにはわかっている。あの目の見えない娘たちの立場に身を置いてみようとしたの。だからわかってるの。わたしたちなら、あの人たちの何人かに、あの人たちに持てるかぎりの人生を精いっぱい送らせてやれるかもしれない。感謝の一部としてそれをあの人たちにあたえるか――それとも、教えこまれた偏見のせいで、それをあたえないでおくか？　突きつめれば、そういうことなのよ」

わたしはしばらく無言でいた。ジョゼラが一から十まで本気でいっているのだということは、一瞬も疑わなかった。フローレンス・ナイチンゲールやエリザベス・フライといった、果断《かだん》で、反骨精神にあふれた女性の生き方にすこしだけ思いをめぐらす。そういう女性にはなにをいっても無駄だし――往々にして、けっきょくは彼女らが正しかったとわかるのだ。

「よくわかった」とうとうわたしはいった。「もしきみがそういう風に考えるんなら、そうするしかないだろう。でも、ぼくとしては――」

彼女がわたしの言葉を遮《さえぎ》った。

「おお、ビル。きっとわかってくれると思ってた。ああ、うれしいわ――ものすごくうれしいわ。あなたのおかげで、とてもしあわせな気分よ」

ややあって――

「ぼくとしては――」わたしがまたいいかけた。

ジョゼラがわたしの手をポンとたたき、

「なにも心配しなくていいのよ。気立てのいい、すてきな娘をふたり選んであげるから」

「おやおや」

わたしたちは手をつないで塀の上に坐《すわ》ったまま、まだら模様になった木々を眺めていた――だが、ろくに目にはいっていなかった。すくなくとも、わたしは。やがて背後の建物のなかで、だれかが蓄音機をかけ、シュトラウスのワルツが流れはじめた。がらんとした中庭を軽やかに駆けぬけるそれは、胸がうずくような郷愁を誘った。一瞬、わたしたちの前にある道路が、舞踏場の亡霊となった。色彩が渦巻き、月がクリスタルのシャンデリア代わりだった。

ジョゼラが塀からすっと離れた。両腕をのばし、手首と指をさざ波のように波打たせ、体を揺らして、彼女は踊った。アザミの冠毛《かんもう》のように軽々と、月明かりを浴びて大きな弧を描いて。わたしのところまでまわりこんで来る。その目はキラキラ輝き、両腕でさし招いていた。

そしてわたしたちは踊った。計り知れない未来の淵辺《ふちべ》で、消え失《う》せた過去からのこだまに合わせて。

# 8　挫折

　わたしは見知らぬ、人けのない街を歩いていた。そこでは鐘《かね》が陰鬱《いんうつ》に鳴りひびき、声だけの存在が「けものが解き放たれた！　気をつけろ！　けものが解き放たれたぞ！」と虚空で叫んでいた。そのとき目がさめて、じっさいに鐘が鳴っているのだとわかった。それは振鈴《しんれい》で、ジャランジャランという音が二重に鳴っており、そのけたたましさにぎょっとするあまり、自分がどこにいるのか一瞬思いだせなかった。と、なおも考えながら上体を起こすと同時に、「火事だ！」と叫ぶ声が聞こえてきて、わたしは着の身着のまま毛布から飛びだして、廊下に走り出た。そこは煙の臭いがして、急いで走りまわる足音や、バタンバタンとドアが開け閉めされる音が聞こえていた。その音の大部分は右手から来るように思えたし、そちらで鐘が鳴りつづけ、怯《おび》えた声があがっていたので、わたしはその方向へ走った。廊下の突き当たりにある縦長の窓から、ほのかな月明かりが射しこみ、ぼんやりとあたりを照らしているので、廊下のまんなかから離れず、壁ぎわを手探りで進んでいる人々を避けられた。

　わたしは階段にたどり着いた。鐘は階下の玄関ホールであいかわらず鳴っていた。ますます濃くなる煙をついて、できるだけ速く階段をくだった。もうじきおり切るというところで、つまずいて、前のめりに倒れた。薄闇がいきなり漆黒《しっこく》の闇となり、そのなかで針《はり》の雲のように光が炸裂《さくれつ》して、それっきりなにもわからなくなった……。

最初に意識したのは頭の痛みだった。つぎは、目をあけたときのギラギラした光。はじめてまばたきしたときは、アーク灯ほどもまぶしかったが、もういちどまばたきをし、こんどはもっと慎重にまぶたをそろそろとあげていくと、それはなんの変哲もない窓、しかも汚らしい窓にすぎないと判明した。自分はベッドに横たわっているのだとわかったが、上体を起こして、それ以上調べようとはしなかった。頭のなかでピストンがドシンドシンと上下していて、動く気力が湧かなかったのだ。そういうわけでそこに静かに横になって、天井をにらんでいた――やがて、手首が縛《しば》りあわされていることに気づいた。

頭がズキズキするにもかかわらず、そのせいで無気力状態からいっぺんに抜けだした。じつに手際《てぎわ》のいい仕事ぶりだった。痛みを感じるほどきつく縛ってはいないが、効果は覿面《てきめん》だ。被覆《ひふく》した電線が左右の手首に何重にか巻きつけてあり、歯の届きそうにない反対側で複雑な結び目を作っている。わたしはちょっと悪態をつき、あたりを見まわした。部屋は狭くて、わたしが横たわっているベッド以外に家具はなかった。

「おーい！」わたしは声をはりあげた。「だれかいないのか？」

三十秒ほどすると、足を引きずる音が外でした。ドアが開き、頭が現れた。ツイードの縁《ふち》なし帽をかぶった小さな頭だった。その下によれよれの襟巻《えりま》きがあり、黒っぽい無精髭《ぶしょうひげ》が顔を覆っていた。まっすぐわたしに向いてはおらず、方向がだいたい合っているだけだった。

「よお、あんちゃん」けっこう愛想のいい声だった。「そんじゃあ、目がさめたんだな。ちょっと待ってな、お茶を淹《い》れてやっからよ」そういうと、その頭はまた消えた。

ちょっと待っていろという指示は余計だったが、長くは待たずにすんだ。二、三分で男はもどってきた。針金の把手《とって》のついた缶を持っていて、なかにお茶がはいっていた。

「どこにいるんだ、あんた?」

「きみのまっすぐ前、ベッドの上だよ」と、わたしは答えた。

彼は左手で探りながら進んできて、ベッドの裾《すそ》を見つけると、手でさわりながらまわりこみ、缶をさし出した。

「そらよ、あんちゃん。ちっとばかり変な味がするだろうが、チャーリーじいさんがラムをぶちこんだせいだ。まあ、どうせ気にならねえだろうが」

わたしは缶を受けとり、縛られた両手のあいだに苦労してはさんだ。お茶は濃くて甘かったし、ラムは惜しげもなく入れてあった。味は変わっていたが、不老不死の霊薬そのもののような効《き》き目があった。

「ありがとう」わたしはいった。「きみは奇跡を行う人だ。ぼくの名前はビル」

彼の名前はアルフというようだった。

「どういうことなんだ、アルフ? ここでなにが起きてるんだ?」わたしは尋ねた。

彼はベッドの片側に腰をおろし、マッチ箱を添えて煙草《たばこ》の包みをさし出した。わたしは一本を抜きとり、まず彼の煙草に火をつけてから、自分のに火をつけて、箱を返した。

「こういうことなんだ、相棒」彼はいった。「昨日の朝、大学でちょっとした騒ぎがあったのは知ってるだろう――あんたもあそこにいたんじゃねえか？」

その騒ぎなら見た、とわたしは彼に告げた。

「それで、あの騒ぎのあと、コーカー――あの演説をした野郎だよ――そのコーカーが頭にきちまってな。『上等じゃねえか』っていうんだよ、意地になったみたいに。『あのくそったれどもが、そうしろっていうんだからな。こっちはまず正々堂々とやったんだ。こんどはその報《むく》いを受けてもらおう』ってな。そんでもって、まだ目の見える野郎がほかにふたりと、婆さんひとりと出会ってたんで、そいつらで全部やってのけたんだ。てえしたやつだよ、あのコーカーって野郎は」

「つまり――なにもかもその男が仕組んだ――火事やらなにやらは、なかったたってことか？」と、わたし。

「火事だって――とんでもねえ！　あいつらは足を引っかける針金を張って、玄関ホールで紙や木の枝をわんさか燃やして、古い鐘をジャンジャン鳴らしはじめたんだ。目の見えるやつらが真っ先に飛びだしてくるって読みだった。月の光がまだすこし残ってたんでな。で、案のじょうさ。そいつらがつまずいたところを、コーカーともうひとりの野郎が一発食らわせて、おれたちの仲間に渡すから、おれたちがトラックへ運んでいくって寸法だ。てめえの手にキスするくらい簡単だったね」

「うーん」悔《くや》しく思いながらわたしがいった。「できる男らしいな、そのコーカーってやつは。ぼくらのうち、いったい何人のまぬけが、そのささやかな罠《わな》に引っかかったんだ？」

「二十人より多いんじゃねえかな——もっとも、そのうち五、六人は目が見えねえとわかったんだが。トラックに乗せられるだけ乗せちまうと、おれたちはずらかって、あとは目が見えるやつと見えねえやつに勝手に分かれるようにしたんだ」

コーカーがわたしたちをどう見ているにしろ、アルフが敵意をいだいていないのは歴然としていた。彼はこの件全体をちょっとした気晴らしと考えているらしかった。それを認めるのはすこしばかり業腹《ごうはら》だったが、わたしは内心でアルフに脱帽した。わたしが彼の立場だったら、なにごとにしろ、ちょっとした気晴らしとして考える勇気が欠けていたにちがいない。

わたしはお茶を飲みおえ、煙草をもう一本もらった。

「で、これからの予定はどうなってるんだ?」と、わたしは尋ねた。

「おれたちみんなを班分けして、その班のひとつひとつにあんたたちをひとり交ぜるってのが、コーカーの考えだ。あんたたちが食料探しの面倒を見て、ほかの連中の目の代わりになるってとこかな。だれかがやってきて、このシッチャカメッチャカをなんとかしてくれるまで、おれたちがやっていけるよう手を貸すってのが、あんたの仕事だよ」

「なるほど」と、わたし。

彼はわたしのほうへ頭をもたげた。アルフは抜け目のない男だった。自分でも気づいていなかったものを、わたしの声の調子に聞きとったのだ。

「これが長くつづくと思うのかい?」と彼がいった。

「さあね。コーカーはなんといってる?」

コーカーは細かいことには触れていないようだった。もっとも、アルフには自分なりの意見があった。

「おれにいわせりゃ、だれも来やしねえよ。来るとしたら、とっくに来てるはずだ。おれたちが田舎《いなか》の小さな町にいるってんなら、話は別だよ。でも、ロンドンだぜ！　よそよりも先にここへ来るのが道理ってもんだ。でも、おれの知るかぎり、まだ来ちゃいねえ――ってことは、この先ずっと来ねえってことで――そいつはつまり、来るやつがいねえってことだ！　ちくしょう、こんなことが起きるなんて、考えたこともなかったぜ！」

わたしはなにもいわなかった。アルフは下手な気休めが通用するような人間ではなかった。

「あんたもそう思ってんだろう？」ややあって彼がいった。

「見通しはあまりよくない」わたしはいったん認め、「でも、まだ望みはあるさ――どこか外国からだれかが……」

彼はかぶりをふった。

「来るなら、とっくに来てるさ。とっくのむかしに、スピーカーのついた車で街を走りまわって、どうしたらいいか教えてくれていただろうよ。でもな、そうなっちゃいねえ。来てくれるやつなんて、どこにもいねえんだよ。そいつが真相ってやつだ」

わたしたちはしばらく無言だった。やがて――

「まあそれにしたって、こうなる前の暮らしも、あれはあれで悪くなかったよ」と彼がいった。

その暮らしが彼にとってどういうものであったのか、わたしたちはすこし話をした。彼はさまざまな職についていて、そのひとつひとつに興味深い内密の仕事がからんでいるようだった。彼はそれをこう要約した――

「なんにせよ、そんなにでかいヘマはしなかったよ。あんたの商売はなんだったんだ？」

わたしは話して聞かせた。彼は特に感銘を受けなかった。

「トリフィドだって、へん！　ろくなもんじゃねえ。いってみりゃあ、自然に反してるってやつだ」

わたしたちは、そこで話を切りあげた。

アルフが行ってしまい、物思いにふけるわたしと、彼の煙草の包みが残された。わたしは先行きを見通そうとしたが、見当もつかなかった。ほかの者たちならどう受けとるだろう、と疑問が湧いた。とりわけジョゼラはどう考えているのだろう、と。

ベッドからおりて、窓辺へ行く。見晴らしはよくなかった。吹きぬけの部分は、井戸の内部のような白いタイル張りの壁が四階下まで切り立っていて、底は明かりとりのガラス窓になっている。そこから抜けだせる見こみは、たいしてなかった。アルフはドアに鍵をかけていったが、万が一と思って試してみた。部屋のなかには妙案の元になるようなものがなかった。三流ホテルの客室みたいな内装だった。ただし、ベッド以外のいっさいのものが放りだされていたが。

わたしはまたベッドに坐りこみ、考えをめぐらせた。手が縛られていても、アルフを組み伏せられるかもしれない――彼がナイフを持っていなければ。だが、おそらく持っているだろうし、そうであれば不愉快なことになる。目の見えない男にナイフで脅《おど》かされるのはぞっとしない。わたしを手も足も出せなくするために、彼はそれを使うしかないだろう。おまけに、建物からうまく抜けだす前に、ほかにどんな連中をやり過ごさなければならなくなるのか、見極めるのはむずかしそうだ。それよりなにより、わたしはアルフを傷つけたくなかった。機会を待ったほうがいいようだ――目の見える男を囲んでいるのは盲人だ、機会はきっとめぐってくる。

一時間後、アルフが食べ物とスプーンとお茶のお代わりを盆に載せてもどってきた。

「ちょっとお行儀が悪いんだけどな」と彼は謝った。「でも、ナイフもフォークもだめだっていうんだ。だから、これで我慢してくれ」

苦労して食べる合間《あいま》に、ほかの者たちについて訊いてみた。彼はたいして教えられなかったし、ひとつの名前も知らなかったが、ここへ連れてこられた者のなかには、女も交じっていることがわかった。そのあとわたしは何時間かひとりで放っておかれ、そのあいだに、なんとか眠って頭痛を癒《い》やそうとした。

アルフが食べ物と、例によってお茶の缶を持ってまた姿を現したとき、彼がコーカーと呼んだ男がいっしょだった。コーカーは、前に見たときよりも疲れているようだった。小わきに紙の束《たば》をかかえている。探るような視線をわたしにくれ、

「おおよそのことは知っているか?」と尋ねた。

「アルフが教えてくれたことは」と、わたし。

「それならいい」彼は紙束をベッドに落とし、いちばん上の一枚をとりあげると広げた。それはグレーター・ロンドンの市街図だった。青鉛筆でくっきりと輪郭の描かれた、ハムステッドの一部とスイス・コテージを含む一帯を指さし、

「これがきみの受け持ち区域だ」といった。「きみの班はこの区域内で活動し、他人の区域内には立ち入らない。それぞれの班が同じ獲物を追いかけるわけにはいかないからな。きみの仕事はこの区域で食べ物を見つけ、きみの班がそれを手に入れられるよう監督することだ——それ以外にも必要なものならなんでもだ。わかったかね?」

「そうしなかったら?」彼を見つめながら、わたしはいった。

「そうしなかったら、連中が飢《う》えるまでだ。そして連中が飢えたら、きみにとって、いささか具合の悪いことになる。若いやつのなかには荒っぽいのもいるし、面白くてこんなことをやっているやつもいない。だから、足もとに注意するんだな。明日の朝、きみときみの班をトラックに乗せてそこまで運んでいく。そのあとは、だれかがやってきて、この混乱をおさめてくれるまで、連中を生かしつづけるのがきみの仕事だ」

「で、だれも来なかったら?」と、わたしは尋ねた。

「だれかがか、な、ら、ず、やって来る」彼はいかめしい声でいった。「とにかく、それがきみの仕事だ——担当地域から離れないよう気をつけたまえ」

彼が立ち去ろうとするところを、わたしが呼び止めた。

「ミス・プレイトンはここに連れてこられたのか？」と、わたしは尋ねた。

「きみたちの名前はひとつも知らない」

「金髪で、身長は五フィート六、七インチ。目の色は灰色がかった青だ」わたしは食いさがった。

「それぐらいの背丈で、ブロンドの若い女はいる。でも、目はちゃんと見たことがない。もっと大事な仕事があるんでね」彼はそういうと立ち去った。

わたしは地図をじっくり調べた。割り当てられた地区は、あまりいただけなかった。なるほど、なかには荒らされていそうにない郊外も含まれていたが、この状況では波止場《はとば》や倉庫街のある地区のほうが実りが多いはずだ。この地域に手ごろな物資の貯蔵庫があるとは思えなかった。それでも、「みんながみんな、当たりを引くわけにはいかねえよ」とアルフならいうにちがいない――とにかく、どうしても必要でないかぎり、そこに長居する気は毛頭《もうとう》なかった。

アルフがまた姿を見せたとき、ジョゼラにメモを持っていってもらえないかと頼んでみた。彼は首をふった。

「悪いな、相棒。だめだっていわれているんだ」

害はない、と彼に約束したが、彼はかたくなだった。彼を責めるわけにはいかないだろう。わたしを信用する理由はなかったし、わたしの主張のとおり、害がないかどうかを知るために、そのメモを読むことはできなかったのだから。どのみち、鉛筆も紙もなかったから、わたしはあきらめた。粘《ねば》り強く説得した末に、わたしがここにいることを彼女に知らせ、彼女がどの地区へ送られたかを調べることを彼に承知させた。彼はあまり乗り気ではなかったが、もしこの混乱が収拾されるなら、どこから探しはじめればいいかを知っていれば、彼女をまた見つけることは、わたしにとってずっと楽になるということは、彼も認めざるを得なかった。

そのあと、すこしのあいだ、わたしはひとり物思いにふけった。

問題は、どちらの道に進みたいか心が決まらないことだった。厄介なことに、どちらのいい分にも一理あるのがわかった。常識的に、そして長い目で見れば、マイクル・ビードリーとその一党に軍配があがるのは承知していた。もし彼らが出発していれば、ジョゼラとわたしが行動をともにし、いっしょに働いていたことに疑問の余地はない――それでも、わたしは心安らかではいられなかっただろう。いまは沈みゆく船を前にして打つ手がないのだ、と心の底から納得していたわけではなかったし、自分の選択を自分に都合よく解釈しなかったともいい切れなかった。じっさい、組織的な救援の可能性がないとすれば、自分たちに救えるものを救うという彼らの提案は聡明な行動方針だ。しかし、不幸にして、人間という車輪をまわすものは、けっして聡明さだけではない。わたしがぶつかったのは、老博士のいう、破るのがとてもむずかしい条件づけそのものだった。新しい原則に適応するのは至難《しなん》の業《わざ》だという彼の言葉は、まさにそのとおりだったのだ。たとえば、なんらかの救いの手が奇跡的に訪れたとしたら、動機がなんであれ、立ち退《の》いたという理由だけで、わたしは卑劣漢《ひれつかん》になった気がするだろう——そして、できるだけ長くここロンドンにとどまって救助に当たらなかったという理由で、自分自身とほかの者たちをとことん蔑《さげす》むだろう。それがわかっていたのだ。

だが、そのいっぽうで、救いの手が来なかったとしたら、自分より強い心の持ち主たちが、まだ間に合ううちに救いだせるものを救いだす仕事にとりかかったとき、自分ひとりが時間を無駄にし、努力を水の泡にしてしまったことについて、どういう感じをいだくだろう？

正しい行動方針をきっぱりと決めて、それを守りつづけるべきだとわかっていた。しかし、決められなかった。わたしの心はシーソーのように揺れた。数時間後に眠りに落ちたときも、まだシーソーのように揺れていた。

ジョゼラがどちらに心を決めたのか、知るすべはなかった。彼女から伝言も届いていなかった。しかし、夜が更《ふ》ける前にアルフがいちど顔を出した。彼の言葉は短かった。

「ウェストミンスターだとさ」彼はいった。「まいったね！　国会議事堂で食いもんがたくさん見つかったら、お慰みさ」

＊

あくる朝早く、アルフがはいってきて目がさめた。彼より大柄《おおがら》な、卑《いや》しい目つきの男がついてきた。その男は肉切りナイフをこれみよがしにいじっていた。アルフが進み出て、腕にかかえていた衣服をベッドに落とした。彼の連れはドアを閉め、そこに寄りかかると、こすからそうな目で見張りながら、ナイフをもてあそんだ。

「手を出してくれや、相棒」とアルフがいった。

わたしは両手を彼のほうにさしだした。アルフはわたしの手首の針金を手探りし、ペンチで切り離した。

「じゃあ、おつぎはその服を着るんだ、兄さん」彼はそういってさがった。

わたしが着替えているあいだ、ナイフ好きの男は、鷹《たか》のようにわたしの一挙一動を目で追っていた。着替えが終わると、アルフが手錠《てじょう》をとりだし、「じゃあ、こいつもだ」といった。

わたしはためらった。ドアのところの男が、ドアに寄りかかるのをやめて、ナイフをすこしだけ前へ突きだした。彼にとっては興味津々の瞬間だったにちがいない。なにを試すにしても、いまはそのときではない、と判断して、わたしは両手首をさしだした。アルフが手探りしながら、ガチャリと手錠をかけた。そのあと彼は出ていって、わたしの朝食をとってきた。

二時間ほどあと、アルフではないほうの男が、あいかわらずナイフを見せびらかしながら、また姿を現した。ドアのところでナイフをふり、

「来い」といった。その男が言葉を口にしたのは、そのときだけだった。

ナイフを突きつけられて、背中にゾクゾクと悪寒《おかん》をおぼえながら、わたしはたくさんの階段をくだり、ホールを横切った。街路には、人を満載したトラックが二台待っていた。コーカーが、ふたりの仲間とともに一台の後尾扉のわきに立っていた。彼はわたしを手招きした。

無言で、わたしの腕のあいだに鎖《くさり》を通す。鎖の両端には革紐《かわひも》がついていた。その片方は、コーカーのかたわらにいる、たくましい盲目の男の左手首にすでに巻きつけてあった。コーカーが反対側の端を似たような偉丈夫《いじょうふ》の右手首につなぎ、わたしはふたりにはさまれる恰好になった。ふたりは隙《すき》をあたえないように警戒していた。

「おれがきみだったら、おかしな真似はしないな」コーカーがわたしに助言した。「きみが連中をちゃんとあつかえば、連中もきみをちゃんとあつかう」

わたしたち三人はぎごちなく後部扉によじ登り、二台のトラックは出発した。

スイス・コテージ近くのどこかで車が停《と》まり、わたしたちはゾロゾロとおりた。二十くらいの人影が見え、どうやら側溝《そっこう》にそって当てもなくうろついているらしかった。エンジンの音を聞いて、だれもが信じられないといいたげな顔でこちらを向いていた。そしてひとつの機械の部品であるかのように、歓声をあげながら、希望に満ちた表情でこちらに近づいてきはじめた。運転手が道をあけろとわたしたちに怒鳴った。トラックはバックし、まわれ右すると、轟音《ごうおん》をあげて来た道を去っていった。集まりかけていた人々が足を止めた。そのうちのひとりかふたりは、走り去るトラックに向かって叫んだが、大部分の者はがっかりして、無言のまま彷徨《ほうこう》にもどった。五十ヤードほど先に女性がひとりいた。ヒステリーを起こし、頭を壁に打ちつけはじめる。わたしは気分が悪くなった。

わたしは同行者たちに向きなおった。

「さて、まずはなにがほしい?」と訊く。

「ねぐらだ」と、ひとりが答えた。「寝る場所がいる」

せめて、それくらいは見つけてやらねばなるまい、とわたしは思った。さっさと逃げだして、彼らをこの場に立ち往生させてしまうわけにはいかない。ここまで来てしまったからには、中心となる場所、つまり本部のようなものを見つけてやり、彼らを自立させてやるくらいのことをしないわけにはいかない。望ましいのは、彼らを収容し、物資をたくわえることができ、食べ物があり、全員がいっしょにいられる場所だ。人数を数えてみた。五十二人いた。そのうち十四人が女性だ。いちばんいいのは、ホテルを見つけることだろう。そうすれば、ベッドや寝具をとりそろえる手間が省《はぶ》ける。

見つけた場所は、ヴィクトリア時代の長屋《テラスハウス》四軒をつなぎ合わせた大仰《おおぎょう》な下宿屋のようなところで、必要以上のものがそろっていた。到着したときには、すでに五、六人がそこにいた。ほかの者がどうなったかは、神のみぞ知るだ。生存者たちは身を寄せあい、居間のひとつで怯えていた——老人男性がひとり、年配の女性がひとり（あとで家主だとわかった）、中年男性がひとり、若い女性が三人。家主の女性は気力を奮い起こすだけの元気があり、ひどく大げさな脅し文句をいくつも浴びせてきたが、その厳格きわまる下宿屋の流儀をもってしても、迫力に欠けていた。老人がすこし怒鳴りちらして、彼女の支援にまわろうとした。残りの者は、不安げな顔をわたしたちのほうに向けているばかりだった。

自分たちはここへ越して来るのだ、とわたしは説明した。それが気に入らなければ、出ていってかまわない。いっぽう、居残って、あるだけのものを平等に分かちあうほうを選ぶなら、そうするのも自由だ、と。彼らは喜ばなかった。反応からすると、家のどこかに、分かちあいたくない物資の隠し場所があるらしかった。わたしたちの目的が貯蔵品を増やすことだとわかると、彼らの態度は目に見えて軟化し、その御利益にあずかろうという気になったようだった。

＊

自分が受け持った班がやっていけるようにするため、一日か二日はとどまらなければならない、とわたしは判断した。おそらくジョゼラも自分の班について同じように感じているだろう。抜け目のない男だ、コーカーは――この策略は「赤ん坊を抱かせておく」というやつだ。しかし、お膳立てがととのったら、逃げだして彼女と合流しよう。

つぎの二日間、わたしたちは組織的に活動し、近くにある大きめの商店を調べてまわった――大部分はチェーン店で、じつをいえば、それほど大きくはなかった。たいていは、先客がいた形跡があった。店の正面はひどいありさまだった。ショーウィンドウは割れており、床には半開きの缶や、破れた包みが散乱していた。探しあてた者たちを失望させたものだろう。いまは窓ガラスの破片のあいだに、ネバネバして悪臭を放つ残骸となっていた。しかし、おおむね損失はすくなく、損害も表面的なもので、店のなかや裏では大きめのケースが手つかずで見つかった。

盲人が重いケースを運びだし、手押し車に載せるのは、なまやさしいことではなかった。

さらに荷物を宿舎に持ち帰り、しまいこむ仕事が待っているのだ。しかし、やっているうちに、彼らはコツをつかみはじめた。

いちばん厄介なのは、わたしが立ち会っていなければならないことだった。わたしがその場にいて指図していないかぎり、ほとんど、いや、まったくなにも進まなかったのだ。十二の班を編制していたものの、一時《いちどき》にひとつ以上の班に作業させるのは不可能だった。そしてわたしが徴発隊とともに出かけているあいだは、宿舎でもたいしたことはできなかった。しかも、わたしがその地区を調べたり、試しに店にはいったりして費やさなければならない時間は、ほかのだれにとってもかなり無駄なものになった。目の見える男がふたりいれば、二倍をはるかに超える仕事をやってのけられただろうに。

いったん仕事をはじめると、昼間は忙しすぎて目先の仕事にしか頭がまわらず、夜は疲れすぎていて横になった瞬間に眠る以外になにもできなかった。ときおりわたしは自分にこういい聞かせた、「明日の夜までには連中がやっていける目処《めど》をつける——とにかく、しばらく生きていける程度には。そうしたら、ここをおさらばして、ジョゼラを見つけよう」と。

それは申し分ないものに聞こえた——しかし、来る日も来る日も、それを実行できるのは明日になり、そして日増しにむずかしくなった。なかには仕事を多少おぼえはじめた者もいたが、わたしがそばにいなければ、品物を漁《あさ》ることから缶をあけることまで、あいかわらずなにもできないも同然だった。わたしに頼る度合いは減るどころか、かえって増していくように思われた。

彼らが悪いわけではなかった。そのことが事態をむずかしくした。なかには懸命に努力している者もいた。わたしは彼らを見ているしかなく、卑劣漢《ひれつかん》になりさがって、彼らを見捨てていくのがますますむずかしくなるのだった。一日に十回あまりも、わたしをこんな立場に追いこんだコーカーを呪った——だが、呪ったところで問題の解決には役立たなかった。どうやったらこれが終わるのだろう、とあとで考えこむばかりだった……。

終わりが最初に見えてきたのは、四日目——いや、ひょっとしたら五日目だったかもしれない——の朝、わたしたちが出発しようとしているときだった。もっとも、そうなるとは夢にも思っていなかったのだが。二階の女性が、病人がふたりいると叫んでよこした。彼女の考えでは、症状はかなり重いという。

わたしの番犬ふたりは、それが気に入らなかった。

「聞いてくれ」わたしは彼らにいった。「鎖《くさり》でつながれた囚人ごっこにはうんざりだ。とにかく、この鎖がなければ、いまよりはるかにうまくやっていたはずなんだ」

「で、あんたはこっそり逃げだして、元の仲間のとこへもどるんだろう?」と、だれかがいった。

「きみたちをだましたりはしない」と、わたし。「昼だろうと夜だろうと、いつでもこの素人《しろうと》暴力団のふたり組をぶちのめせたんだ。そうしなかったのは、このふたりがうすのろの厄介者なのは仕方がないと思っていたからで……」

「おい——」わたしのお目付役の片方が、説教をはじめかけた。

「だが」と、わたしは言葉をつづけた。「上の連中の身になにが起きたのか、見にいかせてくれないなら、この先このふたりが、いつなんどきぶちのめされることになっても知らないぞ」

ふたりは道理を受けいれたが、めざす部屋に着いたときも、用心して鎖の許すかぎり遠くへさがって立った。病人は男性ふたりだった。ひとりは若く、ひとりは中年。ふたりとも高熱を発していて、腹の激しい痛みを訴えた。当時のわたしはそういう症状についてろくに知らなかったが、心配するのに知識は関係なかった。ふたりを近くの空《あ》き家へ運びこむよう指示し、女性たちのひとりにできるだけ世話をするように、と命じる以外はなにひとつ考えが浮かばなかった。

それが挫折の日のはじまりだった。つぎの、まるっきり異なる種類の出来事は、正午ごろに起きた。

近所の食料品店はあらかたからっぽにしてしまったので、わたしは捜索範囲をすこし広げることにした。その界隈《かいわい》に関する記憶をたどって、半マイルほど北へ行けば別の商店街が見つかるはずだと思ったので、自分の班をそちらへ連れていった。たしかに、商店は見つかったが、ほかのものも見つかった。

わたしたちが角《かど》を曲がり、彼らが視界にはいると同時に、わたしは足を止めた。ある食料雑貨のチェーン店の正面で、一団の男たちがケースを運びだし、トラックに積みこんでいたのだ。乗り物のちがいを除けば、作業をしている自分たちを見ているかのようだった。わたしは二十人ほどから成る自分のグループを停止させ、どうするべきか思案した。わたしとしては、ここは引きさがって、起こるかもしれないトラブルを避け、邪魔のはいらない狩り場をよそで見つけたいところだった。さまざまな商店にたくさんの品物が散らばっていて、組織された集団であれば手に入れられるのだから、ここでいざこざを起こしても意味がない。だが、決定をくだしたのはわたしではなかった。逡巡《しゅんじゅん》しているうちに、赤毛の若い男が商店のドアから尊大そうに出てきたのだ。彼の目が見えること――そしてすぐに、彼がわたしたちを目にしたことに疑問の余地はなかった。

彼は、わたしのような優柔不断さを持ちあわせていなかった。すばやくポケットに手をのばした。つぎの瞬間、銃弾がわたしのかたわらの塀《へい》に命中して、バシッという音を立てた。つかのま、その場が静止した。彼の隊とわたしの隊の全員が、なにがどうなっているのかを理解しようとして、見えない目をおたがいに向けた。と、彼がふたたび発砲した。おそらくわたしを狙ったのだろうが、弾丸はわたしの左にいた男に命中した。その男は驚いたかのようにうめき声をあげ、ため息のようなものをつきながら、体をふたつ折りにして倒れた。わたしはとっさに、もうひとりの番犬を引きずりながら後退して角をまわりこんだ。

「早く」わたしはいった。「この手錠の鍵をくれ。これじゃ、なにもできない」

彼はわけ知り顔でにやりと笑っただけだった。頭が固いのだ。

「へん」彼はいった。「やめときな。その手は食わないぜ」

「ああ、後生《ごしょう》だから、この石頭め――」わたしは鎖を引っぱって番犬一号の体を引き寄せた。

おかげでもっとうまく身を隠せるようになった。

そいつはまぬけにも、くどくどと弁じたてはじめた。彼の鈍《にぶ》い頭が、わたしにどんなずるさを見てとったのかは神のみぞ知るだ。鎖には、いまや両腕をふりあげられるだけのたるみが生じていた。わたしは腕をふりあげ、両方のこぶしを彼の頭にたたきつけた。男はゴツンという音を立ててうしろの塀に頭をぶつけた。それで議論はおしまいになった。わたしは彼のわきポケットにあった鍵を見つけた。

「聞いてくれ」わたしはほかの者たちに告げた。「みんな、まわれ右して、まっすぐ前へ歩きつづけるんだ。離ればなれになるな、さもないとおしまいだぞ。さあ、ぐずぐずするな」

わたしは片方の手錠をはずし、鎖をとり去ると、塀を乗り越えて、だれかの家の庭にはいりこんだ。そこにうずくまり、反対の手錠もとりはずす。それから庭を横切って、塀の遠い角ごしにおそるおそるのぞき見た。ピストルを持った若い男は、わたしの漠然とした予想とはちがい、わたしたちのあとを猛然と追いかけては来なかった。あいかわらず自分の隊といっしょにいて、指示をあたえていた。考えてみれば、急がねばならない理由がない。わたしたちが撃ちかえさなかったのだから、わたしたちが丸腰で、すぐには逃げられないと察しがついたはずだ。

指示を終えると、彼は退却するわたしのグループが見える地点まで尊大そうに道路へ出てきて、あとを追いかけてきはじめた。角のところで足を止め、うつぶせになった番犬ふたりに目をやる。おそらく鎖を見て、その片方がわたしたちの班の目だったと判断したのだろう。

というのも、ピストルをポケットにしまい、悠然《ゆうぜん》とした足どりでわたしの仲間たちを追いかけはじめたからだ。

予想に反した行動だったので、目論見《もくろみ》がわかるまですこしかかった。やがて、思い当たった。彼がもっとも得をするのは、わたしたちの本部まで彼らのあとをついていって、どんな戦利品を横どりできるか調べることだ。認めるしかないが、彼はわたしよりもはるかに機を見るに敏《びん》か、起こるかもしれない可能性をわたしより前もって考えぬいていたかのどちらかだった。わたしの班にまっすぐ進みつづけろと命じておいたのはさいわいだった。十中八九、そのうち彼らは疲れてしまうだろうし、宿舎への帰り道を見つけられるはずもなく、したがって彼をそこまで連れていく者がいるとは思えなかった。彼らがおおよそ固まって行動しているかぎり、たいして苦労せずあとで全員を集められるだろう。さし迫った問題は、ピストルを所持していて、使うのをためらわない男をどうするかだった。

世界のどこかには、最初に目にはいった家へはいりこめば、手ごろな銃器が見つかる場所もあるだろう。ハムステッドはそういう場所ではなかった。あいにく、かなり高級な郊外住宅地だった。狩猟用の銃なら見つかるかもしれないが、そのためには探しまわらなければならない。わたしに思いつくのは、その男から目を離さないようにして、片づける好機がめぐってくるのを望むことだけだった。わたしは木から枝を折りとり、あわてて塀をまた乗り越えると、コツコツと音を立てながら縁石《えんせき》にそって進みはじめた。同じようにして通りをさまよっているのを見かけた数百人の盲人と区別がつかないように見えることを願って。

道路はしばらくのあいだまっすぐのびていた。赤毛の若い男は、わたしの五十ヤードほど前にいて、わたしの隊はそのまた五十ヤードほど前にいた。わたしたちはこの距離を保って半マイルあまり歩きつづけた。ほっとしたことに、前方の隊は、わたしたちの基地に通じる道へ折れるそぶりを見せなかった。ここまで来ればだいじょうぶだと彼らが判断するまで、あとどれくらい歩くのだろう、と思いはじめたとき、予想外の事態が発生した。ほかの者から遅れてのろのろ歩いていた男が、とうとう立ち止まったのだ。彼は杖《つえ》をとり落とし、両腕で下腹部を覆って体をふたつ折りにした。それからへなへなと地面にくずおれ、そこに横たわると、苦痛にのたうちまわった。ほかの者たちは、その男のために足を止めなかった。うめき声は聞こえたはずだが、おそらく彼が仲間のひとりだとは思いもしなかったのだろう。

若い男は彼のほうに目をやって、ためらった。針路を変え、七転八倒している男に近づいていく。二、三フィート手前で足を止め、じっと見おろした。十五秒ほどだろうか、若い男は注意深く彼を見ていた。それからゆっくりと、だが、どう見ても意図的にポケットからピストルを引きだし、男の頭を撃ちぬいた。

先を行く一隊が、銃声を耳にして立ち止まった。わたしも足を止めた。若い男は彼らに追いつこうとしなかった——それどころか彼らに対する興味を突如として、すっかり失ってしまったようだった。彼はまわれ右し、道のまんなかを引きかえしてきた。わたしは自分の演じている役を思いだし、またコツコツと音を立てて進みはじめた。すれちがったとき、若い男は注意を払わなかったが、わたしは彼の顔を見ることができた。不安の色を浮かべ、顎《あご》を固く食いしばっていた……。彼が背後に遠ざかるまでわたしは進みつづけ、それからほかの者たちのもとへ急いだ。銃声でその場に立ちすくんだまま、彼らは、先へ進むか進まないかで議論していた。

わたしがその議論に割ってはいり、自分はもう知能指数マイナスの番犬二匹に邪魔されないので、これからは物事をちがったやり方で進める、と彼らに告げた。トラックを手に入れるから、十分ほどしたらもどってきて、みんなを乗せて宿舎へもどるのだ、と。

組織化された別の隊が活動しているとわかったことで、新しい懸念《けねん》が生まれたが、さいわい宿舎は手つかずだった。そこでわたしたちを待っていた知らせは、さらに男ふたりと女ひとりが激しい腹痛を起こし、別の家へ運ばれたというものだけだった。

わたしが留守のあいだに襲撃者がやってきた場合にそなえて、できるかぎりの防御の準備をした。それから新しい班を選び、トラックに乗って出発した。こんどはちがう方角へ。

そのむかしハムステッド・ヒースへ出かけたときは、バスの終点を経由することがしばしばで、そこにはたくさんの小さな商店が集まっていたのを思いだした。街路図の助けがあったので、なんなくその場所を見つけられた――そればかりか、奇跡的にも手つかずだと判明した。窓が三、四枚割れているのを除けば、その一帯は週末に店を閉めているだけにしか見えなかった。

だが、ちがっている点もあった。たとえば、平日にしろ日曜にしろ、これほどの静けさがこのあたりに垂れこめたことは、かつてなかった。そして通りには死体がいくつか転がっていた。このころには、みな死体に慣れっこになっていて、ろくに注意を払わなくなっていた。じっさい、もっと死体を見かけてもいいのではないかと思ったが、たいていの人々は恐怖からか、あるいはのちに体が弱ったときのために避難する場所を求めたのだろうという結論にいたった。住宅にはいる気がしない理由のひとつがそれだった。

とある食料品店の前でトラックを停《と》め、しばらく耳をすました。静寂が毛布のようにかぶさってきた。コツコツという杖の音もなく、さまよう者の姿も視界にはいらなかった。なにひとつ動くものはなかった。

「よーし」わたしはいった。「みんな、おりてくれ」

店のドアは施錠《せじょう》されていたが、簡単にこじあけられた。店内にはバターの壺《つぼ》やチーズ、片身《かたみ》のベーコン、砂糖のケース、その他もろもろが整然と並んでいた。わたしは班の者たちを忙しく働かせた。いまでは彼らも仕事のコツをつかんでいて、手つきがしっかりしてきていた。すこしのあいだなら目を離してもかまわなかったので、わたしは奥の貯蔵室を、ついで地下室を調べた。

地下室で、そこにあるケースの中身を調べているうちに、外のどこかで叫び声があがった。つづいて頭上の床をドタドタと踏み鳴らすブーツの音。ひとりの男が跳ねあげ戸を抜け、まっさかさまに落ちてきた。彼は動きもしなければ、声もあげなかった。上では競争相手と闘いになっているにちがいない、とわたしはすぐに結論を出した。倒れた男をまたぎ越し、頭を守ろうと片腕をかざしながら、梯子《はしご》のような階段を慎重によじ登る。

最初に目に飛びこんできたのは、目と鼻の先でおたおたしている多数のブーツで、それが跳ねあげ戸のほうへ後退してきていた。わたしはすばやく飛びだして、彼らが倒れてくる前にその場を離れた。立ちあがると、正面のガラス窓が破られるのがちょうど目にはいった。男が三人、ガラスといっしょに外から倒れこんできた。長い緑の鞭《むち》が彼らを追って襲いかかり、ひとりをその場で打ちのめした。ほかのふたりは、ショーウィンドウの残骸のあいだを這って、店の奥へとやってきた。彼らが残っていた者たちを押し、さらにふたりの男が開いていた跳ねあげ戸を抜けて落下していった。

なにが起きたのか、その鞭をちらと見るだけで知れた。この数日間の仕事のあいだ、わたしはトリフィドのことをほとんど忘れていた。箱の上に立つと、男たちの頭ごしに視界が開けた。視野には三体のトリフィドがいた。一体は路上に、二体はもっと近くの歩道に。四人の男が地面に倒れていて、身動きひとつしなかった。このあたりの商店が手つかずだった理由が、ようやく呑みこめた。そしてハムステッド・ヒース界隈でだれも見かけなかった理由も。同時に、路上の死体をもっとよく見なかった自分を呪った。刺し傷をひと目でも見ていれば、充分な警告になっていたはずなのだ。

「動くな」わたしは叫んだ。「その場でじっとしていろ」

わたしは箱から飛びおり、折りかえされた跳ねあげ戸のふたの上に立っていた男たちを押しのけて、ふたを閉めた。

「こっちに裏口がある」わたしは彼らに告げた。「さあ。落ちついて」

最初のふたりは落ちついて裏口を抜けた。そのとき一体のトリフィドが、破れたショーウィンドウごしにヒュンとうなる刺毛《しもう》を送りこんできた。ひとりの男が悲鳴をあげて倒れた。残りの者はパニックにおちいり、わたしを押しのけた。出入口のところで人がつかえた。わたしたちが逃れ出る前に、背後で刺毛がもう二回うなりをあげた。

奥の部屋で、わたしは荒い息をしながら周囲を見まわした。そこには七人いた。

「動くな」わたしはまたいった。「ここならだいじょうぶだ」

わたしはドアまで引きかえした。店の奥であればトリフィドの射程外だった——やつらが外にとどまっているかぎりは。無事に跳ねあげ戸にたどり着き、ふたを起こした。わたしがその場を離れたあと落ちてしまった男ふたりが、また姿を現した。ひとりは折れた片腕をさすっていた。もうひとりは打ち身をこしらえただけだが、悪態をついていた。

奥の部屋の裏手は小さな庭になっていて、その向こうに高さ八フィートの煉瓦《れんが》塀があり、ドアが設けられていた。わたしは用心深くなっていた。まっすぐそのドアへは向かわず、偵察のため屋外便所の屋根へよじ登った。そのドアは街区《ブロック》の端から端までのびている狭い路地《ろじ》に通じていた。路地はからっぽだった。だが、並んだ民家の庭との境界になっているらしい反対側の塀の向こうに、灌木《かんぼく》にまぎれてじっとしている二体のトリフィドの頂部が見分けられた。そちらの塀のほうが低くて、その高さなら、トリフィドが路地の向こうから刺毛で襲いかかることもできそうだった。わたしはみんなに説明した。

「まったく自然に反した化けもんだ」と、ひとりがいった。「むかしからあいつらが大嫌いだったんだ」

さらに遠くを確認してみた。北側に一軒置いた建物はハイヤーの営業所で、構内に車が三台ある。あいだにはさまるふたつの塀をみんなに乗り越えさせるのはたいへんな仕事だった。とりわけ片腕を折ってしまった男の場合は。しかし、わたしたちはなんとかやってのけた。なんとか全員を大型のダイムラーに詰めこみもした。全員の準備がととのうと、わたしは外のドアをあけ、車まで走ってもどった。

トリフィドはすぐさま興味を惹《ひ》かれた。音に対するあの不気味な敏感さで、なにごとかが起きていると察したのだ。わたしたちが走り出たときには、早くも二体がゆらゆらと出入口へ向かっていた。刺毛がわたしたちに襲いかかってきて、閉じた窓をピシャリとたたいたが、なんの害もあたえなかった。わたしは車を急旋回させて一体にぶつけ、轢《ひ》いてやった。それからもっと安全な地区をめざして、道路を疾走していった。

＊

それにつづく晩は、この災厄《さいやく》が起きてから過ごしたうちで最悪のものだった。ふたりの番犬から解放されて、わたしはひとりきりになれる小さな部屋を占拠した。暖炉棚の上に火のついた蠟燭《ろうそく》を六本並べ、肘《ひじ》掛け椅子に長いこと坐《すわ》ったまま、いろいろと考えようとした。わたしたちが帰ってきたときには、前夜に発病した男の片方が死んでいた。もうひとりも明らかに死にかけていた——そして新たに四人が発症していた。夕食が終わるころには、さらにふたりが発症した。なんという病気なのか、わたしには見当もつかなかった。世話をしてやる者がいない上に、物事一般の成り行きからして、どんな病気であっても不思議はなかった。腸チフスを疑ったが、潜伏期間からいってそれは除外されるだろうという漠然《ばくぜん》とした考えが頭にあった——病名がわかったとしても、たいしたちがいはなかっただろう。わたしにわかるのは、あの赤毛の青年にピストルを使わせ、わたしの隊を追う気を変えさせたほど始末に負えないものだということだけだった。

まるでわたしが自分の班にしてきた奉仕は、最初から疑問符がつくものだったかのように思えてきた。なるほど、彼らを生かしておくことには成功した。かたや競合する一団と、かたやヒースから侵略してくるトリフィドとにはさまれた立場に置くことには。そしてこんどはこの病気だ。けっきょくのところ、わたしが成しとげたことは、飢《う》え死にするのをすこしだけ先送りしたにすぎないのだ。

事態がこうなったからには、先行きはまったく見通せない。

とそのとき、ジョゼラのことが脳裏に浮かんだ。同じようなことが、ひょっとしたら、もっと悪いことが、彼女の地区に起きていてもおかしくない……。

気がつくと、マイクル・ビードリーとその一党のことをまた考えていた。彼らが論理的であることは、あのときもわかっていたが、ひょっとしたら本当の人間らしさも兼ねそなえているのかもしれない、といまになって思えてきた。ほんのひと握りの人間以外を助けようとしても望みはないのだ、ということを彼らは見抜いていた。残りの者にむなしい希望をあたえるのは残酷さと変わらないのだ、と。

　さらに、わたしたち自身というものがある。そもそも物事に目的があるとすれば、わたしたちはなんのために生かされたのか？　たんに望みのない仕事で力を無駄にするためではないことはたしかだ……。

　明日になったらジョゼラを探しにいこう、とわたしは決心した。そうしたらふたりで身を落ちつけて……。

　ドアの掛け金がカチリと鳴って動いた。ドアがゆっくりと開く。

「だれだ？」と、わたし。

「ああ、あなたなのね」と若い女の声がいった。

　彼女ははいってきて、ドアを閉めた。

「なにか用かい？」と、わたしが尋ねた。

　彼女は背が高く、すらりとしていた。二十歳前だろう、とわたしは察しをつけた。髪はかすかに波打っている。栗色の髪だ。物静かだが、人目《ひとめ》を惹かずにはいられない――姿形だけでなく、その印象のせいで。彼女はわたしの動きと声でこちらの位置をつかんでいた。その金茶色の目が、わたしの左肩のすぐ上を向いている。そうでなかったら、わたしをしげしげと見ていると信じただろう。

　彼女はすぐには答えなかった。ふさわしくないように思える逡巡だった。わたしは彼女が口を開くのを待ちつづけた。どういうわけか、喉もとにしこりが生じた。ああ、彼女は若く、美しい。彼女の前途には長い一生、たぶんすばらしい一生があったはずだ……。とはいえ、どんな状況でも、若さと美しさにはかすかな悲しみがつきものなのではないか……？

「あなたはここを出ていくんでしょう？」彼女がいった。静かな声で、質問と断定の調子が入り交じっており、すこしだけ震えていた。

「そんなことはいっていない」わたしは否定した。

「ええ」彼女はいったん認めた。「でも、みんなそういってるし——そのとおりじゃないの？」

わたしはそれに対してなにもいわなかった。彼女は言葉をつづけた——

「だめよ。そんな風にみんなを見捨てちゃいけないわ。あなたが必要なの」

「ぼくがここにいても役に立たない」わたしは彼女に告げた。「すべての希望は偽物《にせもの》だ」

「でも、偽物じゃないとわかったとしたら？」

「そんなことはあり得ない——いまとなっては。偽物でなければ、いまごろはそうとわかっていたはずだ」

「でも、けっきょくそうだったとしたら——あなたはさっさと出ていったかしら——？」

「ぼくがそのことを考えなかったと思うのか？　いいかい、ぼくがやっていることは無駄骨なんだ。患者をすこしだけ長持ちさせるために薬を注射するみたいなものだ——病気を治す力はない。長引かせるだけだ」

彼女はしばらく返事をしなかった。やがて心もとなげにいった——

「命はとても貴重なものよ――たとえこんな命でも」彼女の自制心は、いまにもひび割れそうだった。

わたしはなにもいえなかった。彼女は自分をとりもどした。

「あなたは、あたしたちを生きのびさせることができる。望みはいつだってあるのよ――いまだって、なにかが起こるという望みだけは」

それについてどう思っているか、わたしはすでに口にしていた。それをくり返しはしなかった。

「すごくむずかしいわ」まるでひとりごとのように彼女がいった。「せめてあなたの姿が見えたら……。でも、見えたとしたら、当然ながら……。あなたは若いの？　声は若く聞こえるけど」

「三十前だよ」わたしは彼女に告げた。「それに、ごくごく平凡だ」

「あたしは十八。誕生日だったの――彗星《すいせい》がやってきた日は」

それに対する、残酷と思われないような言葉はひとつも思いつかなかった。沈黙が延々とつづいた。と、握りあわされている彼女の両手が目にはいった。やがて彼女はその手をわきに垂らした。指のつけ根の関節が真っ白になっていた。彼女は口を開こうとしかけたが、開かなかった。

「なにができるっていうんだ？」わたしは尋ねた。「これをすこしだけ長引かせる以外、ぼくになにができるんだ？」

彼女は唇を嚙《か》んだ。それから――

「みんなが――みんながいったの、あなたは寂しいのかもしれないって」と彼女がいった。「あたし思ったの、もしかして」――その声は震えを帯びていて、指のつけ根の関節がまたすこしだけ白くなった――「もしかして、あなたにだれかがいれば……つまり、ここにだれかが……あなたは――あたしたちを置き去りにしたくなくなるかもしれないって。あたしたちといっしょにいてくれるでしょう?」

「ああ、よしてくれ」わたしは小声でいった。

わたしは彼女を見つめた。背すじをピンとのばして立っており、唇をかすかにわななかせている。本来なら、彼女の口もとをほころばせようと、何人もの求婚者たちが騒ぎたてて当然なのだ。しばらくのあいだは、彼女は気苦労もなく幸福でいられたはずだ――そのあとは気苦労のなかに幸福をおぼえるようになったはずだ。彼女にとって人生はうっとりするようなもので、愛はとても甘美《かんび》なものであったはずなのだ……。

「やさしくしてくれるわよね」彼女がいった。「わかってもらえると思うけど、あたしまだ――」

「やめろ!　やめてくれ!」わたしは彼女に命じた。「そんなことをいっちゃいけない。頼むから、いますぐ出ていってくれ」

だが、彼女は出ていかなかった。見えない目でじっとわたしを見つめていた。

「出ていってくれ!」わたしはくり返した。

彼女の非難に耐えられなかった。彼女はたんに彼女というわけではなかった——だいなしにされた何百万もの若い人生だった……。

彼女が近寄ってきた。

「まあ、あなた泣いているのね！」

「行ってくれ。後生だから、出ていってくれ！」

彼女はためらったが、向きを変え、手探りでドアまでもどった。彼女が出ていくとき——「ぼくは残る、とみんなにいっていいよ」と、わたしはいった。

*

あくる朝、最初に気づいたのは臭いだった。以前からあちこちでプンと臭うことがあったが、さいわいにも涼《すず》しい時期だった。すぐにわかったのだが、寝過ごしたわたしが目をさますころには、すでに暖かくなっていた。その臭いについてくわしくは語らない。知っている者はけっして忘れないだろうし、知らない者にとっては筆舌《ひつぜつ》につくしがたいからだ。それは何週間もあらゆる都市や街から立ち昇り、あらゆる風に乗って広がった。その朝その臭いでめざめたとき、わたしは終わりが来たのだと疑問の余地なく確信した。死というのは、生命活動のショッキングな終わりにすぎない。本当の終わりは崩壊なのだ。

わたしは何分間か横になったまま考えをめぐらせた。いまやるべきなのは、わたしの班をトラックに分乗させ、何回かに分けて田舎へ連れていくことだ。では、集めた食料はどうする？　それも積みこんで、持っていかなければならない――そして運転できるのはわたしひとりだけ……。何日もかかるだろう――何日もあればの話だが……。

ここまで考えたとき、いま建物のなかはどうなっているのだろう、と疑問が湧いた。耳をすますと、別の部屋からのうめき声が聞こえたが、それ以外はなんの音もしなかった。わたしはベッドから出て、懸念をおぼえながら急いで服を着た。踊り場でもういちど耳をすます。家のなかを歩きまわる足音はなかった。まるで歴史がくり返し、あの病院へ逆もどりしたような、いやな気分にふと襲われた。

「おーい！　だれかいないのか？」わたしは声をはりあげた。

いくつかの声が返事をした。わたしは近くのドアをあけた。そこには男がひとりいた。見るからに具合がひどく悪そうで、うわごとをいっていた。わたしにできることはなかった。わたしはドアを閉めなおした。

わたしの足音は、木の階段の上で大きく響いた。つぎの階で女性の声が呼びかけてきた
――

「ビル――ビル！」

彼女は小さな部屋のなかでベッドに臥《ふ》せっていた。昨夜わたしに会いにきた娘だ。わたしがはいって行くと、こちらに顔を向けた。彼女も病気にかかっているのだ。

「近くに来ないで」彼女がいった。「あなたなのね、ビル？」

「ああ」

「きっとあなただと思った。まだ歩けるのね。みんな這《は》わなくちゃいけなかった。うれしいわ、ビル。あなたはあっさり出ていったりしない、とあたしはいったの――でも、みんなは出ていったといった。みんないなくなったのよ、出ていける人間はひとり残らず」

「眠っていたんだ」と、わたし。「なにがあったんだ?」

「あたしみたいな人がどんどん増えていったの。みんな怖くなったのよ」

わたしは力なくいった――

「なにかしてあげられることはないか? とってきてあげられるものはないか?」

彼女は顔をゆがませ、両腕で体を抱きかかえると、身悶《みもだ》えした。痙攣《けいれん》がおさまると、額《ひたい》から汗がしたたっていた。

「お願いビル。あたし、あんまり勇気があるほうじゃないの。なにかとってきてもらえないかしら――これを終わらせてくれるものを」

「わかった」わたしはいった。「それくらいならしてあげられる」

十分ほどして薬局からもどってきた。彼女にコップ一杯の水を渡し、反対の手に薬を押しこんだ。

彼女はすこしのあいだ薬を握っていた。それから――

「まったくの無駄骨だったわね――なにもかも、まるっきりちがっていたかもしれないのに」彼女はいった。「さよなら、ビル――気遣《きづか》ってくれてありがとう」

わたしは、そこに横たわっている彼女を見おろした。無駄骨をますます無駄骨にすることがひとつあった――彼女は「あたしたちのもとにとどまって」といったが、本来なら「あたしを連れてって」というところだったのだ。そういった女がいったい何人いただろう。
そして、わたしは彼女の名前さえ知らずじまいだった。

# 9 撤退

ウェストミンスターへ行くのにその道を選んだのは、わたしたちに発砲した赤毛の青年のことが念頭にあったからだ。

武器に対する興味は十六のときから薄れていたが、野蛮状態にもどりつつある環境にあっては、多少なりとも野蛮人としてふるまう覚悟をしなければならないように思われた。さもなければ、遠くないうちに、どんなふるまいもまったくできなくなりそうだったからだ。セント・ジェイムズ・ストリートには、カラスを撃つ鉄砲から象撃ち銃まで、どんな形式の銃器でも、この上なく上品に売ってくれる店が何軒かあったのだ。

わたしは心強さと、無法者になったようなうしろめたさが入り交じった気持ちをかかえて店をあとにした。役に立つ狩猟ナイフをまた身に着けていた。ポケットには、科学用器具に要求されるほどの精密な職人技《わざ》で作られたピストルがはいっていた。隣の座席には、装塡《そうてん》した十二口径の銃と弾薬の箱を載せていた。ライフルではなく散弾銃を選んだのだ――銃声の大きさでは引けをとらないし、銃弾にはめったに真似できないほど手際よく、トリフィドの首を断ち切れるからだ。いまやロンドン市内でもトリフィドの姿が見られるようになっていた。あいかわらず、できるかぎり街路を避けているようだったが、何体かがハイド・パークをよたよたと横切っているのに気づいていたし、グリーン・パークにも別のやつらがいた。十中八九は装飾用だった、安全に剪定《せんてい》された個体だろう——だが、そうではないやつもいるかもしれなかった。

そして、ウェストミンスターまでやってきた。

死滅した感じ、すべてが終わった感じが、そこには色濃くただよっていた。例によって、乗り捨てられた車が通りのあちこちに散らばっていた。視界に人影はないも同然だった。動いているところを目にしたのは三人だけ。うちふたりはコツコツ音を立てながら、ホワイトホールの側溝《そっこう》にそって進んでおり、三人目は議事堂広場にいた。彼はリンカーンの銅像のそばにすわって、命のつぎに大事な所有物を抱きかかえていた——それは片身《かたみ》のベーコンで、なまくらのナイフでギザギザの肉片を削《そ》ぎとっていたのだった。

そうしたものすべての上に国会議事堂がそびえており、時計の針は六時三分で止まっていた。そのすべてがもはやなんの意味もなく、いまや平穏のうちに朽《く》ちていく頼りない石でできた、見かけ倒しのお菓子の塔にすぎないということは、にわかには信じられなかった。成り行きにまかせ、その小さな尖塔《せんとう》がボロボロと崩れて、テラスに降り注ぐままにすればいい——自分たちの貴重な生命が危険にさらされる、と憤慨《ふんがい》して苦情をいう議員はもういないのだ。そのむかし、善なる意図と悲しい妥協を世のなかに波及させた議場には、いずれ屋根が崩落するかもしれない。それを止めようとする者はいないだろうし、気にかける者もいないだろう。そのわきでテムズ川は平然と流れつづける。そうして流れるうちに、やがて堤防が決壊し、水が氾濫《はんらん》して、ウェストミンスターがいまいちど沼地のなかの小島になる日がやって来るだろう。

煙ひとつない空に、嘘のようにくっきりと、ウェストミンスター寺院が銀灰色《ぎんかいしょく》にそそり立っていた。それは悠久の静けさによって、つかのま栄えては滅ぶ周囲のものからは切り離されていた。それは数百年という土台の上にどっしりと立っており、いまやその業績がすべて失せた者たちの記念碑《ひ》を、向こう数百年にもわたって、内部に保存する運命にあるのかもしれなかった。

わたしはその場をさまよい歩いたりはしなかった。何年かすれば、ロマンチックな憂愁を胸にいだいて、この古い寺院を見にくる者もいるだろう。だが、その種のロマン主義は悲劇と懐旧《かいきゅう》の混合物なのだ。そうするためには、あまりにも近くにいすぎた。

おまけに、わたしは新しいものを経験しはじめていた——つまり、ひとりきりになることへの恐れだ。病院を出て、ピカデリーにそって歩きだしたときから、ずっとひとりきりではなかったし、そのときは見るものすべてに当惑させられるような目新しさがあった。それがいま、生まれつき群居性《ぐんきょせい》の種《しゅ》が真の孤独に対していだく恐怖をはじめておぼえはじめたのだ。自分が素《す》っ裸《ぱだか》で、あたりをうろつく恐ろしいものすべてに身をさらしているような気がした……。

自分に鞭《むち》打って車を走らせ、ヴィクトリア・ストリートを進みつづけた。車の音そのものが反響して、わたしをどきっとさせた。車をおりて、徒歩でこっそりと逃げだし、ジャングルのけもののように、狡猾《こうかつ》さのなかに安全を求めたいという衝動が湧きあがってきた。自制心を保ち、計画どおりに行動するには、ありったけの意志の力が必要だった。というのも、自分がたまたまこの地区を割り当てられていたら、なにをしたはずだったかわかっていたからだ——いちばん大きなデパートで食料を探したに決まっている。

案のじょう、陸海軍購買組合売店の食品部門は掠奪《りゃくだつ》されていたが、いまはだれもいなかった。

わたしは横手のドアから出た。歩道の上で一匹の猫が、なにかの臭いを嗅《か》いでいた。それはボロ切れの束《たば》であっても不思議はなかったが、そうではなかった。わたしは猫に向かって両手をパンと打ち鳴らした。猫はわたしをにらむと、こそこそと立ち去った。

ひとりの男が、街角《まちかど》をまわってきた。ほくそ笑みを浮かべていて、道のまんなかで巨大なチーズを根気強く転がしていた。わたしの足音を聞きつけると、チーズを止めて、その上に坐《すわ》りこみ、杖《つえ》を猛然とふりまわした。わたしは表通りに駐《と》めておいた車へもどった。

手ごろな本部とするために、ジョゼラもホテルを選ぶということは大いにありそうだった。ヴィクトリア駅の周辺に何軒かホテルがあったのを思いだし、わたしはそこまで車を走らせた。思ったよりもはるかに多くのホテルがあることがわかった。二十以上のホテルをのぞいてみて、組織された人々が住んでいた証拠が見つからなければ、もう見こみはないだろうと思えてきた。

わたしは尋ねる相手を探した。ここでまだ生きている者がいれば、彼女のおかげであっても不思議はない。その地区に着いてから、動ける者は五人ほどしか見ていなかった。この場にはひとりもいないようだった。しかし、ついに、バッキンガム宮殿通りの角近くで、ある戸口のあがり段に老女がうずくまっているのに出くわした。

彼女は折れた爪で缶詰《かんづめ》をあけようとしており、それに向かって悪態《あくたい》をついては、めそめそ泣きだすのをかわるがわるやっていた。わたしは近くの小さな商店へ行き、高い棚の上にあって見逃されていた豆の缶詰六個を見つけた。缶切りも見つけて、老女のもとへもどった。彼女はあいかわらず缶詰をむなしく引っかいていた。

「そいつは捨てたほうがいいよ。コーヒーだ」と、わたしは教えてやった。

缶切りを彼女の手に押しこみ、豆の缶詰をひとつ渡し、

「聞いてくれ」といった。「この辺にいた若い女のことを知らないかな――目の見える娘のことを？　班をひとつまかされていたはずなんだが」

たいした望みはいだいていなかったが、その老女がたいていの者より長く生きのびられているのは、なんらかの助けがあったからにちがいない。彼女がうなずいたとき、話がうますぎて、とても本当とは思えなかった。

「知ってるよ」缶切りを使いはじめながら、彼女がいった。

「知ってるって！　どこにいるんだ？」わたしは強い口調で訊いた。それがジョゼラではないだれかかもしれないという考えは、どういうわけか頭に浮かばなかった。

だが、老女はかぶりをふった。

「さあね。彼女の班にちょっといたけど、はぐれちゃったんだよ。わたしみたいなお婆さんは若い者についていけないから、はぐれちまったんだ。みんな、かわいそうなお婆さんを待っちゃくれなかったし、わたしのほうも二度と見つけられなかった」

老女は一心不乱に缶詰のふたをあけつづけた。

「その女《ひと》はどこに住んでるんだ？」と、わたし。

「わたしたちはみんなホテルにいた。どこかは知らない。でなきゃ、また見つけられたはずだよ」

「そのホテルの名前はわからないのか？」

「知らないね。目が見えて読めるのでなきゃ、場所の名前なんか知ってても役に立たないし、ほかのみんなも見えないんだから」

「でも、なにか憶《おぼ》えているにちがいない」

「いいや、憶えてないね」

彼女は缶詰を持ちあげ、中身の匂いをおそるおそる嗅いだ。

「いいかい」わたしはそっけない口調でいった。「この缶詰を持っていたいだろう？」

彼女は片腕で缶詰をすべてかき寄せる仕草をした。

「そうか、じゃあ、そのホテルについて洗いざらいしゃべったほうがいい」わたしは言葉をつづけた。「たとえば、それが大きいか小さいかくらいはわかるはずだ」

彼女は考えこんだ。片腕はあいかわらず缶詰を守るようにかかえている。

「一階はがらんどうみたいな音がしたね——大きかったんじゃないかな。お洒落《しゃれ》でもあったし——っていうのは、音を吸いとる絨毯《じゅうたん》やら、上等のベッドやら、上等のシーツがあったってことだけど」

「それ以外には?」

「さあ、憶えてないね——ああ、いや、あったよ。表《おもて》に短い階段がふたつあって、例のぐるぐるまわるドアを通ってなかへはいる仕組みだった」

「そいつは耳寄りだ」と、わたし。「まちがいないんだな? そのホテルを見つけられなくても、あんたをまた見つけることはできるんだよ」

「誓って本当だよ、旦那。短い階段がふたつ、ぐるぐるまわるドアがひとつ」

彼女はかたわらにあったよれよれのバッグのなかをかきまわし、汚れたスプーンをとりだすと、まるで楽園のジャムであるかのように、豆を味わいはじめた。

だが、あたりには思っていたよりもさらに多くのホテルがあり、驚くほど多くに回転ドアがついているとわかった。しかし、わたしは探しつづけた。ようやく見つかった。まずまちがいない。その痕跡と臭いに、いやというほどなじみがあったからだ。

「だれかいないか?」音の反響するロビーで、わたしを声をはりあげた。

先へ進もうとしかけたとき、片隅からうめき声が聞こえてきた。薄暗い壁龕《へきがん》のなかで、ひとりの男が長椅子に横たわっていた。薄闇に包まれていてさえ、その男が手のほどこしようのない状態なのは見てとれた。わたしはあまりそばまで行かなかった。男の目が開いた。一瞬、男は目が見えるのだと思った。

「だれかいるのか？」と男がいった。

「ああ、訊きたいことが――」

「水だ。後生《ごしよう》だから水をくれ――」

わたしは食堂まで行き、その奥に配膳《はいぜん》室を見つけた。蛇口《じやぐち》はカラカラに乾いていた。わたしはサイホン瓶《びん》二本の中身を大きな水差しにあけて、コップといっしょに持ち帰った。男の手の届くところへそれを置く。

「ありがとよ、相棒」と男がいった。「あとはなんとかやれる。おれに近づくんじゃない」

彼はコップを水差しに浸《ひた》してから、その水を飲みほした。

「うめえ。ほしくてたまらなかったんだ！」その動作をくり返し、「なにしてんだ、相棒？この辺じゃ病気が流行《はや》ってるんだぞ」

「若い女性を探しているんだ――目の見える娘を。名前はジョゼラ。ここにいるかい？」

「ここにいたよ。でも、遅すぎたな、兄さん」

ある疑いが、肉体的な刺し傷のように、いきなりわたしを襲った。

「まさか――きみがいってるのは――？」

「ちがうよ。まあ、落ちつけって。おれがやられた病気にかかったわけじゃない。そうじゃなくて、行っちまっただけだ――よそへ行けるやつらみんなと同じように」

「行き先はどこか知ってるかい？」

「わからないんだよ、相棒」

「そうか」わたしは重い口調でいった。

「あんたも行ったほうがいいぞ、兄さん。この辺に長くいると、おれみたいに、永久に居着くことになっちまう」

彼のいうとおりだった。わたしは彼を見おろした。

「ほかに持ってきてあげられるものはあるかな？」

「いいや。こいつがあるだけで大助かりだ。どうせ、そのうちなんにもいらなくなる」彼はいったん言葉を切り、こうつけ加えた――「あばよ、相棒、いろいろとありがとう。それと、もしあの娘《こ》を見つけたら、ちゃんと面倒を見てやれよ――あれはいい娘だ」

そのすこしあと、缶詰のハムと瓶入りのビールで食事をとっていたときに、ジョゼラがいつ出ていったのかを訊き忘れたことに思い当たった。だが、あの状態では、はっきりした時間の観念はなかっただろうと判断した。

行き先として思いつくのは、大学の建物だけだった。ジョゼラも同じように考えただろう、とわたしは思った――それに、わたしたちの班の、散り散りになったメンバーも再会を期《き》してそこにもどっているという望みもあった。だが、それはあまりかなえられそうにない望みだった。常識があれば、何日も前に街を去っていたはずだからだ。

大学では、二枚の旗がいまも塔の上に掲げられ、夕暮れどきの暖かな空気のなかでだらりと垂れさがっていた。前庭に溜《た》まっていた二十五台ほどのトラックのうち、四台がまだそこにあって、見たところ手つかずのようだった。わたしはそのわきに車を駐め、建物のなかにはいった。静寂のなかで足音がカツカツと鳴り響いた。

「おーい！　おーい！」わたしは声をはりあげた。「だれかいないのか？」

わたしの声は廊下をこだまし、階段の吹き抜けを昇っていき、ささやき声のパロディになるまで小さくなり、やがて沈黙した。わたしは別の棟《とう》の入口のドアまで行き、もういちど声をかけた。またしても、こだまは途切れずに衰《おとろ》えていき、塵《ちり》のようにふわりと舞いおりた。引きかえそうとしたとき、表のドアの内側の壁にチョークで文字が書かれているのにようやく気づいた。大きな文字で、住所だけが書かれていた――

**ティンシャム荘**
**ティンシャム**
**ウィルトシア州、デヴァイズィズ近郊**

すくなくとも、これは手がかりだった。

わたしはそれを見つめ、考えた。一時間もしないうちに日が暮れる。デヴァイズィズまでたぶん百マイルはある。おそらくはそれ以上だろう。わたしはもういちど外へ出て、トラックを調べた。そのうちの一台は、最後にわたしが乗ってきたものだった——賛同を得られなかったトリフィド退治の道具を載せておいたトラックだ。残りの積み荷は、役に立つ食料雑貨のとり合わせであることを思いだした。手ぶらで乗用車に乗って行くよりは、その荷物といっしょに行くほうが、はるかにいいだろう。とはいうものの、さし迫った理由もないのに、当然ながら多数の障害が予想される道を、夜中に車で走るのは気に入らなかったし、ましてや荷物を満載したトラックとなると論外だった。障害に突き当たったりしたら、そしてそうなる公算は大だったが、別のトラックを見つけて荷物を積み替えることになり、ここで一夜を過ごすよりも、はるかに多くの時間を失うだろう。朝早くに出発したほうが、見通しはずいぶんと明るいはずだ。わたしは弾薬箱を乗用車から用意のできているトラックの運転台に移した。銃は持っていることにした。

偽《にせ》の火災警報で飛びだしたときに自分がいた部屋が見つかった。出たときのままだった。わたしの服が椅子の上にあり、シガレット・ケースとライターさえ、急造ベッドのわきに置いたままになっていた。

寝ようと考えるには、時間が早すぎた。わたしは煙草《たばこ》に火をつけ、ケースをポケットにしまうと、外へ出ることにした。

ラッセル広場《スクエア》の庭園にはいる前に、注意深く視線を配った。わたしはすでに、開けた場所に疑いをいだくようになっていた。案のじょう、一体のトリフィドがいた。そいつは北西の角《かど》でぴくりともせずに立っていたが、周囲の灌木《かんぼく》よりはかなり背が高かった。わたしは近寄っていき、そいつの頂部を一発で粉々に吹っ飛ばした。静まりかえった広場のなかで、その音は、榴弾砲《りゅうだんほう》をぶっぱなしたとしても、これほどぎょっとさせられはしなかっただろうというほど騒々しく響いた。ほかのトリフィドが潜んでいないことを確信すると、わたしは庭園にはいり、一本の木に背中をあずけて坐《すわ》りこんだ。

たぶん二十分ほどそこにいたのだろう。陽《ひ》はかたむいており、広場の半分は影に呑まれていた。じきに建物のなかへはいらねばならなくなる。光があるうちは、自制心を保っていられる。だが、暗闇のなかでは、化け物がこっそりと忍び寄ってくるかもしれない。すでにわたしは、原始人の状態へ逆行する途上にあった。ひょっとしたら、遠からぬうちに、恐怖におののきながら暗闇の時間を過ごすようになるのかもしれない——遠い祖先が、洞穴《ほらあな》の外の、刻一刻と信用ならなくなる夜の闇を見ながら過ごしたにちがいないように。わたしは立ち去る前に足を止め、まるで歴史の一ページをめくる前に憶《おぼ》えこもうというかのように、もういちど広場を見まわした。そのとき、路上にきしるような足音がした——かすかな音だったが、静けさのなかでは挽《ひ》き臼《うす》なみに騒々しく聞こえた。

わたしは銃をかまえてふり向いた。足跡を見つけたロビンソン・クルーソーも、その足音を聞きつけたわたしほどには驚かなかっただろう。というのも、その音に盲人のためらいが微塵《みじん》もなかったからだ。薄暗い明かりのなかで動く火がちらりと見えた。それが道路を離れ、庭園にはいってくると同時に、男だとわかった。わたしが彼の足音を聞く前に、向こうがわたしを見ていたのは歴然としていた。わたしのほうへまっすぐにやってきたからだ。

「撃たなくていい」からっぽの両手を大きく広げながら男がいった。

男の正体がわかったのは、数ヤード以内まで来たときだった。同時に男もわたしに気づいた。

「ああ、あんただったのか」と男がいった。

わたしは銃をかまえたまま、

「やあ、コーカー。なにが狙いだ？　きみの小さな隊をまたぼくにまかせたいのか？」と訊いた。

「そうじゃない。そいつはおろしてもかまわないよ。とにかく、とんでもない音を立てるからな。その音であんたを見つけたんだ。そうじゃない」彼は重ねていった。「あれはもうたくさんだ。おれはここから逃げだそうとしてるんだよ」

「こっちもだ」と銃をおろしながら、わたし。

「あんたの班はどうなった？」

わたしは話して聞かせた。彼がうなずき、

「おれの班と同じだ。たぶん、ほかも同じだろう。それでも、努力してはみたんだ……」

「まちがった方法で」と、わたし。

彼はもういちどうなずいた。

「そうだ」と認め、「どうやら、あんたのお仲間は、最初から正しいことを考えていたようだ――ただし、一週間前には正しく見えなかったし、正しく聞こえなかったがな」

「六日前だ」と、わたしは訂正した。

「一週間だ」

「いや、たしか――まあ、とにかく、そんなことはどうでもいい。こうなったからには」と言葉をつづけ、「特赦《とくしゃ》令を出して、一からやり直すってのはどうだ？」

彼は同意し、

「おれは事態を読みちがえたんだ」と、あらためていった。「事態を真剣に捉《とら》えているのは自分ひとりだと思っていた――でも、真剣味が足りなかった。こんな状態がつづくとか、なにかの救いの手が現れないなんて信じられなかったんだ。でも、さあ、これを見ろ！　よそもこんな風にちがいない。ヨーロッパ、アジア、アメリカ――こんな風にやられたアメリカを考えてみろ！　でも、やられたにちがいない。そうでなかったら、いまごろはここに来ていて、援助の手をさしのべ、この場所をまともにしてくれていたはずだ――そうなってたはずなんだ。でも、そうじゃない。どうやらあんたのお仲間は、最初からそのことをよく理解していたらしい」

わたしたちはしばらく沈思黙考した。やがて、わたしは尋ねた――

「この病気、伝染病だが――なんだと思う？」

「知るもんか。腸チフスにちがいないと思ったが――腸チフスは発症までもっと長くかかるそうだ――だから、おれにはわからん。どうして自分がかからなかったのかもわからん――

もっとも、おれはかかったやつらに近寄らずにいられたし、自分の食っているものが悪くないかどうかたしかめられたわけだが。自分であけた缶詰しか食べなかったし、瓶詰めのビールしか呑まなかった。とにかく、いままではツイていたが、このあたりをいつまでもうろついていたくない。で、あんたのほうはこれからどこへ行くんだ？」

わたしは壁にチョークで書かれていた住所のことを話した。彼はまだそれを見ていなかった。大学の建物へ向かう途中でわたしの銃声を聞きつけ、注意してあたりを探る気になったのだという。

「あれは――」わたしはいいかけたが、不意に言葉を途切れさせた。西の通りの一本から、車のエンジンのかかる音が聞こえてきたのだ。それはすばやくギアをあげていき、それから遠ざかっていった。

「へえ、すくなくともほかに残っていたやつがいたわけだ」とコーカー。「それにその住所を書いただれかさんもだ。書きそうなやつに心当たりはあるのか？」

わたしは肩をすくめた。筋の通った仮定としては、コーカーがさらったグループのうち帰ってきた者という線が考えられた――あるいは、彼の一党がつかまえそこねた、目の見える人間という線もないではない。どれくらい前から書かれていたのかは、知るすべがなかった。彼はじっくりと考えをめぐらせた。

「おれたちはふたりでいるほうがよさそうだ。あんたにくっついて行って、成り行きを見るよ。それでいいか？」

「いいとも」わたしは同意した。「いま引きあげるところだった。明日は早くに出発だ」

＊

わたしが目をさましたとき、コーカーはまだ眠っていた。わたしは彼の隊に支給されて以来ずっと着ていた服よりもはるかに着心地のいいスキー・スーツとごつい靴に替えた。いろいろな食料の包みと缶詰を入れた袋を持ってもどってきたときには、コーカーも起きて着替えていた。朝食をとりながら、一台の車でいっしょに行くよりは、それぞれが荷物を積んだトラックに乗っていったほうがティンシャムで歓迎されやすいだろう、とわたしたちは判断した。

「それと、運転台の窓は閉めておけよ」と、わたしは注意した。「ロンドンの郊外、とりわけ西のほうにはトリフィドの栽培場がごまんとあるからな」

「うへっ。この辺であのいやらしいやつらを何匹か見かけたな」彼がぶっきらぼうにいった。

「ぼくもこの辺で見かけた——それも活動中のやつを」わたしは彼に話して聞かせた。

最初に行き当たったガソリンスタンドでポンプをこじあけ、燃料を満タンにした。それから、戦車の隊列のように、静まりかえった通りにエンジン音をとどろかせながら、わたしの三トントラックを先頭に、西へ向かって出発した。

進み具合はうんざりするものだった。数十ヤードごとに乗り捨てられた車をよけて通らねばならなかった。ときには二、三台がかたまって道をすっかりふさいでいるので、ぎりぎりまで徐行し、そのうちの一台を道から押しださなければならなかった。壊れている車はごく稀《まれ》だった。運転手は急に目が見えなくなったようだが、ハンドルを操作できなくなるほど突然ではなかったらしい。たいてい車を路肩《ろかた》へ寄せてから停《と》めることができたのだ。この災厄が真っ昼間に起きていたら、表通りは完全に通りぬけ不能になり、裏道を伝って市の中心から抜けだすには何日もかかっていたかもしれない——行程の大部分が、通りぬけられないほど複雑に重なった車の列を前にして引きかえし、別の迂回《うかい》路を見つけることに費やされただろう。じっさいのところは、全体として見れば、進み具合はその場その場で感じられたほど遅くはなかった。二、三マイル過ぎたころ、道ばたでひっくり返っている車に気づいた。わたしたちがたどっている道は、ほかの者たちが先行して、わたしたちのために一部を片づけてくれておいた道だったのだ。

ステインズの郊外を西へ抜けたあたりで、とうとうロンドンをあとにしたという実感が湧いてきた。わたしは車を停め、後続するコーカーの車へ行った。彼がエンジンを切ると同時に静寂が分厚く不自然に垂れこめ、それを破るのは、冷えていく金属のカチカチいう音だけだった。ふと気づいたのだが、出発してからこちら、数羽の雀《すずめ》を除けば一匹の生き物も見かけていなかった。コーカーが運転台からおりてきた。彼は道のまんなかに立ち、耳をすましたり、あたりを見まわしたりした。

「そして行く手に横たわる

広大無辺《むへん》の砂漠が……」（一七世紀の詩人マーヴェルによる『内気な愛人へ』の一節）

彼はそうつぶやいた。

わたしは彼をじっと見つめた。彼の重々しい、考えこむような表情が、いきなりにやにや笑いに変わった。

「それとも、シェリーのほうがお好みかい？」と彼は尋ねた――

「わが名はオジマンディアス、王のなかの王。
汝《なんじ》、全能の神よ、わが偉業を見て、絶望に沈め！」（古代エジプトのファラオを題材にした詩の一節）

さあ、なにか食い物を見つけようぜ」

*

「コーカー」ある店のカウンターに坐り、ビスケットにマーマレードを塗って食事の準備を終えながら、わたしは尋ねた。「きみには負けたよ。いったいきみは何者なんだ？　はじめて会ったとき――そのものズバリの言葉を使って許してもらえるなら――きみは波止場《はとば》人足の業界用語みたいなものを怒鳴り散らしていた。それがこんどは、マーヴェルの詩を引用してみせる。わけがわからない」

彼はにやりと笑った。

「おれにだってわかったためしはないよ。いろんなものが混ざってできてるからかな――人は自分が何者なのか本当にはわからない。おれが何者か、お袋にだって本当にはわからなかった――とにかく、証明はできなかったし、おれの養育費をもらえないといって、いつもおれを責めていた。そのせいで、おれはガキのころから物事をひねくれた目で見るようになった。で、学校を卒業してからは、いろんな集会に出るようになった――なにかに抗議しているものなら、どんな集会でもよかった。そのうち、そういう集まりへよく来る連中とつき合うようになった。たぶん、面白いやつだと思われたんだろう。とにかく、政治芸術系のパーティーへ連れていってもらったもんだ。すこしすると、おれは面白がられたり、自分の考えを口にするたびに、二重に笑われるのにうんざりしてきた。どういうことかというと、半分はおれの考えを、もう半分はおれ自身のことを笑ってるわけだ。で、連中が持っている基礎的な知識みたいなもんを身に着けることが必要だ、そうすれば連中をすこしは笑ってやれるかもしれないと思ったんで、夜学《やがく》に通《かよ》いはじめ、必要なときに使えるよう連中のしゃべり方を練習した。みんなわかっちゃいないんだが、相手の言葉で話しかけないかぎり、真剣に受けとっちゃもらえない。乱暴な口をきいて、かたやシェリーを引用したら、芸をする猿かなにかみたいには利口だと思われるだろうが、いっていることに注意を払っちゃもらえない。そいつらが真剣に受けとることに慣れている言葉でしゃべらなくちゃいけないんだ。そいつは逆の場合も同じだよ。労働者階級に話しかける政治的インテリの半分は、自分たちの話の値打ちを伝えられない――なぜかというと、聴衆の頭にはむずかしすぎるからというよりは、聞く側の大部分が言葉じゃなくて声に耳をかたむけているからだ。だから、連中は耳にすることを大きく値引きしちまう。なぜかというと、その話しぶりがちょっとばかり風変わりで、ごくふうつのおしゃべりとはちがうからだ。そういうわけで、おれは自分を二言語使用者《バイリンガル》に仕立てて、しかるべき場所でしかるべき言葉を――ときには意表をついて、場ちがいなところで場ちがいな言葉を使ってやろうと思った。それで人がどれほど動揺するかは、驚くばかりだぜ。たいしたもんだよ、イギリスの階級制度ってやつは。それ以来、おれは演説商売でけっこううまくやってきた。堅い仕事とはいえないけど、いろいろと面白い目にあった。ウィルフレッド・コーカー。集会の講演者。お題は問わず。おれのことだ」

「どういう意味だい――お題を問わずというのは？」と、わたしは尋ねた。

「そうだな、いってみれば印刷屋が印刷された言葉を供給するのとまったく同じように、おれはしゃべり言葉を供給するんだ。印刷屋は、自分が印刷する言葉を一から十まで信じていなくてもかまわないわけだ」

わたしはとりあえずその言葉を聞き流し、

「どうしてきみは、ほかの人たちのように目が見えなくならなかったんだ？」と尋ねた。

「入院していたわけじゃないだろう？」

「おれがかい？　いいや。たまたま、あるストライキがあって、そういう些細《ささい》な問題に警察が不当介入したことに抗議する集会で演説していたんだ。六時ごろにはじめたんだが、三十分くらいしたら、当の警察が集会をぶち壊そうとしてやってきた。おれは手ごろな跳《は》ねあげ戸を見つけて、地下室へおりた。連中も調べにおりてきたが、おれはカンナ屑《くず》の山に潜《もぐ》りこんでいたんで見つからなかった。連中はしばらく上でドタドタ歩きまわっていたけど、そのうち静かになった。でも、おれは出ていかなかった。そんなチンケな罠《わな》にはまるようなおれじゃない。そこはすごく居心地がよくて、眠りこんじまった。朝になっておそるおそる嗅ぎまわったら、こうなっていたわけさ」いったん言葉を切って考えこみ、「まあ、あの商売はおしまいだ。この先、おれの特別な才能に、お呼びはまずかかりそうにないからな」と、つけ加えた。

わたしは反対しなかった。わたしたちは食事を終えた。コーカーはカウンターからするりとおりた。

「さてと。移動したほうがいいな。『明日はさわやかな野と新たな牧場へ』（ミルトンによる哀悼詩『リシダス』の節末）だ——こんどは本当に陳腐《ちんぷ》な引用でかまわなければ」

「陳腐なだけじゃない、不正確だ」と、わたし。「『野』じゃない、『森』だよ」

彼は眉間《みけん》にしわを寄せ、考えた。

「そうか——そうだったな、相棒」と彼は認めた。

*

コーカーが前からそうだったように、わたしは気分が軽くなってきた。広々とした田園地帯の景色が、一種の希望をあたえてくれたのだ。若芽《わかめ》を出した穀物は実っても収穫されず、果実も木から摘《つ》みとられることはない。田園地帯も今日のような整然とした、手入れの行き届いた姿を二度と見せることはない――それはたしかだが、にもかかわらず、それなりの流儀でつづいていくだろう。不毛で、永久に止まった都会とはちがうのだ。ここは人が働いて世話をし、いまでも未来を見つけられる場所だ。そう思うと、先週の自分の生活が、パン屑を糧《かて》とし、ゴミの山を漁《あさ》るネズミのそれのように思えてきた。原野を見渡すうちに、わたしはどんどん気分がよくなった。

旅の途上にあった場所、たとえばレディングやニューベリーのような街では、ロンドンにいたときの気分がしばらくよみがえったが、一時的な落ちこみにすぎなかった。

悲劇的な気分をいつまでも引きずってはいられない。人の心には不死鳥のような性質があるのだ。それは助けになる場合もあれば、害になる場合もあるが、とにかく生きのびようとする意志の一部ではある――だがそのおかげでわたしたちは、旗色《はたいろ》の悪くなる戦いがつづいても、へこたれずに戦ってこられたのだ。しかし、ほんのいっときであっても、大量のこぼれたミルクを前にして泣くことができるというのも、わたしたちの精神の仕組みに必要不可欠な部分だ――人生に耐えていくとしたら、非凡なものもじきに凡庸《ぼんよう》なものになるしかない。わずかな雲が天の氷山のように流れる青空の下、都会の記憶の重苦しさは薄れていき、生きているという感覚が、澄《す》みきった風のように、ふたたびわたしたちの気分を新たなものにしてくれた。わたしは運転しながら歌を口ずさんでいる自分にときおり気づいて驚いたが、気分が変わったことは、そのいいわけにはならないとしても、すくなくともそうしている理由の説明にはなるだろう。

ハンガーフォードで車を停め、食料と燃料を補給した。どこまでもつづく手つかずの田園を抜けていくあいだ、解放感は高まるいっぽうだった。田園はもはや寂しいものには思えず、眠っているような感じと親しい感じがするだけだった。野原をゆらゆらと進んでいるトリフィドの小さな集団や、土中に根をおろして休んでいるやつをときおり見かけても、わたしの気分を損なうような敵意は感じなかった。わたしの職業がつづいていたら興味を惹かれたはずの対象にもどっただけだった。

デヴァイズィズの手前で、わたしたちはいまいちど車を路肩に寄せ、地図を調べた。そこからほんのすこし先で右へ向かうわき道に曲がり、ティンシャムの村へはいって行った。

## 10 ティンシャム

だれにしろ、ティンシャム荘を見落とす恐れはまずなかった。ティンシャムの村を構成する数軒の田舎家《いなかや》を越えた先に、私有地を囲う高い塀《へい》が道路わきを走っていた。その道をたどっていくと、やがてどっしりした錬鉄《れんてつ》製の門に行き当たった。門の向こうには、若い女性がひとり立っており、重責で思いつめたようなその顔からは、いっさいの人間らしい表情が消えていた。彼女は散弾銃をかまえていたが、銃をおかしな場所で握っていた。わたしはコーカーに停止の合図をして、車を寄せながら、その女性に声をかけた。彼女の口が動いたが、エンジン音に呑まれて、ひとことも聞こえなかった。わたしはエンジンを切った。

「ここがティンシャム荘かな?」と、わたし。

彼女はそうだとも、ほかのどこかだとも答えてくれなかった。

「どこから来たの? それと何人いるの?」と逆に訊いてきた。

わたしとしては、いまのようなやり方で銃をいじらないでほしかった。わたしは彼女の落ちつかない指から片目を離さず、自分たちが何者で、なぜやってきたのか、おおよそのところなにを運んできたのかを手短《てみじか》に説明し、トラックにはわたしたち以外の者は乗っていないことを保証した。彼女が納得したかどうかは怪しかった。彼女の目は、人間よりもブラッドハウンドによく見られる、悲しげな、考えこむような色をたたえてわたしの目に釘《くぎ》づけになっていたが、その表情は犬であったとしても安心できるものではなかった。きわめて良心的な態度であったとしても、人をひどくうんざりさせる無闇な猜疑心《さいぎしん》は、わたしの言葉ではほとんど消すことはできなかった。彼女が進み出てきて、トラックの荷台をちらっとのぞき、わたしの言葉を確認しようとしたとき、わたしは彼女のために切《せつ》に祈った——疑惑を裏打ちするような一団と出会ったりしないように、と。彼女が納得したことを認めれば、頼りになる人物を演じるようとする態度は弱まってもよかったが、ようやく納得がいって、わたしたちがなかにはいるのを許したときも、よそよそしいままだった。

「分かれ道を右へ行って」通り過ぎようとするわたしに彼女は声をかけ、すぐさま門の守りにもどった。エルムの短い並木道の向こうに、十八世紀後半の様式で造られた風景庭園があり、枝をいっぱいに広げた堂々たる姿を鑑賞できる間隔で木々が点在していた。館《やかた》が視界にはいってくると、それは建築学的な意味では一軒の宏壮《こうそう》な屋敷ではなく、たくさんの家屋の寄せ集めだということがわかった。広範囲に漫然《まんぜん》とのび広がっており、まるで歴代の所有者が、それぞれの個人的な特色を遺《のこ》す誘惑に逆らえなかったというかのように、さまざまな建築様式から成っていた。ひとりひとりが、祖先の仕事を尊重するいっぽうで、みずからの時代の精神を表現するのが自分の務めだと感じていたらしい。前代の建築標準を大胆に無視した結果、どうしようもなく気まぐれなものになっていた。当然ながらおかしな館だったが、親しみやすいと同時に頼もしく見えた。

右へ行く分かれ道は幅広い中庭に通じており、そこにはすでに数台の車が駐《と》まっていた。馬車置き場と厩舎《きゅうしゃ》が、何エーカーにもわたって、そのまわりに散らばっているようだった。コーカーがわたしの隣にトラックを寄せて、運転台からおりてきた。人っ子ひとり見当たらなかった。

わたしたちは母屋《おもや》の開いた裏口からなかにはいり、長い廊下を進んだ。突き当たりに広々とした厨房《ちゅうぼう》があり、料理の温もりと匂いが残っていた。奥のドアの向こう側から、ガヤガヤいう人の声や、カチャカチャと皿の鳴る音が聞こえてきたが、そこにたどり着くには、さらに暗い廊下を進み、もうひとつドアを通りぬけなければならなかった。

わたしたちがはいっていった場所は、奉公人が大勢いた時代には、その名にふさわしく使用人の間《ま》だったのだろう。百人あまりがテーブルにゆったりとつけるほど広々としていた。現在の住人たちが、ふたつの長いトレッスル・テーブルぞいに並べられたベンチに坐《すわ》っていた。たぶん五、六十人で、盲目なのはひと目でわかった。彼らがおとなしく坐っているいっぽう、数人の目の見える人間は大忙しだった。サイドテーブルでは三人の若い女性が、わき目もふらずにチキンを切り分けていた。わたしはそのひとりのもとへ行き、「いま来たところなんだ」といった。「なにをしたらいい?」

彼女は手を休めたが、フォークは握ったままで、手首を曲げて髪のひと房《ふさ》をかきあげた。

「ひとりが野菜を受け持って、もうひとりがお皿のほうを手伝ってくれたら助かるわ」

わたしはポテトとキャベツのはいった大きな桶《おけ》ふたつを引き受けた。野菜をとり分ける合間《あいま》に、ホール内の人々をざっと眺めわたした。そのなかにジョゼラはいなかった——大学の建物でこれからの方針を打ちだしたグループの主立《おもだ》ったメンバーの姿も見えなかった——もっとも、女性のなかには前に見た顔がいくつかあるような気がした。

男性の比率は前のグループよりもはるかに高かった。彼らは奇妙なとり合わせだった。数人はロンドンっ子か、すくなくとも都市の住民であっても不思議はない恰好だったが、大半は田舎の仕事着をまとっていた。どちらにも属さない例外が中年の牧師だったが、男性全員に共通しているのは、目が見えないことだった。

女性のほうはもっと多種多様だった。この場にはまったくそぐわない都会風の服装をした者も何人かいたが、残りはおそらく地元の人間だった。後者のグループのなかで目が見えるのは、ひとりの娘だけだったが、前者のグループには目が見える者が五、六人いた。それに、目は見えないものの不器用ではない者がたくさんいた。

コーカーもその場のようすをじっくりと観察していた。

「おかしなとり合わせだな、こいつは」彼が小声《ソットヴォーチェ》でわたしにいった。「彼女はもう見つかったかい?」

わたしはかぶりをふった。ここでジョゼラが見つかることに、自分で認める以上に望みをかけていたのだと思い知らされた気分だった。

「妙だな」彼が言葉をつづけた。「おれがあんたといっしょにつかまえた連中は、ひとりもいやしない――あっちの端で肉を切り分けている娘以外はな」

「彼女はきみに気づいたのか?」と、わたし。

「そう思う。すごい目つきでにらまれた」

食事が運ばれ、給仕が終わると、わたしたちも自分の皿を受けとり、テーブルに席を見つけた。料理にも食べ物にも文句のつけようがなかったし、一週間も冷たい缶詰だけで生きていたとなれば、とにかく称賛の念はいやますものだ。食事が終わると、テーブルをコツコツとたたく音がした。牧師が立ちあがった。彼は沈黙がおりるのを待ってから話しだした――

「みなさん、また訪れた一日の終わりに、このような災厄のただなかで、わたくしどもを生きながらえさせてくれる神の大いなる慈悲に感謝の念を新たにするのは、ふさわしいことです。いまも暗闇のなかをひとりでさまよっている者たちに、神が憐《あわ》れみをもって目を向けられ、その者たちの足をこちらへ導き、わたくしどもが救いの手をさしだして、主《しゅ》に喜んでいただけるよう、みなさんにお祈りしてもらいたいと思います。主の御時《おんとき》、主のお助けにより、主のさらに大いなる栄光のため、よりよい世界を再建するさいに、わたくしどもが自分の役割をうまく果たすために、前途に横たわる試練と辛苦《しんく》とを乗り越えられるよう、全員で主にお願いしようではありませんか」

彼は頭《こうべ》を垂れた。

「全能にして、この上なく慈悲深き神に……」

「アーメン」のあと、牧師のリードで賛美歌を歌った。それが終わると、会衆《かいしゅう》は自然にいくつかのグループにばらけ、それぞれが隣の者から手を離さないようにして、目の見える娘のうち四人を先頭にホールから出ていった。

わたしは煙草《たばこ》に火をつけた。コーカーが断りも入れずに、うわの空で一本とった。ひとりの娘が、わたしたちのところまでやってきた。

「あと片づけを手伝ってもらえるかしら?」彼女が訊いた。「たぶん、ミス・デュラントもじきに帰ってくるでしょう」

「ミス・デュラント?」わたしはオウム返しにいった。

「ここをとり仕切っている女《ひと》です」彼女が説明した。「あの女に相談すれば、身のふり方を決められるはずよ」

ミス・デュラントがもどってきたと聞かされたのは、それから一時間ほどあとの、日が暮れようとするころだった。わたしたちは、デスクの上の蠟燭《ろうそく》二本だけに照らされた、小さな書斎のような部屋で彼女に会った。すぐに気づいたのだが、彼女は例の集会で反対意見を述べた、色の浅黒い、唇《くちびる》の薄い女性だった。つかのま、彼女の注意はコーカーだけに向けられた。その表情は、愛想のなさでは前回とたいしてちがわなかった。

「聞くところによると」まるで汚泥《おでい》かなにかを見るような目でコーカーを見ながら、彼女は冷たくいった。「あなたは、大学の建物への襲撃を企《くわだ》てた人物だそうですね」

コーカーはうなずいて、つぎの言葉を待った。

「それなら、きっぱりといっておきますが、このわたしたちの共同体では野蛮な手段は用いませんし、それを大目《おおめ》に見るつもりもありません」

コーカーは口もとをゆがめた。彼はこの上なく中産階級らしい口ぶりで答えた――

「それは見方の問題ですね。どちらがより野蛮であったかなど、だれに判断できます？――目の前の責任をになって、踏みとどまった者たちなのか、それとも将来の責任を見越して、急いで立ち去った者たちなのか」

彼女はコーカーを一心に見つめつづけていた。その表情は変わらなかったが、自分が相手にしなければならない男のタイプについて、前とはちがった判断をくだしつつあるのは、はた目にも明らかだった。彼の返事も話しぶりも、彼女が予想していたものとは大ちがいだったのだ。その問題はしばらく棚あげすることにしたらしく、彼女はわたしに向きなおった。

「あなたもあれに加わっていたんですか?」

わたしはその一件における自分のやや消極的な役割を説明したあと、自分のほうから質問した——

「マイクル・ビードリーや大佐や、ほかの人たちはどうなりました?」

その質問はあまり歓迎されなかった。

「その人たちはよそへ行きました」と鋭い口調で彼女がいった。「ここは清らかで、節度ある共同体で、規範——キリスト教徒の規範——にのっとっていて、それを堅持《けんじ》するつもりです。ふしだらな見方をする人々をここに置いておくわけにはいきません。頽廃《たいはい》と不道徳と信仰の欠如が、世界の不幸の大半の原因なのです。こんなことが二度と起こらない社会を建設するように努力するのが、わたしたち救われた者の務めです。冷笑的な者や利口ぶった者たちは、ここでは歓迎されないとすぐに気づくでしょう。自分たちの放埒《ほうらつ》な考えや物質主義をごまかすために、どんなすばらしい理論を唱えようと問題ではありません。わたしたちはキリスト教徒の共同体であり、そうありつづけるつもりです」彼女は挑むようにわたしを見た。

「つまり、あなた方は袂《たもと》を分かったんですね?」と、わたし。「あの人たちはどこへ行きました?」

彼女は石のように硬い声で答えた。

「あの人たちは先へ進み、わたしたちはここへ残りました。肝心なのはそこです。あの人たちの影響がここにおよばないかぎり、あの人たちは好きなように自分たちの破滅へ突き進めばいいんです。そしてあの人たちが神の法と文明社会の慣習の双方よりも自分たちが勝《まさ》っていると考えたからには、きっとそうなるにちがいありません」

彼女は顎《あご》をぴしゃりと閉じて、この宣言を終わらせた。これ以上は質問しても時間の無駄だといいたげだった。そしてコーカーに向きなおり、

「あなたはなにができます?」と、きつい声で尋ねた。

「たくさんのことが」とコーカーはおだやかな声で答えた。「自分がどこでいちばん必要とされるか見極めるまで、ひとつに決めずに、いろいろと役に立つことをするというのはどうでしょう」

彼女はいささか不意をつかれたようすで、ためらった。自分で決断をくだし、指示をあたえるつもりだったのは明らかだったが、彼女は気を変えた。

「わかりました。いろいろと見てまわって、明日の晩、その件について話しに来てください」

だが、コーカーはあっさりとは引きさがらなかった。地所の大きさ、いま屋敷にいる人の数、目の見える者と見えない者の比率、その他もろもろのくわしいことを知りたがり、答えを手に入れた。

立ち去る前に、わたしはジョゼラのことを尋ねてみた。ミス・デュラントが眉間《みけん》にしわを寄せ、

「その名前には聞き憶《おぼ》えがあります。どこで聞いたのだったか——? ああ、この前の選挙で保守党から立候補しませんでしたか?」

「たぶんちがうでしょう。彼女は——あー——いちど本を書きました」わたしは認めた。

「その女《ひと》は——」そのとき、彼女の記憶がよみがえったのがわかった。「ああ、あの——！まあ、じつをいうと、ミスター・メイスン、その女は、わたしたちがここで建設しているような共同体を好む人間だとは、とうてい思えませんね」

廊下に出ると、コーカーがわたしのほうをふり向いた。薄明かりが残っていて、そのにやにや笑いがかろうじて見分けられた。

「このあたりには、ずいぶんと抑圧的な正統主義者がいるんだな」と彼が指摘した。にやにや笑いを消しながら、こうつけ加える——「おかしな人種だよ、まったく。高慢と偏見だ。あの女は助けをほしがっている。どうしても助けが必要だと自分でもわかっているのに、絶対に認めようとしない」

彼は開いているドアの前で立ち止まった。いまは暗くなりすぎていて、部屋のなかのものは見分けがつかなかったが、先ほど前を通りかかったときには、まだ明かりが残っていたので、男性用の寝室だとわかっていた。

「ここの連中とちょっとおしゃべりして行くよ。またあとでな」

わたしは、彼がぶらりと部屋へはいって、「よう、相棒！　調子はどうだい？」と陽気な声でひとまとめに挨拶するのを見ていたが、そのうちひとりで食堂へ引きかえした。

食堂の明かりは、一台のテーブルの上に寄せてある三本の蠟燭から来るものだけだった。そのすぐそばで、ひとりの若い女性が、ひどくいらだたしげに繕《つくろ》い物をにらんでいた。

「こんばんは」彼女がいった。「ひどいものね。むかしは暗くなったあと、いったいどうやって仕事をしてたのかしら?」

「そんなにむかしでもない」と、わたし。「未来だって過去と同じになる――蠟燭の作り方を教えてくれる者がいればだが」

「きっとそうね」彼女は顔をあげて、わたしをしげしげと見た。「あなたは今日ロンドンから来た人でしょう?」

「そうだよ」わたしは認めた。

「いまあそこは、ひどいことになってるの?」

「おしまいだな」

「あそこで身の毛のよだつようなものを見たんでしょうね」

「見たよ」わたしはそっけなくいった。「きみは、いつからここにいるんだい?」

それ以上せっつかなくても、彼女はことのあらましを説明してくれた。

コーカーの大学の建物への襲撃で、目の見える者は――五、六人を除いて――全員がつかまった。彼女とミス・デュラントは、見落とされたうちのふたりだった。つぎの日のうちに、ミス・デュラントがけっして有能とはいえない責任者となった。ただちに出発しようとしても無理だった。まがりなりにもトラックを運転したことのある者が、ひとりしかいなかったからだ。その日と、翌日の夕方まで、ふたりとそのグループの関係は、ハムステッドにいたわたしとわたしの班との関係と似たようなものだった。しかし、二日目の夕暮れどきにマイクル・ビードリーと、ほかにふたりがもどってきて、夜になってからはさらに数人がぽつぽつと帰ってきた。そのつぎの日の正午には、トラックを運転できる者が十人あまりにのぼった。ほかの者たちがもっと帰ってくる見こみに賭けて待つよりは、ただちに出ていくほうがいい、と彼らは判断した。

ティンシャム荘がとりあえずの目的地に選ばれたのは、こぢんまりとしていて隔離された場所として大佐に心当たりがあったという以外に理由はなかった。それが彼らの求める要件のひとつだった。

それは水と油のような者たちの集団であり、リーダーたちもその事実をよく承知していた。ティンシャム荘に到着した翌日、前回よりも小規模だが、大学の建物で開かれたのと似ていなくもない集会が開かれた。マイクルとそのとり巻きたちは、やることがたくさんあるので、つまらない偏見や口論に囚《とら》われたグループをなだめるのにエネルギーを無駄にするつもりは毛頭《もうとう》ないと言明した。全体の仕事が大きすぎて、そんなことにかまっていられないし、時間はあまりにもさし迫っている、と。その点には、フローレンス・デュラントも同意した。世界に起きたことは充分な警告です。どうしたら人は、自分たちを生きのびさせてくれた奇跡にこれほど目をふさいで感謝もせずにいられるどころか、この百年にわたりキリスト教信仰の土台を掘りくずしてきた破壊的理論を存続させようと考えるのか、わたしにはまったく理解できません。わたしはといえば、神の法を守ることで神への感謝を示すのを恥ずかしいと思わない人たちの素朴な信仰を、絶えず誤った道へ進ませようとする一派のいる共同体には住みたいと思いません。事態が深刻なことぐらいはわかっています。正しい道は、神のあたえたもうた警告に充分に注意を払い、いますぐ神の教えに立ちかえることなのです。

両派の分裂は、はっきりと決着がついたものの、ひどく不釣り合いなものとなった。ミス・デュラントは、自分の支持者は五人の目の見える若い女性、十人あまりの目の見えない若い女性、やはり目の見えない数人の中年男女から成っており、目の見える男性は老若《ろうにゃく》を問わず、ひとりもいないことを知った。こうなってみると、ここから移動しなければならない派閥《はばつ》は、マイクル・ビードリー側であることに疑問の余地はなかった。荷物はトラックに積んだままだったので、彼らが足止めされる理由はなく、午後の早いうちに出発して、ミス・デュラントとその追随者たちを、彼らの主義にしたがって沈むか泳ぐかにまかせたのだった。

そのときまでは、館とその周辺になにがあるかを調べる機会はなかった。屋敷の主な部分は閉鎖されていたが、使用人の区画には最近まで人が住んでいた形跡があった。そのあと菜園を調べたところ、そこの世話をしていた者たちの身に起きたことは、かなりはっきりとわかってきた。ひとりの男、ひとりの女、ひとりの少女の死体が、落ちた果実が散らばるなか、くっつき合うようにして横たわっていたのだ。その近くでは二体のトリフィドが、土中に根をおろして辛抱強く待っていた。地所の突き当たりにあるモデル農場のそばでも事情は似たようなものだった。そのトリフィドたちが開いている門を抜けて構内へはいりこんできたのか、それとも剪定《せんてい》していない個体が最初からそこにいて、そいつらが逃げだしたのかは判然としなかったが、これ以上の損害が出ないうちに、さっさと始末しなければならない脅威にはちがいなかった。ミス・デュラントは目の見える娘をひとり、塀《へい》にそって一巡させ、ドアや門をひとつ残らず閉めさせるいっぽう、自分は銃器室へ押し入った。銃をあつかった経験はなかったものの、彼女ともうひとりの若い女性が、見つけたトリフィドの頂部を片っ端から吹き飛ばすことに成功し、その数は二十六にのぼった。敷地内にそれ以上のトリフィドは見当たらなかったので、ここはもう安全だという希望的観測がなされた。

その翌日、村を調べると、かなりの数のトリフィドがいることが判明した。生き残っている住民は、家に閉じこもって、たくわえていた食料で露命《ろめい》をつないでいられた者か、ちょっとのあいだ食料を漁《あさ》りに出たとき、運よくトリフィドに出会わずにすんだ者のどちらかだった。見つかった者は、全員が集められて、ティンシャム荘へ連れてこられた。彼らは健康で、大部分はたくましかったが、とにかく当面は、助けになるよりはお荷物になった。というのも、目の見える者がひとりもいなかったからだ。

その日のうちに、さらに四人の若い女性がやってきた。ふたりは荷物を積んだトラックを交代に運転してきて、盲目の若い女性をひとり連れていた。もうひとりの女性は、ひとりで車に乗ってきた。彼女はひととおり見たあと、ここの組織には魅力がないといい放って、先へ進んでいった。つづく数日にわたり続々とやってきた数人のうち、残ったのはふたりだけだった。やってきた者のうち、ふたりを除けば全員が女性だった。男性の大部分は、目の見えない者たちをあっさり見捨てるようにして、コーカーに割り当てられたグループから抜け、その大半は出発前に帰ってきて、元の隊に加わったようだった。

ジョゼラについて、その娘からはなにも得られなかった。その名前を前に聞いたことがないのは歴然としていたし、彼女のことをいろいろと説明しても、なんの記憶もよみがえらなかった。

わたしたちがまだ話しているうちに、部屋の電灯がいきなり灯《とも》った。娘は啓示を受けたかのように畏敬《いけい》の表情を浮かべて電灯を見あげた。蠟燭を吹き消しはしたが、繕い物をつづけながらも、まだ電気がついているのをたしかめるかのように、ときおり電球を見あげるのだった。
二、三分後、コーカーがぶらりとやってきた。
「きみがやったんだろう?」と電灯に顎をしゃくりながらわたし。

「そうだよ」彼は認めた。「自家発電機があったんだ。石油を蒸発させるくらいなら、使いきっちまったほうがましだ」

「それって、あたしたちがここにいるあいだ、ずっと電灯がついたかもしれないってこと?」と若い女性が尋ねた。

「エンジンをかける手間さえ惜《お》しまなければね」と彼女を見ながらコーカー。「明かりがほしいなら、どうしてエンジンをかけようとしなかったんだ?」

「発電機があったなんて知らなかったもの。おまけに、エンジンや電気のことはなにも知らないし」

コーカーは考えこむように彼女を見つめた。

「それなら、きみは暗闇のなかで坐っていただけなんだな」と彼がいった。「いろいろなことをしなきゃいけないのに、暗闇のなかでただ坐りつづけていて、いつまで生きのびられると思うんだ?」

彼女はコーカーの口調に気を悪くした。

「そういうものが得意じゃなくても、あたしのせいじゃないわ」

「そこんところで、おれは意見がちがうんだ」コーカーは彼女に告げた。「そいつはきみのせいっていうだけじゃない――自分からそうなったんだ。その上、自分は精神的な人間だから、機械的なものなんか理解できないって考えて見栄《みえ》を張ることでもある。それは了見《りょうけん》が狭いし、ひどく愚かな虚栄心の表れだ。だれだって、なにひとつ知らないところからスタートする――でも、神は男に――いや、女にさえ――物事を理解するための頭脳をあたえてくれた。それを使わないのは、誉《ほ》められる美徳じゃない。いくら女だからって、それは嘆《なげ》くべき欠点なんだ」

無理もないが、彼女はいらいらしているようだった。コーカー自身も、はいってきたときからいらいらしているようだった。彼女がいった――

「ご説ごもっともだけど、ちがう人の頭はちがう働き方をするものよ。男の人は、機械や電気の仕組みを理解する。女の人は、ふつうそういうものにあまり興味を示さないだけ」

「神話と見栄のごた混ぜを押しつけないでくれ。おれは受けつけないからな」とコーカー。

「女だって、理解する手間さえかければ、どんなに複雑で繊細《せんさい》な機械だろうとあつかえるし、げんにあつかっている――いや、あつかってきた――それはきみだって百も承知だろう。たいていの場合、女が面倒くさがって、やむにやまれないかぎり、その手間をかけないだけの話だ。無力だと訴えれば、女らしい美徳として通用し――しかも、その仕事をだれかほかの人間にまかせればいいとなったら、わざわざ手間をかけるばかがどこにいる？　ふつうは、そんなことをいい立てても仕方がないってことになってる。じっさい、そういう態度がよしとされてきたんだ。男はかわいそうな女房の掃除機をせっせと修理したり、飛んだヒューズをてきぱきと交換したりして、その伝統を守ってきた。その見え透いた嘘は、男にも女にも受け容《い》れられてきた。実用的で力強い男が、繊細な精神を持ち、人に頼るのも魅力のひとつである女を補《おぎな》うってわけだ――で、自分の手を汚《よご》すのは、まぬけな男のほうなのさ」

いまや話が止まらなくなり、彼はそのまま突き進んだ――

「これまでは、そういった精神的な怠惰《たいだ》と寄生を面白がるだけの余裕があった。男女平等について何世代も議論されてきたにもかかわらず、女にとって依存性は大きすぎるほどの既得権益で、それを捨てるなんて夢にも思わなかった。女たちは状況を変えるために必要最小限の修正はしてきたが、つねに最小限だった――しかも、それをいうなら渋々《しぶしぶ》とだ」いったん言葉を切り、「嘘だと思うか？　じゃあ、この事実を考えてみろ。つまり、生意気な小娘も知性豊かな女性も、それぞれちがったやり方で繊細な感受性とかいうごまかしの手を使ってきたが――戦争がはじまって、社会的な義務やら制裁やらがつきものになると、どっちも訓練を積めば有能な技術者になれたじゃないか」

「その人たちは優秀な技術者じゃなかった」彼女がいった。「みんなそういうわ」

「やあ、防衛機構が働きだしたな。そういうことにしておけば、たいていの者が得をしたといっとこう。にもかかわらず、ある程度まで、それは真実だった」と彼はいったん認めた。

「なぜかって？ ほぼ全員が大急ぎで、ちゃんとした下地もなしに学ばなければならなかったばかりか、技術に対する興味は自分たちには異質なものであり、自分たちの繊細な性質には粗野《そや》すぎるものだと思いこむ習性、長年にわたって慎重に育《はぐ》んできた習性を頭から追い出す必要もあったからだ」

「なんであなたがやってきて、そんなお説教をあたしにしなくちゃいけないのか、わからないわ」と彼女がいった。「そのおんぼろエンジンをかけなかったのは、あたしひとりじゃないんだから」

コーカーはにやりとした。

「まったくそのとおりだ。不公平な話だよ。おれがこんな話をはじめたのは、エンジンを動かす用意があるのに、だれもそうしなかったとわかったからだ。愚《おろ》かなやつが役に立つものを無駄にしてるのを見ると、おれは腹が立つんだ」

「だったら、あたしじゃなくて、ミス・デュラントにいえばいいんじゃないかしら」

「心配ない、そうするから。でも、こいつは彼女だけの問題じゃない。きみの問題でもあり――ほかのみんなの問題でもある。本気でいってるんだぜ。時代は大きく変わっちまったんだ。きみはもう『ねえ、あなた、あたし、こういうものはわからないの』といって、ほかのだれかに肩代わりしてもらうわけにはいかない。いまじゃもう、無知と無邪気《むじゃき》を混同するほどまぬけではいられない——ことが大きすぎるんだ。それに無知でいることは、もうかわいくもおかしくもない。それは危険に、たいへんな危険になるんだ。ここにいるおれたち全員が、前は興味のなかったいろいろなことを、できるだけ早く理解できるようにならないかぎり、おれたちも、おれたちに頼っている者たちも、この運命を生きのびられないだろう」

「なんであなたの女性蔑視《べっし》をあたしにぶちまけなきゃいけないの——たかが薄汚い、おんぼろエンジン一台のことじゃない」と彼女が不機嫌そうな声でいった。

コーカーは天を仰いだ。

「いやはや！　おれが説明していたのは、使う手間をかけさえすれば、女にはない能力なんてものはないってことなんだぞ」

「あたしたちを寄生虫だといったわ。そんなことをいうのは失礼よ」

「おれは礼儀正しいところを見せようとしてるんじゃない。それに、おれがいったのは、消えちまった世界では、女は寄生して生きる役割を演じて既得権益を得ていたってことだ」

「たまたまあたしが臭くてうるさいエンジンのことを知らないからって、それだけのことをいうのね」

「おいおい！」とコーカー。「そのエンジンのことは、ちょっとわきに置いといてくれないか」

「じゃあ、どうして――?」

「エンジンは、たまたまシンボルになっただけだ。大事なのは、おれたちみんなが好きなものだけじゃなく、共同体を運営し、維持していくことについてできるだけたくさん学ばなきゃいけないってことだ。男は投票用紙に記入して、その仕事をだれかほかの者にまかせるだけではすまなくなる。女のほうも、だれか男を説《と》き伏せて、自分を養《やしな》わせ、無責任に赤ん坊を産んで、教育はほかのだれかにまかせればいい立場を得さえすれば、社会的義務を果たしたとは、もう思われなくなるだろう」

「ねえ、それがエンジンとどう関係するの……」

「いいかい」コーカーが辛抱強くいった。「きみに赤ん坊ができたら、野蛮人に育ってほしいかい、それとも文明人に育ってほしいかい?」

「もちろん、文明人よ」

「そうか、それなら、きみは赤ん坊がそうなれるよう、文明的な環境をあたえてやらなくちゃいけない。その子の学ぶ規範は、おれたちから学ぶものになる。その子に最高のものをあたえるためには、おれたちみんながてきるだけ多くを理解し、できるだけ知的に生きなけりゃならない。そいつはだれにとってもつらい仕事だし、もっと考えなきゃいけないってことだ。条件が変われば、物の見方も変わらなきゃいけないんだ」

若い女性は繕い物をかき集めた。すこしのあいだ、コーカーを非難するように眺め、

「そういう考えなら、あなたにはミスター・ビードリーのグループのほうがお似合いだと思

うわ」といった。「ここにいるあたしたちは、物の見方を変えるつもりはないし――原則を捨てるつもりもないの。だから、あっちのグループと分かれたのよ。そういうわけで、もし慎《つつし》み深くて尊敬できる人々のやり方が、あなたにはしっくりこないというなら、よそへ行ったほうがいいと思う」そして鼻であしらうときとそっくりの音を立てて、部屋を出ていった。

コーカーは彼女のうしろ姿を見送った。ドアが閉まると、魚市場《うおいちば》の兄ちゃん顔負けの流暢《りゅうちょう》な調子で自分の感情をぶちまけた。わたしは笑い声をあげた。

「なにを期待してたんだ？　きみは意気揚々《ようよう》とはいってきて、まるであの娘が義務を怠《おこた》っている人間の代表であるかのように――それどころか、西欧の社会制度全体に責任があるかのようにまくしたてる。それでいて、彼女が気を悪くすると驚くんだ」

「あの娘だって、ものの道理くらいはわかると期待したっていいだろう」と彼はつぶやいた。

「なぜそう思うのか、ぼくには理由がわからない。たいていの人間は道理を見ない――慣習のほうを見るんだ。彼女はなにが正しくて、なにが上品か、いままで訓練されてきた感情と衝突するような修正に対しては、それが道理にかなっていようといまいと、かならず反対するだろう――しかも、自分では、なにがあっても揺るがない人格の強さを発揮しているのだ、と心の底から信じているのだろう。きみはせっかちすぎるんだ。家を失ったばかりの男に幸福の理想郷を見せたって、そっちに考えを向けたりはしない。しばらく放っておけば、自分の家もここと似たようなもので、居心地がよかっただけだと考えはじめるものだ。あの娘も必要に迫られて、いずれは順応するようになる――そして自分が順応したことを断固として否定しつづけるだろう」

「いい換えれば、その場しのぎってことだ。計画を立てようとするなってのか？――それじゃあ、大きなことはできない」

「そこでリーダーシップってものが登場する。リーダーは計画を立てるが、それを口にしないだけの分別がある。変化が必要になれば、リーダーは状況に対する譲歩――もちろん、一時的なもの――として計画をこっそり持ちこむが、優秀であれば、最終的な形をうまい具合にバラして忍びこませるんだ。どんな計画にも大反対がつきものだが、緊急事態であれば譲歩しても仕方がないってことになる」

「おれにはマキャヴェリ主義者の言葉に聞こえるな。おれは狙いを定めて、まっすぐそれに向かうほうが好きだ」

「たいていの人間はそうじゃないんだ。たとえ、自分たちはそのほうが好きだと抗議するとしても。彼らはなだめすかされるか、うまい言葉で釣られるか、いっそのこと尻をたたかれるかするほうが好きなんだよ。それなら絶対に過《あやま》ちを犯さない。過ちがあるとすれば、いつもほかのなにかか、だれかのせいなんだ。目的に向かって猪突《ちょとつ》猛進するのは機械的なものの見方で、たいていの人間は機械じゃない。彼らには彼らなりの心がある――たいていは農民の心で、見慣れた鋤跡《すきあと》のなかにいるときが、いちばんくつろげるわけだ」

「その口ぶりじゃ、きみはビードリーが成功するとはあまり思ってないみたいに聞こえるぜ。あいつは計画のかたまりだ」

「彼はいろいろと苦労するだろう。でも、彼のグループは選択をした。ここの連中は消極的だ」と、わたしは指摘した。「ここにいるのは、どんな計画にも反感をいだくからにすぎない」いったん言葉を切り、それからこうつけ加える——「あの娘も、ひとつの点では正しかったよ。きみはビードリーのグループといっしょのほうがいい。きみが自分の流儀でここの連中をあつかおうとしたら、どういう反応が返ってくるか、あの娘が身をもって示してくれたわけだ。羊の群れを一直線に市場へ追い立てることはできないが、市場へ連れていく方法はひとつじゃないんだ」

「今夜は珍しく冷笑的じゃないか。おまけにたとえ話が多いし」とコーカー。

わたしはそれに異議を唱えた。

「羊飼いが自分の羊のあつかい方に気づくのは冷笑的じゃないさ」

「人間を羊とみなすんだったら、そう考える人間がいても不思議じゃない」

「でも、人間を遠隔思考操作のできる機械の集まりとみなすよりは冷笑的じゃないし、報いもはるかに大きい」

「ふーむ」コーカーがいった。「その言葉が暗《あん》に意味するものをじっくり考えさせてもらうよ」

## 11　……そしてさらに先へ

つぎの朝、わたしは漫然《まんぜん》と過ごした。あたりを見まわし、あちこちで人に手を貸したり、たくさんの質問をしたりした。

その前夜はみじめなものだった。横になるまで、ティンシャムでならジョゼラが見つかるだろうと、自分がどこまで当てにしていたのか、本当には理解していなかったのだ。その日の旅で疲れきっていたのに、わたしは眠れなかった。立ち往生して、見通しが立たない気分で、暗闇のなか、目をさましたまま横たわっていた。彼女とビードリーの一党がここにいるとばかり思っていたので、彼らに合流する以外の計画を立てる理由がなかったのだ。いまはじめて思い浮かんだのだが、たとえビードリーの一党に追いつけたとしても、彼女は見つからないかもしれない。ジョゼラがウェストミンスター地区を離れたのは、わたしが彼女を探してそこへ着いた直前のことだろうから、どのみち本隊からはかなり遅れているにちがいない。わたしがするべきなのは、いうまでもなく、この二日のうちにティンシャムに着いた者たちに片っ端から質問してまわることなのだ。

とりあえず、彼女がこの道を来たと仮定しなければならない。それが唯一の出発点だ。とすれば、彼女が大学の建物へもどり、チョークで書かれた住所を見つけたと仮定することにもなる――とはいえ、そこへは行かずに、なにもかもに嫌気《いやけ》がさして、悪臭を放つ場所となったロンドンから出る最短ルートをとったとしても不思議はないのだ。

わたしがどうしても認めたくなかったのは、その正体がなんであれ、わたしたちのグループを両方とも壊滅《かいめつ》させた病気にジョゼラもかかったという考えだった。認めるしかなくなるまで、その可能性は考えないようにした。

日付が変わったあとまで眠れずに冴《さ》えた頭でいるうちに、わたしはひとつの発見をした――ジョゼラを見つけたいという気持ちにくらべれば、ビードリーの一党に加わりたいという思いは、まったく二のつぎなのだ。ビードリーたちを見つけても、彼女がいっしょでなかったとしたら……まあ、当面は機会を待たなければならないが、あきらめるわけではない……。

目をさましたとき、コーカーのベッドはすでにもぬけの殻《から》だったので、午前中はもっぱら聞きこみに当てることにした。厄介だったのは、ティンシャムに気乗りがせず、そのまま去っていった者たちの名前を書きとめておこうとは、だれひとり思いつかなかったらしいことだった。ジョゼラの名前は、非難がましい気持ちで思いだしたほんの数人を除けば、だれにとっても聞き憶《おぼ》えのないものだった。彼女の人相を説明しても、細かな吟味《ぎんみ》に耐えられる記憶は引きだせなかった。濃紺《のうこん》のスキー・スーツを着た若い女性がいなかったのはたしかだ――それははっきりしたが、それをいうなら、彼女がいまだにそういう服装をしているという確信はまったくないのだ。わたしの質問攻めは、みんながわたしにうんざりし、わたしの欲求不満を高めるだけで終わった。わたしたちが到着する前日に来て去った若い女性がジョゼラであった可能性はかすかにあったが、彼女がそれほど薄い印象しか人の心に残さなかったとは——ひいき目だとしても——およそありそうになかった……。

コーカーは昼食どきになってふたたび姿を現した。敷地内をあまねく調べていたのだった。家畜と、そのうち目の見えないものを数えあげた。農場の設備と機械類を調査した。真水《まみず》の供給源を見つけた。人間と家畜双方の食料備蓄を確認した。盲目の娘のうち何人が破局の前から目が見えなかったのかを調べあげ、ほかの者たちを組分けして、彼女たちにできるかぎり訓練をほどこせるようにした。

彼は、男たちの大半が、牧師の悪気《わるぎ》ない保証のせいで意気消沈していることに気づいていた。つまり、彼らにも、役に立つことはたくさんできる。たとえば——あー——籠《かご》を編むとか——あー——編み物をするとかだ、と保証したのだ。コーカーはもっと有望な見通しを説《と》いて、そうした気分を追い散らせるよう最善をつくした。ミス・デュラントに出会ったので、盲目の女性たちが目の見える娘たちの仕事を肩代わりする方法をなんとかして考えださないと、十日とたたずなにもかもが崩壊するだろうし、盲目の人間がもっと加わりますようにという牧師の祈りが万が一かなえられたら、この場所はにっちもさっちも行かなくなるだろう、と彼女に告げた。彼はさらに進言を重ね、ただちに食料の備蓄をはじめなければならないこと、盲目の男たちが役に立つ仕事ができるよう、いろいろな仕組みを作りはじめなければならないことをいいたてたが、途中で彼女に言葉を遮《さえぎ》られた。彼女は本人が認めるよりも大いに苦慮しているのだとわかったが、ビードリー一派との関係を断つにいたった決心のせいで、彼に感謝するどころか、逆に怒りをぶつけることになった。自分の得た情報に基づけば、あなたも、あなたの見解もこの共同体と調和しそうにない、と彼に告げて彼女は話を打ち切った。

「あの女の困ったところは、ボスになりたがるところだ」と彼はいった。「生まれつきなんだな——高尚な原理原則とはまるっきり無縁の」

「口が悪いな」と、わたし。「きみがいいたいのは、彼女の原理原則は非の打ちどころがないので、あらゆることが彼女の責任になり——したがって、ほかの者を導くのが彼女の務めになるってことだろう」

「似たようなもんさ」

「でも、このほうがずっと人聞きがいい」と、わたしは指摘した。

彼はちょっとのあいだ考えこんだ。

「いますぐこの場所を組織化する仕事にとりかからないと、あの女はここを滅茶苦茶にしちまうぞ。あんたは、ひととおり見てみたか?」

わたしは首をふった。午前中をどうやって過ごしたか、話して聞かせる。

「たいしたことは聞きだせなかったようだな。で、どうするんだ?」

「マイクル・ビードリーのグループを追いかけるよ」わたしは彼に告げた。

「で、彼女がいっしょじゃなかったら?」

「さしあたり、彼女がいっしょだと思うしかない。いっしょにいるにちがいないんだ。ほかのどこにいるっていうんだ？」

コーカーはなにかいいかけたが、思いとどまった。それから言葉をつづけた——

「あんたといっしょに行くよ。いろいろ考えあわせると、あの連中がおれを見つけたら、この連中より喜びそうにはないが——償《つぐな》いはできる。おれはひとつのグループがバラバラになるのを見たし、このグループもそうなるのは目に見えてる——もっとゆっくりとだろうし、ひょっとしたら、もっとひどいことになるかもしれんが。おかしな話じゃないか？　いま、このあたりじゃ、慎《つつし》み深くあろうとする態度が、いちばん危険らしいんだから。目の見えない人間が相当な割合なのにもかかわらず、この場所ならやっていけるんだから、もったいない話さ。必要なものは、なんでも近くに転がっていて、手にとればいいだけだし、まだしばらくはこのままだろう。必要なのは組織化する仕事だけだ」

「それには、自分から組織化されたいと思わないとな」と、わたし。

「それもそうだ」と彼は同意した。「とにかく、厄介なのは、これだけのことが起きたっていうのに、あの連中はまだピンと来てないってことなんだ。あいつらは仕事にかかりたくないんだ——仕事にかかれば、事態が決定的になるからな。それに頭の片隅じゃ、みんな、ここは仮住まいで、いまはじっと我慢して、なにかを待っている気でいるんだよ」

「たしかに——でも、驚くようなことじゃない」わたしは認めた。「ぼくたちだって納得するにはずいぶんとかかったし、ぼくたちが見たものを彼らは見ていない。それに田舎《いなか》にいると、どういうわけか、事態はそれほど決定的でもなく――それほどさし迫っているように思えないものさ」

「まあ、生きのびるとしたら、そのうちあいつらも、否《いや》が応《おう》でも理解しはじめるだろう」とコーカーが、もういちどホールを見まわしながらいった。「あいつらを助けに来る奇跡は起きないんだから」

「時間をやれよ。あの人たちにもわかるさ、ぼくたちが理解したように。きみはいつもせっかちすぎるんだ。時はもう金《かね》じゃないんだよ」

「金はもう重要じゃない。でも、時は重要だ。連中は収穫のことを考えて、小麦粉を挽《ひ》く製粉機を整備したり、冬にそなえて家畜用の飼料をたくわえていなきゃいけないんだ」

わたしはかぶりをふった。

「一刻を争うってわけじゃないさ、コーカー。町には小麦粉のたくわえが山ほどあるにちがいないし、どうやら、それを使う者はほんのわずからしい。当分のあいだは備蓄で食いつなげる。まず手をつけなきゃいけないのは、目の見えない連中に仕事のやり方を教えて、万全の用意をしておくことだ」

「そうはいっても、なにか手を打たないかぎり、ここにいる目の見える連中は参っちまうぞ。ひとりかふたりそうなっただけで、この場所はシッチャカメッチャカになっちまう」

その点は、わたしも認めないわけにはいかなかった。

午後も遅くなったころ、ようやくミス・デュラントをつかまえた。マイクル・ビードリーとその一党の行き先を知っているか、あるいは気にかけている者はいないようだったが、彼らがあとを追ってくる者たちのために、なにか指示を残していかなかったとは、とうてい信じられなかったのだ。ミス・デュラントはいい顔をしなかった。最初は教えるのを断りそうだった。わたしが言外《げんがい》に別のグループを選ぶといっているという理由だけではなかった。たとえ気が合わないとはいえ、五体満足の男がいなくなるのは、この状況では深刻な損失だったからだ。にもかかわらず、彼女はわたしにとどまってくれと頼んで弱みを見せるのを拒《こば》むほうを選んだ。とうとう彼女はそっけなくいった——

「ドーセット州のビーミンスター近くのどこかをめざすといっていました。それ以上のことはわかりません」

わたしはコーカーのもとへもどって、その話をした。彼は周囲を見まわした。それからすこし名残惜《なごりお》しそうに首をふった。

「わかった。明日このゴミ溜《だ》めから出ていこう」

「開拓者みたいな口ぶりだな」と、わたしは彼にいった。「——とにかく、イギリス紳士よりは開拓者みたいだ」

＊

翌朝の九時には、すでに十二マイルほど進んでいた。わたしたちは前と同じように、トラック二台に分乗していた。もっと手軽な車に乗り換えて、トラックはティンシャムの人たちのために残したほうがいいのではないかという問題があったが、わたしは自分のトラックを捨てるのは気が進まなかった。積み荷は自分の手で集めたものだし、なにがそろっているのか知っていたからだ。マイクル・ビードリーがあれほど難色を示したトリフィド退治の道具のはいったケースを別にすれば、最後に積んだ荷に関しては探す範囲を多少は広げて集めていたし、大きな街でなければ見つかりにくそうだという点を考慮して品物を選んでいた。たとえば、小型の照明セット、数台のポンプ、上等な工具箱などだ。こうしたものは、すべてあとでも手にはいるだろうが、どんな大きさの街にも近づかないほうがよくなる時期が来るだろう。ティンシャムの人々には、疫病の兆候がまだない街から生活用品をとって来る手段がある。トラック二台分の積み荷ぐらいたいしたちがいにならないだろう。したがって、けっきょくのところ、わたしたちは来たときのまま出発した。

天気はあいかわらずよかった。大部分の村では不愉快になっていた腐臭《ふしゅう》も、標高の高いところでは、さわやかな空気にまだ交じっていなかった。野原や路傍《ろぼう》にじっと動かないでいる人影を稀《まれ》に見かけたが、ロンドンでの場合とまったく同じように、彼らにとって真っ先に働いた本能は、なんらかの避難所へ身を隠すことであったらしい。大半の村の通りはがらんとしていたし、その周辺の田園地帯は、まるで人類と家畜の大部分が神隠しにあったかのように寒々《さむざむ》としていた。やがてわたしたちは、スティープル・ハニーに行き当たった。

丘をくだるあいだ、道からスティープル・ハニーの全景が見渡せた。それは、きらきら輝く小川を弓なりにまたいでいる石橋の向こう側でひとかたまりになっていた。眠たげに見える教会を中心に、のろで白く塗られた農家が周縁に点々と散らばっている閑静《かんせい》な小村だ。まるでその藁葺《わらぶ》き屋根の下の静かな暮らしを乱すことは、百年以上にわたって起きなかったかのようだった。しかし、ほかの村々と同じように、いまは動くものもなく、煙もあがっていなかった。とそのとき、丘をなかばまでくだったところで、ひとつの動きがわたしの目を捉えた。

左手、橋の向こう側に一軒の家が、道路に対してわずかに斜めに建っていた。したがって、わたしたちのほうからも斜めに見えていた。その壁の腕木《うでぎ》から宿屋の看板がぶらさがっていて、そのすぐ上の窓から、なにか白いものがふられていた。近づくにつれ、窓から身を乗りだした男が、タオルを必死にふりまわしているのだとわかった。男は目が見えないのだろう、とわたしは判断した。そうでなければ、道路へ出てきて、わたしたちを遮ろうとしたはずだからだ。病人にしては、タオルのふり方が元気すぎた。

わたしは後続のコーカーに合図し、橋を渡りおえたところで車を路肩《ろかた》に寄せた。窓辺の男がタオルを落とした。彼はなにごとか叫んだが、エンジンの音にかき消されて聞こえなかった。と、男が姿を消した。わたしたちは、ふたりともエンジンを切った。あたりが静まりかえったので、家のなかで木製の階段をおりてくる男のドシンドシンという足音が聞きとれた。ドアが開き、男が両手を突きだして出てきた。とそのとき、なにかが稲妻のように左手の生け垣から彼に襲いかかって、したたかに打った。男はかん高い悲鳴をひとつだけあげ、その場にくずおれた。

わたしは散弾銃を手にして、運転台からおりた。すこしだけ体をまわすと、茂みの陰に潜《ひそ》んでいるトリフィドが見分けられた。それから、そいつの頂部を吹っ飛ばした。

コーカーもトラックからおりて、わたしのすぐ隣に立っていた。地面に転がっている男を見てから、刺毛《しもう》を吹き飛ばされたトリフィドを見て、

「いまのは――ちくしょう、あいつがあの男を待ち伏せしていたわけないよな」といった。

「たまたまそうなったにちがいない……。あの男があのドアから出てくるなんて、知っていたわけがない……。つまり、そんなことありっこない――ありっこないだろう？」

「いや、あるかもしれない。いまのは相当に手際《てぎわ》のいい仕事だった」と、わたし。

コーカーが不安げな目をわたしに向けた。

「忌々《いまいま》しいほど手際がよかった。あんた、まさか本気で……」

「なぜか人は、トリフィドのことを本気で考えようとしない」と、わたしはいって、こうつけ加えた――「この辺にもっといるかもしれないぞ」

わたしたちは近くの生け垣に注意深く目を配《くば》ったが、ひとつも見つからなかった。

「一杯やりたいところだな」とコーカーがいいだした。

カウンターの上のほこりを除けば、宿屋の小さな酒場はふだんどおりに見えた。わたしたちは、めいめいウイスキーを一杯注《つ》いだ。コーカーは自分の分をひと息にあおった。心配そうな眼差しをわたしに向け、

「あれは気に入らない。心の底から気に入らない。あんたは、たいていの人よりあのろくでもない連中のことをくわしく知ってるはずだよな、ビル。あいつは——つまり、あいつはたまたまあそこにいただけに決まってるよな」

「ぼくが思うに——」わたしはいいかけた。そこで言葉を切り、外で鳴っている断続的な太《たい》鼓《こ》のような音に耳をすます。窓辺まで歩いていって、窓をあけた。そして、すでに頭を吹き飛ばされているトリフィドにもう一発くらわせた。こんどは幹《みき》のすぐ上に。太鼓のような音がやんだ。

「トリフィドで厄介なのは」ふたりでお代わりを注ぎながら、わたしはいった。「主にわれわれが連中のことを知らないってことだ」わたしはウォルターのいっていた説をひとつかふたつ話して聞かせた。コーカーはぎょっとした。

「例のカタカタいう音を立てるとき、あいつらが『しゃべってる』って本気でいうんじゃないだろうな?」

「本気かどうか、まだわからないんだ」と、わたしは認めた。「あれがなにかの信号なのはたしかだ、そこまではいえる。でも、ウォルターは本当に『しゃべっている』と考えていた——しかも、ぼくの知るほかのだれよりも、彼は連中についてくわしかった」

わたしは使用済みの薬莢《やっきょう》ふたつを排出し、弾《たま》をこめ直した。

「で、そいつはトリフィドのほうが目の見えない人間に勝《まさ》るって本当にいったのか？」

「何年も前に、そういったんだ」と、わたしは指摘した。

「それにしても――おかしな偶然の一致だな」

「あいかわらず、せっかちだな」と、わたし。「たっぷりと時間と手間をかけさえすれば、どんな運命の一撃もおかしな偶然の一致のように見えてくるさ」

わたしたちは酒を飲みほすと、出ていこうと向きを変えた。コーカーが窓の外にちらっと視線を走らせる。と、彼はわたしの腕をつかみ、指さした。二体のトリフィドが、ゆらゆらと角《かど》をまわってきており、最初のトリフィドの隠れ処《が》だった生け垣へ向かっているところだった。そいつらが立ち止まるまで待ち、わたしは両方の頭を吹っ飛ばした。わたしたちは、トリフィドがどこに潜んでいても射程距離外になる窓から出て、周囲に注意深く目を配りながらトラックに近づいた。

「いまのも偶然の一致だったのか？　それとも、仲間の身になにが起きたのか、調べにきたところだったのか？」とコーカーが尋ねた。

わたしたちは村を出て、田園地帯を横切る小さな道を走った。それまでの道中で目にしたよりも多くのトリフィドが、いまではあたりにいるように思われた――それとも、わたしがトリフィドのことを前より意識するようになったからだろうか？　これまではもっぱら本道をたどっていたので、出会う数がすくなかったのかもしれない。わたしは経験から、連中が固い地面を避ける傾向にあるのを知っていたし、ひょっとしたら、やつらの肢《あし》のような根にとって不快なのかもしれないと考えていた。そのうち、目にする数が本当に増えているのだと確信しはじめ、連中はわれわれにまったくの無関心ではないという考えが浮かぶようになった——もっとも、ときおり野原を横切って近づいてくる連中が、たまたまわたしたちの方向へやって来ているのにすぎないのかどうかは、たしかめようがなかったのだが。

もっときわどい出来事は、わたしが通りかかった生け垣から、一体がバシッと打ちかかってきたときに起こった。さいわい、そいつは動いている車を狙うのが下手だった。襲いかかるのが一瞬早すぎたので、フロントガラスに毒液の小さな滴《しずく》を点々と残すだけに終わった。もういちど打ちかかる暇をあたえず、わたしはその前を通り過ぎた。しかし、それ以後は、暖かな陽気にもかかわらず、近い側の窓を閉じたまま運転した。

この一週間あまり、わたしは出会ったときにしかトリフィドに考えを向けてこなかった。ジョゼラの家で見たやつらも、ハムステッド・ヒースのそばでわたしたちのグループを襲った連中も、同じくらいわたしを悩ませたが、そのときはもっと急を要する気がかりがあった。だが、いま自分たちの旅をふり返り、ミス・デュラントが散弾銃でトリフィドを片づけるために行動を起こす前のティンシャムの状態、そしてわたしたちが通ってきた村々の状況を思い起こしてみると、住民が姿を消したことにトリフィドがどれくらい大きな役割を果たしたのだろう、という疑問が湧いてきた。

つぎの村ではゆっくりと車を走らせ、注意深く目を注《そそ》いだ。数軒の前庭に、明らかに何日も前から野ざらしになっている死体が転がっているのが見えた——そしてかならずといっていいほど、すぐそばにトリフィドの姿が認められた。まるでトリフィドが、待っているあいだに根をおろせる、やわらかな土のある場所でだけ彼らを待ち伏せしたかのようだった。家のドアが通りに向かってまっすぐ開いているような場所では、死体はめったに見なかったし、トリフィドは一体も見なかった。

　憶測すれば、大部分の村で起きたのはこういうことだろう——つまり、食料を求めて出てきた住民は、舗装された区域にいるあいだは比較的安全に移動できたが、そこを離れたとたん、あるいは庭の塀や柵《さく》の近くを通りかかっただけでも、うなりをあげて襲って来る刺毛の危険にさらされたのだ。打たれたときに悲鳴をあげた者もいるだろうし、彼らが帰ってこなかったとき、残った者たちはますます恐れをつのらせただろう。ときおり空腹に耐えかねて、また別の者が出ていっただろう。幸運にも帰ってこられた者もすこしはいたかもしれないが、大部分は迷子になり、行き倒れるか、トリフィドの射程距離にはいるまでさまよいつづけただろう。残された者たちは、ひょっとすると、なにが起きているのか察したかもしれない。庭があるところでは、刺毛がシュッとうなる音が聞こえ、家のなかで飢《う》え死にするか、出ていった者たちと同じ運命に見舞われるかのふたつにひとつだと知ったかもしれない。多くの者はその場にとどまり、けっして来ない助けを待つあいだ、手持ちの食料で露命《ろめい》をつないでいるのだろう。スティープル・ハニーの宿屋にいた男の苦境は、それに似たものであったにちがいない。

わたしたちが通り過ぎているほかの村々にも、孤立したグループがなんとか生きのびている家がまだありそうだと思うと、気分は沈んだ。その可能性はロンドンで直面したような問いをふたたび投げかけた——あらゆる文明の規範に照らして、人はそういう人たちを見つけ、なんとかしてやらなくてはいけないという気になる。そしてそれを試みても、前と同じように、なし崩《くず》しでだめになるとわかっているから、挫折感が生まれるのだ。

むかしながらの問い。世界でいちばんの善意をもってしても、苦しみを長引かせる以外に、人はなにができるのか？　またしばらくのあいだ良心をなだめて、努力の結果がまたしても無駄になるのを目にするだけではないか。

建物が倒壊しているさなかに、地震のあった地域へはいって行っても役に立たない、とわたしは自分にきっぱりといい聞かせなければならなかった——救助するのは揺れがおさまったあとでなければならない、と。だが、理性の声に心はしたがおうとしなかった。精神的な順応がいかにむずかしいかと強調した、例の老博士の言葉は正鵠《せいこく》を得ていたのだった……。

＊

トリフィドは予想外の規模で発生した厄介ごとだった。もちろん、わが社のプランテーション以外にも、おびただしい数の栽培場があった。そこではわが社のために、個人的な買い手のために、派生物を使用する多数の小売業者のためにトリフィドが育てられており、その大部分は、気候の関係で南部に位置していた。にもかかわらず、わたしたちがすでに見てきたものが、連中が自由の身となり、あちこちへ散らばった状況をよく表しているとしたら、トリフィドはわたしが思っていたよりもはるかに数が多かったにちがいない。成熟する個体が毎日増えていき、剪定《せんてい》された個体が着実に刺毛を再生しているかと思うと、心安まるどころではなかった……。

いちどは食事のため、もういちどは燃料補給のため、あと二回停《と》まっただけで、わたしたちは予想していたより早く進み、午後四時半ごろビーミンスターにはいった。町の中心へまっすぐに乗り入れたが、ビードリー一党の存在をうかがわせる形跡は、どこにもなかった。最初にちょっと見ただけだと、その場所は、その日すでに目にしていたほかの町と同じように生命の気配がなかった。わたしたちがはいっていったとき、目抜き通りはがらんとして人けがなく、二台のトラックが路肩《ろかた》に寄せてあるだけだった。わたしがそちらへ向かって二十ヤードほど車を進めたとき、ひとりの男がトラックの一台の裏から出てきて、ライフルをかまえた。わざとわたしの頭上を狙って発砲してから、銃口を下げた。

## 12　行き止まり

それは問答無用の警告だった。わたしは車を路肩《ろかた》に寄せた。
男は大柄《おおがら》で金髪だった。手慣れたようすでライフルをあつかっていた。狙いをつけたまま、頭を横へ二回ぐいっと動かした。わたしは、それを車からおりろという合図だと受けとった。そのとおりにして、からっぽの両手を見せた。駐《と》まっているトラックに近づいていくと、その陰から若い女性を連れたもうひとりの男が出てきた。コーカーの声が、わたしのうしろであがった——

「そのライフルをしまったほうがいいぜ、相棒。そっちは丸見えだ」

金髪の男の目がわたしの目から離れて、コーカーを探した。その気になれば、わたしはそのとき男に飛びかかれたが、代わりにこういった——

「彼のいうとおりだ。とにかく、争うつもりはない」

男はライフルをおろしたが、納得しきったわけではなさそうだった。コーカーが、わたしのトラックの陰から出てきた。わたしのトラックのおかげで、自分のトラックから出るところを見られずにすんだのだ。

「いったいどういうつもりだ？　共食いでもしようっていうのか？」とコーカーが尋ねた。

「あんたたち、ふたりだけか？」と二番目の男。

コーカーは彼に目をやり、

「なにを期待していたんだ？　会議でもあるのか？　そうだ、おれたちふたりだけだ」

三人組は目に見えて表情をゆるめた。金髪の男が説明した——

「あんたたちは都会から来たギャングかもしれないと思ったんだ。そいつらが食料を奪いに来るだろうと思っていたんだ」

「そうか」とコーカー。「だとすると、あんたらは最近どこの都会も見ていないんだな。心配ごとがそれだけだったら、忘れてかまわないぜ。ギャングとやらがいるにしても、ほかのことをやっているだろうよ――いまのところはな。じっさい――こういってよければ――あんたたちのやっているのと同じことをしてるのさ」

「そういう連中は来ないと思うのか？」

「絶対に来ないよ」コーカーは三人をしげしげと見て、「あんたたち、ビードリーの隊の者か？」

返事は説得力のあるぽかんとした表情だった。

「残念だ」とコーカー。「久しぶりの大当たりだと思ったのに」

「そのビードリーの隊ってのはなんなんだ？」と金髪の男が尋ねた。

運転台で何時間も陽射《ひざ》しを浴びつづけたあとなので、わたしはぐったりした気分で、喉が渇いていた。議論するなら通りのまんなかから、もっと快適な場所へ移らないか、と提案した。わたしたちは、ビスケットのケース、お茶の箱、片身のベーコン、砂糖の袋、塩のかたまり、その他もろもろが散らばる見慣れた光景のなかを通って彼らのトラックをまわりこみ、隣の小さな酒場へ移動した。一パイント瓶《びん》をあけながら、コーカーとわたしが自分たちのしてきたこと、知っていることを手短《てみじか》に話して聞かせた。つぎは彼らの番だった。

彼らは六人から成るグループのうち、活動的なほうの半分ということらしかった――残りは女性二名、男性一名で、根拠地として接収した家に常駐《じょうちゅう》しているという。

五月七日の火曜日正午ごろ、金髪の男とガール・フレンドは、彼の車で西へ向かっていた。コーンウォールで二週間の休暇を過ごしにいく途中で、愉快な旅を満喫していたのだが、それもクルーカーン近くのどこかで、二階建てバスが曲がり角《かど》から現れ出るまでの話だった。車はバスとまともに接触し、金髪の青年が最後に憶《おぼ》えているものは、断崖絶壁のように高くそびえたバスが、真上にのしかかってくる恐ろしい光景だった。

ベッドの上で目をさますと、わたしの場合と同じように、謎めいた静寂が周囲に垂れこめていた。ヒリヒリするのと、二、三の切り傷、そしてズキズキと痛む頭を別にすれば、悪いところはないようだった。彼によれば、いつまで待ってもだれもやって来ないので、自分のいる場所を調べ、住みこみの医者のいない小さな病院だと突き止めた。ある共同病室でガール・フレンドと、ほかにふたりの女性を見つけた。そのうちのひとりは意識があったが、片脚と片腕にギプスがはまっていて身動きができなかった。別の共同病室には男性が二名いた――そのうちのひとりが現在の相棒、もうひとりは脚の骨が折れていて、やはりギプスで固められていた。全部で十一人がその病院にいて、そのうちの八人は目が見えた。目の見えない者のうち、二名は寝たきりで重態だった。病院の職員は影も形もなかった。彼の経験は、はじめから、わたしの経験よりも困惑するものだった。彼らはその小さな病院にとどまり、無力な者たちのためにできることをしたり、なにが起きているのだろうと首をひねったり、だれかが助けに来てくれることを願っていたりした。目の見えないふたりの患者のどこが悪いのかも、どういう手当てをしたらいいのかも、さっぱりわからなかった。食事をあたえ、気を楽にしてやることしかできなかった。ふたりともつぎの日に亡くなった。ひとりの男が姿を消したが、出ていくところを見た者はいなかった。バスの転覆で怪我をして入院していたのは、地元の人間たちだった。ある程度まで回復すると、彼らは身寄りの者を探しに出ていった。総勢は六人まで減ったが、そのうちのふたりは手足の骨が折れたままだった。

このころになると、災禍《さいか》は相当に大規模で、すくなくとも当面は自活しなければならないことになると悟っていたが、全容を理解することからは依然としてほど遠かった。彼らは病院を出て、もっと便利な場所を見つけようと決めた。というのも、都会には目の見える人間がもっと大勢いて、秩序の崩壊が暴徒の横行を招いたはずだと想像したからだ。街の食料のたくわえがつきたら、そういう暴徒がやって来る、と彼らは毎日予想し、イナゴの大群のように田園地帯を進んでくる姿を思い描いていたのだった。したがって、彼らの主な関心は、籠城《ろうじょう》にそなえて食料を集めることにあった。

そういうことはまず起こりそうにない、とわたしたちが保証すると、彼らはすこしだけ気まずげに顔を見合わせた。

三人は奇妙なとり合わせだった。金髪の男は証券取引所の職員で、名はスティーヴン・ブレネルだとわかった。その連れは器量《きりよう》がよく、体格も立派な若い女性で、ときおり拗《す》ねる真似をしたが、人生がつぎになにを押しつけてこようと、本当には驚かないというタイプだった。彼女はつまみ食いするように職を転々としていた——ドレスのモデルを務め、ドレスを売り、映画のエキストラになり、ハリウッドへ行く機会を逃し、怪しげなクラブのホステスになり、こうした活動を補《おぎな》うために、向こうから飛びこんでくるほかの仕事に手を出していた――コーンウォールで過ごすはずだった休暇というのも、そういう仕事のひとつらしかった。彼女は、アメリカには深刻な事態は起きるはずがなく、アメリカ人がやってきて、なにもかも元にもどしてくれるまで、しばらく持ちこたえるだけだと固く信じこんでいた。この災厄が訪れて以来、わたしが出会ったうちで、もっとも心配していない人物だった。ただし、ごく稀《まれ》に、アメリカ人が早くやってきて、明るい光をまた灯《とも》してほしいものだと、すこしだけじれったがることもあった。

三人目は色の浅黒い青年で、ひとつの恨《うら》みをいだいていた。彼は懸命に働き、懸命に貯金して、自分の小さなラジオ販売店を開業していたのだ。そして彼には野心があった。「フォードを見ろ」彼はわたしたちにいった。「ナフィールド卿を見ろ――ぼくのラジオの店とたいして変わらない大きさの自転車屋からはじめて、どこまで行ったと思う！　ぼくもこれから、そうするつもりだったんだ。それなのに、こんなろくでもないことになっちまった！　不公平だ！」

彼の見るところ、運命はこれ以上のフォードやナフィールドを求めていないらしい――だが、彼はその運命に甘んじるつもりはなかった。これは自分を試すためにあたえられた小休止にすぎない――いつの日か、億万長者への梯子《はしご》の第一段にしっかりと足をかけて、自分のラジオ販売店へもどるのだ。

彼らに関してもっとも失望させられたのは、マイクル・ビードリーの一党についてなにひとつ知らなかったことだった。じっさい、彼らが出会ったグループは、デヴォン州との境《さかい》を越えてすぐのところにある村にいたものだけで、そこでは散弾銃を持ったふたりの男が、二度とこっちへ来るなと彼らに忠告した。その男たちはどう見てもそこの住民だったという。それなら小さなグループだろう、とコーカーがいった。

「大きなグループに属していたのなら、それほど神経質なところは見せずに、好奇心を露《あら》わにしていたはずだ」と彼は主張した。「でも、ビードリーの隊がこの辺にいるとしたら、なんとか見つけられるはずだ」彼は金髪の男の意見を求めた――「なあ、おれたちといっしょに来ないか？　おれたちは自分の分の仕事はできるし、連中が見つかったら、おれたちみながいろいろと楽になる」

三人はもの問いたげに顔を見合わせ、それからうなずいた。

「わかった。荷物を積むのを手伝ってくれ。そうしたら、いっしょに行く」と男が同意した。

＊

チャーコット旧邸は、外観からすると、かつては要塞化された荘館《しょうかん》だったらしい。ふたたび防備を固める工事がいま進んでいた。過去のいつかの時点で、敷地をとり巻く濠《ほり》は水が抜かれていた。とはいえ、排水設備の破壊に成功したので、スティーヴンの見解によれば、徐徐にまた満水になるとのことだった。埋め立てられた部分を爆破して、濠をぐるりと一周させるのが彼の計画だった。そこまでの必要なさそうだ、とわたしたちが教えたので、彼はすこしばかり物足りなそうな、がっかりした顔をした。館《やかた》の石壁は分厚かった。正面のすくなくとも三つの窓に機関銃がのぞいており、屋上にはさらに二挺《ちょう》が据えつけられている、と彼は報告した。正面玄関のドアの内側には、迫撃砲や爆弾が積みあげられて、小さな武器庫になっていた。そして数挺の火炎放射器を彼は誇らしげに見せてくれた。

「兵器庫を見つけたんだ」と彼は説明した。「こいつを集めるのに丸一日かかった」

その器材を眺めるうちに、こんどの災厄がここまでひどくて助かった、すこしでも災禍《さいか》が小さければ、あとでもっと悲惨な事態が起きていたはずだ、とはじめて気づいた。人口の十から十五パーセントが無傷のままだったら、こういう小さな共同体が、自分たちの命を守るために飢《う》えたギャングを現実に撃退するはめになったということは大いにありそうだ。とはいえ、じっさいのところ、スティーヴンはおそらく戦闘の準備を無駄にしたのだろう。だが、役に立ってくれそうな器具がひとつあった。わたしは火炎放射器を指さし、

「そいつはトリフィドを相手にするとき便利かもしれない」といった。

スティーヴンはにやりとした。

「そのとおりだ。じつに効果的だよ。使ってみたんだ。その結果、トリフィドをやっつけるのにもってこいだとわかった。あいつらがバラバラになるまで炎を浴びせつづければいい。あいつらは身動きひとつできない。たぶん、炎がどっちから来るのかわからないんだろう。でも、こいつから出る火でひと舐《な》めすれば、あいつらはふくれあがって破裂する」

「きみたちはトリフィドにだいぶ悩まされているのか？」と、わたしは尋ねた。

そうでもないようだった。ときおり、二、三体が近づいてくるが、黒焦《こ》げにされていた。遠出をして、からくも逃れたことが何度かあったが、ふつうはトリフィドがうろついていそうにない、家が建てこんでいる地域でしか車から出ないようにしていた。

＊

その夜、暗くなってから、わたしたちは全員で屋上へあがった。月が出るにはまだ早すぎた。わたしたちは漆黒《しっこく》に包まれた風景を見渡した。どれだけ探しても、人がいることを示す明かりは、針先《はりさき》のように小さなものも発見できなかった。昼間、ひと筋の煙でも目にした憶《おぼ》えがあるという者も、一同のなかにはいなかった。ふたたびランプの明かりに照らされた居間へおりたとき、わたしの心は沈みきっていた。

「こうなると、やることはひとつしかない」とコーカーがいった。「この地方をいくつかの地区に分けて、それぞれを捜索するんだ」

しかし、彼の口調には確信が欠けていた。おそらく、わたしと同様に、ビードリーの一党は夜中はわざと明かりを見せ、昼間は別のしるし――おそらくは立ち昇る煙――を見せつづけるにちがいないと考えていたのだろう。

とはいえ、それよりもましな案を出した者はいなかったので、わたしたちは地図を区域に分ける仕事にとりかかり、それぞれに高所が含まれて、展望が得られるように知恵を絞った。

あくる日、わたしたちは一台のトラックに乗って町へ行き、そこで小さな車に乗り換えて、それぞれが捜索に向かった。

それは疑問の余地なく、ジョゼラの手がかりを探してウェストミンスターをさまよったとき以来、もっとも憂鬱《ゆううつ》な一日だった。

最初はそれほど悪くなかった。開けた道には日光が降り注ぎ、初夏の新緑があでやかだった。道標は「エクゼターおよび西部」などの場所をさし示し、まるでふだんどおりの生活がいまもつづいているかのようだった。稀にではあったが、鳥の姿を見かけることもあった。道ばたには花が咲いていて、つねに変わらない姿を見せていた。

だが、その絵の裏側はそれほどよくなかった。野原では家畜が死んで転がっていたり、目が見えないままさまよっていたり、世話をされていない乳牛が苦しげに鳴いていたりしていた。簡単に意気阻喪《そそう》する羊は、棘《とげ》のある灌木《かんぼく》や有刺《ゆうし》鉄線から身を引きはなすよりは、あきらめて死ぬつもりで立っていたし、気まぐれに草を食《は》んだり、見えない目に非難の色を浮かべて飢えているものもいた。

農場は、そばを通りかかるのが不愉快な場所になりつつあった。安全のために、わたしは車窓の上部を一インチだけあけて換気していたのだが、前方の道ばたに農場が見えるたびに、それさえも閉めた。

トリフィドは野放しになっていた。ときどき野原を進んでいるのを見かけたり、生け垣を背にじっとしているのに気づいたりした。農場の構内でお気に入りの堆肥《たいひ》を見つけ、死んだ家畜が適当な腐敗の段階に達するのを待ちながら、そこに居坐《いすわ》っているのに気づいたのも、いちどではなかった。いまや連中を見ると、これまでなかった嫌悪の情がこみあげてくるようになっていた。わたしたちの何者かが、どういうわけか創《つく》りだし、ほかのだれかが欲に駆られ、無頓着《むとんちゃく》に世界じゅうで栽培してきた身の毛のよだつ異質なもの。人はそれらを自然のせいにすることさえできない。どういうわけか、それらは交配で生みだされたのだ——美しい花や、グロテスクな犬のパロディが交配で生みだされたのとまったく同じように……。わたしがいまそいつらを嫌いでたまらなくなったのは、腐肉を食らう習性のためだけではない——そいつらが、ほかのなによりも、わたしたちの破滅から利益を得て、繁栄できているように思えるからなのだ……。

午前の時間が過ぎていくにつれ、孤独感は深まった。丘や小高いところにさしかかるたびに、わたしは車を停《と》め、双眼鏡で見えるかぎり遠くまで田園をじっくりと調べた。いちど煙が見えたので、発生源まで行ってみると、線路の上で小さな鉄道列車が燃えつきていた——どうしてそんなことになったのか、いまだにわからない。というのも、近くには人っ子ひとりいなかったからだ。また別のときには、旗竿《はたざお》に旗があがっていたので、急いでその家へ向かったところ、静まりかえっているのがわかった——もっとも、からっぽではなかったが。また別のときには、遠くの丘の中腹で白いものがヒラヒラと動いているのが目にとまり、双眼鏡を向けると、五、六頭の羊がパニックにおちいって右往左往するいっぽう、トリフィドがその毛に覆われた背中を絶えず打ちつづけながら、なんの効果もあたえられないでいるのだとわかった。生きている人間のしるしはどこにも見えなかった。

食事をとろうと停まるときも、必要以上にぐずぐずしなかった。神経にさわりはじめてきた静寂に耳をすまし、すくなくとも車の音がいっしょについてくる道中へもどりたいものだと思いながら、さっさと食事をすませた。

人はありもしないものを見たり聞いたりしはじめるものだ。いちど窓から手がふられるのを見たが、そこへ行ってみると、窓の前で木の枝が揺れているだけだった。男が野原のまんなかで立ち止まり、行き過ぎるわたしを目で追おうと向きを変えるのが見えた。しかし、双眼鏡でのぞいて見ると、その男は立ち止まることも、向きを変えることもできないとわかった。かかしだったのだ。エンジンの騒音にかろうじてまぎれないほど小さな人の声が、わたしに呼びかけてきた。車を停めて、エンジンを切った。声はせず、なんの音もしなかった。だが、はるか彼方《かなた》で、乳を搾《しぼ》られていない乳牛が悲しげに鳴いていた。

ふと思ったのだが、国のあちこちに、自分はまったくのひとりぼっちで、ただひとりの生き残りだと信じている男女が散らばっているにちがいない。この災厄に見舞われた者すべてと同じように、彼らが哀れでならなかった。

午後を通じて、気分は落ちこみ、希望も薄れたが、わたしは地図上の担当区域を頑固に走りまわりつづけた。内心で確信していることを曖昧なままにしておきたかったからだ。とはいえ、けっきょくのところ、割り当てられた区域にそれなりの規模の集団が存在するとしても、わざと隠れているのだと考えて満足するしかなくなった。あらゆる小道やわき道を調べるのは不可能だったが、けっしてか細いとはいえない警笛の音が、受け持ち区域の隅々まで届いたことは断言してよかった。わたしは捜索を切りあげ、これまで知らなかったほど暗澹《あんたん》たる気分で、トラックを駐めた場所へもどった。仲間はまだひとりも姿を見せていなかったので、時間をつぶすためと、精神的な寒気《さむけ》を締めだすのに必要だという理由で、近くのパブへはいって、上等のブランデーを手酌《てじゃく》で注《つ》いだ。

つぎに帰ってきたのはスティーヴンだった。その遠征は、わたしと同じくらい彼にもこたえたようだった。というのも、わたしのもの問いたげな眼差しに応《こた》えて首をふると、わたしがあけた瓶にまっすぐ向かったからだ。十分後、ラジオの野心家がそこに加わった。彼はもじゃもじゃの髪と血走った目をした若い男を連れてきていた。その男は何週間も体を洗わず、髭も剃《そ》っていないようだった。この人物は路上にいたのだという。それは彼のただひとつの職業らしかった。彼によれば、ある晩、それが何日かははっきりいえないが、非常に居心地のいい納屋《なや》を見つけ、一夜を過ごすことにした。その日はふだんの割り当てよりいくぶん多めに距離を歩いたので、横になるや否《いな》や眠りに落ちてしまった。つぎの朝、悪夢にうなされて目をさましたが、イカレているのが世界なのか自分なのか、いまだにはっきりしないのだという。とにかく、彼はすこしばかりイカレていると思えたが、ビールの効用はまだちゃんとわかっていた。

さらに三十分ほどたつと、コーカーがもどってきた。シェパードの子犬と、信じられないほど高齢の女性をともなっていた。彼女は明らかに一張羅《いっちょうら》の服をまとっていた。その清潔さと几帳面《きちょうめん》ぶりは、もうひとりの新入りにそういうものが欠けているのと同じくらい目立っていた。彼女は酒場の特別室の敷居でしとやかに立ち止まった。コーカーが紹介の労をとった。

「こちらはミセス・フォーセット、十軒ほどの農家、二軒のパブ、一軒の教会が寄り集まり、チッピントン・ダーニイとして知られる集落にあるフォーセット雑貨店ただひとりの所有者であらせられる――そしてミセス・フォーセットは料理ができる。諸君、彼女は料理ができるのだ！」

ミセス・フォーセットが威厳をもってわたしたちに会釈《えしやく》し、自信たっぷりに進み出ると、慎重に腰をおろし、ポート・ワインを一杯勧《すす》められて同意し、つづく二杯目にも同意した。

わたしたちの質問に答えて、彼女はあの運命の晩と、それにつづく夜のあいだ、いつになくぐっすりと眠りこけていたのだと告白した。その正確な原因については触れなかったし、わたしたちも訊かなかった。目をさますようなことが起きなかったので、彼女は翌日の昼まで眠りつづけた。目がさめると気分が優れず、そのため午後もなかばになるまで起きあがろうとしなかった。店に呼びだす者がいなかったのは奇妙だが、神さまのお恵みに思えた。とうとう起きあがって、ドアまで行ったとき、「おぞましいトリフィドとかいう化け物の一匹」が庭に立っており、門のすぐ外の小道に男が横たわっているのが見えた――すくなくとも、男の両脚は見えた。その男のところまで行こうとしたとき、トリフィドが動きだすのが目にはいり、間一髪でドアをたたき閉めた。彼女にとってそれが胸の悪くなる瞬間であったのは歴然としており、その記憶に刺激されて、彼女は三杯目のポート・ワインを手酌で注いだ。

そのあとは、だれかがトリフィドと男の両方を片づけに来るのを待つことにした。奇妙なほど長く待たされるようだったが、自分の店にあるものでほどほど快適に暮らすことができた。あいかわらず待っていると——と完全にうわの空で四杯目のポート・ワインを手酌で注ぎながら彼女は説明した——彼女の家の火から昇る煙に興味を惹《ひ》かれたコーカーが、トリフィドの頭を吹っ飛ばし、調べにきたのだった。

彼女はコーカーに食事を出し、彼はお返しに忠告した。物事の本当の状態を彼女に理解させるのは、生《なま》やさしいことではなかった。しまいに彼はこう提案した——トリフィドに油断なく目を配りながら、村を見てくるといい、五時になったらもどってきて、あなたがどう感じたかを確認する、と。コーカーがもどって来ると、彼女は身なりをととのえ、荷造りを終え、いまにも出発できるようになっていた。

その夕方、チャーコット旧邸へ帰ると、わたしたちは地図のまわりにふたたび集まった。コーカーが新しい捜索区域をしるしはじめる。わたしたちは、気乗りせずに彼を見ていた。たぶんコーカー本人を含めて、わたしたち全員が思っていることを口にしたのはスティーヴンだった——

「なあ、ぼくらは半径十五マイルくらいの円を描いて、このあたりを隈《くま》なく当たったんだ。その連中がすぐ近くにいないのは、どう見たって明らかだ。あんたたちの情報がまちがっているか、その連中がここには止まらないことにして、先へ行ったかのどちらかだ。ぼくにいわせりゃ、今日みたいなやり方で捜索をつづけても時間の無駄だよ」

コーカーは使っていたコンパスを置いた。

「じゃあ、どうしろっていうんだ？」

「そうだな、空中からならたくさんの地区をあっという間に、しかも存分に調べられると思うんだ。飛行機のエンジン音が聞こえたら、だれだって外へ出てきて、なにかの合図をするに決まってる」

コーカーは首をふった。

「なるほど、いままで思いつかなかったのが不思議なくらいだ。もちろん、ヘリコプターってことになる――でも、どこで手に入れるんだ？　それに、だれが飛ばすんだ？」

「ああ、そういうことなら、なんとかなるよ」とラジオ販売店の男が自信ありげにいった。

その口調にはなにかがあった。

「飛ばしたことがあるのか？」とコーカーが尋ねる。

「いいや」ラジオ販売店の男はいったん認めた。「でも、いったんコツを呑みこんじまえば、それほど面倒じゃないと思う」

「ふーむ」コーカーは信じきれないといいたげに彼を見つめた。

スティーヴンが、さほど遠くないところにある空軍の基地二カ所の位置と、そこにヨーヴィル発のエアタクシーが通っていることを思いだした。

＊

わたしたちの懸念《けねん》にもかかわらず、ラジオ販売店の男は自分でいったとおり有能だった。

機械仕掛けに対する自分の本能はけっして裏切らない、と自信にあふれているようだった。三十分ほど練習したあと、彼はヘリコプターを離陸させ、チャーコットまで飛んでもどった。

四日間、ヘリコプターは円を広げながら飛びまわった。そのうち二日はコーカーが見張りにつき、あとの二日はわたしが交代した。全部で十の小人数の集団を発見した。ビードリーの一党について知っているものはなかったし、そのどれにもジョゼラはいなかった。それぞれの集団を見つけるたびに、わたしたちは着陸した。たいていふたりか三人の集団だった。最大のものは七人だった。彼らは希望に満ちた興奮状態で出迎えてくれたが、わたしたちが彼ら自身のと同じようなグループの代表にすぎず、大規模な救援隊の先遣隊《せんけんたい》ではないとじきにわかると、興味を失うのだった。わたしたちに提供できるのは、彼らがすでに持っているものばかりだった。なかには失望のあまり、理不尽にも罵倒《ばとう》を浴びせたり、脅迫したりする者もいたが、大部分はまた意気消沈《しょうちん》するだけだった。ふつう彼らはほかのグループと合流したがらず、かならずやって来るアメリカ人の到来を待つあいだ、手に入れられるものを手に入れ、避難所をできるだけ快適にしようとする傾向があった。これは広く行きわたっている固定観念のようだった。アメリカ人が生き残っているとしても、母国のことで手いっぱいにちがいない、とわたしたちがいっても、けちをつけていると受けとられた。アメリカ人は、自分たちの国でそういうことが起きるのを許しはしない、と彼らは断言した。とはいうものの、そしてこのアメリカから来る妖精の魔法使いにまつわるミコーバー（ディケンズの小説の登場人物。楽天家）的な固着にもかかわらず、この人たちが気を変えて、自立しようと集まることを考えた場合にそなえ、わたしたちは、すでに発見したグループのおおよその位置を示した地図をそれぞれのグループに残していった。

仕事として空を飛ぶのは、楽しみからほど遠かったが、すくなくとも、ひとりぼっちで地上を探しまわるよりはましだった。とはいえ、実りのない四日目の終わりに、捜索の打ち切りが決まった。

すくなくとも、わたし以外の者たちはそう決めたのだ。わたしは同じようには感じなかった。わたしの捜索は個人的なものであり、彼らの捜索はそうではなかったのだ。彼らがだれを見つけるにしろ——いまであろうと、将来であろうと——彼らにとっては見ず知らずの他人だ。わたしがビードリーの一党を探しているのは手段であって、それ自体が目的ではない。もし彼らを見つけて、ジョゼラがいっしょでないと判明すれば、わたしは捜索をつづけるはずだ。しかし、わたしひとりのために、ほかの者たちがこれ以上の時間を捜索に割《さ》くことを期待するわけにはいかなかった。

奇妙な話だが、今回のことを通じて、ほかのだれかを探している人間にはひとりも出会っていないのだと気づいた。スティーヴンと彼のガール・フレンドが偶然いっしょだったのを除けば、だれもが過去とつながる友人や縁者《えんじゃ》からすっぱりと切り離されて、見ず知らずの他人と新しい生活をはじめていた。わたしにわかるかぎりでは、わたしだけがいち早く新しい関係を築きあげた——そして、その関係はあまりにも短かったので、自分にとってどれほど大事なものか、そのときはろくにわかっていなかったのだ……。

　ひとたび捜索の打ち切りが決まると、コーカーがいった。

「よし。そうすると、つぎは自分たちのために、なにをするかを考えないとな」

「冬にそなえて食料をたくわえ、いままでどおりにやるだけさ。ほかにどうしろというんだ？」とスティーヴンが尋ねた。

「そいつをずっと考えてたんだ」とコーカーが彼に告げた。「しばらくはそれでいいだろう――でも、そのあとはどうなる？」

「食料が底をついたら、そうだな、まわりにいくらでも転がってるさ」とラジオ販売店の男。

「クリスマスの前にアメリカ人がやって来るわ」とスティーヴンのガール・フレンド。

「いいかい」コーカーが辛抱強い声で彼女にいった。「棚《たな》からぼた餅《もち》式のアメリカ人のことは、しばらくわきに置いといてくれ。アメリカ人がひとりもいない世界を想像してみるんだ――できるだろう？」

　若い女はまじまじと彼を見た。

「でも、いるに決まってる」

　コーカーは悲しげにため息をついた。ラジオ販売店の男のほうを向き、

「そういう食料はつねにあるわけじゃない。おれの見るところ、おれたちは新しい種類の世界で助走つきのスタートを切らせてもらっている。なにをはじめるにしても充分な資本をあたえられているんだ。でも、それは永久につづくわけじゃない。何世代かかっても食いつくせないほどたくさんの食料が、手の届くところにあふれている――それが保《も》ったとしたらだ

が。でも、保ちゃしない。多くの食料があっという間に悪くなるだろう。しかも、食料にかぎった話じゃない。もっとゆっくりと、だが、きわめて確実に、なにもかもがダメになっていく。来年も新鮮なものを食いたいなら、自分で育てるしかない。いまは遠い先の話に思えるかもしれんが、おれたちがなにもかも自分で育てなきゃならなくなるときが来るだろう。それに、トラクターが一台残らず使い古されたり、錆《さ》びたりするときも来るだろう。とにかく、それを動かす石油はもうなくなり——おれたちが自然に帰って、馬をありがたがるときが来る——馬が手にはいればの話だが。

これは中休みだ——天が授《さず》けてくれた中休みだ——そのあいだに、おれたちは最初のショックを乗り越え、元気をとりもどせばいい。だが、あくまでも中休みなんだ。あとになれば、鋤《すき》を引かなければならなくなるし、そのまたあとになれば、鋤の刃《は》を作る方法を学ばなければならなくなる。それよりあとになれば、刃を作るために鉄の溶かし方を学ばなければならなくなる。いまおれたちは、すべてのものを使い古すまで——使い古せればの話だが——原始の状態へとひたすらさかのぼっていく途上にある。そうなるまでは、未開状態へ通じる道をとめどなく転がり落ちつづけるだろう。だが、いったん底に達すれば、またゆっくりと這いあがりはじめるかもしれん」

わたしたちが話についてきているかどうかたしかめるため、彼はぐるっと視線をめぐらせた。

「おれたちにはそれができる——その気になれば。おれたちの助走つきスタートのうち、いちばん価値がある部分は知識だ。それはご先祖さまが出発したところからはじめる手間を省《はぶ》いてくれる近道なんだ。見つけだす手間さえ惜《お》しまなければ、知識は全部本のなかにある」

ほかの者たちは好奇の目でコーカーを見ていた。演説する気になった彼の言葉を聞くのは、これがはじめてだったのだ。

「さて」彼は言葉をつづけた。「歴史書を読んでわかったんだが、知識を使うために持たなければならないのが余暇《よか》だ。だれもが生きるためだけに重労働をしなけりゃいけなくて、考えるための余暇がないところでは、知識は停滞して、人々もそうなる。考える仕事は、もっぱら生産には直接たずさわらない人々が担《にな》う必要がある——その人々は、ほぼ全面的に他人の働きに頼って生きているように見えるが、じっさいは、長期の投資なんだ。学習は都会や大規模な制度のなかで成長した——それをささえたのは田舎《いなか》の労働だった。その点は認めるかい?」

スティーヴンは眉根を寄せた。

「大筋では——でも、その話がどこへ行くのかわからない」

「要点は——経済の規模だ。いまのおれたちの共同体の規模では、ただ存在して、衰退するくらいが関の山だ。もしこのまま、いまの十人だけでここにいたら、最後にはまちがいなく、しだいに、なすすべもなく消えていく。子供がいても、労働から割ける時間では、ほんの初歩的な教育しか授《さず》けられないだろう。もうひと世代を経《へ》たら、いるのは野蛮人かまぬけってことになる。しっかりと持ちこたえ、図書館にある知識をまがりなりにも役立てるためには、教師や医者やリーダーを持たなくちゃいけないし、その連中に助けてもらう代わりに、そいつらの生活をささえられるようにならなくちゃいけない」

「それで?」いったん間を置いてからスティーヴンがいった。

「おれは、ティンシャムでビルとおれが見たあの場所のことをずっと考えていた。その話はみんなにしたよな。あそこをとり仕切ろうとしていた女は、助けをほしがっていた。喉から手が出るほどほしがっていた。その女は五、六十人をかかえていて、そのうち目が見えるのは十人ちょっとだった。それじゃやっていけない。あの女はやっていけないことを知っていた――でも、おれたちにそれを認めようとしなかった。おれたちに残ってくれと頼んで、借りを作りたくなかったんだ。でも、けっきょく、おれたちがそこへもどって、仲間に入れてくれと頼んだら、大喜びするだろうな?」

「おいおい」と、わたし。「彼女がわざとまちがった道を教えたと思ってるんじゃないだろうな?」

「さあね。おれは、あの女にあらぬ疑いをかけているのかもしれん。でも、ビードリーとその仲間が影も形もなかったり、噂《うわさ》も耳にはいらなかったりするのは変じゃないか? とにかく、あの女がその気だったにしろ、そうでないにしろ、そういう成り行きになったんだ。なぜかといえば、おれはもどることに決めたからだ。理由を聞かせろというなら、こういうことだ――理由は主にふたつある。第一に、あの場所は管理してやらないかぎり破綻《はたん》する。そうなってしまうと、あそこの人間すべてにとって努力が無駄になるわけだし、残念な話だ。そもうひとつの理由は、ここよりもはるかに条件がいいからだ。たいした手間をかけずに使える農場がある。自給自足でやっていけるだろうが、必要なら拡張できる。ここではもっと重労働をしないと、生活の基盤を作れないし、やっていけない。

それより大事な点だが、あそこは教育に時間を割けるほど大きいんだ——いまあそこにいる目の見えない連中と、これから生まれてくる目の見える子供たち両方の教育だ。おれはできると信じているし、そうするために最善をつくすつもりだ——高慢《こうまん》ちきなミス・デュラントがそれを受け容《い》れられないっていうなら、川に飛びこめばいい。

さて、要点はこういうことだ。現状でも、やってやれないことはないと思う——でも、おれたちが行けば、二、三週間であの場所を組織し直し、うまくやっていけるとわかっている。そうすれば、おれたちの住む共同体は、成長するだろうし、持ちこたえるための試みをいくらでもできるようになる。もうひとつの選択肢は、だんだんと衰えていくばかりで、ますます孤独に沈むようになる小さなグループにとどまることだ。さあ、どうする？」

多少の議論と、細かな点への質問はあったが、疑念の声はあまりあがらなかった。捜索に出たことのある者たちは、これから訪れるかもしれない恐ろしいほどの孤独をかいま見ていたのだ。いまの屋敷に愛着のある者はいなかった。それは防御の観点から選ばれたものであって、ほかに取り柄《え》はないも同然だった。大部分の者は、すでに周囲に迫ってきている孤立感の圧力をひしひしと感じられた。もっと幅広く、多種多様な仲間がいるという考えは、それだけで魅力的だった。一時間が終わるころ、議論は輸送の問題と引っ越しの細部に移っており、コーカーの提案を採用するという決定は、ひとりでになされていた。スティーヴンのガール・フレンドだけが疑わしげだった。

「そのティンシャムとかいう場所だけど——地図にちゃんと載ってるの？」と不安げに彼女が尋ねた。

「心配ないさ」とコーカーが請《う》けあった。「上等なアメリカの地図なら、どれにでも載ってるよ」

＊

自分がほかの者たちといっしょにティンシャムへは行くつもりはないと悟ったのは、日付が変わったころだった。あとになれば行くかもしれない。だが、いまはまだ行かない……。最初は、ミス・デュラントを締めあげて、ビードリーの一党の本当の目的地を聞きだすだけのためにもいっしょに行くつもりだった。しかし、ジョゼラが彼らといっしょだとわかっているわけではなく——それどころか、これまで集められた情報のすべてが、いっしょにいないと暗《あん》に告げているのだ、とまたしても認めるしかなく、不安に襲われたのだ。彼女がティンシャムを通らなかったのは、まず確実だ。しかし、ビードリーの一党を探しに行かなかったのなら、いったいどこへ行ったのだろう？　大学の建物に第二の方角、わたしが見落とした目的地が書かれていたということは、まずありそうにない……。

そのとき、まるで閃光《せんこう》が走ったかのように、わたしたちが徴発したフラットで交わした議論が思いだされた。青いパーティー・ドレスに身を包み、そこに坐っている彼女が目に浮かんだ。蠟燭《ろうそく》の光をダイヤモンドが捉《とら》えるなか、わたしたちはしゃべっていた……「サセックスの丘陵地帯《ダウンズ》はどう？　北側のすてきな古い農家を知っているの……」そのとき、わたしはなすべきことを知った……。

朝になって、わたしはコーカーにそのことを話した。彼は同情してくれたが、わたしの希望をあまり大きくさせないようにしているのは、はた目にも明らかだった。

「わかった。あんたがいちばんいいと思うことをしてくれ」彼は同意した。「おれとしては――まあ、とにかく、おれたちの居場所はわかってるんだし、ふたりでティンシャムへやってきて、あの女の物わかりがよくなるまで、思い知らせてやるのを手伝ってくれてもいい」

その朝、天気が崩《くず》れた。乗り慣れたトラックの運転台にまたしてもおさまったときには、雨は土砂降《どしゃ》りとなっていた。それでも気分は高揚していたし、胸は希望にふくらんでいた。この十倍も雨がひどくても、意気消沈したり、計画を変更したりはしなかっただろう。コーカーが見送りに出てきた。彼がわざわざそうした理由はわかっていた。最初の軽率な計画と、その結果の記憶が彼を悩ませているのは、いわれるまでもなかったからだ。彼は髪をぺしゃんこにし、首筋に水をしたたらせながら運転台のわきに立ち、片手をさし出した。

「気張るなよ、ビル。近ごろは救急車なんてものはないし、あんたが五体満足で着いたほうが、彼女も喜ぶだろう。元気でな――それと、彼女を見つけたときには、いろいろと謝《あやま》っといてくれ」

言葉は「見つけたとき」だったが、口調は「もし見つけたら」だった。

わたしはティンシャムでみんながうまくやっていくことを祈った。それからクラッチを入れ、水しぶきをあげながら、ぬかるんだ私道を走り去った。

## 13　希望への旅

その朝は些細《ささい》な災難につぎつぎと見舞われた。まずキャブレターに水がはいった。つぎにどうにかこうにか東へ向かっているつもりで十二マイルほど北へ進んでしまい、その失敗を完全にとりもどせないうちに、どこからも遠く離れた荒涼とした高台の道で、イグニションが故障した。こうした遅れのせいなのか、それとも自然な反動なのか、出発したときの希望に満ちた気分は大きく萎《しぼ》んでいた。やっと故障が直ったときには一時をまわっていて、空はすっかり晴れあがっていた。

太陽が顔を出した。なにもかもが輝き、生気をとりもどしたように見えた。だが、そうであっても、そしてつぎの二十マイルは万事順調だったという事実があっても、ふたたびわたしにのしかかっていた憂鬱《ゆううつ》な気分は変わらなかった。こうして本当にひとりきりになると、孤独感を締めだすことはできなかった。マイクル・ビードリーを探すためにティンシャムから出発したあの日のように、それはふたたびわたしに襲いかかってきた——ただし、二倍の力となって……。そのときまで、わたしは孤独というものを、いつも消極的なものだと考えていた——それは仲間がいないことにすぎず、そして、もちろん、一時的なものだと……。その日、孤独とはそれ以上のものだと思い知らされた。それはひしひしと迫ってくるもの、当たり前のものをゆがめ、心に悪戯《いたずら》を仕掛けるものだ。敵意をいだいて周囲に潜み、神経を張りつめさせ、不安をおののかせるもの。助けてくれる者はおらず、気にかけてくれる者もいないことを片時も忘れさせないようにするものだ。人は虚空にただよう原子なのだと教え、震えあがるほど恐ろしい思いをさせる機会を虎視眈々《こしたんたん》と狙っている——孤独が本当にやろうとしているのは、そういうことだ。そして、絶対にさせてはいけないことだ……。

群居性《ぐんきょ》の生きものから仲間との交わりを奪うことは、それにひどい障害を負わせ、その性質を踏みにじることだ。囚人や修道士は、その幽閉《ゆうへい》生活の彼方に群れが存在することを知っている。彼らはその群れの一部なのだ。しかし、群れがもはや存在しないのなら、群れを作る生きものも、もはや存在しようがない。彼は空無《くうむ》の一部であり、居場所のない変わり種なのだ。理性にしがみついていられなければ、じっさい、自分というものが失われる。跡形《あとかた》もなく、この上なく恐ろしい形で失われるので、死骸の手足が引きつるのと大差なくなってしまう。

いまでは、これまでよりもはるかに強い抵抗力が必要だった。引きかえして、コーカーやほかの者たちを前にして緊張から解放されたいという気持ちを抑えられたのは、ひとえに旅路の終わりで仲間が見つかるにちがいないという希望の強さのおかげだった。

途中で目にした光景は、その孤独感とはほとんど、いや、まるっきり関係がなかった。なかには身の毛がよだつほど恐ろしいものもあったが、このころのわたしは、そういうものには動じなくなっていた。大きな戦場にわだかまっている恐怖が、歴史のなかへ薄れて消えていくのとまったく同じように、恐怖はその光景から去っていた。おまけに、そうしたものを巨大で印象的な悲劇の一部として見ることもなくなっていた。わたしの闘いは、一から十まで人間という種の本能との個人的な葛藤《かっとう》だった。絶えず守勢に立たされ、勝利の見こみのない闘い。ひとりきりでは長く持ちこたえられない、と心の底では知っていたのだ。

なにかに没頭するため、わたしは必要以上のスピードで車を走らせた。名前を忘れた小さな町で、角《かど》を曲がったとたん、通り全体をふさいでいた有蓋《ゆうがい》トラックにまともにぶつかった。さいわい、わたしの頑丈なトラックはかすり傷を負った程度だったが、二台の車輛が複雑怪奇にからみ合ってしまい、ひとりきりで、しかもかぎられた空間で引き離すのはひと苦労だった。解決するのに丸一時間もかかる問題となり、実用的なことに心を向けていられたので、大いに助かった。

そのあとはもっと慎重な速度を保ったが、ニュー・フォレストにはいった直後の数分だけは別だった。原因は、高度をあげずに巡航しているヘリコプターが、木の間《こま》隠れにちらりと見えたことだった。その進路はすこし先のほうで、わたしがたどっている道と交叉《こうさ》しそうだった。運悪く、そのあたりは道の両側まで木々が迫っていて、空中からは道がほぼ完全に隠れているにちがいなかった。わたしはアクセルを踏んだが、もっと開けた場所へたどり着いたときには、ヘリコプターは北の空へ遠ざかっていく点でしかなくなっていた。にもかかわらず、それが見えたということだけで、心強い思いだった。

さらに数マイル先で、三角形の緑地のまわりに整然と家の並ぶ小さな村を通りぬけた。一見したところ、藁葺《わらぶ》き屋根と赤いタイル張りの一軒家が、花を咲かせた庭園と交じりあって、絵本から抜けだしてきたかのように魅力的だった。しかし、通り過ぎるとき、わたしは庭園をしげしげとのぞきこんだりはしなかった。あまりにも多くの庭園が、花に囲まれて不釣り合いにそびえているトリフィドの異形《いぎょう》を見せていたからだ。その村をもうじき出るというとき、最後の庭園の門から小柄な人影が飛びだしてきて、両腕をふりながら、わたしのほうへ道を駆けてきた。わたしは車を路肩《ろかた》に寄せ、いまや本能になりつつあるやり方で周囲に目を配ってトリフィドを探し、銃をとりあげると、運転台からおりた。

その子供は青い木綿《もめん》のワンピース、白いソックス、サンダルという服装だった。九歳か十歳くらいに見えた。かわいい少女だった――たとえ暗褐色の巻き毛がいまはくしゃくしゃで、顔は涙の跡で汚れていても、それは見てとれた。彼女はわたしの袖《そで》を引っぱった。

「お願い、お願い」切迫した声で彼女がいった。「お願いだから来て、トミーがどうなったか見て」

わたしは少女をじっと見おろした。その日の恐ろしいまでの孤独感が消え去った。わたしの心は、自分で作った箱を突き破ったようだった。彼女を抱きあげ、しっかりと抱きしめたかった。目頭《めがしら》が熱くなるのがわかった。わたしは彼女に手をさしだした。すると彼女がその手をとった。わたしたちはそろって、彼女が出てきた門まで歩いてもどった。

「トミーはあそこ」少女が指さした。

四歳くらいの小さな男の子が、花壇と花壇にはさまれた狭い芝生の上に横たわっていた。彼がそこにいる理由は、ひと目でわかった。

「化け物がトミーをたたいたの」少女がいった。「あいつがトミーをたたいて、トミーは倒れたの。トミーを助けようとしたら、あたしもたたこうとしたわ。なんていやな化け物！」

顔をあげると、庭の境《さかい》になっている柵《さく》の上にそびえているトリフィドの頂部が目に飛びこんできた。

「手で耳をふさぐんだ。ドカンと大きな音がするから」と、わたし。

彼女が耳をふさぎ、わたしはトリフィドの頂部を吹き飛ばした。

「なんていやな化け物」彼女はきり返した。「もう死んだの？」

そうだよ、とわたしが請《う》けあおうとしかけたとき、スティープル・ハニーにいたのとまったく同じように、そいつは小さな棒状突起を幹《みき》に打ち当てて、カタカタと音を立てはじめた。そのときと同様に、わたしはもう一発食らわせて、そいつを黙らせた。

「ああ。もう死んだよ」

わたしたちは幼い男の子のところまで歩いていった。刺毛《しもう》の真っ赤な傷跡が、青白い頬にくっきりと残っていた。何時間か前に打たれたにちがいない。少女が男の子のかたわらにひざまずいた。

「もうどうにもならないよ」わたしはやさしく彼女に告げた。

彼女は新たな涙を目にためて、顔をあげた。

「トミーも死んだの？」

わたしは彼女のかたわらにしゃがみこんだ。彼女が首をふった。

「残念だが、そうらしい」

しばらくして彼女がいった──

「かわいそうなトミー！　埋めてあげるのよね──子犬たちみたいに？」

「そうだよ」わたしは彼女に答えた。

この圧倒的な災禍《さいか》を通じて、わたしが掘った墓はそれだけだった──そして、ひどく小さい墓だった。少女が小さな花束を作り、その墓の上に置いた。それから、わたしたちは車に乗って走り去った。

＊

彼女の名前はスーザンといった。ずいぶん前に──と彼女には思えた──彼女の父母の身になにかが起きて、ふたりとも目が見えなくなった。父親は助けを求めようとして出ていき、それきりもどらなかった。そのあと母親が、家から出てはいけないと子供たちに厳しくいい置いて出ていった。母親は泣きながら帰ってきた。つぎの日、母親はまた出ていき、こんどは帰ってこなかった。子供たちは見つけられるものを食べていたが、やがて空腹がつのりはじめた。とうとう空腹に耐えかねて、スーザンは母親のいいつけに背き、お店のミセス・ウォルトンに助けを求めることにした。お店自体はあいていたが、ミセス・ウォルトンはいなかった。声をかけても、だれも出てこなかったので、スーザンはケーキとビスケットと甘いお菓子をもらい、あとでミセス・ウォルトンに話そうと決めた。

帰り道で、あたりをうろついている化け物をいくつか見た。そのうちのひとつが彼女に打ちかかったが、彼女の身長の判断を誤ったせいか、刺毛は彼女の頭上を通過した。彼女は震えあがり、あとは家まで走って帰った。そのあと、彼女は化け物にひどく用心するようになり、さらに遠出《とおで》を重ねてから、トミーにも用心することを教えた。しかし、トミーはあまりにも幼く、その朝外へ遊びに出たとき、隣の庭に隠れていたそいつが見えなかった。彼女は五回も六回もトミーのところまで行こうとしたが、そのたびに、どんなに慎重にやろうとしても、トリフィドの頂部がわななき、かすかに揺れるのが見えるのだった……。

一時間ほどあと、わたしは夜にそなえて停《と》まるころあいだと判断した。彼女をトラックに残しておいて、一軒か二軒の家に当たってみると、適当なのが見つかり、そのあとふたりで食事にとりかかった。幼い女の子のことはよく知らなかったが、この子は驚くほど大量の食べ物を腹におさめられるようで、そうしながら、もっぱらビスケットとケーキと甘いお菓子から成る食事は、思ったほど満足のいくものではないとわかったと告白した。彼女をすこし身ぎれいにしてやったあと、わたしは教えられたとおりへアブラシを使い、その出来映《できば》えにいたく満足をおぼえはじめた。彼女のほうは、話し相手ができた喜びで、さしあたり起きたことすべてを忘れられるようだった。

その気持ちはよくわかった。わたし自身、まったく同じように感じていたからだ。

しかし、スーザンを寝かしつけ、また一階へおりてからまもなく、すすり泣きが聞こえてきた。わたしは彼女のもとへもどった。

「だいじょうぶだよ、スーザン」わたしはいった。「だいじょうぶだ。かわいそうなトミーはあまり痛くなかったんだ——あっという間だったから」ベッドの上、彼女の隣に腰をおろし、その手をとる。彼女が泣きやんだ。

「トミーのことだけじゃないの。トミーのあと——だれもいなかったとき、だれひとりいなかったとき。怖くてたまらなかった……」

「わかるよ」わたしは彼女に告げた。「よくわかるよ。おじさんも怖かったんだ」

彼女がわたしを見あげた。

「でも、いまは怖くないの？」

「ああ、怖くない。それにきみだって怖くない。だから、ふたりとも怖くならないように、ずっといっしょにいなくちゃいけないんだ」

「そうね」彼女が真剣に考えこんだ顔で同意した。「そうすれば、きっとだいじょうぶ……」

スーザンが眠りに落ちるまで、わたしたちはそうやって多くのことを話しつづけた。

＊

「あたしたち、どこへ行くの？」あくる朝、ふたたび出発したとき、スーザンが尋ねた。

ある女の人を探しているんだ、とわたしは答えた。

「その人、どこにいるの？」とスーザン。

それについては、よくわからなかった。

「その人、いつ見つかるの？」

その点についても不満足な答えしかできなかった。

「その人、きれいなの？」

「そうだよ」こんどはもっとはっきりと答えられるのがうれしかった。

どういうわけか、その答えでスーザンは満足したようだった。

「それならいいわ」と彼女が納得した口調でいい、わたしたちは別の話題に移った。

彼女がいるので、大きめの町は迂回《うかい》しようとしたが、田園地帯に山ほどある不愉快な光景を避けるのは無理だった。しばらくすると、それらが存在しないふりをするのを、わたしはあきらめた。スーザンは、ふつうの景色を眺めるのと同じくらいの関心しか示さずにそれを眺めた。そういった光景に彼女はとまどったが、怖がりはせず、わたしを質問攻めにした。

彼女が育つことになる世界では、わたしが子供のころに学んだ上品ぶった態度や、遠まわしにものをいう習慣が役に立ちそうにないことを思って、わたしはさまざまな恐ろしい光景や珍しい光景をなるべく同じ客観的な態度であつかおうとした。じつをいうと、それはわたしにとっても非常にいいことだった。

正午には雲が分厚く垂れこめ、ふたたび雨が降りはじめた。五時にパルボローのすぐ手前の路上に停まったとき、雨はまだ激しく降っていた。

「これからどこへ行くの?」とスーザンが尋ねた。

「それがまさに問題なんだ」と、わたしは認めた。「あの辺のどこかだよ」南の丘陵地帯《ダウンズ》のぼんやりした稜線《りょうせん》のほうへ腕をふる。

その場所についてジョゼラがほかになんといったか、必死に思いだそうとしてきたが、憶《おぼ》えているのは、その家が丘の北側斜面に建っているということくらいで、パルボローと丘陵《りょう》をへだてる低湿地に面していると聞いたような気がした。ここまで来てみると、それはかなり漠然《ばくぜん》とした説明に思われた。ダウンズは東と西へ何マイルものびていたのだ。

「まず、あっちのほうに煙が見つからないか調べてみよう」と、わたし。

「雨のなかでなにかを探すなんて、すごくむずかしいわよ」とスーザンが身もふたもないが、きわめて正しいことをいった。

三十分後、願いが通じたのか、雨が一時的にやんでくれた。わたしたちはトラックをおりて、塀《へい》の上に並んで坐《すわ》った。わたしたちは丘の下のほうの斜面をしばらく調べたが、スーザンの鋭い目も、わたしの双眼鏡も、煙ひと筋、いや、動くものの気配も発見できなかった。やがて雨がまた降りだした。

「お腹《なか》すいた」とスーザン。

そのときのわたしにとって、食べ物はとるに足らない問題だった。これほど近くまで来たいま、自分の推測が正しかったのかどうか知りたくてたまらず、ほかのすべては二のつぎだったのだ。スーザンがまだ食べているうちに、わたしはトラックを背後の丘のすこしだけ高いところへ移動させ、もっと視界を広くとれるようにした。驟雨《しゅうう》を透《す》かして、そして薄暗くなりつつある光のなかで、谷間の反対側にもういちど視線を走らせたが、無駄骨に終わった。数頭の牛と羊、眼下の原野をときおりよたよたと進んでいくトリフィドを除けば、谷間のどこにも生きているもの、動くものはなかった。

あることを思いついて、村までおりて行くことにした。スーザンを連れていくのは気が進まなかった。その場所が不愉快な状態にあることはわかっていたからだ。しかし、彼女を置いていくわけにもいかなかった。村へ着いてみると、彼女はわたしほどその光景に影響を受けないとわかった。子供は、どういうものにショックを受けるのが正しいのか教えこまれるまで、恐ろしいものについてちがった慣習を持っているものだ。気がめいったのは、わたしひとりだった。スーザンは、胸が悪くなるものよりは興味を惹《ひ》かれるもののほうをたくさん見つけた。真っ赤なシルクのレインコートを見つけた彼女の喜びようは、どんな陰鬱《いんうつ》な気分も相殺《そうさい》した。何サイズか大きすぎたにもかかわらず、彼女はそのレインコートを着こんだ。わたしの捜索も成果があった。トラックにもどったときには、小型のサーチライトのようなヘッドライトをかかえていた。見るからに豪華なロールス・ロイスについているのを見つけたものだった。

運転台の窓のわきにある一種の旋回軸《せんかい》にそれをとりつけると、あとはプラグをさしこむばかりにした。とりつけがすむと手持ち無沙汰となり、暗闇がおりるのを待ったり、雨があがるのを祈ったりするしかなかった。

あたりがすっかり闇に閉ざされるころには、雨滴《うてき》はポツポツと落ちてくるだけになっていた。わたしはライトのスイッチを入れ、目もくらむような光の束《たば》に夜の闇を貫かせた。その光線が水平に反対側の丘陵のほうを向くようにして、ライトをゆっくりと右から左へまわしていくいっぽう、応《こた》える光はないかと丘稜の連なり全体を同時に見張ろうとした。着実に十二、三往復させ、折り返し地点に来るたびに数秒間スイッチを切り、暗闇のなかですこしでも明滅する光がないかと探した。しかし、そのたびに丘陵を覆う夜の闇は漆黒《しっこく》のままだった。やがて雨がまた激しく降りだした。わたしは光線を真正面に固定し、運転台の屋根をたたく雨滴の音に耳をすましながら待機した。いっぽうスーザンは、わたしの腕にもたれて眠りこんだ。一時間が経過したころ、太鼓《たいこ》のような音がパタパタという音にまでおさまり、やんだ。スーザンが目をさますと同時に、わたしはふたたび光線の往復をはじめた。六度目の往復が終わったとき、彼女が大声をあげた――

「見て、ビル！　あそこよ！　光がある！」

彼女は正面からわずかに左のほうを指さしていた。わたしはライトのスイッチを切り、彼女の指からのびる線をたどった。はっきりしなかった。目の錯覚でないとしたら、遠くのツチボタルと変わらないほど薄暗いものだった。わたしたちが目をこらしているうちにも、雨がふたたび土砂《どしゃ》降りとなった。わたしが双眼鏡を手にしたときには、もうなにひとつ見えなかった。

わたしは動くのをためらった。その光は——光だったとしたらの話だが——もっと低いところでは見えないかもしれない。わたしはいまいちどライトを前方に向け、できるかぎり辛抱強く腰をすえて待つことにした。また一時間近く経過したころ、雨がふたたびあがった。その瞬間、わたしはライトのスイッチを切った。

「あれよ!」スーザンが興奮して叫んだ。「見て! 見て!」

たしかに光だった。そしてこんどは、どんな疑いも打ち消すほど明るかった。もっとも、双眼鏡では細かいところまでわからなかったのだが。

わたしはまたスイッチを入れ、モールス信号でVの符合を送った——SOS以外に知っているモールス信号はそれだけだったので、そうするしかなかったのだ。見ていると、向こうの光が点滅し、ついで意図的に長短を織《お》り交ぜた一連の光を送りはじめたが、あいにくわたしには、なんの意味もなさなかった。わたしは念のため、もう二回Vの符号を送り、その遠い光の描く線を地図の上に大雑把《おおざっぱ》に引いて、トラックのヘッドライトのスイッチを入れた。

「あれがその女の人?」とスーザンが尋ねた。

「そうに決まってる」わたしは答えた。「そうに決まってるよ」

それはみじめな道中だった。低湿地を渡るには、すこしだけ西へ進路をとってから、丘陵のふもとにそって東へ逆もどりする必要があった。一マイルしか進まないうちに、なにかに遮《さえぎ》られて光がまったく見えなくなり、暗い野道を探るように進んでいくむずかしさに加えて、雨がまた土砂降りになってきた。排水用の水門の世話をする者がいないので、野原はすでに水をかぶっており、道路もところどころで冠水《かんすい》していた。アクセルを目いっぱい踏みこみたくて仕方がないのに、細心の注意を払って運転するしかなかった。

ひとたび谷間の反対側にたどり着くと、氾濫《はんらん》した水からは解放されたが、スピードはほとんどあがらなかった。というのも、山道は原始のままに曲がりくねり、思いもよらぬ曲がり角の連続となったからだ。わたしはありったけの注意をハンドルに向けねばならず、そのあいだスーザンがかたわらで丘陵の上のほうに目をこらし、光がふたたび現れないかと見張っていた。地図上の線と、いまたどっている道らしいものが交わる地点へ達したが、光は影も形もなかった。わたしは丘を登るつぎの分かれ道を試してみた。その道が通じていた白亜《はくあ》の採掘坑《こう》から元の道へ引きかえすのに三十分近くかかった。

わたしたちは下のほうの道をさらに走りつづけた。やがてスーザンが、右手の木の枝の隙《すき》間《ま》にチラチラする光を見つけた。つぎの曲がり角は、前より運がよかった。丘の中腹を斜め上へもどる形になり、ついには斜面の半マイルあまり先に、煌々《こうこう》と明かりの灯《とも》った、四角い小さな窓を目にすることができた。

そのときになっても、そして地図の助けがあっても、そこへ通じる山道を見つけるのは簡単ではなかった。あいかわらずロー・ギアで登りながら、わたしたちはよろよろと進んだが、その窓をあらためて視界にとらえるたびに、すこしずつ近づいていた。山道は鈍重《どんじゅう》なトラックのために作られていなかった。狭くなっている箇所では、灌木《かんぼく》の茂みをかき分けて進むしかなかったが、まるでわたしたちを引きもどそうとしているかのように、それはトラックの側面に引っかき傷を残した。

だが、とうとう前方の路上に、ふられている角灯《ランタン》が現れた。それは動きつづけ、大きく揺れて、門を抜ける曲がり角を教えてくれた。ついで角灯は地面に置かれて静止した。わたしはその一ヤードか二ヤード以内に車を寄せ、停止した。ドアをあけると、懐中電灯の明かりがいきなりわたしの目を照らした。そのうしろに、濡れて光っているレインコートをまとった人影がちらりと見えた。

わざと落ちついた調子とは裏腹に震えがちな声がいった。

「こんばんは、ビル。お久しぶりね」

わたしは飛びおりた。

「ああ、ビル。まさか――ああ、ビル、ずっと心から願っていた……ああ、ビル……」とジヨゼラがいった。

上から声が降ってくるまで、わたしはスーザンのことをすっかり忘れていた。

「濡れてるじゃないの、おばかさんね。どうしてなかへはいって、その人にキスしないの?」と、その声はいった。

## 14 シャーニング

シャーニング農場に着いたとき、わたしがいだいた感じ――これで苦労の大部分はもう終わったのだ、と教えてくれたもの――は、感じというものがどれほど的《まと》はずれになり得るかを示しているという点においてのみ興味深い。ジョゼラを腕に抱きしめるところまではうまくいった。しかし、ただちに彼女を連れ去り、ティンシャムでほかの者たちに合流するというつぎの段階は、いくつかの理由でうまくいかなかった。

これは認めるしかないが、彼女がいそうな場所が頭に浮かんで以来、わたしはかなり映画的に彼女の姿を思い描いてきた。自然の力に敢然《かんぜん》と立ち向かう、とかなんとかいった具合に。ある意味ではそうだったのだろうが、道具立ては、わたしの想像とはまるっきりちがっていた。「さあ、トラックに飛び乗れ。コーカーと、彼の仲間たちと合流しに行くんだ」と告げるという単純な計画は、忘れるしかなかった。物事はそれほど単純にはいかない、と人は知っていて当然かもしれない――そのいっぽうで、いいものが悪いもののふりをしていることがどれほど多いかは驚くほどだ……。

ティンシャムに行くよりシャーニングに残るほうを最初から選んだわけではない――もっと大きなグループに加わるというのは、明らかに、より賢明な行動だった。しかし、シャーニングには魅力があった。「農場」という言葉は、その場所には名ばかりのものとなっていた。二十五年ほど前まではたしかに農場だったし、いまも農場のような外見だったが、じっさいはカントリー・ハウスとなっていた。サセックスやその近隣の州には、そのような屋敷や一軒家が点在していて、疲れたロンドン人種たちの要求をかなえていた。家の内部は、以前の住人がひとつの部屋でも見分けられるかどうか怪しいと思われるほど近代化され、改修されていた。外部はラテン風になっていた。庭と納屋《なや》は農村風にこぎれいというよりは郊外風に垢《あか》抜けていて、長年にわたり、数頭の乗馬と小馬以上に粗野《そや》な動物の暮らしを知らずにいた。農場の構内に実利的な光景は見られなかったし、農村特有の臭《にお》いもしなかった。ボーリング競技用グリーンのような短く刈《か》りこんだ緑の芝《しば》が敷きつめられていた。屋敷の窓は風雨にさらされた赤いタイルの下に開いており、その窓から見渡せる畑は、ずっと前からほかの、もっと土になじんだ農家の住民によって耕《たがや》されていた。しかし、物置小屋と納屋はいい状態に保たれていた。

いつの日かこの場所を元どおりにし、かぎられた規模で農業を営《いとな》もうというのが、ジョゼラの友人たち、つまり現在の所有者たちの野心だった。そしてこの目的のために、彼らは度《たび》重なる魅惑的な申し出を断って、いつか、なんらかの方法で、本来はこの農場の一部だった土地を買いもどしにかかれるだけの資金を作るという願いをいだいていた。

自家用の井戸と自家用の発電機に加え、その場所には推奨するべき点がたくさんあった——しかし、ひととおり見たところ、協同作業の大切さを訴えたコーカーの慧眼《けいがん》ぶりがよくわかった。わたしは農業についてなにも知らなかったが、ここにとどまるつもりなら、われわれ六人が食べていくには、膨大な量の仕事をしなければならないと感じられた。

ジョゼラがここへ着いたとき、ほかの三人はすでにいた。デニスとメアリのブレント夫妻、そしてジョイス・テイラーだ。デニスがこの屋敷の持ち主だった。ジョイスは期限を決めない客の立場で、最初はメアリの相手をしていたが、メアリのお腹《なか》の子供が生まれる時期が近づくと、家事全般をこなすようになった。

緑の閃光《せんこう》の夜——もし例の彗星《すいせい》とやらをいまだに信じているのなら、彗星の夜といってもいいだろう——ほかにふたりの客がいた。ジョーンとテッドのダントン夫妻で、そこで一週間の休暇を過ごしていた。五人とも庭に出て、例の花火大会を見物した。五人とも朝になって目をさますと、そこは永遠の闇に閉ざされた世界だった。まず電話をかけようとしてみたが、通じないとわかると、通いの家政婦の到着に望みをつないで待った。それも期待はずれに終わったので、なにが起きたのか調べるために、テッドが出ていくといいだした。妻がヒステリー同然でなかったら、デニスも同行しただろう。そういうわけで、テッドはひとりで出ていった。彼は二度ともどらなかった。その日、そのあとのいつかの時点で、だれにもひとこともいわずに、ジョーンも家を抜けだした。おそらく夫を見つけようとしたのだろう。彼女もそれっきり姿を消してしまった。

デニスは置き時計の針にさわって、時間の経過をたどっていた。午後も遅くなるころには、もはやなにもせずに坐《すわ》ってはいられなくなった。彼としては村までおりて行ってみたかった。

女性陣はふたりとも反対した。メアリの状態が状態だったので、彼はあきらめ、ジョイスが行くことにした。彼女はドアまで行き、前にのばした杖《つえ》で道を探りながら進みはじめた。敷居を越えるか越えないかというとき、なにかがシュッと音を立てて彼女の左手を打ち、熱い針金のように痛みを走らせた。ジョイスは悲鳴をあげて跳《と》びすさり、玄関ホールでくずおれた。デニスがそこで彼女を見つけた。さいわい彼女は意識があり、手の痛みにうめくことができた。手でミミズ腫《ば》れをさわったデニスは、その原因の察しがついた。目が見えないにもかかわらず、彼とメアリはどうにか温湿布《おんしつぷ》を当てがい、メアリがヤカンで湯を沸《わ》かすあいだ、デニスは止血帯《しけつたい》をして、なんとか毒を吸いだそうとした。そのあと彼女をベッドまで運びあげねばならなかった。彼女は何日か寝たきりになり、そのあいだに毒の効《き》き目は薄れていった。

いっぽうデニスは、まずは家の正面、つぎに裏手で実験してみた。ドアをわずかにあけ、頭の高さに箒《ほうき》をおそるおそる突きだす。そのたびに刺毛《しもう》がヒュンとうなり、握っている箒の柄《え》がかすかに震えた。庭に面した窓のひとつでも同じことが起きた。ほかの窓はだいじょうぶなようだった。彼としては、その窓のひとつから出てみたいところだったが、メアリがやめてくれと泣いて頼んだ。トリフィドが家の近くを囲んでいるのなら、ほかのやつもいるにちがいない。夫に危険を冒《おか》させるつもりはなかった。

さいわい、当分のあいだ食いつなげるだけの食料はあった。もっとも、食事の用意をするのはむずかしかったが。熱は高いものの、ジョイスもトリフィドの毒に負けないでいるようだったので、状況はそれほどさし迫ったものではなかった。つぎの日の大部分を費やして、デニスは自分用に一種のヘルメットをこしらえた。網目《あみめ》の大きな金網《かなあみ》しかなかったので、何枚も重ねて結びあわせなければならなかった。時間はかかったが、これと分厚い長手袋で身を固めた彼は、夕方には村へ向かって出発できた。家から三歩と離れないうちに、トリフィドが打ちかかってきた。彼は手探りでそいつを見つけ、幹《みき》をねじ切った。一分か二分後、また別の刺毛がヘルメットを強打した。そのトリフィドを見つけて、組み討《う》ちすることはできなかったが、そいつは五、六回打ちかかった末に、あきらめた。彼は道具小屋までの道を見つけ、そこから山道へ出た。そのときは園芸用の撚糸《ねんし》の大きな玉を三つかかえており、帰るときの道しるべとなるように、進みながら繰《く》りだしていった。

山道でさらに何度か刺毛に鞭《むち》打たれた。村までの一マイルほどを歩きとおすには、途方もなく長い時間がかかったし、村にたどり着く前に、撚糸がつきてしまった。歩いたり、つまずいたりしているあいだ、ずっと物音ひとつしない静寂に包まれていた。あまりの静けさに、怖くなるほどだった。ときおり足を止めて呼びかけたが、答えはなかった。たびたび道に迷ったのではないかと心配になったが、舗装された路面を足が踏んだとき、自分の居場所がわかったし、道標を探りあてて確認することができた。彼は手探りで先へ進みつづけた。

たいへんな距離を歩いたと思われだしたころ、足音の響きがちがっていることに気づいた。かすかなこだまをともなっていたのだ。片側へ寄ると歩道があり、ついで塀《へい》があった。さらにすこし先へ進むと、煉瓦塀《れんが》に組みこまれた郵便受けが見つかり、ようやくじっさいに村のなかにいるにちがいないとわかった。彼はいまいちど声をはりあげた。ひとつの声、女性の声が返ってきたが、すこし離れた前方であがったので、言葉はよく聞きとれなかった。彼はもういちど声をはりあげ、そちらに向かって移動をはじめた。返事は絶叫でぷつんと途切れた。そのあとはまた静寂が垂れこめた。そのときになってはじめて、あいかわらず半信半疑ながら、村も自分の家と変わらない苦境にあるのだ、とデニスは悟った。道ばたの芝生に坐りこみ、これからどうしようと考えた。

空気の感じで、夜が来たにちがいないと思った。丸四時間も家から離れていたことになる――そして帰る以外にやることはなにもない。とはいえ、手ぶらで帰らなければならない理由はない……。杖でコツコツと音を立てながら塀にそって歩いていくと、やがて村の雑貨店を飾っているブリキ板の広告の一枚に当たってカーンと金属音を立てた。最後の五、六十ヤードで三度も刺毛にヘルメットをたたかれた。門をあけたとき、もう一発食らい、彼は通路に倒れていた体につまずいた。男の死体で、すっかり冷たくなっていた。

デニスの印象では、自分より前にほかの者たちがその店にやってきたようだった。にもかかわらず、かなり大きなベーコンの片身《かたみ》が見つかった。バターやマーガリンの容器、ビスケット、砂糖といっしょにそれを袋へ放りこみ、いろいろな缶詰類を加えた。記憶がたしかなら、食料に当てられていた棚《たな》からとったものだ――とにかく、イワシの缶詰はまちがえようがなかった。それから糸を巻いた玉を探して十二、三個見つけ、袋をかついで、家路《いえじ》についた。

いちど道をまちがえ、自分の足跡をたどり直し、元の場所にもどるまで、恐慌状態におちいらないようにするのは至難《しなん》の業《わざ》だった。しかし、とうとう歩き慣れた山道にもどっているとわかった。その道を手探りでまっすぐ進むと、来るときに残してきた撚糸がなんとか見つかり、それを店から持ってきた糸につないだ。そこからの帰り道は、わりあい楽だった。

つづく一週間のうちに、彼はもう二度村の店まで往復した。そのたびに家や途中にいるトリフィドは、数が増えているように思えた。孤立した三人組には、希望を捨てずに待つ以外にやることがなかった。やがて、奇跡のように、ジョゼラが到着したのだった。

＊

ただちにティンシャムへ引っ越すという考えは現実的ではない、とそのとき即座に判明した。ひとつには、ジョイス・テイラーがまだ極度の衰弱状態にあったからだ――彼女を目にしたとき、そもそも生きているのに驚いたほどだった。デニスの迅速な手当てのおかげで命はとりとめたが、つづく一週間のうちに体力をとりもどす強壮剤どころか、まともな食べ物さえあたえられなかったせいで、回復が遅れていたのだ。まだ一週間か二週間は、彼女に長距離の移動をさせようとするのは愚《ぐ》の骨頂《こっちょう》だろう。その上、メアリのお産も迫っており、旅をするのは勧《すす》められなかったので、この危険な時期が過ぎ去るまで、わたしたち全員がこの場所にとどまるしかないように思われた。

品物を漁《あさ》り、徴発するのが、またしてもわたしの任務となった。こんどは前よりも頭を働かせて仕事をしなければならなかった。食料だけではなく、照明設備や、卵を産む鶏《にわとり》や、最近子牛を産んだ（肋《あばら》が浮いているものの、まだ生きている）雌牛《めうし》二頭のためのガソリンや、メアリのための医薬品といった、驚くほど細々《こまごま》とした日用品が含まれていたからだ。

その地域には、見たことがないほどトリフィドがはびこっていた。ほぼ毎朝、一体か二体の新しいやつが家のそばに潜んでいるのが明らかになり、その日の最初の仕事は、そいつらの頂部を吹っ飛ばすことだった。やがてわたしは金網の柵を張り、そいつらを庭から締めだしておくことにした。そうなっても、そいつらはまっすぐやってきて、なにか手を打つまで柵の前を思わせぶりにうろつくのだった。

わたしは機材のケースをいくつかあけ、トリフィド銃の使い方を若いスーザンに教えた。彼女はたちまち――彼女がそう呼びつづけている――化け物の武装解除の専門家となった。毎日そいつらに復讐を果たすのが、彼女の受け持ちとなった。

大学の建物での火事騒ぎのあと、ジョゼラの身に起きたことをわたしは聞きだした。

わたしが自分の班といっしょに送りだされたように、彼女も自分の班といっしょに送りだされた。だが、お目付《めつけ》役であるふたりの女性には、手っとり早いやり方で対処した。こういう最後通牒《つうちょう》を突きつけたのだ――あらゆる拘束を解いて自分を自由にするなら、できるかぎりあなたたちに力を貸す。そうでなければ、もし強制をつづけるなら、わたしが勧めた青酸《せいさん》を飲んだり、青酸カリを食べたりするはめになっても不思議はないだろう。どちらか好きなほうを選ぶといい、と。ふたりは分別のある選択をした。

そのあとの日々について、おたがいに話さなければならないことに、たいしたちがいはなかった。彼女のグループがとうとう瓦解《がかい》したとき、彼女はわたしと同じ筋道で考えた。車に乗り、わたしを探すためにハムステッドへ行ったのだ。わたしのグループの生き残りには会わなかったし、例の引き金を引くのが早い、赤毛の青年にも出くわさなかった。陽《ひ》が沈むまでそこにいつづけ、それから大学の建物へ向かうことにした。なにが待ち受けているのかわからなかったので、用心深く通りを二本へだてたところに車を駐《と》め、徒歩で近づいていった。門までまだすこし距離があったとき、銃声が聞こえた。なにが起きているのだろうと首をひねりながら、以前ふたりで隠れた庭園にジョゼラは身を潜めた。そこから、やはり慎重に進んでいるコーカーの姿が見えた。広場《スクエア》でわたしがトリフィドを撃ち、その銃声がコーカーの警戒心の原因となったとは知らなかった彼女は、なにかの罠《わな》ではないかと疑った。二度と罠にはかかるまいと決意して、彼女は車に引きかえした。ほかの者たちがどこへ行ったのか――そもそも行ったとしたらの話だが――見当もつかなかった。だれかが知っていそうな避難所で思いついたのは、偶然のようにわたしに伝えた場所だけだった。もしわたしがまだこの世にいるなら、わたしがその場所を思いだし、見つけようとするだろうという希望にすがって、彼女はそこをめざすことにした。

「ロンドンから出てしまうと、車の後部座席で丸くなって眠ったわ」とジョゼラがいった。「翌朝ここへ着いたときは、まだすごく早い時間だった。車の音を聞いたデニスが二階の窓まで来て、トリフィドに気をつけろと警告してくれたの。そのとき、六体か七体のトリフィドが、屋敷をぐるっととり巻いているのが見えた。どこから見ても、だれかが出てくるのを待っているみたいだった。デニスとわたしは大声で言葉を交わしたんだけど、トリフィドが身じろぎして、わたしのほうへ向かってきたから、あわてて車へ逃げこんだわ。そいつらが止まらずにやって来るんで、車をスタートさせ、わざと轢《ひ》いてやった。でも、まだほかのがいたし、武器のたぐいはナイフしかなかった。その面倒な問題を解決してくれたのはデニスだった。

『予備のガソリンがあるなら、そいつをあいつらの行く手に撒《ま》くんだ。そのあと燃えているボロ切れを放り投げろ』と彼がいった。『そうすれば追い払える』ってね。

追い払えたわ。そのときから、園芸用の手動ポンプを使っているの。家を丸焼けにしてないのが不思議なくらい」

ジョゼラは料理の本の助けを借りて、食事のようなものをなんとか作りだし、多少なりとも屋敷のなかを整頓《せいとん》する仕事にとりかかった。働いたり、習いおぼえたり、その場しのぎでやったりすることで忙しすぎて、つぎの数週間より先にある未来をあれこれ思いわずらっている暇はなかった。その日々を通じて、ほかの人間はまったく見かけなかったが、どこかにだれかがいるにちがいないと信じて、昼間は煙、夜中は明かりと、人のいるしるしを探して谷間全体を見張ってきた。煙はひと筋も見なかったし、わたしがやってきた晩まで、視界のきく数マイル以内にかすかな明かりも見当たらなかった。

ある意味で、元からいた三人のなかで、いちばん参っているのはデニスだった。ジョイスはまだ衰弱していて、半病人の状態にあった。メアリは引きこもり、やがて母親になる日のことを考えて頭をいっぱいにし、そこに慰《なぐさ》めを見いだしているようだった。しかし、デニスは罠にかかった動物のようだった。わたしがさんざん聞かされてきた、役にも立たない呪いの言葉を彼は吐かなかった。まるで居たくもない檻《おり》に無理やり閉じこめられたかのように、激しい恨《うら》みをいだいて、自分の境遇に憤慨《ふんがい》していた。わたしが到着する前には、すでにジョゼラに頼んで、百科事典でブライユ点字法の項目を見つけてもらい、自分が学ぶためにアルファベットの点字見本を作ってもらっていた。彼は毎日かなりの時間をかけて点字でメモをとり、あとで読みかえそうとした。残りの時間の大部分は、自分が役立たずであることにやきもきしていた。もっとも、それを口にすることはめったになかったが。彼は不屈の精神であれこれやろうとしつづけた。見ているとなんとも痛々《いたいた》しく、手を貸そうとする気持ちを抑えるには、ありったけの自制心が必要だった——頼まれもしないのに手を貸したらデニスがつらい思いをした、そんな経験はいちどで充分だったのだ。苦労していろいろなことのやり方を自分に教えこんでいる彼の姿に、わたしは舌を巻くようになったが、いちばん感銘を受けたのは、やはり目が見えなくなってわずか二日目に、役に立つ金網のヘルメットを作りあげたことだった。

わたしは徴発《ちょうはつ》のための遠征にときどきデニスを同行させて、自分の殻《から》から出るようにさせた。重い箱を動かすのを手伝って役に立てたことがわかると、彼もうれしいようだった。彼はブライユ点字法の本を喉から手が出るほどほしがったが、そういうものがありそうな大きな街で感染の危険が減るまでは、あとまわしにするしかない、とわたしたちは判断した。

日々は飛ぶように過ぎ去りはじめた。目の見えるわたしたち三人にとっては、まちがいなくそうだった。ジョゼラはもっぱら家のなかで忙しくしており、スーザンは彼女の手伝いをおぼえているところだった。わたしが手をつけるのを待っている仕事もたくさんあった。ジョイスはふらつく姿をはじめて見せるまでに回復し、やがて急速によくなりはじめた。まもなくメアリの陣痛《じんつう》がはじまった。

それは、だれにとっても悪い夜だった。最悪だったのは、やる気はあるが、経験のないふたりの若い女性の働きしだいだと知っているデニスの場合だったかもしれない。彼の自制心は見あげたものだったが、なんの役にも立たなかった。

朝の早い時間にジョゼラがひどく疲れた顔でおりてきた――

「女の子よ。母子ともに元気」彼女はそういうと、デニスの手を引いて二階へあがった。

すこしあと彼女がもどってきて、わたしが用意しておいた飲み物をとりあげた。

「すごく簡単だったわ、ありがたいことに」とジョゼラ。「かわいそうなメアリは、その子も目が見えないんじゃないかと死ぬほど心配していたけど、もちろん、そうじゃなかった。いまはその子の姿を見られないといって、ワンワン泣いているわ」

わたしたちは酒を飲み交わした。

「おかしな話だ」わたしがいった。「つまり、物事のあり方ってのは。種子みたいじゃないか――すっかり萎《しな》びて、先がないように見える。人は死んでいると思うけど、そうじゃない。

やがて新しい命がはじまり、この事態に……」

ジョゼラが両手で顔を覆った。

「ああ、神さま！　ビル。こんな風にずっとつづいていかなくちゃいけないの？　いつまでも——いつまでも——いつまでも——」

そして彼女もワッと泣きくずれた。

*

三週間後、わたしはコーカーに会って、わたしたちの引っ越しの段取りをするためにティンシャムへ行った。日帰りをしたかったので、ふつうの乗用車を使った。帰ってきたとき、玄関ホールでジョゼラがわたしを出迎えた。わたしの顔をひと目見るなり、彼女がいった。

「どうかしたの？」

「けっきょく、あそこへは行かないってだけだ」と、わたしは彼女に告げた。「ティンシャムはおしまいだ」

彼女はわたしをじっと見返し、

「なにがあったの？」

「よくわからない。どうも疫病にやられたみたいだ」

わたしは手短《てみじか》にそこの状態を説明した。くわしく調べるまでもなかった。わたしが到着したとき、門はあいていたし、庭園に野放しになっているトリフィドの光景が、なにを目にすることになるかをなかば警告してくれた。車からおりると、臭《にお》いでその確証が得られた。わたしは心を鬼にして館《やかた》にはいった。見たところ、二週間あまり前から無人のようだった。ふたつの部屋に首を突っこんでみた。それで充分だった。呼びかけると、その声がうつろな館の奥まで流れていった。それ以上先へは行かなかった。

正面のドアにメモのようなものがピンで留《と》めてあったが、空白の隅《すみ》が残っているだけだった。風に吹き飛ばされたにちがいない紙片の残りを、長い時間をかけて探したが、見つからなかった。裏庭にはトラックも乗用車も見当たらず、貯蔵品の大部分もいっしょに消えていたが、行き先は見当もつかなかった。自分の車にもどって、引きかえすしかなかった。

「それで――どうするの?」わたしの話が終わると、ジョゼラが訊いた。

「それで、ここへ残るのさ。自給自足のやり方を学ぶ。そして自給自足でやっていく――助けが来ないかぎり。どこかに組織といえるものがあるかもしれない……」

ジョゼラがかぶりをふった。

「助けのことはいっさい忘れたほうがいいと思うわ。何百万、何千万という人々が、まだ来ない助けを待ち望んでいるのだから」

「なにかあるはずだ」と、わたし。「こういう小さなグループが、ヨーロッパじゅうに――世界じゅうに何千と散らばっているにちがいない。なかには寄り集まるものもあるだろう。彼らは再建をはじめるだろう」

「どれくらい先の話?」とジョゼラ。「何世代も先の話? たぶんわたしたちの生きているうちは無理よ。ええ——世界は消えて、わたしたちはとり残された……。わたしたちは自らを養《やしな》っていかなけりゃならない。助けなんか絶対に来ないかのように考えて、計画を立てなきゃいけない……」彼女はいったん言葉を切った。その顔には、これまで見たことのない奇妙で、うつろな表情が浮かんでいた。それがくしゃくしゃとゆがんだ。

「ジョゼラ……」わたしはいった。

「ああ、ビル、ビル、わたしはこんな暮らしをするはずじゃなかった。もしあなたがいなかったら……」

「さあ、黙るんだ、ジョゼラ」わたしはやさしくいった。「黙るんだ」彼女の髪を撫《な》でる。

ややあって彼女が自分をとりもどした。

「ごめんなさい、ビル。自分を哀れむなんて……最低ね。二度としないわ」

彼女はハンカチで目もとを軽くたたき、洟《はな》をすすった。

「そうすると、わたしは農夫のおかみさんになるのね。とにかく、あなたと結婚したいわ、ビル——たとえ正式な手続きにのっとった結婚でなくても」

不意に彼女がくすくす笑いを漏らした。しばらく聞いていなかったものだ。

「どうしたんだ?」

「自分が結婚をどれほど怖がっていたかを考えていただけよ」

「そいつはじつに乙女《おとめ》らしく、きみらしいことだな——ちょっと意外だとしても」と、わたしは彼女に告げた。

「ええと、かならずしもそういうことじゃないの。わたしの出版社や、新聞や、映画会社のこと。わたしが結婚するとなったら、あの連中、どれほど喜ぶことか。わたしのばかげた本の新版が出たでしょうね――きっと映画の新作も――新聞という新聞に写真が載ったでしょう。あなたはあまり気に入らなかったと思うわ」

「あまり気に入らないといえば、もうひとつ思いつくことがある」と、わたし。「憶えてるかい――あの夜、月明かりのなかできみが持ちだした条件を？」

彼女はわたしを見つめた。

「まあ、思ったほどひどくならずにすんだこともあるみたい」と彼女がいった。

## 15　狭《せば》まりゆく世界

それ以来、わたしは日誌をつけてきた。それは日記と貯蔵品目と備忘録をいっしょくたにしたものだった。遠征に出た場所のおぼえ書き、集めた日用品の明細、入手できそうな量の見積もり、家屋の状態に関する所見《しょけん》に加え、劣化を防止するためにまず処置するべき箇所のメモが載っている。食料、燃料、種子は一貫して捜索の対象だったが、それだけを探していたわけではない。膨大な量の衣服、道具、家庭用のリネン、馬具、台所用品、膨大な量の杭《くい》、針金、針金、さらに針金、おまけに本がこと細かに記入されている。

日記を見るとわかるのだが、わたしはティンシャムから帰ってきて一週間のうちに、トリフィドを締めだしておくための柵《さく》を針金で建てる仕事にとりかかった。庭や家のすぐ近くに寄せつけないための防壁はすでにあった。こんどはトリフィドのいない土地を百エーカーあまりに広げようという、もっと野心的な計画に着手したのだ。それは自然の地形とすでにある防壁を利用して、頑丈な針金の柵を作り、その内側にもっと簡便《かんべん》な柵をめぐらせて、家畜やわたしたち自身が外側の柵から打ってくる刺毛《しもう》の射程内にうっかりはいらないようにするというものだった。それはうんざりするような重労働となり、完成するまで何カ月もかかった。

それと同時に、わたしは農作業のイロハを学ぶことに精を出していた。それは本から簡単に学べるようなものではない。たとえば、農夫になろうとする者が、まったくのゼロからはじめるという問題は、どの著者の頭にも浮かばなかったのだ。したがって、わたしにはそなわっていない基礎知識や専門用語の両方を前提として、あらゆる著作が途中からはじまっているのが実情だった。わたしの専門化された生物学の知識は、実用的な問題を前にすると、役立たずも同然だった。理論の多くは、手にはいらないか、見つけられたとしても、わたしにはそれと識別できない原料や物資が欠かせないと説いていた。化学肥料《ひりょう》や、輸入飼料や、ごく単純なものを除く機械類といった、まもなく入手できなくなるものを念頭から追いだしたころには、汗水《あせみず》垂らして働いたとしても、あまり多くの収穫が望めないことが、早くもわかってきた。

馬の飼育や、酪農《らくのう》作業や、食肉解体の手順に関しても、本から仕入れた知識だけでは、こうした技術についての適切な土台になるわけがない。あまりにも多くの点で、関連する章にいちいち当たらなければならない。それよりなにより、現実が執拗に突きつけてくる問題は、印刷物の上の単純な問題とは似ても似つかないものなのだ。

さいわい、失敗しては、そこから学びとるだけの時間はたっぷりあった。自分たちのもとにあるものだけでやっていくようになるのはまだ数年先だとわかっているおかげで、失望を通り越して絶望におちいったりせずにすんだ。貯蔵品で生きているので、将来を見越して倹約にはげんでいるのだと思うと、安心感も得られた。

ふたたびロンドンへ出かけるのは、大事をとって丸一年先にのばした。そこは掠奪《りやくだつ》にもってこいの場所だったが、もっとも気がふさぐ場所でもあった。魔法の杖《つえ》がひと触れすれば、たちまちよみがえるという印象がいまだにあったのだ。もっとも、通りに乗り捨てられた車輛は錆《さ》びはじめていた。さらに一年後、変化はもっと目につくものとなった。家の正面から大きな漆喰《しつくい》が剝《は》がれ落ち、舗道に散らばりはじめた。落ちたタイルや煙突の煙出しが、通りに転がっているようになった。雑草が側溝《そつこう》にはびこり、排水管を詰まらせていた。枯《か》れ葉が雨樋《あまどい》の縦管《たてかん》をふさいでしまい、壁の亀裂や屋根の溝に溜《た》まった泥に草が生えるどころか、草むらができていた。ほぼすべての建物が緑の鬘《かつら》をかぶりはじめ、その下で湿気《しつけ》た屋根が腐っていた。多くの窓ごしに、落ちた天井、丸まった壁紙、湿気でテラテラ光っている壁が見えた。公園や広場の庭園は荒れ放題で、境《さかい》を接する通りへ這《は》いだしていた。じっさい、繁茂《はんも》するものはいたるところへはみ出しており、石畳の隙間《すきま》に根をおろし、コンクリートの割れ目から芽《め》を出し、乗り捨てられた車の座席にさえ住み処《か》を見つけているようだった。人間が創《つく》りだした乾燥した空間をとりもどそうと、植物が四方八方で蚕食《さんしょく》をつづけていた。奇妙なことに、生き物がしだいにはびこるにつれ、その場所の雰囲気から重苦しさが減っていった。どんな魔法の杖も通用しなくなればなるほど、亡霊の大部分は道連れとなって、歴史のなかへゆっくりと退いていった。

いちど——その年でも、そのつぎの年でもなく、もっとあとに——わたしはピカデリー・サーカスにふたたび立ち、荒廃した街をぐるっと眺めて、かつてそこにひしめいていた群衆を心の目に映しだそうとした。もはや映しだせなかった。わたしの記憶のなかでさえ、それらは現実味を欠いていた。いまやそれらしい色がなかったのだ。ローマの円形闘技場《コロッセウム》の観客や、アッシリアの軍勢のような歴史の背景幕と変わらなくなってしまい、同じくらい遠くなっていた。静かな時間にときおり忍び寄ってくる懐旧《かいきゅう》の念は、崩落《ほうらく》しつつある光景そのもの以上に、わたしの心を哀惜《あいせき》で締めつけた。田園地帯にひとりきりでいると、以前の生活の楽しかったことを思いだせた。ゆっくりとボロボロになっていく建物に囲まれていると、思いだせるのは混乱、憤懣《ふんまん》、目的のない衝動、どこにいても聞こえる、からっぽの器《うつわ》がぶつかり合う騒々しい音だけに思え、いったいどれだけのものを自分たちが失ったのか、よくわからなくなるのだった……。

まず試しにひとりでロンドンへ行ったとき、トリフィド退治用の太矢《ふとや》のはいった箱、紙、エンジン部品、デニスがひどくほしがっていたブライユ点字法の本と写字機、贅沢品として酒、甘い菓子、レコード、さらにデニス以外の者たちのための本を持ち帰った。一週間後、ジョゼラがわたしに同行した。グループのおとな用だけではなく、いや、それは二のつぎで、メアリの赤ん坊用と、いまジョゼラ自身が身ごもっている赤ん坊用の衣服を探すという、もっと実際的な目的があったからだ。ジョゼラはすっかり参ってしまい、それきりロンドンを訪ねることはなかった。

わたしは乏《とぼ》しくなった必需品を探しに、ときどきロンドンへ通《かよ》いつづけ、同時にささやかな贅沢品を持ち帰る機会を逃さなかった。数羽の雀《すずめ》と、ときおりのトリフィドを除けば、動くものはいちども見かけなかった。世代ごとに野生化していく猫と犬は、田園地帯では見られたが、ロンドンにはいなかった。とはいえ、わたし以外の者が、まだそこで日用品を定期的に漁《あさ》っている形跡をときおり見つけた。しかし、その姿はいちども目にしなかった。

最後にロンドンへ行ったのは四年目の終わりで、もはや冒《おか》す値打ちのない危険にさらされると気づいたのだった。その最初の兆候は、市の中心部に近い郊外のどこかで、すさまじい轟音《ごうおん》が背後であがったことだった。わたしはトラックを停《と》め、うしろをふり返った。すると道をふさいだ瓦礫《がれき》の山から土ぼこりが立ち昇っているのが目に飛びこんできた。わたしのトラックが地響きを立てて通過したことで、ぐらついていた家の正面に最後の一撃が加えられたのは、はた目にも明らかだった。その日は、それ以上建物を崩《くず》さずにすんだが、いつ煉瓦《れんが》とモルタルがなだれ落ちてくるかとビクビクしながら過ごした。そのあとは、注意を向ける対象をもっと小さな町に絞り、たいてい徒歩で動きまわった。
ブライトンが必需品を漁るのに都合のいい最大の供給源になったはずだが、わたしは近づかなかった。訪ねてみる価値があると思いついたときには、ほかの者たちがそこを占拠していたのだ。その連中が何者で、何人いるのかはわからなかった。石を雑に積みあげて道路をふさいだ壁があり、そこにこういう指示がペンキで書かれているのを見つけただけだった
——

## 立入禁止！

その忠告を裏打ちするかのように、ライフルの銃声がはじけ、わたしの目と鼻の先で土ぼこりが舞いあがった。話しあおうにも、だれの姿もなかった——おまけに、話しあいに応じるような応対ではなかった。

わたしはトラックをまわれ右させ、あのスティーヴンという男が防備を固めていたのは、けっきょくそれほど的《まと》はずれでもなかったとわかる日が来るのだろうか、と考えこみながら走り去った。万が一にそなえて、すでにトリフィド退治に使っている火炎放射器を調達した兵器庫から、数挺《ちょう》の機関銃と数門の迫撃砲を仕入れてきた。

二年目の十一月、ジョゼラの最初の赤ん坊が生まれた。わたしたちはその子にデイヴィッドという名前をつけた。だが、この子ができた喜びに、ときおり水をさすものがあった。つ

まり、わたしたちのせいでこの子が直面することになった事態に対する気がかりだ。しかし、ジョゼラはわたしほど心配しなかった。彼女はこの子に夢中になった。この子は彼女が失ったものの多くを埋めあわせているようだった。そして、それと矛盾《むじゅん》しているようだが、行く手にかかっている橋の状態を以前ほど心配しなくなった。ともあれ、この子は元気旺盛《おうせい》で、将来、自分の面倒は自分でみられるようになりそうだったので、わたしは憂慮《ゆうりょ》を押さえこみ、いつの日かわたしたち全員を養《やしな》わなければならなくなる土地に注《つ》ぎこむ労力を増やした。

＊

ジョゼラにいわれて、トリフィドにもっと注意を向けるようになったのは、それからさほどあとのことではなかったにちがいない。わたしは長年にわたり、トリフィドに用心しながら仕事をしてきたので、やつらが風景の欠かせない一部となっていることを、ほかの者たちほどには気にしなかったのだ。トリフィドを相手にするときは金網《かなあみ》のマスクと手袋を着用することにも慣れていたので、車で外へ出るたびにそれを身に着けることも、べつだん目新しいことではなかった。じっさいトリフィドにも、マラリアで知られる地域で蚊《か》に払う程度の注意しか払わなくなっていた。ある夜、ベッドに横になっていたとき、ジョゼラがその話を持ちだしたのだった。聞こえる音といったら、遠くにいるトリフィドの堅い小さな棒状突起《とっき》が幹《みき》に当たる、断続的なカタカタいう音だけだった。

「近ごろ、あいつら前より頻繁にあれをやってるわ」

最初は彼女がなんの話をしているのか見当もつかなかった。それはあまりにも長いあいだ、わたしが住んで仕事をしてきた場所につきものの背景音だったので、意識して耳をかたむけないかぎり、音がしているのか、していないのかもよくわからなかった。そういわれて、わたしは耳をすました。

「別にちがいはないように聞こえるけど」と、わたし。

「ちがいはないわ。頻繁になってるだけ――あいつらが前よりもはるかに多くなったから」

「それは気がつかなかった」と、わたしは無頓着《むとんちゃく》にいった。

いったん柵をめぐらせてしまうと、わたしの関心はそのなかの土地に集中し、外でなにが起きているかは気にもとめなかった。遠征に出たときの印象では、たいていの地域でトリフィドのはびこり具合は前とほとんど変わらなかった。はじめてこの土地へ着いたとき、トリフィドの数の多さに注意を引かれ、この地方には大きなトリフィドの栽培場がいくつかあったにちがいないと察しをつけたことを思いだした。

「たしかに増えてるわ。明日見てごらんなさい」と彼女がいった。

朝になると憶《おぼ》えていたので、着替えをしながら、窓の外をのぞいた。なるほど、ジョゼラのいうとおりだった。窓から見えるきわめて狭い範囲の柵の向こうに、百以上を数えられたのだ。朝食の席でそのことに触れた。スーザンがびっくりした顔をした。

「でも、ずっと増えつづけていたのよ」と彼女はいった。「気づいてなかったの？」

「気にかけることが、ほかにたくさんあってね」彼女の口調にちょっといらだって、わたしは応えた。「とにかく、柵の外にいるなら問題ない。こちら側に根をおろす種《たね》をひとつ残らず始末するかぎり、外でなにをしようが、あいつらの勝手だ」

「そうはいっても」不安のにじむ声でジョゼラがいった。「あれだけの数がこの場所だけに集まってくるのは、なにか特別な理由があるのかしら？　集まってきてるのはたしかよ――その理由をぜひとも知りたいわ」

　スーザンの顔に、ふたたび人をいらだたせる驚きの表情が浮かんだ。

「あら、彼が連れてくるのよ」

「指をさすんじゃありません」ジョゼラが反射的にいった。「それ、どういう意味？　ビルはあいつらを連れてきたりしないわよ」

「でも、連れてくるのよ。ビルが騒々しい音を立てると、あいつらが寄ってくるの」

「おいおい」と、わたし。「いったいなんの話だ？　ぼくが眠っているあいだ、口笛であいつらを呼び寄せているとか、そういうことか？」

　スーザンはふくれっ面《つら》をした。

「いいわ。信じないなら、朝ご飯のあとに見せてあげる」そういうと、彼女は拗《す》ねて黙りこんでしまった。

　朝食を終えると、スーザンがテーブルをすっと離れ、わたしの十二口径銃と双眼鏡を持ってもどってきた。わたしたちは芝生《しばふ》に出た。スーザンがあたりを探り、やがて柵のはるか向こうで動いているトリフィドを見つけると、わたしに双眼鏡を手渡した。わたしは、ゆらゆらと揺れながら野原をゆっくりと横切っていくそいつを目で追った。わたしたちから一マイル以上は離れていて、東へ向かっていた。

「さあ、よく見ていてね」とスーザン。

彼女は空中に向けて銃を撃った。

数秒後、そのトリフィドが進路をはっきりと南へ変えた。

「わかった?」肩をさすりながら、彼女が訊いた。

「ああ、そうらしい――たしかなんだろうね? もういっぺんやってみてくれ」わたしは促《うなが》した。

彼女はかぶりをふった。

「やらないほうがいいわ。あれを聞いたトリフィドは、いま、みんなこっちへやって来るところ。あと十分もすれば、立ち止まって耳をすますわ。柵のわきにいるやつらのカタカタいう音が聞こえるほど近ければ、そうじゃなくて、遠すぎたとしても、あたしたちがもういっぺん大きい音を立てれば、そのままやって来る。でも、なんにも聞こえなかったら、ちょっとその場にとどまって、それから、さっきまで行こうとしていたどこかへ、そのまま行ってしまうのよ」

こう教えられて、いくぶん意表を突かれたことは認めよう。

「なるほど――あー。きみはあいつらを本当によく見ていたんだね、スーザン」

「いつも見てるわ。大嫌いだから」まるでそれで説明はそれで足りるというかのように、彼女はいった。

そこに立っているわたしたちに、デニスが加わった。

「きみに賛成だ、スーザン」彼はいった。「あれは気に入らない。しばらく前から気に入らなかったんだ。あのろくでもない連中は、われわれを出しぬいてきたからな」

「おい、ちょっと待ってくれ――」わたしはいいかけた。

「われわれが思うよりも、あいつらは利口だといってるんだよ。あいつらはどうやって知ったんだ？　止める者がいなくなったとたん、あいつらは脱走をはじめた。そのつぎの日には、この家をとり囲んでいた。どうしたらそれを説明できる？」

「別に新しい話じゃない。ジャングル地方では、よく道のそばをうろついていたものだ。撃退されなかったら、小さな村を包囲して侵略するなんて日常茶飯だっただろう。あいつらは、方々《ほうぼう》で危険な害獣のようなものだった」

「でも、ここではそうじゃなかった――そこが肝心な点だ。条件がととのうまで、あいつらにはできなかった。やろうとさえしなかった。でも、できるとなったら、即座にそうしたんだ――まるで、そうできると知っていたかのように」

「おいおい、理性的になれよ、デニス。自分がなにをいっているのか、ちょっと考えてみろ」

「自分がなにをいっているのか、よくわかっているよ――まあ、ある程度は。自分の説が絶対に正しいとはいえないが、これだけはいわせてもらう――つまり、あいつらは驚くほどの早さで、われわれの不利につけこんだわけだ。もうひとついわせてもらえば、あいつらのあいだには、いま手順といえるものが存在している。きみは自分の仕事に夢中で、あいつらがたくさん集まり、柵の向こうで待っているのに気づかなかった。でも、スーザンは気づいていた――ぼくは彼女から聞いていたんだ。で、あいつらはいったいなにを待っているんだと思う?」

そのときわたしは、その問いに答えようとせず、こういった――

「じゃあ、あいつらを引きつける十二口径を使うのをやめて、代わりにトリフィド銃を使うほうがいいと思うのか?」

「銃だけの話じゃないわ。大きな音は全部よ」とスーザン。「トラクターがいちばん駄目ね。騒々しいし、ずっとうるさいから。音の出所《でどころ》が簡単にわかってしまう。でも、照明用の発電機の音だって、かなり遠くでも聞こえるみたい。発電機が動きだしたら、あいつらがこっちに向きを変えるのを見たことがある」

「頼むから」と、いらつきながら、わたしは彼女にいった。「いつまでも『聞こえる』なんていわないでくれ。まるで動物みたいじゃないか。あいつらはそうじゃない。『聞こえ』たりしない。ただの植物だ」

「でも、どういうわけか、聞こえるのよ」スーザンが頑固にいい返した。

「まあいい――とにかく、なにか手を打とう」と、わたしは約束した。

＊

わたしたちは手を打った。最初の罠《わな》は、盛大にガタンゴトンと音を立てる、急ごしらえの風車のようなものだった。それを半マイルほど離れたところに設置した。うまくいった。わたしたちの柵からも、それ以外のところからもトリフィドを引き寄せたのだ。何百体もがその周囲に群がると、スーザンとわたしが車でそこまで行き、火炎放射器の炎を浴びせかけた。二度目もかなりうまくいった——しかし、そのあと風車に注意を払うトリフィドは、ほんのひと握りしかいなくなった。つぎの一手は、柵の内側に入江のような頑丈な仕切りを作り、柵本体の一部をとり払って、代わりに門扉《もんぴ》をつけることだった。照明用の発電機の音が届く地点を選び、その門をあけ放しにした。二日後、門扉を閉じて、囲いにはいってきていた二百体ほどを焼き殺した。この方法も最初はじつにうまくいったが、同じ場所で二度目をやろうとするとうまくいかず、場所を変えても、罠にかかる数は減るいっぽうだった。

二、三日おきに火炎放射器を持って境界をまわれば、効果的に数を減らせただろうが、それには恐ろしく時間がかかるし、すぐに燃料がつきてしまうだろう。火炎放射器の燃料消費は莫大《ばくだい》だったし、武器庫に貯蔵されている量はけっして多くなかった。それを使いきってしまえば、貴重な火炎放射器もガラクタ同然となる。というのも、わたしは効率のいい燃料の化学式も、それを製造する方法も知らなかったからだ。

二、三度、トリフィドが集中しているところに迫撃砲を撃ちこんでみたが、結果はかんばしくなかった。トリフィドは、いくらダメージを受けても致命傷にはならないだけの能力を、樹木と同じようにそなえていた。

罠を仕掛けたり、ときおり大量に殺したりしたにもかかわらず、時間が経《た》つにつれ、柵にそって集まる数は増えつづけた。連中は、そこでなにをしようとするわけでもなかった。そこに居すわり、土中に根をおろして、じっとしているだけだった。遠目《とおめ》には、ほかの生け垣と同じように不活発だったし、ごく少数のものが絶えず立てているカタカタという音がなければ、どこも変わっていないように思われたかもしれない。だが、そいつらの油断のなさを疑う者は、車を山道で走らせるだけでよかった。それは左右に並んで猛然と打ちかかってくる刺毛の列を突破することであり、本道に出たら車を停め、フロントガラスから毒液をふきとらなければならなくなるほどだった。

ときどき、わたしたちのだれかが、柵の向こう側の地面に強力な砒素《ひそ》溶液を撒《ま》くといった、やつらの気勢を殺《そ》ぐ新しいアイデアを思いつくのだが、それでトリフィドを寄せつけずにいられたとしても、一時的なものにすぎなかった。

こうして一年あまり、手を変え品を変え試していたが、やがてある朝早く、スーザンがわたしたちの部屋に駆けこんできて、化け物が侵入した、家をとり囲んでいると告げる日がやってきた。彼女はふだんどおり、乳搾《ちちしぼ》りをするために早起きした。寝室の窓の外は灰色だったが、一階へおりると、どこもかしこも真っ暗だった。そんなはずはないとわかっていたので、明かりをつけた。べったりと窓に貼りついた、革のような緑の葉を目にした瞬間、彼女はなにが起きたのかを悟ったのだった。

わたしは爪先《つまさき》立ちで寝室を横切り、窓をさっと閉めた。それが閉まったとたん、刺毛が下から襲いかかってきて、ガラスを強打した。見おろすと、トリフィドが家の壁ぎわを十重二《とえは》十重《たえ》にとり囲んでいた。火炎放射器は外の小屋にあった。それをとりに行くとき、わたしは危険を冒《おか》さなかった。分厚い服と手袋で身を固め、金網《かなあみ》マスクの下に革のヘルメットとゴーグルをつけて、見つけたうちでいちばん大きな肉切りナイフでトリフィドのひしめくなかに道を切り開いていった。刺毛がひっきりなしに打ちかかってきて、金網をたたくので、マスクはびしょ濡れになり、毒液が細かなしぶきとなってはいりこんでくるようになった。ゴーグルが曇り、小屋で最初にしたのは、顔から毒液を洗い流すことだった。帰り道を切り開くときは、ドアや窓枠に火が移るといけないので、放射器の一台で低いところを狙い、短く炎を噴射するだけにしたが、それだけでもトリフィドがゆらゆらと動きだして道をあけるので、あまり邪魔されずに帰り着けた。

ジョゼラとスーザンが消火器を手にして待機するいっぽう、依然として深海潜水夫と火星人の交雑種のような恰好をしたわたしは、家の二階の四面の窓から順番に身を乗りだし、包囲する怪物の群れの上で放射器をふりまわした。多くのトリフィドを灰に変え、残りを移動させるのに、たいした時間はかからなかった。スーザンがその仕事を引きつぐための身支度をしてきて、二台目の放射器をかつぎ、そいつらを狩りたてるという、彼女にすれば楽しくてたまらない任務を開始するいっぽう、わたしは問題の大本《おおもと》を見つけるために畑を横切った。それはあっさりと見つかった。最初に地面が高くなったところから、フラフラと揺れる幹《みき》と波打つ葉の流れとなって、なおもトリフィドがうちの敷地にはいって来つづけている地点が見えたのだ。そいつらは手前でわずかに扇形《おうぎ》に広がったが、どいつもこいつも家の方角をめざしていた。そいつらの進路を変えさせるのは簡単だった。先頭に炎を浴びせれば、流れが止まった。左右に噴きつければ、来た道を引きかえしはじめた。ときおり炎をそいつらの上に噴きかけて、雨のように降らせてやると、そいつらは逃げ足を速め、あとから来た連中も引きかえした。柵の一部が二十ヤードほど横倒しになっており、杭《くい》がへし折られていた。わたしは応急措置《そち》で柵を立てなおすと、放射器を前後にふりまわし、すくなくとも二、三時間は侵入を防げるだけの数のトリフィドを黒焦《こ》げにした。

ジョゼラとスーザンとわたしは、その日の大部分を費やして破れ目を修理した。さらに二日が過ぎると、スーザンとわたしは敷地の隅々まで捜索し、闖入者《ちんにゅうしゃ》の最後の一体まで仕留《しと》めたと確認した。引きつづき柵を端から端まで点検し、破られそうなところはすべて補強した。

四カ月後、やつらはまた押し入ってきた……。

このときは、つぶれたトリフィドがたくさん柵の破れ目に転がっていた。どうやら倒れるまで柵にかかっていた圧力に押しつぶされ、柵もろとも倒れて、ほかの連中に踏みにじられたらしかった。

新しい防衛手段を講じなければならないのは、火を見るよりも明らかだった。柵のどこをとっても、倒れた箇所以上に強いわけではなかった。トリフィドを遠ざけておくには、電流を通すのがいちばんいい方法のように思われた。電源として、トレイラーに積まれた軍用の発電機を見つけ、それを家まで引いてきた。スーザンとわたしは、電線を張る仕事にとりかかった。それが完了しないうちに、怪物が別の場所からふたたび侵入した。

この方法なら四六時中——あるいは、一日の大半であっても——電気を流しておければ、効果覿面《てきめん》だっただろう。しかし、そうもいかなかった。燃料消費の問題があったからだ。ガソリンはもっとも貴重な貯蔵品のひとつだった。これがある種の食べ物であれば栽培できる望みがつねにある。しかし、ガソリンと重油が手にはいらなくなったら、不便をかこつだけではすまなくなる。遠出《とおで》はできなくなり、結果として必需品の補充もなくなってしまうだろう。原始生活が本格的にはじまることになる。したがって、節約のために、防御柵には一日に二、三度、数分間だけ電気を通すことにした。こうするとトリフィドは数ヤード後退し、その結果、柵に圧力がかからなくなった。念には念を入れて、内側の柵に警報用の針金を張りめぐらせ、事態が深刻になる前に、侵入に対処できるようにした。

この方法の弱点は、トリフィドが——すくなくとも、ある限定的な意味で——経験から学習する能力をそなえているらしいことにあった。たとえば、朝と夜にしばらく電気を流すという習慣に、やつらが慣れてきたようだとわかった。発電機をまわすいつもの時間になると、やつらはたいてい電線から離れ、発電機が止まると、まもなくまた近づいてくるのに気づいたのだ。電線に電気が通じている状態と、発電機の音をじっさいに結びつけているのかどうか、当時はなんともいえなかったが、あとで疑いの余地はなくなった。

電気を流す時間を不規則にするのは簡単だったが、トリフィドを目の仇《かたき》にして絶えず観察しているスーザンが、電気ショックでそいつらが離れている時間がしだいに短くなっている、とじきにいいだした。そうはいうものの、電線と、そいつらが密集している箇所へときおり攻撃を加えたおかげで、一年以上も侵入を防いでいられたし、そのあと起きた侵入に関しても、いち早く警告を受けたので、些細《ささい》な厄介ごとにとどめておけた。

わたしたちは安全な敷地のなかで農業について学びつづけ、生活はしだいに決まりきったものとなった。

＊

六年目の夏のある日、ジョゼラとわたしはふたりで海岸へ出かけた。道路があまりにも荒れてきているので、ふだんから乗るようになっていたハーフトラック式の車（前に車輪、うしろにキャタピラをつけた車輛）を使った。それはジョゼラのための休日だった。彼女が柵の外に出るのは数カ月ぶりだった。家事と赤ん坊たちの世話で家に縛《しば》りつけられていたので、必要に迫られて二、三度外出をしたきりだったが、ときどきスーザンにすべてをまかせてもだいじょうぶな段階に達したいま、坂道を登り、峠《とうげ》を越えるたびに、わたしたちは解放感に包まれた。南側の斜面のふもと近くでしばらく車を停《と》め、そこに腰をおろした。

真っ青な空に薄雲がちらほらと浮かんでいるだけの、申し分のない六月の日だった。陽射しが浜辺に降り注ぎ、その彼方の海は、この同じ浜辺に海水浴客がひしめき、海には小舟が点々と浮かんでいた日々と変わらず輝いていた。わたしたちは、しばらく無言でその光景を眺めていた。ジョゼラが口を開いた――

「いまでもときどき、ちょっとだけ目を閉じて、つぎに目を開いたら、なにもかも元どおりだっていう気がすることはない、ビル？——わたしはあるの」

「いまはそれほどでも」と、わたし。「でも、ぼくはきみよりはるかにたくさんのものを見てこなきゃならなかったからね。そうはいっても、ときどき……」

「ほら、カモメを見て——むかしのままよ」

「今年は鳥がずいぶんと多いね」わたしは同意した。「うれしいことだ」

遠目には印象派の絵画のような小さな町は、悠々自適の隠居暮らしをする中産階級が住人のほとんどだった小さな赤屋根の家々とバンガローの集まりのままだった——しかし、その印象は、せいぜい二、三分しかつづかなかった。タイルはまだ見えていたが、壁はほとんど見えなかった。整然とした庭園は、野放図《のほうず》に生長する緑の下に消えてしまい、丹念に育てられた花々の子孫が、あちこちで色とりどりの斑模様《まだらもよう》を作っていた。この距離だと、道路さえ緑の絨毯《じゅうたん》の帯のように見えた。だが、そばに寄ったら、やわらかな新緑に見えるのはまやかしだとわかるはずだ。ごわごわして、強靭《きょうじん》な雑草に覆われているのだろう。

「ほんの数年前」とジョゼラが物思いにふけるようにいった。「あのバンガローが田舎《いなか》の風景をぶち壊しにしているって嘆《なげ》いている人がいたのに。いまあれを見てごらんなさい」

「なるほど、田舎は復讐をしているわけだ」と、わたし。「あのころ自然は滅びかけているように思えた——『あの老人の体にあれほど多くの血が流れていると、だれが思っただろう』(シェイクスピア『マクベス』の引用)ってとこかな？」

「むしろわたしは怖くなるわ。まるでなにもかもが堰《せき》を切って流れだしているみたい。わたしたちの時代が終わり、好き勝手にやれるようになったのを喜んでいるみたい。わたし、思うんだけど……あれが起きてから、わたしたちは自分を欺《あざむ》いていただけじゃないのかしら？わたしたちは本当におしまいだと思う、ビル？」

徴発《ちょうはつ》に出ていたとき、わたしにはそれについて考える時間が、彼女よりもたっぷりとあった。

「きみがきみじゃなかったら、勇ましい答えを返していただろう――往々にして信念や決意で通る希望的観測ってやつを」

「でも、わたしがわたしだったら？」

「正直に答えるよ――かならずしも、そうじゃない。それに命があるうちは、希望もあるんだ」

わたしたちは、しばらく無言で目の前の光景を眺めていた。

「思うんだが」と、わたしは言葉をつづけた。「思うだけなんだが、ぼくらにはごくわずかながらチャンスがあるんじゃないかな――あまりにもわずかなので、元にもどるには長い長い時間がかかるだろう。トリフィドさえいなかったら、じつはチャンスはかなり大きかったといいたいところだ――それでも、途方もなく長い時間がかかるだろうが。でも、トリフィドは現実にいるんだ。隆盛にある文明が、はじめて闘うはめになったものだ。あいつらがぼくらを世界から追いだすのか、それとも、ぼくらがあいつらを止められるのか、ふたつにひとつだ。

本当の問題は、あいつらを始末する単純な方法をなにか見つけることなんだ。ぼくらは手も足も出ないわけじゃない――あいつらを遠ざけておける。でも、ぼくらの孫たちは――あいつらをどうするんだろう？　人間の居留地《きょりゅうち》で、重労働に明け暮れて、トリフィドを締めだしておくためだけに一生を費やさなければならなくなるんだろうか？

単純な方法はかならずある。問題は、その単純な方法が、恐ろしく複雑な研究から生まれるってことだ。それに資源もない」

「むかしあった資源はそっくり残っているわ。とってくればいいだけよ」とジョゼラが口をはさんだ。

「物的資源はそのとおりだ。でも、知的資源はそうじゃない。ぼくらに必要なのはチーム、トリフィドを永久に始末することに専念できる専門家のチームだ。なにか手を打てるはずだ。それはまちがいない。ひょっとしたら、トリフィドだけを選択的に殺す薬剤といったものかもしれない。トリフィドの体内に不均衡な状態を創《つく》りだすが、ほかのものには害のないホルモンを生産できれば……。そういうことはできるにちがいない――その仕事にふり向けられる知力が充分にあれば……」

「そう思うなら、どうしてやってみないの？」と彼女が尋ねた。

「理由はいくらでもある。第一に、ぼくにはその能力がない――生化学者としては凡庸《ぼんよう》だし、ぼくひとりしかいない。研究室や機材が必要になるだろう。それにもまして、時間がなければならないし、じっさいにやらなければならないことが多すぎる。でも、たとえ能力があったとしても、大量の合成ホルモンを生産する手段が必要になる。そいつは本格的な工場の仕事だ。でも、その前に、研究チームがどうしても必要だ」

「人は教育できるわ」

「そりゃあ、できるさ――それなりの数の人間を、生きているだけという仕事から解放できるようになれば。いつか、だれかの役に立つことを願って、ぼくは生化学の本をたくさん集めてきた――デイヴィッドに教えられるかぎりのことを教えるし、彼はそれを人に伝えなくちゃいけない。でも、その仕事のために割《さ》ける暇な時間がないかぎり、前途に見えるのは居留地だけだ」

ジョゼラは眉間《みけん》にしわを寄せ、眼下の野原を悠然と歩いている四体のトリフィドの群れに目をやった。

「人間の本当の競争相手は昆虫だ、とよくいわれていたわね。わたしには、トリフィドとある種の昆虫は共通点があるように思えるの。ええ、あれが生物学的には植物だってことは知ってるわ。わたしがいいたいのは、あいつらが仲間の個体のことなんか気にせず、ひとつひとつの個体も自分のことを気にしないってことなの。個別に見ると、あいつらは知性にちょっと似ているものしか持っていない。それが集まると、知性と寸分ちがわないものになる。あいつらは蟻《あり》や蜂《はち》と同じように、目的のために力を合わせるようなことをする――それなのに、自分が一翼を担っている目的なり計画なりを知っているやつはいないといい切れる。なんとも奇妙な話よ――とにかく、わたしたちには理解できそうにない。あいつらは、あまりにもちがっている。わたしたちの考える遺伝的特性とは相反《あい》するように思えるの。蜂やトリフィドには、社会組織を作る遺伝子みたいなものがあるのかしら、それとも、蟻には建築術の遺伝子があるのかしら？　もしあいつらにそういうものがあるとしたら、どうしてわたしたちは、いままでの長いあいだに言語や料理の遺伝子を発達させてこなかったの？　とにかく、正体がなんであれ、トリフィドにはそういうものがあるように思えるわ。ひとつひとつのトリフィドは、うちの柵のまわりをうろついている理由を知らないけれど、たくさん集まると、わたしたちを襲うことが目的だとわかるのかもしれない――そして遅かれ早かれ、その目的は達せられるのだ、と」

「それを食い止める手段は、まだいろいろとあるんだ」と、わたし。「きみを気落ちさせるつもりで、あんなことをいったわけじゃない」

「気落ちなんかしないわ――疲れたときは別だけど。ふだんは忙しすぎて、何年も先のことなんか心配している暇はないの。ええ、ふつうなら、せいぜいちょっぴり悲しくなる程度――十八世紀の人たちが尊《とうと》いものだと考えた、ほのかな憂愁《メランコリー》のようなものよ。あなたがレコードをかけると、ほろりとする――いまは消えてしまった大きなオーケストラが、閉じこめられて、しだいに原始へと還《かえ》っていく少人数のグループを相手にいまも演奏しているなんて、なんだか怖いくらい。それを聞くと過去に引きもどされ、もう二度とできないたくさんのことを思って悲しくなるの――いまの暮らしがどうであろうとね。あなたはそんな風に感じるときがない?」

「ないこともない」わたしは認めた。「でも、ぼくはありのままの現在をもっと気安く受け容《い》れられる。もし願いがかなうなら、ぼくだって古い世界に帰ってきてほしい——でも、それにはひとつ条件がある。つまり、いろんなことがあったけれど、内心では、ぼくはかつてなかったほど幸福なんだ。知ってるだろう、ジョゼラ?」

　彼女はわたしの手に自分の手を重ねた。

「わたしも同じ気持ちよ。そう、わたしが悲しく思うのは、わたしたちが失ってしまったものよりは、子供たちが知るチャンスのないもののほうなのよ」

「子供たちが希望と野心を持てるように育てるのが、これからの問題になるね」と、わたしは認めた。「ぼくたちがうしろ向きになるのは仕方がない。でも、子供たちはずっとふり返っているわけにはいかない。消えた黄金時代や、魔法使いだった先祖の伝説は、この上なく忌《い》まわしいものになるだろう。どの民族にも劣等感みたいなものがあって、栄光に満ちた過去という伝統にとらわれて無気力になってきた。でも、どうしたらそういうことが起きないようにできるだろう?」

「わたしがいま子供だったら」と考えこむようにジョゼラ。「なにか生きる理由がほしくなると思うわ。理由がないかぎり——つまり、なんの意味もなく滅びた世界に生まれたというのなら、生きていることにもなんの意味もないと思えるはずよ。そうなったら、生きていくのはひどくむずかしくなる。だって、まさにそのとおりのことが起きたみたいだから……」

ジョゼラはいったん言葉を切り、考えをめぐらせてから、つけ加えた――

「子供たちの助けになる神話を作ったらどうかしら――そういうことは許されると思う? すばらしく賢かったけれど、あまりにも邪悪だったので、滅ぼされなければならなかった世界――でなければ、偶然の事故で自滅した世界のお話よ。〈大洪水〉がまた起きたってとこかしら。それなら子供たちは劣等感に押しつぶされずにすみ――建設するため、それもこんどはもっといいものを建設するための刺激になるかもしれないわ」

「ああ……」じっくり考えながら、わたしはいった。「許されると思う。子供たちには真実を話すのが、往々にしていいことだ。そのほうが、あとになって物事が簡単になる――ただし、それが神話だというふりをするのはどうしてだい?」

ジョゼラが異議を唱《とな》えた。

「どういう意味? トリフィドは――たしかに、だれかの失敗か過《あやま》ちだけど。でも、それ以外は……」

「トリフィドのことでは、だれもあまり責められないと思う。あいつらから採《と》れる抽出物は、当時の状況では非常に価値のあるものだった。大きな発見がどういう結果をもたらすのかは、だれにも予見できない――それは新式のエンジンでも、トリフィドでも同じだ――それに、正常な条件のもとではうまく対処できていたんだ。条件があいつらにとって不利であるかぎり、ぼくらはあいつらから多大な恩恵を受けていた」

「でも、条件が変わったのは、わたしたちのせいじゃなかった。それは――よくあることにすぎなかった。地震や台風みたいな――保険会社が天災と呼ぶものよ。もしかしたら、まさにそれだったのかもしれない――天罰《てんばつ》だったのかも。わたしたちがあの彗星《すいせい》をもたらしたわけじゃないのはたしかよ」

「そうだろうか、ジョゼラ？　本当にもたらさなかったんだろうか？」

彼女は首をめぐらせて、わたしを見つめた。

「どういう意味なの、ビル？　どうすれば、そんなことができたっていうの？」

「ぼくがいいたいのは、ジョゼラ――あれはそもそも彗星だったのかってことだ。なるほど、彗星に不信をいだくのは古い迷信で、かなり広く根をおろしている。もちろん、ぼくらは現代人だから、通りにひざまずいて彗星に祈ったりはしない――とはいうものの、それは何百年もつづいてきた恐怖症だ。天の怒りの前触れや象徴、世の終わりが近いという警告であって、おびただしい数の物語や予言のなかで用《もち》いられてきた。とすれば、驚くべき天体現象を見たら、即座に彗星に結びつけるのは、きわめて自然なことだろう。否定が広まるには時間がかかる――その時間というものが、今回まるっきりなかったんだ。そして本物の災厄《さいやく》がつづいて起きたら、あれは彗星だったにちがいない、とだれもが信じて疑わなくなる」

ジョゼラは穴があくほどわたしを見つめていた。

「ビル、あなたがいおうとしてるのは、あれがそもそも彗星じゃなかったと考えてるってこと？」

「まさにそのとおり」わたしは同意した。

「でも――わからないわ。あれは彗星だったにちがいない――ほかのなんだったっていうの？」

わたしは真空包装の煙草《たばこ》の缶をあけ、ふたりのために一本ずつ火をつけた。

「きみはマイクル・ビードリーの話、ぼくらは長年にわたって綱《つな》渡りをしてきたという話を憶《おぼ》えてるかい？」

「ええ、でも――」

「じつは、その綱を踏みはずしたんじゃないか、とぼくは思ってる――そして、ぼくらほんのひと握りの者だけが、その墜落をなんとか生きのびたのだ、と」

わたしは煙草をふかしながら、海とその上の果てしない青空を眺めつづけた。

「あそこに」と言葉をつづける。「あの上のほうにあったんだ――もしかしたら、まだあるのかもしれない――数のわからない衛星兵器が、地球をぐるぐるまわっていたんだ。たくさんの休眠中の脅威が地球をまわりつづけ、だれかが、あるいはなにかが爆発させるのを待っていた。そのなかに、なにがはいっていたんだろう？　きみは知らない。ぼくも知らない。それは最高機密だった。ぼくらが耳にしたのは推測だけ――核分裂物質、放射性降下物、細菌、ウイルス……。さて、そのなかに、たまたま人間の目には耐えられない放射線を発するよう特別に作られていた型《タイプ》があったとしよう――視神経を焼きつくすか、すくなくとも損傷を負わせるもので……」

ジョゼラがわたしの手を握った。

「まさか、そんな、ビル！　そんなこと、ありっこない……。それじゃあ——悪魔の所行《しょぎょう》よ……。ああ、信じられない……。ああ、そんなことって、ビル！」

「ジョゼラ、上にあるのはすべて悪魔の所行だったんだ……。それで、過失か、ひょっとしたら事故があって——もしかしたら、本当に流星雨とぶつかるといった事故だったのかもしれない、そう考えたければね——爆発したものがあったとしたら……。

すぐにだれかが彗星の話を持ちだす。政治的な理由で、それは否定されなかったかもしれない——とにかく、時間はほとんどないとわかった。

さて、当然ながら、こうした兵器は、効果のおよぶ範囲が明確に計算できるよう、地表近くで爆発することになっていたはずだ。でも、宇宙空間で、あるいは、ひょっとしたら大気圏にぶつかったときに爆発すれば——どっちにしろ、はるか上空で爆発するので、世界じゅうの人々が放射線をじかに浴びることになり……。

じっさいになにが起きたのかは、いまでは憶測の域を出ない。でも、ひとつたしかなことがある——どういう形にしろ、ぼくらがこれを自分の身に引き起こしたということだ。それに例の疫病もある。あれは腸チフスじゃなかった……。

数千年の歳月のうちに、破滅をもたらす彗星がいつやってきても不思議はなかったのに、ぼくらが衛星兵器の打ち上げに成功したほんの数年後にそうなるというのは、たんなる偶然の一致で片づけられるとは思えない——そうじゃないか？　そう、ぼくらは、なにが起きても不思議はないと考えながら、危ない綱渡りをしばらくはつづけていた——でも、遅かれ早かれ足を踏みはずしかなかったんだ」

「たしかに、そういういい方をすれば――」ジョゼラがつぶやいた。言葉を途切れさせ、しばらく無言で物思いにふける。やがてこういった――

「ある意味では、自然がやみくもに襲いかかってくると考えるよりも身の毛がよだつといえそうね。でも、わたしはそう思わない。すくなくとも、ことのしだいが理解できるようになるから、絶望感は薄れるわ。そういうことだったのなら、とにかく二度と起こらないようにできるってことよ――わたしたちの曾孫《ひまご》が避けなければならない過ちが、またひとつ増えるだけ。どうせ過ちは、数えきれないほどあったんだから！　でも、子供たちに警告してやれるわ」

「うん――それはそうだ――」と、わたし。「とにかく、いったんトリフィドを退治して、この混乱状態から抜けだしたら、子供たちは自分たちなりの、まったく新しい過ちをたくさん犯すようになるだろう」

「かわいそうな子供たち」まるで末広がりに増えていく子孫の行列を見渡しているかのように、彼女がいった。「わたしたちがしてやれることは、たかが知れているのね」

「よくいうじゃないか――『人生とは自分で作りあげるもの』ってね」

「それはね、ビル、すごく狭い範囲でしか通用しないの――いえ、身もふたもないことをいうつもりはないの。でも、テッドおじさんがよくそういっていた――だれかが落とした爆弾で両脚をなくすまでは。それがきっかけで、おじさんは心変わりしたわ。それにわたしが自分でしたことが、いまこうして生きている原因になったわけじゃない」彼女は煙草の吸いさしを投げ捨てた。「ビル、わたしたちがなにをしたから、こんな状況で幸運な人間になれたというの？　ときどき——というのは、働きすぎだと思ったり、自分のことだけ考えている気分でなくなるときだけど——自分たちはなんて幸運だったのだろうと思うわ。そうすると、なにかに感謝したくなるの。でも、感謝するだれかがいるか、なにかがあるとしたら、わたしよりもはるかにふさわしい人を選んだはずだって気になるの。単純な女には、なにもかもがこんがらかってしまうのよ」

「ぼくにいわせれば」と、わたしはいった。「そのだれかなり、なにかなりが、そもそも操縦席に坐《すわ》っていたら、歴史上のすごく多くのことは起こらずにすんだはずだ。でも、そんなことはどうでもいい。ぼくらは幸運だったんだ、ジョゼラ。明日その運が変わるというなら、そう、変わるだけの話だ。それでどうなるにしろ、ぼくらがいっしょに過ごした時間は奪えない。それはぼくの身には過ぎるものだったし、たいていの男が一生のうちに得られるものよりも豊かだった」

わたしたちはもうすこしだけそこに坐って、からっぽの海を眺めてから、小さな町へとおりて行った。

必要品のリストに載っているものをあらかた探しだしたあと、わたしたちは陽射《ひざ》しの降り注ぐ海岸へピクニックとしゃれこんだ——背後にかなり広い砂利《じゃり》浜があったので、トリフィドが近づいてくれば、かならず音がするはずだった。

「こういうことができるうちに、もっとやらないといけないわね」とジョゼラがいった。

「スーザンも大きくなったから、わたしも前ほど家に張りついていなくていいんだから」

「息抜きをする権利がある人がいるとしたら、きみだよ」と、わたしも同意した。

わたしの言葉には、まだそうできるうちに、ふたりそろって出かけて、よく知っていた場所やものに最後の別れを告げたいという気持ちがこもっていた。年を重ねるたびに、閉じこめられるという見通しは、現実のものとなろうとしていた。すでにシャーニングから北へ行くには、何マイルも迂回《うかい》して、沼沢地《しょうたくち》に還った土地を避《よ》けて通らなければならなかった。道という道が、雨や流水による浸食《しんしょく》と、路面を突き破った植物の根のせいで急速に悪くなっていた。油槽車《オイル・タンカー》をまだ家まで引いて帰れる時間は、すでに見当がつくようになっていた。いつの日か、そのうちの一台が山道を進めなくなり、十中八九、永久に道をふさぐことになりそうだ。ハーフトラックは乾いた地面なら走りつづけられるだろうが、時間が経つにつれ、それさえ通れる道を見つけるのが、しだいにむずかしくなるだろう。

「それと最後に、いちどハメをはずさなきゃいけない」と、わたし。「きみがもういちど着飾って、ふたりで行くんだ――」

「シーッ！」とジョゼラが口をはさんだ。指を一本立てて、風に耳をそばだてる。

わたしは息をこらえ、耳をすました。空中に音というよりは脈動が感じられた。かすかだったが、だんだんと高まってきた。

「あれは――飛行機よ！」とジョゼラ。

わたしたちは手をかざして目をかばいながら、西を見つめた。ブーンという音は、まだ虫の羽音《はおと》と大差なかった。その音はあまりにもゆっくりと大きくなるので、ヘリコプターのものでしかありえなかった。ほかの航空機だったら、とっくのむかしにわたしたちを飛び越えるか、音が聞こえないところまで行っていただろう。

ジョゼラが先に見つけた。海岸からすこし沖合の点で、どうやら岸と平行にこちらへ向かっているようだ。わたしたちは立ちあがり、手をふりはじめた。点が大きくなるにつれ、ますます激しく手をふり、あまり分別のあることではなかったが、声をかぎりに叫びたてた。そのまま進んでいたら、開けた浜辺にいるわたしたちをパイロットが見逃すはずはなかった。しかし、彼はそうしなかった。わたしたちまで二、三マイル足らずのところで、だしぬけに北へ旋回し、内陸へ向かったのだ。わたしたちは狂ったように手をふりつづけ、まだ彼の目にこちらの姿が映っていてくれることを願った。しかし、ヘリコプターの進路に迷いはなく、エンジン音に変化もなかった。きっぱりと、まっしぐらに、それは丘陵《きゅうりょう》のほうへ飛び去った。

わたしたちは腕をおろし、顔を見合わせた。

「いちど来たんだから、きっとまたやって来るわ」とジョゼラが強い調子でいったが、あまり説得力はなかった。

しかし、ヘリコプターを見たおかげで、わたしたちの一日は変わってしまった。注意深く築きあげてきたあきらめの気持ちが、いっぺんに消し飛んでしまったのだ。わたしたちは、ほかのグループがいるにちがいないが、わたしたちよりましな状態ではないだろうし、おそらくはもっと悪いだろう、と自分にいい聞かせてきた。だが、ヘリコプターが過去から抜けだしてきたような音と姿で飛んできたからには、たんなる追憶でないものが湧《わ》きあがってきたのだ。それはつまり、どこかでだれかが、わたしたちよりもうまくやっているということだ——わずかな羨望も交じっていたのだろうか？——そして自分たちは幸運だったものの、本性はいまだに群居性《ぐんきょ》の生き物だということにも気づかされたのだった。

ヘリコプターが残していった落ちつかない気持ちは、わたしたちの気分と、わたしたちの考えがたどっていた筋道をぶち壊した。言葉に出さなくても意見が一致して、わたしたちは荷物をまとめはじめ、それぞれが物思いにふけりながら、ハーフトラックまで引きかえし、家路《いえじ》についた。

## 16 接　触

シャーニングまでの道のりを半分ほど引きかえしたころ、ジョゼラが煙に気がついた。最初に見たときは雲かもしれないと思ったが、丘の頂上に近づくにつれ、広がった上層の下に立つ灰色の柱が見えてきた。彼女がそれを指さし、ひとこともいわずにわたしを見た。ここ何年か、わたしたちが目にした火事は、晩夏にたまに自然発生する山火事だけだった。前方に見える煙がシャーニングの近くから立ち昇っていることに、ふたりともすぐに気がついた。

わたしは、荒れ果てた道では出したことがないほどの猛スピードで、ハーフトラックをしゃにむに走らせた。車内で左右にふりまわされたが、それでも這《は》っているような気がした。ジョゼラはそのあいだずっと無言で、唇《くちびる》を引き結び、目を煙に釘《くぎ》づけにしていた。煙の出所《でどころ》がもっと近いにしろ遠いにしろ、シャーニング以外のどこかだという兆候を探しているのだ、とわたしにはわかった。しかし、近づけば近づくほど、疑問の余地はなくなった。わたしたちは通りかかった車に襲いかかる刺毛《しもう》など気にもとめず、最後の山道を突っ走った。と、曲がり角《かど》に達したとき、燃えているのは家そのものではなく、薪《たきぎ》の山だと見てとれた。

警笛を鳴らすと、スーザンが走り出てきて、安全な距離から門をあけるロープを引っぱった。彼女はなにごとか叫んだが、わたしたちが車を乗り入れるときの轟音《ごうおん》にまぎれて聞こえなかった。彼女はあいているほうの手で、火ではなく家の正面のほうを指さしていた。庭へ車を進めると、その理由が呑みこめた。芝生の中央に、ヘリコプターが巧《たく》みにおり立っていたのだ。

わたしたちがハーフトラックをおりたときには、革のジャケットと半ズボン姿の男が家から出てきていた。長身で、金髪、日焼けした男だ。ひと目見たとき、どこかで前に会ったことがあるような気がした。わたしたちが急ぎ足で歩いていくと、男は手をふり、満面の笑みを浮かべた。

「ミスター・ビル・メイスンですね。わたしはシンプスンという者です——アイヴァン・シンプスンです」

「憶《おぼ》えてますわ」とジョゼラ。「あの夜、大学の建物にヘリコプターに乗ってきた人ですね」

「そのとおりです。よく憶えていらっしゃいますね。でも、記憶力のいいのは、あなたひとりじゃないところをお見せしましょう。あなたはジョゼラ・プレイトン、作品は――」

「まるっきりちがいます」彼女はきっぱりと遮《さえぎ》った。「わたしはジョゼラ・メイスン、作品は『デイヴィッド・メイスン』です」

「ああ、そうですね。いま、その初版を見ていたところです。そういってかまわなければ、じつにみごとな出来映《できば》えですね」

「ちょっと待ってください」わたしがいった。「あの火は――」

「だいじょうぶですよ。風は家とは反対向きに吹いています。もっとも、薪のたくわえの大部分が燃えてしまったようですが」

「なにがあったんです？」

「スーザンの仕業《しわざ》です。わたしがこの場所を見逃さないようにしたんです。エンジンの音が聞こえたとき、火炎放射器を引っつかんで、できるだけ早く合図を送ろうとしたんですよ。いちばん手っとり早いのが薪の山で――あれじゃ、見逃したくたって見逃しようがありません」

　わたしたちは屋内にはいり、ほかの者たちと合流した。

「ところで」シンプスンがわたしにいった。「まずはあなたに謝っといてくれ、とマイクルにいわれましたよ」

「ぼくに？」と、わたしが怪訝《けげん》に思って訊いた。

「トリフィドの危険を見抜いたのは、あなたひとりでした。そして彼はあなたのいうことを信じなかった」

「でも——それは、ぼくがここにいるのを知っていたということですか？」

「つい数日前に、あなたのいそうな場所がおおよそわかったんです——わたしたち全員が忘れようにも忘れられない人物の口から。コーカーという男です」

「そうすると、コーカーも生きのびたのか」と、わたし。「ティンシャムの惨状《さんじょう》を見たあと、てっきり疫病にやられたとばかり思っていました」

そのあと、食事をすませ、とっておきのブランデーを出してくると、アイヴァンからことのしだいを聞いた。

マイクル・ビードリーとその一党が、ティンシャムを幸運とミス・デュラントの主義主張にゆだねて出発したとき、ビーミンスターはおろか、その近くへも向かわなかった。彼らは北東へ行き、オクスフォードシャーにはいったのだ。ミス・デュラントが誤った方向をわたしたちに教えたのは、わざとだったにちがいない。なぜなら、ビーミンスターの名は、いちども口にされなかったのだから。

彼らがそこで見つけた場所は、当初グループに必要なものすべてを提供してくれるように思え、わたしたちがシャーニングに根をおろしたように、そこに定住できるのはまちがいないはずだった。しかし、トリフィドの脅威が増すにつれ、その場所の欠点がだんだん明らかになってきた。一年のうちに、マイクルも大佐もそこでの長期の見通しに大きな不満をいだくようになった。すでにたいへんな労力がその場所に注ぎこまれていたが、二度目の夏の終わりには、これ以上の損失は断ち切ったほうがいいという点で、おおかたの合意は得られていた。共同体を築くためには、年単位——それもかなりの年数——で物事を考えなければならなかった。ぐずぐずすればするほど、引っ越しがむずかしくなることも念頭に置かねばならなかった。必要なのは、拡大し、発展する余地のある場所。つまり、いったんトリフィドを始末すれば、天然の要害《ようがい》が、効率よくトリフィドを締めだしておいてくれる地域だ。いまいる場所では、柵《さく》の補修に労働力の多くを奪われる。そして人数が増えれば、柵の長さものばさなければならない。ひとりでに補修される最上の防衛線は、水であるにちがいない。その目的のために、彼らはさまざまな島の長所短所を比較して論じあった。掃討《そうとう》しなければならない土地の広さに若干の懸念《けねん》があったものの、ワイト島が選ばれたのは、もっぱら気候が決め手だった。その結果、あくる年の三月、ビードリーの一党はふたたび荷造りして、出発した。

「そこへ着いてみると」とアイヴァンがいった。「あとにしてきた場所よりも、トリフィドがはびこっているようでした。われわれがゴッズヒル近くの大きなカントリー・ハウスに住みつくと同時に、何千ものトリフィドが塀《へい》にそって集まりはじめたんです。二週間ほど放っておいて、それから火炎放射器を持って退治しに行きました。

その群れを一掃《いっそう》したあと、また勝手に集まるようにして、それからもういちど退治しに行き——と、そのくり返しです。そこではとことんまでやる余裕がありました。というのも、いったん連中を始末してしまえば、もう放射器を使う必要がなかったからです。島にいるのはかぎられた数だけなので、われわれをとり囲んで、一掃される数が多ければ多いほど好都合だったわけです。

目に見える効果が現れるまで、十回以上もくり返すはめになりました。塀のまわりに焼け焦《こ》げた残骸の帯ができるようになって、やつらは怯《ひる》みはじめました。いやはや、予想をはるかに超える数がいたんですよ」

「あの島には高品質のトリフィドを育てる栽培場が、すくなくとも六つはありました——個人の家や公園のやつはいうまでもないでしょう」と、わたし。

「そう聞いても意外じゃありませんね。見たところ、栽培場が百あったとしても不思議はない感じでした。こういうことになる前に、だれかに訊かれていたら、全国にあいつらは数千しかいないと答えていたでしょう。ところが、じっさいは何十万もいたにちがいありません」

「いたんですよ」と、わたし。「あいつらは実質的にどこでも育ちますし、かなり収益があがったんです。農場や栽培場で囲いにはいっていたときは、それほど多いとは思えませんでしたが。そうはいっても、この辺にいるやつの数から判断して、あいつらがいないといってもいい地域が、いまもかなり広く残っているにちがいありません」

「それはそうです」彼はいったん同意し、「でも、そこへ行って住みつけば、二、三日で集まってくるようになります。空からだとよく見えるんですよ。スーザンの狼煙《のろし》がなくたって、だれかがここにいるのはわかったでしょう。人の住んでいる場所のまわりに黒っぽい境界線ができるからです。

それはともかく、すこし経《た》つと、塀をとり囲んだ群れの数が減りました。そこには近づかないほうがいいと、あいつらが悟ったのかもしれないし、仲間の黒焦げになった残骸の上を歩きまわるのは気が進まなかったのかもしれません——もちろん、全体の数そのものが減っていました。そういうわけで、連中が来るのを待っている代わりに、こちらから出かけていって、狩りたてるようになりました。何カ月ものあいだ、それがわれわれの主な仕事でした。手分けして、島の隅々まで掃討した——あるいは、掃討したと考えました。仕事を終えたときには、島じゅうのトリフィドを、大きいのも小さいのも殲滅《せんめつ》したつもりでした。ところが、翌年にも現れるやつがいて、その翌年も同じでした。いまでは春が来るたびに本土から風に乗ってくる大量の種子を徹底的に捜索して、すぐに始末しています。

そのいっぽうで、われわれは組織作りを進めていました。はじめは五、六十人ほどだったでしょうか。わたしはヘリコプターで飛び、どこかにグループのいるしるしを見かければ、おりて行って、だれに対してもいっしょにやらないかと誘いました。誘いに応じる者もいました——しかし、驚くほど多くの者が、まるで関心を示さなかったんです。彼らは支配されることから解放されて、いろいろと困難があるにもかかわらず、もう支配されるのはご免というわけです。サウス・ウェールズには、部族的な共同体のようなものを作りあげた集団がいくつかあって、自分たちが築いた最小限の組織を除けば、組織という考えに反感をいだいています。それ以外の炭坑の近くにも似たような集団が見つかりますよ。リーダーは、たいていたまたま地下で働いていて、緑の星を見なかった男たちです――もっとも、どうやって立坑《たてこう》を登ってきたのかは、神のみぞ知るですが。

干渉されるのを嫌うあまり、ヘリコプターを撃ってくるやつもいます――そういう集団のひとつがブライトンにあって――」

「知っています」と、わたし。「ぼくも追い払われました」

「最近、そういうのが増えています。メイドストーンにひとつ、ギルフォードにもひとつ、ほかの場所にもあります。ここに隠れているあなた方をこれまで見つけられなかった本当の理由が、それなんです。この地方はあまりまともではないので、近づかないほうがいいように思えたんですよ。その連中がなにをしているつもりなのか、さっぱりわかりません――どうせ食料の山でも見つけて、ほかのだれかにとられるのを恐れているんでしょう。とにかく、さわらぬ神に祟《たた》りなしなので、好きなようにさせています。

それでも、かなり多くの者がやってきました。一年で三百人ほどにふくれあがったんです――もちろん、目の見える者ばかりではありません。

コーカーのグループに出会ったのは、ひと月くらい前のことです――ところで、最初にあの男が訊いたことのひとつが、あなたが姿を見せたかどうかでしたよ。彼らはひどい目にあったようです、とりわけ最初のうちは。

彼がティンシャムにもどって数日後、ふたりの女性がロンドンからやってきました。それで疫病が持ちこまれたわけです。兆候が出ると同時に、コーカーはふたりを隔離しましたが、手遅れでした。彼はすぐに移動することを決めました。ミス・デュラントは動こうとしませんでした。残って病人の世話をするほうを選び、あとから行ければ行くといいました。彼女は追ってきませんでした。

コーカーたちは感染症を運んでいました。ようやくふり落とせるようになるまで、あと三回も移動をくり返したそうです。そのころには、はるか西のデヴォンシャーまで来ていました。しばらくはそこで順調でしたが、そのうちわれわれと同じ——そしてあなた方と同じ——困難をかかえるようになりました。コーカーは三年近くそこで粘《ねば》り、それからわれわれとだいたい同じ線にそった結論を出しました。ただし、島のことは思いつきませんでした。代わりに、川と柵を境界にして、コーンウォールの突端《とったん》を切り離すことにしました。彼らはそこへ着くと、われわれが島でやったように、最初の数カ月は防壁の建設に費《つい》やし、それから、内側にいるトリフィドの退治にとりかかりました。もっとも、彼らの土地は、はるかに仕事がやりにくくて、完全には片づけられませんでした。柵は最初のうちはかなりうまくいったのですが、海ほどには頼りにならない上に、たいへんな労働力をパトロールにまわさなければなりませんでした。

コーカーの考えでは、いったん子供たちが大きくなって仕事ができるようになれば、生活は軌道に乗ったはずだといいますが、そのあいだずっと苦労が絶えなかったでしょう。わたしが見つけたとき、彼らはあまりためらわずに合流を決めました。すぐに漁船に荷物を積みはじめ、二週間後には全員が島に上陸していました。あなた方がわれわれといっしょではないとわかると、まだこのあたりのどこかにいるかもしれない、とコーカーが教えてくれたんです」

「あの人には感情のしこりがあったけれど、すっかり水に流したと伝えてください」とジョゼラ。

「あの男はずいぶんと役立つ人間になるでしょう」とアイヴァン。「そして彼に聞いたところだと、あなたもです」と、わたしを見ながらつけ加えた。「あなたは生化学者なんでしょう？」

「生物学者です」と、わたし。「生化学の心得《こころえ》もすこしならありますが」

「まあ、そのご立派な区別はそのままでかまいません。肝心なのは、マイクルがトリフィドを科学的に撃退する方法を研究しようとしてきたってことです。将来を考えるなら、その方法を見つけなければなりません。ところが、これまでうまくいっていないのは、その仕事をしなければならない者が、学校で習った生物学もあらかた忘れてしまった数人にすぎないからです。あなたはどう思われます――教授に転身したくないですか？　やり甲斐《がい》のある仕事ですよ」

「それ以上にやり甲斐のある仕事は思いつきませんね」と、わたし。

「つまり、ぼくら全員をあなた方の天国のような島に招いてくれるってことですか？」とデニスが尋ねた。

「いや、すくなくともおたがいに納得した上で来てほしいんです」とアイヴァンは答えた。「ビルとジョゼラは、あの夜、大学で提示された大雑把《おおざっぱ》な原則を、おそらく憶えておられるでしょう。あれはまだ生きています。われわれは再建をするつもりはない——新しくて、もっといいものを築きたいんです。それを受け容《い》れられない人もいます。受け容れられないのなら、われわれにとって用はありません。たくさんの古い、よくない特色を存続させようとする野党には、いてもらいたくないのです。それを望む人々には、むしろよそへ行ってもらいたい」

「この状況でよそへ行けとは、ずいぶん薄情ないい草ですね」とデニスがいった。

「いや、トリフィドのところへ追いかえすっていう意味じゃありません。そういう者はたくさんいて、彼らの行く場所も必要でした。そういうわけでチャンネル諸島へ渡った一隊があって、われわれがワイト島を片づけたのと同じやり方で、そこの掃除をはじめました。百人ほど引っ越しましたよ。彼らもそこでうまくやっています。

そういうわけで、いまは相互承認という形にしています。新来者《しんらいしゃ》はわれわれと半年過ごし、それから評議会の聴聞《ちょうもん》を受けます。われわれのやり方が気に入らなければ、そういえばいい。その連中はふさわしくない、とこちらが考えれば、やはりそういいます。ふさわしければ、島にとどまる。そうでなければ、チャンネル諸島へ送り届ける——あるいは、その連中がよっぽど物好きであれば、本土へ送りかえします」

「なんとなく独裁制のように聞こえますね——その評議会とやらは、どういう構成になっているんです?」とデニスが知りたがった。

アイヴァンは首をふった。

「いま組織上の問題に深入りすると、時間がいくらあっても足りません。われわれについて知るいちばんいい方法は、島に来て、その目で見ることです。気に入れば、あなた方はとどまるでしょう——しかし、たとえ気に入らなくても、いまから数年後、ここがどうなっているかを思えば、チャンネル諸島のほうがましだという気になるでしょうね」

＊

その夕方、アイヴァンが離陸して、南西の空へ飛び去ったあと、わたしは庭の隅にあるお気に入りのベンチまで行って、腰をおろした。

谷間を見渡すと、かつてそこにあった水はけのいい、よく手入れされた牧草地が思いだされた。いまは野生へ還《かえ》る道のりをだいぶ進んでいた。放置された畑には、灌木《かんぼく》の茂み、葦《あし》の群生、淀《よど》んだ水たまりが点在している。大きめの樹木は、水浸しの土のなかでゆっくりと溺《おぼ》れていた。

わたしはコーカーのこと、リーダーや教師や医者について彼が語ったこと——そして、わずか数エーカーの土地で暮らしをささえるために必要な、ありとあらゆる仕事のことを考えた。ここに閉じこめられたら、それがわたしたちひとりひとりにどう影響するかを。年をとっても、あいかわらず無力感にさいなまれ、憤懣《ふんまん》をかかえている三人の盲人のことを。いつか夫を持ち、赤ん坊を持って当然のスーザンのことを。体が強くなりしだい、働き手にならなければならないデイヴィッドと、メアリの幼い女の子と、これから生まれるかもしれない子供たちのことを。養《やしな》う口が増え、手でやらなければならない仕事が増えるから、年をとるにつれ、ますます汗水《あせみず》垂らさなければならないジョゼラとわたし自身のことを……。

それに、辛抱強く待っているトリフィドがいる。柵の向こう側に、暗緑色の生け垣となっている何百ものトリフィドが見てとれた。研究が必要だ——天敵なり、毒なり、なんらかのホルモンを不均衡にする物質なり、やつらを退治する方法を見つけなければならない。そのためには、ほかの仕事を免除されなければならない——それもすぐに。時間はトリフィドの味方だ。わたしたちが資源を使い果たすまで、待ちつづけるだけでいいのだ。最初に燃料、ついで柵を修理する針金がなくなる。そして針金が錆《さ》びてボロボロになるとき、やつらか、その子孫はあいかわらず待っているだろう……。

それでも、シャーニングはわたしたちの家庭になっていた。わたしはため息をついた。

草を踏む軽い足音がした。ジョゼラが来て、わたしの隣に腰をおろした。わたしは彼女の肩に腕をまわした。

「みんな、どう考えてる?」と、わたしが尋ねた。

「ひどく動転してるわ、かわいそうに。目が見えないのに、トリフィドがあんな風に待っているのを理解しろったって無理よね。それに、ここでなら、あの人たちも歩きまわれるのよ。

目が見えないのに、まったく知らない場所へ行くことを考えなきゃいけないなんて、恐ろしいにちがいないわ。わたしたちに聞いたことしか、あの人たちにはわからない。ここにはいられなくなるってことが、あの人たちにちゃんと理解できるとは思えない。子供たちがいなかったら、わたしだってきっぱりと『ノー』というでしょうね。ここはあの人たちの場所で、あの人たちの全財産なのよ。それを強く感じているはず」いったん言葉を切ってから、こうつけ加える。「あの人たちはそう思ってる――でも、もちろん、本当はあの人たちの場所なんかじゃないわ。わたしたちの場所よ、そうでしょう？　わたしたちが、そのために必死に働いてきたのよ」手をわたしの手に重ね、「あなたがわたしたちのために作って、守ってきたのよ、ビル。あなたはどう思うの？　あと一年か二年ここにとどまるべきかしら？」

「いいや。ぼくが働いたのは、なにもかもがぼくの肩にかかっているように思えたからだ。いまは――無駄骨だったように思える」

「ああ、ビル、そんなことといわないで。騎士の仕事は無駄骨じゃない。あなたは、わたしたちみんなのために闘って、ドラゴンを追い払ってくれていたのよ」

「もっぱら子供たちのために」と、わたし。

「そう――子供たちのために」彼女が相づちを打った。

「そのあいだずっと、コーカーのいったことが頭から離れなかった――最初の世代は労働者。つぎの世代は野蛮人……。そうなる前に敗北を認めて、いますぐ出ていくほうがいいと思う」

彼女はわたしの手をぎゅっと握った。

「敗北じゃないわ、ビル、ただの――なんていうんだったっけ？――戦略的撤退よ。もどって来られる日のために、働いて計画を練《ね》るために撤退するの。いつかきっともどって来る。あのいやらしいトリフィドをひとつ残らず片づけて、わたしたちの土地をとりもどす方法をあなたが教えてくれるのよ」

「きみはずいぶん固い信念の持ち主だね、ジョゼラ」

「それのどこがいけないの？」

「まあ、とにかくぼくはやつらと闘うよ。でも、その前に出ていくんだ――いつにする？」

「ここで夏を過ごしたらどうかしら？　わたしたちみんなにとって、休日みたいなものになるわ――冬を越す準備をしなくていいのなら。わたしたち、休暇をとっても罰《ばち》は当たらないわよ」

「そうしてかまわないと思うよ」わたしは同意した。

わたしたちは坐《すわ》ったまま、夕闇に溶けこんでいく谷間を眺めていた。ジョゼラがいった――

「おかしな話ね、ビル。いざ出ていけるとなったら、出ていく気がしないの。ときどき牢獄《ろうごく》みたいに思えたけど――いまはここを去るのが裏切りみたいに思えるわ。ねえ、わたし――いろんなことがあったけど、わたし、生まれてからここでいちばんしあわせだったのよ」

「ぼくも同じだよ、ジョゼラ、以前のぼくは生きてさえいなかった。でも、これからもっといいときを過ごすんだ――約束する」

「ばかみたいだけど、出ていくとき、わたし大泣きするでしょうね。きっとワンワン泣くわ。気にしないでね」

しかし、じっさいにそのときが来ると、わたしたちはみんな忙しすぎて、泣くどころではなかったのだ……。

## 17　戦略的撤退

ジョゼラがそれとなくいったように、急ぐ必要はなかった。シャーニングでひと夏を過ごすあいだ、島の新居《しんきょ》を下見し、集めた備蓄品や機材のうち、いちばん役に立ちそうなものを輸送するために何度か往復することもできそうだった。しかし、そのいっぽうで、薪《たきぎ》の山はなくなっていた。台所で二、三週間使うだけの燃料があればよかったので、翌朝スーザンとわたしは石炭をとりに出かけた。

ハーフトラックはその仕事に向いていなかったので、四輪駆動のトラックを使った。いちばん近い鉄道の石炭集積所は十マイルしか離れていなかったものの、ふさがっている道路があったり、ひどい状態の道路があったりして迂回《うかい》せねばならず、丸一日がかりとなった。たいした支障はなかったが、帰ってきたときは日が暮れかけていた。

いつもどおり、両側の土手から性懲《しょうこ》りもなくトラックに襲いかかるトリフィドの鞭《むち》を浴びながら、山道の最後の角《かど》を曲がったとたん、わたしたちは驚きのあまり目をみはった。門の向こう側の庭に、怪物のような外見の車輛が駐《と》まっていたのだ。その光景に唖然《あぜん》として、わたしたちはしばらくぽかんと口をあけたままだった。やがてスーザンがヘルメットと手袋を着用し、門をあけるために車からおりた。

庭に乗り入れたあと、わたしたちはふたりでその車輛を見にいった。元は軍用だったと思われる金属のキャタピラに車台《シャシー》が載っていた。全体の感じは、キャビン・クルーザーと素人《しろうと》が作ったトレーラー・ハウスの中間といったところだった。スーザンとわたしはそれを見つめてから、眉毛を吊りあげて顔を見合わせた。そして事情をもっと知ろうと家のなかへはいった。

居間にはいると、家人に加えて、灰緑《かいりょくしょく》色のスキースーツをまとった男が四人いた。そのうちのふたりはホルスター入りのピストルを右の腰に吊っていた。あとのふたりは、坐《すわ》っている椅子のそばの床に短機関銃《サブマシンガン》を置いていた。

わたしたちがはいって行くと、ジョゼラが完璧に無表情な顔をこちらに向けた。

「主人です。ビル、こちらはミスター・トレンス。なにかのお役人だそうよ。わたしたちに提案があるんですって」彼女の声は、聞いたことがないほど冷ややかだった。

わたしはとっさに反応できなかった。彼女が紹介した男は、わたしに見憶《おぼ》えがないようだったが、わたしはいやというほど憶えていた。ある光景とともに直面した顔は、いうなれば心に刻みこまれるものだ。おまけに、見まちがえようのない赤毛。その有能そうな青年が、ハムステッドでわたしの班を追いかえした手並みは、忘れようにも忘れられない。わたしは彼に会釈《えしやく》した。わたしを見つめて、彼がいった――

「あなたがここのご主人ですね、ミスター・メイスン？」

「この家は、ここにいるミスター・ブレントのものだ」と、わたしは答えた。

「わたしがいっているのは、あなたがこのグループの責任者なのかということです」

「目下《もつか》のところは、そうだ」

「よろしい」これから本題にはいるのだという雰囲気をただよわせ、「わたしは司令官です、南東方面の」と、つけ加えた。

まるでわたしにとって大事なことを伝えるかのような口調だった。なんのことかわからなかったので、わたしはそういった。

「つまり」と彼は説明した。「わたしが英国南東方面非常事態評議会の行政長官である、ということです。したがって、人員の配置と割り当てを監督するのが、職務のひとつということになります」

「なるほど」と、わたし。「その――あー――評議会とやらは初耳だな」

「そうでしょうね。われわれのほうも、昨日あなた方の火を見るまで、あなた方のグループがここに存在しているとは知りませんでした」

わたしは話のつづきを待った。

「こうしたグループが発見されると、それを調査し、評価して、必要な調整をほどこすのがわたしの仕事です。したがって、わたしは公式な立場でここにいると受けとってもらってかまいません」

「公式な評議会の代表としてなのか――それとも、自分で選んだ評議会ということなのか?」とデニスが尋ねた。

「法と秩序はなくてはならないものだ」と、きつい調子で男がいった。それから口調を変えて、話をつづけた――

「設備のととのった家をお持ちですな、ミスター・メイスン」

「ミスター・ブレントの家だ」と、わたしは訂正した。

「このさい、ミスター・ブレントのことは置いておきましょう。彼がここにいられるのは、ひとえにあなたのおかげなのですから」

わたしはデニスに目をやった。その顔はこわばっていた。

「にもかかわらず、彼の所有物だ」と、わたし。

「所有物だったのでしょう。しかし、彼の所有権を認めた社会は、もはや存在しません。それゆえ、その所有権は無効になっています。さらにいえば、ミスター・ブレントは目が見えません。したがって、いずれにしろ権限を保持する資格があるとはみなせません」

「なるほど」わたしはもういちどいった。

はじめて出会ったとき、わたしはこの青年と、その断固たるやり方には反感をいだいた。言葉を交わす段になっても、その気持ちは和《やわ》らがなかった。彼は話をつづけた――

「これは生きのびるかどうかの問題です。必要不可欠で実用的な手段に対して感傷の介入を許すわけにはいきません。さて、ミセス・メイスンによれば、あなた方は全部で八人だそうですね。五人の成人、ひとりの少女、ふたりの幼児。全員の目が見える、この三人を除けば」とデニスとメアリとジョイスを指さす。

「そのとおりだ」と、わたしは認めた。

「ふーむ。それはきわめて不釣り合いですな。残念ながら、ここには多少の変更を加えなければなりません。こういう時代ですから、現実的にならなければならないのです」

ジョゼラの目がわたしの目を捉えた。そこには警告の色が見えた。しかし、いずれにしろ、いまこの時点で話を決裂させるつもりはなかった。赤毛の男が問答無用で行動するのは見ていたし、自分がなにを相手にするのか、もっとよく知りたかった。どうやら、わたしが事情を知りたがっているのを向こうも悟ったらしい。

「状況を説明したほうがよさそうだ」と彼がいった。「手短《てみじか》にいえばこういうことです。方面司令部はブライトンにあります。ロンドンの状態は、すぐに手に負えなくなりました。しかし、ブライトンでは街の一部を浄化し、隔離することができ、うまくやれました。ブライトンは大きな街です。病気がおさまり、行動の範囲を広げられるようになると、貯蔵品は最初から豊富にありました。近ごろは、ほかの場所へトラック隊を組んで走っています。しかし、いまはそうもいかなくなっています。道路はトラックが通れないほど荒れていますし、しかし、あまりにも遠いところまで行かなければなりません。もちろん、そうなるのが当然でした。

われわれの考えでは、あと数年はつづけられるはずだったのですが——それでも、事実は事実です。われわれが世話を引き受けた人数が、最初から多すぎたのかもしれません。とにかく、われわれはいまや分散するしかありません。生きのびるには、土に頼っていくしかないのです。そのために、いまより小さな単位に分かれなければなりません。標準的な単位は、ひとりの目が見える者につき十人の盲人、プラス子供たちに固定されています。

　ここはいい場所です、ふたつの単位を十二分にささえられます。すでにここにいる三人と合わせて二十人になるよう、あなた方に十七人の盲人を割り当てます——もちろん、いうまでもなく、彼らに子供がいれば、それもプラスして」

　わたしは驚きのあまり、まじまじと彼を見た。

「二十人の盲人とその子供たちが、この土地で暮らしていけると本気でいってるのか」と、わたし。「いやはや、そんなのは無理な相談だ。自分たちだけだって、暮らしていけるかどうかだったんだぞ」

　彼は自信たっぷりに首をふった。

「完璧に可能です。それにわたしがあなたに提供しているのは、われわれがここに置く二単位の指揮権です。率直にいって、あなたに受ける気がないのなら、ほかのだれかを任命します。でも、このご時世で、無駄なことをしている余裕はないのです」

「でも、この場所をよく見てくれ」と、わたし。「無理に決まってる」

「できると保証しますよ、ミスター・メイスン。もちろん、生活水準をすこしだけ下げねばならないでしょう――つぎの数年は、だれもがそうするのです。しかし、子供たちがすこし大きくなれば、拡張するための労働力が持てるようになります。なるほど、六年か七年のあいだ、あなたはひとりで重労働に従事することになる――それは仕方がありません。とはいえ、そのあとは、しだいに骨休みができるようになり、やがて監督するだけでよくなるでしょう。ほんの数年つらい思いをすれば、けっこうな見返りが確実にあるのです。

いまのあなたの立場で、どんな未来が持てるというのです？　働き過ぎで死ぬまで、汗水《あせみず》垂らして働くだけ――しかも、あなたの子供たちも同じような重労働に従事するのです、ただ生きていくために、それだけのために。そんな環境で、未来のリーダーや行政官がどこから生まれてきます？　あなたのやり方では、あと二十年も骨身《ほねみ》を削《けず》り、あいかわらず野良《のら》仕事に精を出しているということになる――そしてあなたの子供たちはひとり残らず田舎者《いなかもの》になるでしょう。われわれのやり方なら、あなたは自分のために働く一族の長《おさ》となり、しかも子孫に遺《のこ》す財産を作れるのです」

だんだん話が呑みこめてきた。わたしは怪訝《けげん》な顔で訊いた――

「確認したいんだが、きみが提供しているのは、ある種の――封建《ほうけん》領主の地位ということだね？」

「ああ、わかってきたようですね。もちろん、われわれがいま直面しなければならない事態にとって、それがきわめて自然な社会と経済の形態であることは明白です」

この男が大真面目な計画としてこの話を持ちかけているのは、疑問の余地がなかった。わたしはそれについて触れるのを避け、先ほどの言葉をくり返した――

「だが、この場所ではそんなに大勢を養《やしな》えない」

「なるほど、二、三年はつぶしたトリフィドを主食にしなければならないでしょう――見たところ、その原料が不足することはなさそうだ」

「家畜の餌《えさ》だ！」と、わたし。

「しかし、栄養は補給できます――重要なビタミンが豊富だそうですから。それに物乞《ものご》いは――とりわけ、目の見えない物乞いは――選《え》り好みしていられません」

「そんなにたくさんの人たちを受け容《い》れ、家畜の飼料で養えと本気でいってるのか？」

「いいですか、ミスター・メイスン。われわれがいなければ、その盲人たちはいまひとりも生きていなかった――彼らの子供もそうでしょう。われわれにいわれたとおりにし、あたえられたものを受けとり、なにをもらったにしろ感謝するのが当然です。われわれがさし出すものを拒《こば》みたければ――まあ、自分の墓穴《はかあな》を掘るようなものですね」

彼の哲学をどう思うか、この時点で口にするのは得策ではない、とわたしは判断した。話題を変え――

「よくわからないな――教えてほしいんだが、きみや、きみの評議会とやらは、この件にどうかかわってくるんだ？」

「最高権力と立法権が、評議会にはあたえられています。それが統治することになるでしょう。軍隊も指揮下に置くでしょう」

「軍隊だって！」わたしは茫然《ぼうぜん》としてオウム返しにいった。

「そうです。軍隊は、あなたが封建領主と呼ぶものに割り当てられ、必要な場合、必要なときに召集されるのです。見返りに、外部から攻撃を受けた場合や、内部で騒乱が起きた場合、評議会に助けを求める権利が得られます」

わたしはすこし息苦しくなってきた。

「軍隊とはね！　もちろん小規模な警察の機動隊のような——」

「どうやら、情勢を広くはつかんでおられないようですね、ミスター・メイスン。われわれを襲ったこの災厄は、この島国にかぎられたものではないのですよ。それは世界規模の災厄でした。いたるところで、同じような大混乱が生じているのです——そうにちがいありません。そうでなければ、いまごろはちがう話が耳にはいっていたはずです——そして、あらゆる国に、おそらく少数の生存者がいます。とすれば、最初に立ち直り、秩序を回復した国が、よそに秩序をもたらすチャンスを得る国にもなるというのは、理の当然ではないでしょうか？　ほかの国がそうするのにまかせ、ヨーロッパ——いや、ひょっとしたら、もっと広い地域を治める新たな支配的勢力にのしあがるのを、手をこまねいて見ているべきだというのですか？　明らかに、そんなことはできません。一刻も早く立ち直り、支配的な地位を固めて、われわれに対して危険な対抗勢力が組織されるのを阻《はば》むのが国民の義務なのです——それはまちがいありません。したがって、いつかやって来る侵略者の気勢を削《そ》ぐだけの戦力を集めるのは、早ければ早いほどいいのです」

しばし沈黙が部屋に垂れこめた。やがてデニスが不自然な笑い声をあげた――

「いやはや、まいったな！　ぼくらはこれを生きのびた――そうしたら、こんどは戦争をはじめるといいだす男が現れるのか」

トレンスがそっけなくいった――

「どうも、いいたいことがよく伝わらなかったようだ。『戦争』という言葉は、不当な誇張だよ。原始的な無法状態に立ちもどった部族を平定し、治めるという問題にすぎない」

「もちろん、同じような慈悲深い考えが、たまたま向こうの頭にも浮かばなかったとしたらだが」とデニスがいい返した。

わたしは、こちらを一心に見つめるジョゼラとスーザン両方の視線に気づいた。ジョゼラがスーザンを指さし、わたしはその理由を悟った。

「いったん整理させてくれ」と、わたしがいった。「きみがいうのは、われわれ目の見える三人が、二十人の目の見えないおとなと数のわからない子供たちをここで全面的に養えということなんだろう。ぼくにはとうてい――」

「盲人はまったくの無力ではありません。いろいろなことができます。たとえば、自分たちの子供の面倒はたいていみられますし、自分たちの食事の用意も手伝えます。適切にお膳立《ぜんだ》てしてやれば、非常に多くのことが、監督と指導だけですむようになります。しかし、あなた方ふたりです、ミスター・メイスン――あなたご自身と奥さんの。三人ではありません」

わたしはスーザンに目をやった。青いカバーオールを着て、赤いリボンで髪を結び、背すじをまっすぐにして坐っていた。わたしとジョゼラをかわるがわる見るとき、その目には不安そうな、訴えるような色があった。

「三人だ」わたしはいった。

「残念ですが、ミスター・メイスン。割り当ては一単位につき十人です。その娘さんは司令部へ来るといい。当人が単位をひとつまかせられる年になるまで、そこで役に立つ仕事を見つけてあげますよ」

「妻とわたしは、スーザンをわが子同然に思っている」と、ぶっきらぼうにわたし。

「くり返しになりますが、残念です。しかし、それが規則なのです」

わたしはしばらくトレンスを見つめた。彼はまっすぐ見返してきた。とうとう――

「そうするしかないのなら、せめて、この娘について保証と約束をしてもらいたい」と、わたしがいった。

何人かが、はっと息を呑むのがわかった。トレンスの態度が、わずかに和《やわ》らいだ。

「当然ながら、あらゆる実際的な保証をあたえます」

わたしはうなずいた。

「じっくり考える時間が必要だ。あまりにも急な話だし、かなり驚くような話でもある。いますぐ頭に浮かぶ疑問点もいくつかある。ここの設備はガタがきている。傷《いた》んでいない箇所を見つけるのがむずかしいくらいだ。そのうち、強くて立派な農耕馬が必要になるだろう」

「馬はむずかしいですね。現在、馬はほとんどいないのです。当分のあいだ、人力のチームを使わなければならないでしょう」

「それから、宿泊設備の問題がある。外の小屋では小さすぎて、それだけの人数を収容できないし――ぼくひとりでは、プレハブ住宅さえ建てられない」

「われわれが力を貸せると思いますよ」

わたしたちは、二十分あまり細かい点について議論をつづけた。それが終わるころには、トレンスも愛想らしいものを見せていた。それから拗《す》ねているスーザンをガイドにつけて、ひととおり構内を見るようにと送りだし、厄介払いをした。

「ビル、いったい――？」トレンスとその仲間の背後でドアが閉まると同時に、ジョゼラがいいはじめた。

わたしはトレンスと、問答無用で銃をぶっ放してトラブルを解決する彼のやり方について、知っていることを話した。

「ちっとも驚かないね」とデニスがいった。「でも、いまぼくが驚いているのは、トリフィドに対して急に礼をいいたくなっていることだ。あいつらが邪魔立てしなかったら、いまごろは、こういう連中がもっとたくさんいただろう。トリフィドのおかげで農奴《のうど》制の復活が阻まれるのだとしたら、トリフィドさまさまだよ」

「なにからなにまでばかげているよ」と、わたし。「うまくいくわけがない。ジョゼラとわたしがそれだけの大人数の世話をして、その上トリフィドを寄せつけずにおくなんて、できるわけがない。でも――」と、わたしはつけ加えた。「武装した四人の男が突きつけてきた提案に、きっぱりと『ノー』をいえる立場にはない」

「じゃあ、あなたは――」

「ジョゼラ、封建領主の座におさまって、農奴や農民を鞭《むち》で追いたてているぼくを本当に想像できるかい？――たとえ、その前にトリフィドに踏みにじられていなくても」

「でも、さっきの口ぶりじゃ――」

「まあ、聞いてくれ。もうじき暗くなる。あいつらが帰るには、もう遅すぎる。今夜は泊まるしかないだろう。たぶん明日になれば、スーザンを連れていくといいだすはずだ――ぼくらの行動を封じる恰好《かっこう》の人質《ひとじち》になるからね。それに、ぼくらに目を光らせておくために、部下をひとりかふたり置いていくかもしれない。で、そんな真似をさせちゃいけないと思うんだが」

「いけないわ。でも――」

「とにかく、ぼくがあいつの考えに同調しかけていると納得させたと思うんだ。今夜は、合意ができたと思わせるような夕食を出そう。ご馳走《ちそう》にしてくれよ。みんなが腹いっぱい食べる。子供たちにもたっぷりと食べさせる。とっておきの酒をふるまう。トレンスと仲間にはしこたま飲ませるが、ぼくらはなるべく控《ひか》え目にする。食事が終わりにさしかかったら、ぼくはちょっとのあいだ席をはずす。きみはパーティーをつづけて、それをごまかす。騒々しいレコードをかけるとか、なにかそういうことをしてくれ。みんなで騒いで、それを助ける。もうひとつ――マイクル・ビードリーとその一党のことは、絶対に口にしちゃいけない。トレンスはワイト島の組織を知っているにちがいないが、ぼくらが知っているとは思っていない。さて、いまほしいのは、砂糖の袋だな」

「砂糖ですって？」ジョゼラがぽかんとした顔をした。

「ないのか？　そうか、それなら蜂蜜《はちみつ》の大きな缶だ。それでもなんとかなるだろう」

＊

夕食の席では、だれもがじつにもっともらしく演技した。パーティーは打ち解けた雰囲気をかもし出しただけではなく、じっさいに盛りあがりはじめた。ジョゼラはふつうの酒に追加して自分用の強い蜂蜜酒《ミード》を出してきて、それも大歓迎された。わたしがこっそりと抜けだしたとき、訪問者たちはすっかりくつろいだ状態にあった。

わたしは、前もって用意しておいた毛布と衣服の束《たば》と食料の包みを引っつかみ、ハーフトラックのしまってある納屋《なや》まで急いで庭を横切った。ガソリンの主な供給源である油槽車《タンカー》からホースを引き、ハーフトラックのタンクがあふれるまで燃料を注《そそ》いだ。つぎにトレンスの異様な車輛に注意を向けた。手まわし発電式懐中電灯の助けを借りて、なんとか燃料注入口の位置を突き止め、一クォートほどの蜂蜜をタンクに流しこむ。蜂蜜の大きな缶の残りは、タンカー本体のなかにあけた。

歌声が聞こえた。パーティーはまだうまくつづいているようだった。わたしは、トリフィド退治の装備や、あとから思いついた種々雑多なものを、ハーフトラックにすでに積んであったものに加えてから、パーティーの席にもどって、仲間入りした。とうとうお開きになったときには、注意深い観察者がいたとしても、和気《わき》藹々《あいあい》と勘《かん》ちがいしそうな雰囲気だった。

連中がぐっすり眠りこむまで、二時間待った。

月が昇っていて、庭は白い光を浴びていた。わたしは納屋のドアに油をさすのを忘れていたので、それがきしむたびに呪いの言葉を吐いた。ほかの者たちが、一列縦隊でわたしのほうへやってきた。ブレント夫妻とジョイスはこの場所に慣れきっていたので、手を引いてやるまでもなかった。そのうしろに、子供を抱いたジョゼラとスーザンがつづく。いちどデイヴィッドが眠たげな声をあげ、ジョゼラがあわてて口をふさいで黙らせた。彼女はデイヴィッドを抱いたまま前部座席に乗りこんだ。わたしは、ほかの者たちが後部座席におさまるのを見届けてから、ドアを閉めた。それから運転席に乗りこみ、ジョゼラにキスして、深呼吸をひとつした。

庭をはさんで、トリフィドが門の近くへ群《むら》がっていた。何時間か放っておくと、いつもそうなるのだ。

天の助けか、ハーフトラックのエンジンは一発でかかった。わたしはギアをローにたたきこみ、トレンスの車輛を避けるためにまわりこんで、まっすぐ門へ向かった。頑丈なフェンダーが、けたたましい音とともにゲートを突き破る。金網や折れた木材を花綵《はなづな》のようにからませたまま突進し、十体あまりのトリフィドをはね飛ばすあいだ、ほかのやつらが、通りかかったわれわれに猛然と打ちかかってきた。と思うと、わたしたちは旅路についていた。

坂道を登り、シャーニングを見おろせる曲がり目まで来ると、車を停《と》めて、エンジンを切った。いくつかの窓のうしろで明かりがつき、見ているうちにも、例の車輛の照明が煌々《こうこう》と灯《とも》って、家を照らしだした。スターターがうなりはじめた。その鈍重《どんじゅう》そうな機械仕掛けのスピードより何倍も速く走れるとわかっていたが、エンジンに点火すると、わたしは一抹《いちまつ》の不安をおぼえた。車輛がキャタピラをまわして、ガクガクと門のほうを向きはじめる。旋回しきらないうちに、エンジンがプスプスと咳こみ、停止した。スターターがまたかん高い音でうなりはじめた。それはじれったげにうなりつづけたが、その甲斐《かい》はなかった。

トリフィドたちは、門の破れ目を発見していた。月明かりと反射するヘッドライトのおかげで、そいつらのひょろりと背の高い姿が、不ぞろいな列を作って、すでにユラユラと庭にはいりこんでいるのが見えた。いっぽう、ほかのトリフィドたちが、山道の土手をよろよろとおりてきて、そいつらのあとを追っている……。

わたしはジョゼラに目をやった。彼女はワンワン泣いてはいなかった。まったく泣いていなかった。わたしから、自分の腕のなかで眠っているデイヴィッドに視線を移し、

「本当に必要なものは全部あるわ」といった。「それに、それ以外のもののところへは、いつかあなたが連れもどしてくれる、ビル」

「妻にそこまで信頼されるとは、男冥利《みょうり》につきるってやつだな。でも――いや、やめよう、『でも』はもうなしだ――かならず連れもどしてみせる」

わたしは外へ出て、ハーフトラックの前部からガラクタを剥《は》ぎとり、フロントガラスから

毒液を拭《ふ》きとった。これで見通しがよくなり、南西へ向かって丘の頂上をつぎつぎと越えていけるはずだった。

＊

ここでわたしの個人的な物語は、ほかの者たちの物語と合体する。その物語は、エルスペス・ケアリーのすばらしい入植地史を読めばわかるだろう。

わたしたちの希望は、いまやここにすべて集まっている。トレンスのネオ封建制計画からなにかが生まれるとは思えない。もっとも、彼の封建領地の多くがまだ存在していて、聞くところによると、その住民は柵囲いのなかで悲惨な生活を送っているという。だが、その数は前ほど多くはない。ときおりアイヴァンの報告がはいるのだが、それによると、またひとつの領地がトリフィドに蹂躙《じゅうりん》され、そこを囲んでいたトリフィドが四散《しさん》して、別の包囲戦に加わるのだそうだ。

そういうわけで、この先の仕事は自分たちだけでやると思わなければならない。いまでは前途に光明《こうみょう》が見えると考えているが、やらねばならない仕事や研究はまだ多い。それでも、わたしたちか、わたしたちの子供たちか、そのまた子供たちが狭い海峡を渡り、大十字軍を興《おこ》してたゆみなく殲滅《せんめつ》をつづけ、トリフィドをひたすら追いつめていき、やつらが簒奪《さんだつ》した土地の表面から、最後の一体までぬぐい消してしまう日が来るだろう。

## 〈心地よい破滅〉とウィンダム――訳者あとがき

「さなぎから蝶へ」という言葉があるが、作家はときとして劇的な変身をとげる。その好例といえるのが、本書の作者だろう。複数のペンネームを使いながら、凡作を量産していた群小作家のひとりが、第二次世界大戦による中断を経て、英国を代表するSF作家に生まれ変わったのだ。後輩に当たる作家・批評家のブライアン・オールディスがそのSF史『十億年の宴』（一九七三）において述べたところによれば――「彼は筆名と作風をたびたび変えていった。彼はいくつかの幼生形態を通過したのち、きらびやかな蝶となって出現した」（浅《あさ》倉久志《くらひさし》訳）

その転機になった作品こそ、本書『トリフィド時代』（一九五一）だったのである。異形のものの侵略と文明の崩壊の過程を迫真の筆致で描きだした本書は、発表と同時に英米で一大センセーションを巻き起こした。その圧倒的な成功は、作者ウィンダムをH・G・ウェルズに次《つ》ぐ重要な英国SF作家の地位に押しあげただけでなく、それまで等閑視《とうかんし》されてきた侵略・破滅テーマをふたたび流行させる原因となった。

では、本書がそこまで力を持った理由はなんだったのだろう?
だが、その答えを探る前に、まず作者ジョン・ウィンダムの経歴をふり返っておくことにしよう。

ジョン・ウィンダム、本名ジョン・ウィンダム・パークス・ルーカス・ベイノン・ハリスは、一九〇三年七月十日、イングランドのウォーリックシャーに生まれた。この長い名前は、のちにさまざまな組みあわせでペンネームとして使われることになる。八歳までをバーミンガムで過ごし、その後はイングランド各地を転々とした。主な原因は、十一歳のとき両親が離婚したこと。この苦難の時期をともに乗り越えたのが、三つ年下の弟ヴィヴィアンだった。ふたりは強い絆で結ばれており、兄が亡くなるまで、毎日のように連絡をとりあっていたという。

——ちなみに、ヴィヴィアン・パークス・ルーカス・ベイノン・ハリス(一九〇六〜一九八七)も作家であり、一九四八年から五一年にかけて、四作の長編小説を上梓《じょうし》した。兄がジョン・ウィンダムに変身する前は、弟のほうが世評が高かったという。では、話をもどして——

長じては法律を学んだが、じきに中断。二十二、三歳のころロンドンに出て、農作、法律事務、商業美術、宣伝広告など、さまざまな職に就《つ》くいっぽう、短編小説を書きはじめた。しばらくは芽が出なかったが、一九二九年に転機が訪れる。ホテルのラウンジに置き忘れられていたアメリカのSF誌〈アメージング・ストーリーズ〉を手にとったことがきっかけで、SFに手を染めるようになったのだ。記念すべきデビュー作は、アメリカのSF誌〈ワンダー・ストーリーズ〉一九三一年五月号に掲載された「世界交換」"Worlds to Barter"。このときの筆名はジョン・ベイノン・ハリスだった。

これを皮切りに、彼はいくつかの筆名を使ってつぎつぎと作品を発表していく。活動の舞台は主に英米のSF誌で、作品の大半は軽快な宇宙活劇《スペース・オペラ》だったという。だが、最初の長編は一種の秘境冒険もので、一九三五年にイギリスの家庭雑誌〈パッシング・ショー〉に連載された。題名を『秘密の種族』*The Secret People* といい、作者名はジョン・ベイノン。サハラ砂漠の肥沃《ひよく》化と地底人種を題材にしたこの作品はかなりの人気を博し、その年のうちに単行本化された。ジョン・ベイノンの第二作は、人類初の火星飛行をテーマにした『火星への密航者』*Stowaway to Mars* で、翌年やはり〈パッシング・ショー〉に連載されたあと、単行本となった。戦前のSF作家が単行本を出すケースはきわめて稀《まれ》であり、その人気ぶりがうかがえる。だが、ふたたびオールディスによるならば、「彼の文学的才能はまだごく控え目にしか発揮されていなかった」(同前)

一九三九年、第二次大戦の勃発とともに、彼の作家活動は中断した。四〇年夏から内務省関係の役所で検閲の仕事に従事し、四三年秋には陸軍通信部隊に召集されたのだ。ノルマンディー上陸作戦に参加し、ドイツにも歩をしるしたという。

一九四六年に軍務を離れ、執筆活動を再開。当時のウィンダムは、型どおりの宇宙冒険ものに限界を感じており、SFとは疎遠になっていたため、最初は推理小説などを試みたが、満足のいく結果は得られなかった。やがて彼の関心は、ふたたびSFに向くようになった。作家自身の言葉を引けば「戦時の空白期間を経たあとで、もう一度サイエンス・フィクションに目を向けてみると、どうやら模様変えをしようとしている徴候《ちょうこう》があるように思えた」（大西尹明《おおにしただあき》訳）からだ。たしかに主流を占《し》めているのは、あいかわらず安手《やすで》の宇宙活劇だったものの、内容・形式ともに洗練された作品が、ぽつぽつ現れはじめていた。彼はそこに可能性を見てとり、アクションとは無縁の、人間描写に重きを置いたSFを書きはじめた。

こうした作品は、頭の硬い編集者から突きかえされることもあったようだが、しだいに受けいれられるようになり、四九年にはそのうちの一編が、アメリカの一流週刊誌〈コリアーズ〉に掲載される運びとなった。このあたりの事情は、復員後のロバート・A・ハインラインが、一流週刊誌〈サタデイ・イヴニング・ポスト〉に進出したことを考えあわせると理解しやすい。要するに、世間がSFを認めはじめていたのだ。こうして自信を深めた彼は、一九五〇年にはじめてジョン・ウィンダムを名乗り、満を持して長編の執筆にとりかかった。完成した作品は、前記〈コリアーズ〉一九五一年一月六日号から五回にわたって連載された。題名は『トリフィド時代』。このとき戦前の二流作家が、第一級の作家に生まれ変わったのだった。

本書はその年のうちに英米両国で単行本化され、本国イギリスでもたいへんな成功を勝ちとった。その証拠に翌年の国際幻想文学賞の候補となり、五七年にはBBCでラジオ・ドラマになった。六三年には映画化もされている（邦題は『人類SOS!』）。

本書に関しては、〝ウェルズの『宇宙戦争』（一八九八）や『タイム・マシン』（一八九五）に比肩《ひけん》し得る数すくない作品のひとつ〟という評価が定着したが、これはウィンダムにとって、なによりうれしいことだった。なぜなら、ウィンダムがもっとも強く影響を受けたSFが、ウェルズの前記二著だったからだ。文明の崩壊というプロットの面でも、異常な事態をルポルタージュのように語るという手法の面でも、「人類は永続を約束されているわけではない」という哲学の面でも、本書はウェルズに多くを負っている。さらにいえば、作中で言及されるウェルズの短編「盲人の国」（一九〇四）が、本書の霊感源となった可能性もある。ともあれウィンダムは、ウェルズに次ぐSF作家としてあつかわれるようになった（ちなみに、一九一七年生まれのアーサー・C・クラークは、まだ有望新人のひとりにすぎなかった）。たとえば、ウェルズ以外のSFでは、本書が最初にペンギン・ブックスにおさめられたという事実が、その証左になるだろう。

――余談だが、そのペンギン版の表紙に惹かれて本書を手にとった経験を、翻訳家の浅倉久志氏と峯岸久《みねぎしひさし》氏が異口《いく》同音《どうおん》に語っている。当時のペンギン・ブックが、赤地の中央を白く帯に抜いただけの、おそろしく地味なデザインだったのに対し、本書の場合は、その白地の部分に得体の知れない生き物が描かれており、はなはだしく好奇心をそそったのだという。

さらに余談だが、作家の筒井《つつい》康隆《やすたか》氏も原書の表紙に描かれていたトリフィドの姿に痺れたくちらしい。歩く植物が人間を襲っている絵を見て、その「もの凄《すご》さに圧倒され、切実に『読みたい』と願った」ことを『私説博物誌』（一九七六）に記している。いつの世も人間は怪物に弱いようだ。さて、話をもどして――

本書『トリフィド時代』の成功で文名をあげたウィンダムは、以後も期待を裏切らぬ活躍をつづける。

一九五三年にはウィンダムとしての長編第二作『海竜めざめる』（福音館書店ボクラノＳＦシリーズ他）が刊行された。宇宙から飛来して地球の深海に棲《す》みついた生物が、快適な居住空間を広げようと、地上を侵略する物語だ。主題、構成ともに前作の延長線上にある。だが、五五年に発表された第三作『さなぎ』（ハヤカワ文庫ＳＦ他）は、核戦争後の未来を舞台にしたミュータント・テーマの佳作だった。中世的な社会のなかで迫害されるミュータントたちの受難と成長を描いた同書は、五〇年代ＳＦ屈指の完成度を誇り、ウィンダムの評価をいよいよ不動のものとした。

この時期のウィンダムは短編も精力的に書いており、それらの多くは『時間の種』（一九五七／創元ＳＦ文庫）をはじめとする、生前に刊行された五冊の短編集におさめられている（ただし、相互にかなり重複がある）。作者が「サイエンス・フィクションのモチーフを、さまざまな型の小説に当てはめてみたもの」（大西尹明訳）というだけあって、独創的なアイデアとは無縁だが、どれも的確な描写と緊密なロジックにささえられた作品となっている。これは長編にも共通する特徴といえるだろう。

一九五七年には第四作『呪われた村』（ハヤカワ文庫ＳＦ他）が上梓された。イギリスのとある寒村の女性たちが、地球外の生物によって妊娠させられ、謎めいた子供を産むというストーリーで、六〇年に『未知空間の恐怖／光る眼』というSF映画の佳品となった（九五年にジョン・カーペンター監督で『光る眼』としてリメイクされた）。しかし、この長編あたりから、ウィンダムの小説は往年の迫力を失ってきたといわれる。

その顕著な例が、一九五九年に発表された第五作『外への衝動』*The Outward Urge* だ。ここでウィンダムは、形式・内容の両面でこれまでとはがらっと趣向を変え、連作形式の宇宙小説に挑んでいる。五つの短編をつなぎ合わせ、人類が宇宙へ乗りだしていく過程を、ある家族の年代記として描いているのだ。同書は「技術的な助言者として協力をあおいだ」ルーカス・パークスとの共著になっているのだが、面白いことにパークスもウィンダムの筆名。まさに試行錯誤の産物であったわけだ。六〇年には第六作『地衣騒動』（ハヤカワSFシリーズ他）が刊行された。不老長寿の新薬を題材にした風刺篇《サタイア》だが、世界情勢の認識に甘いところがあり、文明批評の矛先が鈍っているばかりか、饒舌《じょうぜつ》すぎるきらいがあった。

それを悟ったのか、以後ウィンダムは創作のペースを落とし、雑誌にときおり短編を書くだけになった。じつは、この時期ウィンダムの身には大きな変化が起こっていた。一九六三年七月、六十歳ではじめての結婚をしたのだ。その影響があるのかないのか、六八年に発表された第七作『チョッキー』（あすなろ書房）は、一種の家庭小説になっていた。というのも、主人公は遠い宇宙の知的存在と精神的な交感をする十二歳の少年だが、小説の重点は、それを見守る両親のほうに置かれていたからだ。

残念なことに、この作品はウィンダムの遺作となってしまった。翌年三月一日、ジョン・ウィンダムは世を去った。享年六十五。健筆ぶりを証明したあとだけに、その死がいっそう悼《いた》まれた。その後、未完の長編『ユートピアの罠』（一九七九／創元SF文庫）や『混沌計画』*Plan for Chaos*（二〇〇九）が刊行されたほか、ジョン・ベイノン時代の作品を含め、数冊の短編集がまとめられたが、ウィンダムの名はやはり『トリフィド時代』の作者として記憶されている。

以上、ウィンダムの経歴をざっとたどってみた。

こうしてふり返ると、ウィンダムの代表作は、やはり『トリフィド時代』と、それにつづく『海竜めざめる』といわざるを得ない。どちらも〈破滅もの〉であり、異形のものの侵略と文明の崩壊の過程を克明に描いている。これはウェルズの『宇宙戦争』以来、連綿と書きつがれてきた種類の作品だが、ウィンダムの作品はいくつかの点できわだっていた。

まず『宇宙戦争』やドイルの『毒ガス帯』（一九一三）といった先行作品を咀嚼《そしゃく》して、明確なパターンを作りあげた点。すなわち、批評家ジョン・クルートの言葉を借りれば、「大惨事によって人口の減少した都市（たいていはロンドン）、恐慌と勇敢さの発露を点景としてあしらった大脱出、地方のある種の避難所にたどりつき、おぼつかなくなった人類の主権を再建する準備にとりかかる、少数ではあるが徐々に増えていく生存者グループを物語の中心に据えるやり方」（鎌田《かまた》三平《さんぺい》訳）である。つぎに、大胆な状況を設定したあとは飛躍を極力おさえ、あくまで人間たちに焦点を合わせている点。作家・批評家のデーモン・ナイトによれば、この手法によって「ウィンダムは奇妙な家伝の魔法を働かせる。あなたは、物語の中の途方もない事件を信じずにはいられない。なぜならその事件は、あなたになじみ深い人びとの身におきているからだ」（浅倉久志訳）といった効果が生まれている。そして――これがいちばん大事なのだが――主人公（とその仲間）がからっぽの世界を手に入れるという願望充足の点である。この点をさしてオールディスは、本書に代表される〈破滅もの〉を皮肉たっぷりに「心地よい破滅《コージー・カタストロフ》」と名づけ、つぎのように指摘した――「心地よい破滅物の特色は、ほかのみんながばたばた死んでいく中で、ヒーローだけがけっこう楽しい生活（恋人、サヴォイ・ホテルの無料の貴賓室《きひん》、選《よ》りどり見どりの自動車）を過ごすところにある」（浅倉久志訳）

こう書けば、最初の設問の答えが見えてくるのではないだろうか。時代は朝鮮戦争から冷戦への移行期。原水爆や共産主義など不安をあおるものは多いが、旧来の秩序や価値観がまだ信じられていた時代である。人々は廃墟と化した都市における生存闘争に恐怖したが、田園地帯における再建を心地よく楽しむことができた。ここでのキーワードは「再建」である。もうすこしくわしくいえば、旧弊な慣習のくびきから解き放たれた上で、荒廃した地に〝よりよい〟社会を築きあげようという姿勢である。それは戦後の混乱期を脱した時代の合い言葉でもあった。ジョージ・R・スチュワートの『大地は永遠《とわ》に』（一九四九）、ジョン・クリストファーの『草の死』（一九五六）、ハリウッド映画『地球最後の日』（一九五一）……オールディスのいう「心地よい破滅物」は、この時期に集中的に現れている。そしてその頂点に君臨したのが、本書『トリフィド時代』だったのだ。

しかし、ちょっと考えればわかるが、この種の〈破滅もの〉は微妙なバランスの上に成り立っていた。政治的な緊張が高まれば、より現実に近い〈最終戦争もの〉が出てくるし、旧来の秩序や価値観が崩壊すれば、なにを再建すればいいのかわからなくなる。社会が神経症的な様相を呈すにつれ、SFは救いのない〈破滅もの〉を生みだしはじめた。イギリスSFにかぎっても、チャールズ・エリック・メインの『海が消えた時』(一九五八)、ジョン・クリストファーの『世界の冬』*The World in Winter*(一九六二)、J・G・バラードの《破滅》四部作(一九六二〜六六)、オールディスの『グレイベアド——子供のいない惑星』(一九六四)と、色調が暗くなっていくことがおわかりだろう。もはや心地よい破滅を楽しむわけにはいかないのだ。現在それに似たものがあるとすれば、おそらくモダンホラーか〈サバイバリスト〉小説の分野に見つかるだろう(ちなみにスティーヴン・キングはウィンダムを最大級に評価している)。しかし、これらは人類や文明といった大きな視点を欠落させている。そこがウィンダム流のSFとは大きく異なる点だろう。逆にいえば、ウィンダム流の文明批評は、世界が小さく単純だったからこそ成立したわけである。

その意味でウィンダム流のSFは、一九五〇年代前半という時期と密接に結びついているのだが、本書の人気はいっこうに衰《おとろ》えず、一九八一年にはBBCでTVドラマ化された。三十分×六回の構成で、原作の雰囲気を巧《たく》みに写しとった作品として評価が高い(二〇〇九年にTVミニシリーズとしてふたたびドラマ化された)。

二〇〇一年にはイギリスの作家サイモン・クラークが、正編刊行五十周年を記念して、遺族公認の続編『トリフィドの夜』*The Night of the Triffids* を上梓した。本書の二十五年後を舞台に、本書の主人公ウィリアム・メイスンの息子デイヴィッドが活躍する物語だ。

そして二〇〇二年、ダニー・ボイル監督の映画『28日後…』が公開される。これは人間を凶暴化させるウイルスが蔓延《まんえん》し、壊滅状態におちいったロンドンを舞台にしたサバイバルの物語で、ゾンビ映画の一種だが、明らかに『トリフィド時代』を意識していた。じつは監督のボイルと脚本のアレックス・ガーランドは、一九八一年放送のTVシリーズに強い影響を受けており、同作で『トリフィド時代』にオマージュを捧げたのだという。

この『28日後…』の出現で、本書のホラー的側面にスポットライトが当たるようになった。じっさい、『呪われた村』にしてもホラー的な要素が強く、この観点からウィンダムの作品を読みなおすのは、大いに意義がありそうだ。とすれば、ホラー畑の作家クラークが、本書の続編を書いたのも納得がいく。大げさにいえば、ウィンダム再評価のための新たな視座が設定されたのだ。この新訳が、その読みなおしに寄与することを願ってやまない。

いうまでもないが、本書には先人の訳業が存在する。井上勇《いのうえいさむ》訳『トリフィド時代』(一九六三/創元SF文庫)と、峯岸久訳『トリフィドの日』(一九六三/ハヤカワSFシリーズ〔抄訳版〕→一九六九/早川書房『世界SF全集19 ウィンダム』所収〔完訳版〕)だ。翻訳にさいしては、両者を参考にさせてもらった。末筆になったが、記して感謝する。

## 主な参考文献

ブライアン・オールディス『十億年の宴』（浅倉久志・酒匂《さこう》真理子《まりこ》・小隅《こずみ》黎《れい》・深町《ふかまち》眞理子《まりこ》訳、東京創元社／一九八〇年）
ジョン・ウィンダム『時間の種』まえがき（大西尹明訳、創元ＳＦ文庫／一九六六年）
ピーター・ニコルズ編「ＳＦエンサイクロペディア」第六十回　ジョン・ウィンダムの項（ジョン・クルート執筆、鎌田三平訳、〈ＳＦマガジン〉一九八六年五月号）
デーモン・ナイト「驚異の追求」（浅倉久志訳、〈別冊奇想天外〉No.4　ＳＦの評論大全集／一九七八年）

＊本稿は、創元ＳＦ文庫『トリフィド時代』第二十三版（一九九四）に訳者が寄せた解説「〈心地よい破滅〉とウィンダム」を加筆訂正したものです。

検印
廃止

**訳者紹介** 1960年生まれ。中央大学法学部卒、英米文学翻訳家。編著に「影が行く」、「時の娘」、「街角の書店」、主な訳書にウェルズ「宇宙戦争」、「モロー博士の島」、ブラッドベリ「万華鏡」ほか多数。

トリフィド時代
食人植物の恐怖

2018年7月27日 初版
2024年3月8日 再版

著 者 ジョン・ウィンダム

訳 者 中《なか》 村《むら》 融《とおる》

発行所 (株) 東京創元社
代表者 渋谷健太郎

162-0814/東京都新宿区新小川町1-5
電 話 03・3268・8231-営業部
03・3268・8204-編集部
URL http://www.tsogen.co.jp
DTP キャップス
暁印刷・本間製本

乱丁・落丁本は、ご面倒ですが小社までご送付ください。送料小社負担にてお取替えいたします。



ISBN978-4-488-61004-3 C0197